ein Ullstein Buch

ZUM BUCH:

Die ersten Kriminalstories von Chandler erschienen zuerst im Kriminalmagazin »Black Mask«, bevor sie in Buchform in England und Amerika erhältlich waren. *Erpresser schießen nicht* ist die erste Geschichte überhaupt. Sie enthält bereits alle Elemente, die Chandlers Kriminalromanen ihr besonderes Gepräge gaben. Der Leser begegnet hier der Figur, die in allen Werken Chandlers im Mittelpunkt steht und die in dem unsterblichen Philip Marlow endgültig Gestalt angenommen hat. Er ist ein Privatdetektiv, der unbeirrt auf eigene Faust für die Gerechtigkeit kämpft, auch wenn nach den Buchstaben des Gesetzes das Recht auf der anderen Seite steht.
Robert B. Parker über Chandler: »Von Chandler habe ich das Schreiben gelernt: Wie man die Beschreibung der Szenerie nutzt, um die Geschichte selbst zu erzählen, wie man durch die Betrachtungen der Erzählerfigur dieselbe charakterisieren kann. Ich erkannte den Ort für Witz in einer ernsten Geschichte, und daß eine gute Geschichte sentimental sein darf und ein guter Schriftsteller romantisch.«

ZUM AUTOR:

Raymond Chandler wurde 1888 in Chicago geboren, in England erzogen und studierte in Frankreich und Deutschland. Im Ersten Weltkrieg diente er bei der kanadischen Luftwaffe. Als Journalist arbeitete er u. a. für den Londoner »Daily Express«. 1912 kehrte er in die Staaten zurück, wo er als Buchhalter, Bankangestellter und schließlich als Direktor einer Ölgesellschaft arbeitete. Erst nach dem Börsenkrach wandte er sich völlig dem Schreiben zu. Sein Vorbild war Dashiell Hammett, dessen Ruhm er durch seine Romane und Stücke, die häufig verfilmt und aufgeführt wurden, schließlich überflügelte. Raymond Chandler starb 1959 in Kalifornien.

Raymond Chandler

Erpresser schießen nicht
Mord bei Regen
und andere Stories

ein Ullstein Buch

ein Ullstein Buch
Nr. 22459
im Verlag Ullstein GmbH,
Frankfurt/M – Berlin
Titel der Originalausgaben:
Nevada Gas, The Pencil,
Blackmailers Don't Shoot,
Killer in the Rain, The Man
who Liked Dogs, The Lady in the Lake
Aus dem Amerikanischen von
Wilm W. Elwenspoek

Ungekürzte Sonderausgabe
von UB 813, 1195

Umschlaggestaltung:
Hansbernd Lindemann
Foto: Uwe Arens

Printed in Germany 1990
Druck und Verarbeitung:
Ebner Ulm
ISBN 3 548 22459 8

Oktober 1990

Vom selben Autor
in der Reihe
der Ullstein Bücher:

Mord aus dem Handgelenk (1200)
Einer weiß mehr (10025)
Der tiefe Schlaf (10226)
Spanisches Blut (10242)

CIP-Titelaufnahme
der Deutschen Bibliothek

Chandler, Raymond:
Erpresser schießen nicht. Mord bei Regen
und andere Stories. Raymond Chandler.
[Aus d. Amerikan. von Wilm W.
Elwenspoek]. – Ungekürzte Sonderausg.
von UB 813, 1195. – Frankfurt/M; Berlin:
Ullstein, 1990
(Ullstein-Buch; Nr. 22459)
Einheitssacht.: Blackmailers don't shoot
<dt.>
ISBN 3-548-22459-8
NE: Chandler, Raymond: [Sammlung
<dt.>]; GT

INHALT

NEVADA GAS

I

Hugo Candless stand mitten auf dem Squash-Feld. Seinen großen Körper aus der Hüfte vorgebeugt, hielt er den kleinen schwarzen Ball elegant zwischen dem linken Daumen und Zeigefinger. Er ließ ihn dicht neben der Grundlinie fallen und schlug ihn mit dem langen Schläger fort.

Der schwarze Ball traf die Wand etwas unterhalb der Mitte, flog in einer hohen weichen Kurve zurück, unmittelbar unter der weißen Decke und den durch Maschendraht geschützten Lampen vorbei. Dicht vor der Rückwand fiel er herunter, ohne sie genügend hart zu treffen, um abzuprallen.

George Dial schlug achtlos danach, traf mit dem Rand des Schlägers die zementierte Rückwand. Der Ball war aus.

Er sagte: „Das wäre es, Chef, einundzwanzig zu vierzehn. Sie sind einfach zu gut für mich."

George Dial war groß, dunkel, gut aussehend und paßte nach Hollywood. Er war braun und hager, wirkte hart und sonnengebräunt. Alles an ihm war hart, außer seinen vollen weichen Lippen und seinen großen Kuhaugen.

„Ja, ich war immer zu gut für dich", lachte Hugo Candless schallend.

Er beugte sich trotz seines dicken Bauches weit zurück und lachte mit weit geöffnetem Mund. Auf seiner Brust und seinem Bauch schimmerte Schweiß. Von blauen Shorts, weißen Wollsocken und kräftigen Turnschuhen mit Kreppsohlen abgesehen, war er nackt. Er hatte graues Haar und ein breites Mondgesicht mit kleinem Mund und kleiner Nase und scharfen, zwinkernden Augen.

„Willst du noch mal verlieren?" fragte er.

„Nur, wenn ich unbedingt muß."

Hugo Candless' Miene verfinsterte sich. „Na gut", sagte er knapp. Er schob seinen Schläger unter den Arm und zog einen Gummibeutel aus der Tasche seiner Shorts, nahm eine Zigarette und Streichhölzer heraus. Mit großspuriger Bewegung zündete er sich die Zigarette an und warf das Streichholz mitten auf das Spielfeld, wo jemand anders es wieder aufheben mußte.

Er stieß die Tür der Halle auf und wanderte mit vorgereckter Brust durch den Korridor zu dem Umkleideraum. Dial folgte ihm schweigend, katzenartig und unhörbar, mit geschmeidiger Anmut. Sie gingen zum Duschraum.

Candless sang unter der Dusche, bedeckte seinen großen Körper mit dichtem Seifenschaum, brauste sich nach der heißen Dusche eiskalt ab und genoß es. Mit aufreizender Trägheit frottierte er sich, nahm ein frisches Badetuch, verließ den Duschraum und schrie nach der Aufwartung, ihm Eis und Gingerale zu bringen.

Ein Neger in einer gestärkten weißen Jacke kam eilig mit einem Tablett. Candless zeichnete flüchtig die Rechnung ab, schloß den großen Doppelschrank auf und pflanzte eine Flasche „Johnny Walker" auf den runden Tisch, der im Gang zwischen den Schränken stand.

Die Aufwartung mixte sorgfältig die Drinks, zwei, und sagte: „Sehr wohl, Sir, Mr. Candless", ging davon und polierte das Vierteldollarstück.

George Dial, in elegantem grauem Flanell schon fertig angezogen, kam um die Ecke und nahm einen der Drinks.

„Schluß für heute, Chef?" Mit zusammengekniffenen Augen sah er über das Glas zu dem Oberlicht.

„Ich denke, ja", sagte Candless großzügig. „Ich werde wohl nach Hause fahren und der kleinen Frau etwas Gutes antun." Er warf Dial aus seinen kleinen Augen einen Seitenblick zu.

„Haben Sie was dagegen, wenn ich nicht mitkomme?" fragte Dial gleichgültig.

„Soll mir recht sein. Naomi wird es allerdings bedauern", antwortete Candless unfreundlich.

Dial seufzte leise und unterdrückt, zuckte mit den Schultern und sagte: „Sie bringen andere wohl sehr gern hoch, Chef?"

Candless gab ihm keine Antwort und sah ihn nicht an. Dial stand mit seinem Glas schweigend da und sah zu, wie der große Mann mit Monogrammen geschmückte Seidenunterwäsche anzog, ein mit einem Monogramm geschmücktes Seidenhemd und einen winzig schwarz-weiß karierten Anzug, der ihn so groß wie ein Scheunentor erscheinen ließ.

Als er soweit war, seine purpurne Krawatte zu binden, schrie er dem Neger zu, herzukommen und frische Drinks zu mixen.

Dial lehnte den zweiten Drink ab, nickte und ging leise über die Matten zwischen den hohen grünen Garderobenschränken davon.

Candless zog sich fertig an, trank seinen zweiten Highball, schloß seinen Whisky fort und steckte eine dicke braune Zigarre in seinen Mund. Er ließ sich von dem Neger Feuer reichen. Dann stolzierte er affektiert aus dem Raum, grüßte laut hierhin und dorthin.

Als er draußen war, schien es in dem Umkleideraum sehr leise zu werden. Es fielen ein paar abfällige Bemerkungen.

Vor dem Delmar Club regnete es. Der livrierte Türhüter half Hugo Candless in seinen Regenmantel mit Gürtel und ging hinaus, um den Wagen zu rufen. Als er ihn vor die Auffahrt gewinkt hatte, hielt er einen Regenschirm über Hugo, der über den mit Holzrosten bedeckten Streifen ging. Der Wagen war eine königsblaue, lohfarben abgesetzte Lincoln-Limousine mit der Nummer 5 A 6.

Der Chauffeur, in einem schwarzen, bis zu den Ohren hochgeschlagenen Regenmantel, blickte sich nicht um. Der Türhüter öffnete den Wagenschlag. Hugo Candless stieg ein und ließ sich schwer in den Rücksitz sinken.

„Nacht, Sam. Sag ihm, er soll nach Hause fahren."

Der Türsteher berührte seine Mütze, schlug die Tür zu und gab den Auftrag an den Fahrer weiter, der, ohne sich umzudrehen, nickte. Der Wagen fuhr in den Regen davon.

Der Regen fiel schräg, und an den Kreuzungen fegte er in plötzlichen Stößen gegen die Scheiben der Limousine. An den Straßenecken sammelten sich Menschentrauben an, die versuchten, den Sunset Boulevard zu überqueren, ohne bespritzt zu werden. Hugo Candless grinste mit spöttischem Mitleid auf sie hinaus.

Der Wagen fuhr den Sunset entlang, durch Sherman, bog dann in die Berge ein. Er begann sehr schnell zu fahren. Er hatte jetzt einen Boulevard mit geringem Verkehr erreicht.

In dem Wagen war es sehr warm. Die Fenster waren alle geschlossen, auch die Glaswand, die den Fahrersitz abtrennte, war dicht zugeschoben. Der Rauch von Hugos Zigarre lag schwer und erstickend in der Limousine.

Candless runzelte die Stirn und beugte sich vor, um ein Fenster zu öffnen. Die Kurbel funktionierte nicht. Er versuchte es auf der anderen Seite. Hier funktionierte sie auch nicht. Er wurde ärgerlich, griff nach dem kleinen Sprachrohr, um den Fahrer zu beschimpfen. Es gab kein kleines Sprachrohr.

Der Wagen nahm eine scharfe Kurve und begann eine lange gerade Straße hinaufzufahren, mit Eukalyptusbäumen, aber ohne Häuser auf der einen Seite. Candless beugte sich vor und schlug mit der Faust gegen die Scheibe. Der Fahrer drehte sich nicht um. Sehr schnell raste der große Wagen die lange dunkle Steige hinauf.

Hugo Candless griff wütend nach dem Türgriff. Die Türen hatten keine Griffe, an keiner Seite. Ein krankhaftes, ungläubiges Grinsen breitete sich über Hugos breites Mondgesicht aus.

Der Fahrer beugte sich nach rechts und griff mit seiner behandschuhten Hand nach etwas. Plötzlich war ein scharfes zischendes Geräusch zu hören. Hugo nahm den Geruch von Mandeln wahr.

Sehr schwach zuerst – sehr schwach und recht angenehm. Das zischende Geräusch hielt an. Der Mandelgeruch wurde stärker und scharf und sehr tödlich. Hugo Candless ließ seine Zigarre fallen und trommelte mit aller Kraft gegen die Scheibe des nächsten Fensters. Das Glas brach nicht.

Der Wagen war jetzt hoch in den Bergen, hatte die seltenen Straßenlaternen der Wohnviertel längst hinter sich gelassen.

Candless ließ sich auf den Rücksitz fallen und hob seinen Fuß, um mit aller Gewalt gegen die Glaswand vor sich zu treten. Zu dem Tritt kam er nicht mehr. Seine Augen versagten. Sein Gesicht verzerrte sich zu einer Grimasse, sein Kopf fiel gegen die Polster zurück, sackte zwischen seine breiten Schultern auf die Brust. Sein weicher Filzhut saß zerdrückt und formlos auf seinem großen eckigen Schädel.

Der Fahrer blickte sich kurz um, zeigte einen Augenblick sein hageres raubvogelartiges Gesicht. Er beugte sich wieder nach rechts. Das zischende Geräusch hörte auf. Er lenkte zum Rand der einsamen Straße, hielt und schaltete alle Lichter aus. Dumpf trommelte der Regen auf das Dach der Limousine.

Der Fahrer trat in den Regen hinaus, öffnete die Hintertür des Wagens, wich dann schnell zurück und hielt sich die Nase zu.

Eine Weile blieb er in einigem Abstand von dem Wagen stehen und spähte nach beiden Richtungen die Straße entlang.

Hugo Candless hinten in der Limousine regte sich nicht.

II

Francine Ley saß in einem niedrigen roten Sessel neben einem kleinen Tisch, auf dem eine Alabasterschale stand. Rauch von der Zigarette, die sie gerade in die Schale gelegt hatte, stieg auf und bildete in der stillen warmen Luft Figuren. Ihre Hände hatte sie hinter dem Kopf zusammengelegt, und der Blick ihrer rauchblauen Augen war träge und verführerisch. Sie hatte dunkles, rötlichbraunes Haar in lokkeren Wellen. Innen schimmerten in den Wellen bläuliche Schatten.

George Dial beugte sich vor und küßte sie fest auf die Lippen. Seine eigenen Lippen waren heiß, als er sie küßte, und er erschauerte. Sie regte sich nicht. Träge lächelte sie ihn an, als er sich wieder aufrichtete. Mit belegter rauher Stimme sagte Dial: „Hör zu, Francy, wann läßt du diesen Spieler laufen und mich für dich sorgen?"

Francine Ley zuckte die Schultern, ohne ihre Hände hinter ihrem Kopf wegzunehmen. „Er ist ein fairer Spieler, George", sagte sie schleppend, „das ist heutzutage etwas, und du hast nicht genug Geld."

„Ich kann es bekommen."

„Wie?" Ihre Stimme war tief und vibrierend. Sie erregte George Dial wie ein Cello.

„Von Candless. Ich habe genug gegen ihn in der Hand."

„Was zum Beispiel?" fragte Francine Ley gelangweilt.

Dial grinste verhalten auf sie hinunter. Mit gespielt unschuldigem Ausdruck öffnete er die Augen weit. Francine Ley fand, daß das Weiße seiner Augen einen ganz leichten Schimmer einer Farbe aufwies, die nicht weiß war.

Mit seiner unangezündeten Zigarette machte Dial eine großspurige Geste. „Massig. Zum Beispiel, daß er letztes Jahr einen der gefährlichen Männer aus Reno anschmierte. Der Halbbruder dieses Mannes stand hier unter Mordanklage, und Candless nahm fünfundzwanzigtausend, um ihn loszueisen. Dann schloß er mit dem District Attorney ein Geschäft in einem anderen Fall und ließ den Halbbruder hängen."

„Und was hat der Gefährliche dagegen unternommen?" fragte Francine Ley leichthin.

„Nichts – bisher. Er glaubte, es wäre nichts zu machen gewesen, nehme ich an. Man kann nicht immer gewinnen."

„Aber er könnte eine Menge unternehmen, wenn er es wüßte", sagte Francine Ley nickend. „Wer ist denn der gefährliche Mann aus Reno, George?"

Dial senkte seine Stimme und beugte sich wieder über sie. „Ich bin ein Trottel, daß ich es dir sage. Ein Mann namens Zapparty. Ich bin ihm nie begegnet."

„Und wirst es auch nicht wünschen, wenn du Verstand hast, George. Nein, danke. Deinetwegen werde ich mich nicht auf eine derart gefährliche Gesellschaft einlassen."

Dial lächelte leicht, zeigte ebenmäßige Zähne in seinem dunklen glatten Gesicht. „Überlaß das ruhig mir, Francy. Vergiß, was ich dir gesagt habe, außer, daß ich wild auf dich bin."

„Bring uns was zu trinken", antwortete sie nur.

Das Zimmer war der große Wohnraum eines Hotelapartments. Es war ganz in Rot und Weiß gehalten, die Einrichtung zu steif, zu würdig, gemalte rote Ornamente auf den weißen Wänden, die weißen

Jalousien von weißen Kästen eingefaßt. Vor einem Gaskamin lag ein halbrunder roter Teppich mit weißem Rand. An der Wand zwischen den Fenstern stand ein nierenförmiger weißer Schreibtisch.

Dial ging zu dem Schreibtisch, goß Scotch in zwei Gläser, fügte Eis und Sodawasser hinzu und brachte die Gläser zu dem Tisch, wo sich immer noch eine dünne Rauchfahne aus der Alabasterschale emporringelte.

„Laß diesen Spieler sausen", sagte Dial und reichte ihr ein Glas. „Er ist derjenige, der dich in eine üble Situation bringen wird."

Sie schlürfte an dem Glas und nickte. Dial nahm ihr das Glas aus der Hand, trank von der gleichen Stelle, an der sie getrunken hatte, beugte sich, beide Gläser in den Händen, vor und küßte sie wieder auf die Lippen.

Vor dem kurzen Vorplatz zur Tür hingen rote Vorhänge. Sie wurden ein paar Zoll auseinandergeschoben, und das Gesicht eines Mannes erschien in der Öffnung. Kühle graue Augen blickten nachdenklich auf den Kuß.

Geräuschlos fielen die Vorhänge wieder zusammen.

Einen Augenblick später wurde eine Tür laut geschlossen und Schritte kamen durch den Gang. Johnny De Ruse trat durch die Vorhänge in den Raum. Dial zündete sich gerade seine Zigarette an.

Johnny De Ruse war groß, hager, gelassen, trug einen elegant geschnittenen dunklen Anzug. Seine kühlen grauen Augen hatten feine Lachfältchen in den Winkeln, und sein langes Kinn war tief gespalten.

Dial starrte ihn an und machte eine ungewisse Handbewegung. De Ruse ging wortlos zu dem Schreibtisch, goß Whisky in ein Glas und trank ihn pur.

Mit dem Rücken zum Zimmer blieb er einen Moment stehen, klopfte auf die Kante des Schreibtisches. Dann drehte er sich um, lächelte schwach und sagte freundlich, etwas schleppend: „Tag, Kinder", und verließ durch eine Innentür wieder das Zimmer.

Er trat in ein großes pompöses Schlafzimmer mit einem Doppelbett. Er ging zu dem Wandschrank, holte einen rindsledernen Koffer heraus, legte ihn offen auf das Bett. Dann begann er in den Schub=

laden einer hohen Kommode zu suchen und Dinge in den Koffer zu legen, packte sie sorgfältig und ohne Hast. Dabei pfiff er leise zwischen den Zähnen.

Als er den Koffer gepackt hatte, schnappte er die Schlösser zu und zündete sich eine Zigarette an. Bewegungslos blieb er einen Moment mitten im Zimmer stehen. Seine grauen Augen waren auf die Wand gerichtet, ohne sie zu sehen. Nach einer kleinen Weile trat er an den Wandschrank zurück und kam mit einer kleinen Waffe in einem weichen Lederhalfter mit zwei kurzen Riemen heraus. Er zog sein linkes Hosenbein hoch und schnallte den Halfter an seinen Unterschenkel. Dann nahm er den Koffer auf und ging in das Wohnzimmer.

Francine Ley kniff schnell die Augen zusammen, als sie den Koffer sah.

„Verreist du?" fragte sie mit ihrer tiefen belegten Stimme.

„Ja. Wo ist Dial?"

„Er mußte fort."

„Das ist zu schade", sagte De Ruse leise. Er stellte den Koffer ab, blieb daneben stehen und ließ seine kühlen grauen Augen über das Gesicht des Mädchens schweifen, an seiner schlanken Figur hinauf und herunter, von den Knöcheln bis zu seinem kastanienbraunen Haar. „Das ist zu schade", wiederholte er. „Ich sehe es gern, wenn er hier ist. Ich bin ein bißchen langweilig für dich."

„Vielleicht bist du es wirklich, Johnny."

Er beugte sich zu dem Koffer, richtete sich wieder auf, ohne ihn zu berühren, und sagte nebenbei: „Erinnerst du dich an Mops Parisi? Ich sah ihn heute in der Stadt."

Ihre Augen weiteten sich und schlossen sich dann fast. Sie schlug leise die Zähne zusammen. Eine Sekunde lang trat die Linie ihres Kiefers sehr deutlich hervor.

De Ruse ließ immer noch seine Blicke über ihr Gesicht und ihren Körper hinauf- und heruntergleiten.

„Willst du etwas dagegen unternehmen?" fragte sie.

„Ich dachte daran, zu verreisen", sagte De Ruse. „Ich bin nicht mehr so unternehmungslustig, wie ich einmal war."

„Also weglaufen", sagte Francine Ley leise. „Wo fahren wir hin?"

„Nicht weglaufen, verreisen", antwortete De Ruse gleichmütig. „Und nicht wir — ich. Ich fahre allein."

Sie saß still, beobachtete sein Gesicht, bewegte keinen Muskel. De Ruse griff in seine Jacke, zog eine lange Brieftasche, die sich wie ein Buch öffnen ließ. Er warf einen dicken Packen Banknoten dem Mädchen in den Schoß, steckte die Brieftasche wieder ein. Sie berührte das Geld nicht.

„Das wird länger reichen, als du glaubst. Lange genug jedenfalls, um einen neuen Spielgefährten zu finden", sagte er ausdruckslos. „Das soll nicht heißen, daß ich dir nicht mehr schicke, wenn du es brauchst."

Sie stand langsam auf, und das Päckchen Banknoten glitt an ihrem Rock hinunter zu Boden. Sie ließ ihre Arme steif nach unten hängen, die Hände zu Fäusten geballt, so daß die Sehnen auf ihren Handrücken sich scharf abhoben. Ihre Augen waren so glanzlos wie Schiefer.

„Soll das heißen, daß wir miteinander fertig sind, Johnny?"

Er nahm seinen Koffer auf.

Schnell trat sie mit zwei langen Schritten vor ihn. Er stand ganz ruhig, lächelte freundlich mit den Augen, aber nicht mit dem Mund. Der Duft von Shalimar stieg ihm in die Nase.

„Weißt du, was du bist, Johnny?" Ihre heisere Stimme war fast ein Flüstern. Er wartete.

„Ein Gelber, Johnny, ein Feigling."

Er nickte leicht. „Stimmt. Ich habe die Bullen auf Mops Parisi gehetzt. Ich kann Menschenräuber nicht leiden, Kindchen. Ich werde die Polizei jeden Tag auf sie hetzen. Es könnte sogar sein, daß mir selbst was passiert, weil ich mich mit ihnen einlasse. Das ist doch alles alt. Klar?"

„Du hast also die Blauen auf Mops Parisi gehetzt und hoffst, daß er es nicht erfährt. Aber vielleicht weiß er es schon. Darum läufst du vor ihm davon. Und mich läßt du sitzen."

„Vielleicht habe ich auch nur genug von dir, Kindchen."

Sie legte den Kopf zurück und lachte schrill, beinahe mit einem wilden Ton. De Ruse zuckte nicht mit einer Wimper.

„Du bist keiner von den Zähen, Johnny. Du bist weich. George Dial ist viel härter als du. Himmel, wie weich du bist, Johnny."

Sie trat zurück, starrte ihm ins Gesicht. Ein Flackern fast unerträglicher Erregung blitzte in ihren Augen auf und verschwand wieder.

„Du bist so ein hübscher Junge, Johnny. Du bist wirklich hübsch. Zu schade, daß du so weich bist."

De Ruse sagte freundlich, ohne sich zu bewegen: „Nicht weich, Kindchen – nur ein bißchen sentimental. Ich interessiere mich für Pferdchen, ich spiele gern Karten und gebe mich ein bißchen mit roten Würfelchen mit weißen Flecken darauf ab. Ich liebe Glücksspiele, Frauen eingeschlossen. Aber wenn ich verliere, werde ich nicht böse, und ich betrüge nicht. Ich gehe einfach an den nächsten Tisch. Mach's gut, Kindchen."

Er bückte sich, hob den Koffer auf und ging um sie herum. Er ging durch das Zimmer und durch die roten Vorhänge, ohne sich umzusehen.

Francine Ley blickte mit starren Augen zu Boden.

III

De Ruse stand unter dem geschweiften gläsernen Vordach zum Seiteneingang des Chatterton und sah die Irolo nach beiden Seiten entlang, auf das strahlende Licht, das vom Wilshire Boulevard her herüberschien, und in die Richtung des dunklen stillen Endes der Seitenstraße.

Schräg fiel der sanfte Regen vom Himmel. Ein kleiner Tropfen wurde unter das Vordach geweht und traf zischend auf das glühende Ende seiner Zigarette. Er hob seinen Koffer auf, überquerte die Irolo zu seinem Wagen. Er parkte fast an der nächsten Ecke, ein glänzender schwarzer Packard, mit hier und da etwas sparsam verwendetem Chrom.

Er blieb vor dem Wagen stehen und öffnete die Tür. Eine Waffe fuhr aus dem Wagen auf ihn zu. Ihr Lauf drückte gegen seine Brust. Scharf befahl eine Stimme: „Nicht gerührt. Die Hände hoch!"

De Ruse sah den Mann nur undeutlich in dem Wagen. Ein hageres raubvogelartiges Gesicht, auf das nur etwas indirektes Licht fiel, in dem es nicht deutlich zu erkennen war. Er spürte den Druck der Waffe, die fest gegen sein Brustbein gepreßt wurde. Hinter ihm kamen schnelle Schritte, und eine andere Waffe wurde ihm in den Rücken gebohrt.

„Zufrieden?" fragte eine andere Stimme.

De Ruse ließ seinen Koffer fallen, hob seine Hände und legte sie auf das Wagendach.

„Na gut", sagte er mürrisch. „Und was soll das sein? – Ein Raubüberfall?"

Ein schnarrendes Lachen kam von dem Mann in dem Wagen. Eine Hand traf von hinten De Ruse gegen die Hüften.

„Jetzt zurück, langsam."

De Ruse bewegte sich rückwärts und hielt seine Hände sehr hoch in die Luft.

„Nicht so hoch, Kerl", zischte der Mann hinter ihm bedrohlich. „Nur schulterhoch."

De Ruse senkte die Hände. Der Mann in dem Wagen stieg aus, richtete sich auf. Er legte wieder die Waffe gegen De Ruses Brust, streckte einen langen Arm aus und knöpfte De Ruses Mantel auf. De Ruse beugte sich zurück. Die Hand an dem Arm suchte in seinen Taschen, unter seiner Achselhöhle. Das Gewicht der Achtunddreißiger in dem Halfter unter seinem Arm verschwand.

„Hab eine, Chuck. Etwas auf deiner Seite?"

„Nichts an der Hüfte."

Der Mann vor ihm trat zurück und hob seinen Koffer auf.

„Vorwärts! Wir fahren mit unserem Wagen."

Sie gingen weiter die Irolo entlang. Eine große Lincoln-Limousine tauchte auf, ein blauer Wagen mit einem helleren Streifen. Der Mann mit dem Raubvogelgesicht öffnete den hinteren Schlag.

„Da rein."

De Ruse stieg widerwillig ein, spuckte seinen Zigarettenstummel in die nasse Dunkelheit, als er den Kopf beim Einsteigen unter das

Wagendach bückte. Ein schwacher Geruch drang ihm in die Nase, ein Geruch, der von überreifen Pfirsichen oder Mandeln stammen konnte. Er ließ sich auf den Sitz sinken.

„Steig zu ihm, Chuck."

„Hör mal, wir können doch alle vorn sitzen. Ich werd schon mit ihm fertig."

„Nichts da. Steig zu ihm, Chuck", schnauzte der Mann mit dem Raubvogelgesicht. Chuck knurrte, setzte sich neben De Ruse auf den Rücksitz. Der andere schlug die Tür hart zu. Sein hageres Gesicht zeigte durch das geschlossene Fenster ein sardonisches Grinsen. Er ging um den Wagen zu dem Fahrersitz, startete die Maschine, löste den Wagen vom Straßenrand.

De Ruse rümpfte die Nase, schnüffelte den seltsamen Geruch.

Sie glitten um die Ecke, fuhren auf der Achten ostwärts nach Normandie, von Normandie nach Norden über den Wilshire, überquerten andere Straßen, fuhren einen steilen Berg hinauf und glitten die andere Seite nach Melrose hinunter. Der große Lincoln huschte geräuschlos durch den leichten Regen. Chuck saß in seiner Ecke, hielt die Waffe auf seinen Knien, hatte die Stirn gerunzelt. Im Licht der Straßenlampen ging sein eckiges, arrogantes rotes Gesicht, dem nicht wohl zumute war, an und aus.

Der Hinterkopf des Fahrers stand bewegungslos hinter der Glaswand. Sie passierten den Sunset und Hollywood, bogen nach Osten auf die Franklin, wieder nach Norden, nach Los Feliz, und durch Los Feliz zum Flußbett hinunter.

Wagen, die den Berg hinauf entgegenkamen, warfen kurz blendendweiße Lichtstrahlen in das Innere des Lincolns. De Ruse spannte seine Muskeln, wartete. Bei dem nächsten Scheinwerferpaar, das direkt in den Wagen blendete, griff er rasch vor, zog sein linkes Hosenbein hoch. Ehe der blendende Schein vorüber war, lehnte er schon wieder in den Polstern.

Chuck hatte sich nicht gerührt, hatte die Bewegung nicht bemerkt.

Unten, am Ende der Neigung, an der Kreuzung des Riverside Drive, strömte ihnen eine ganze Phalanx Wagen entgegen, als die

Verkehrsampel wechselte. De Ruse wartete, paßte den Strahl der Scheinwerfer sorgfältig ab. Sein Körper beugte sich kurz vor, seine Hand fuhr herunter, riß die kleine Waffe aus dem Halfter an seinem Bein.

Er lehnte sich wieder zurück, die kleine Mauser seitlich an seinen linken Oberschenkel gedrückt, so daß sie für Chuck verborgen war.

Der Lincoln bog in die Riverside ein und passierte den Eingang zum Griffith Park.

„Wo fahren wir denn hin?" fragte De Ruse gleichgültig.

„Schnauze", knurrte Chuck. „Werden's schon merken."

„Doch nicht etwa ein Überfall, was?"

„Schnauze", knurrte Chuck wieder.

„Mops Parisis Leute?" fragte De Ruse dünn und zögernd.

Der rotgesichtige Bandit fuhr auf, hob die Waffe von seinem Knie. „Ich habe gesagt, Schnauze."

„Verzeihung", knurrte De Ruse gekränkt. Er hob die Pistole über seinen Oberschenkel, richtete sie, drückte mit der linken Hand ab. Der Schuß gab einen flachen Knall, ein fast nebensächliches Geräusch.

Chuck schrie auf, und sein rechter Arm zuckte. Seine Waffe fiel aus seiner Hand. Er hob die linke Hand zu seiner rechten Schulter.

De Ruse nahm die kleine Mauser in die rechte Hand, bohrte sie tief in Chucks Seite.

„Ruhig, Junge, ruhig. Vorsicht mit den Händen. Jetzt stoßen Sie die Kanone mit dem Fuß zu mir herüber, schnell!"

Chuck schob seine dicke Pistole über den Wagenteppich. De Ruse bückte sich schnell danach, faßte sie. Der hagere Fahrer warf einen schnellen Blick zurück, der große Wagen taumelte hin und her, fing sich dann wieder.

De Ruse packte die große Waffe; seine Mauser war zum Schlagen zu leicht. Er ließ sie hart seitlich auf Chucks Kopf niedersausen. Chuck stöhnte, sackte nach vorn zusammen, tastete nach Halt.

„Das Gas", quäkte er panisch, „das Gas. Er dreht das Gas an."

De Ruse schlug noch einmal zu, fester. Chuck sank als lebloser Haufen auf den Boden des Wagens.

Der Lincoln bog vom Riverside ab, überquerte eine kurze Brücke, fuhr über einen Reitweg zu einer schmalen Straße, die quer über einen Golfplatz führte. Er raste unter Bäumen in die Dunkelheit hinein, schnell, schwankte nach beiden Seiten, als ob der Fahrer das beabsichtigte.

De Ruse tastete nach einem Halt, suchte nach dem Türgriff. Es war kein Türgriff da. Er zog die Lippen ein und schlug mit der schweren Waffe gegen das Fenster. Das dicke Glas war wie eine Steinmauer.

Der Mann mit dem Raubvogelgesicht beugte sich vor, und plötzlich war ein zischendes Geräusch zu hören.

Dann verschärfte sich der Mandelgeruch sehr stark.

De Ruse riß ein Taschentuch aus seiner Tasche, preßte es gegen Mund und Nase. Der Fahrer saß wieder gerade, nach vorn gebeugt, versuchte, seinen Kopf tief zu halten.

De Ruse hielt die Mündung der großen Waffe dicht an die Glaswand hinter den Kopf des Fahrers, der zur Seite auswich. Schnell hintereinander drückte er viermal ab, die Augen geschlossen, den Kopf zur Seite gewendet, wie eine nervöse Frau.

Keine Glassplitter flogen. Als er wieder aufblickte, war ein rundes ausgezacktes Loch in der Scheibe, und die Windschutzscheibe gerade davor war von Rissen durchzogen. Er schlug mit der Pistole auf den Rand des Loches, und es gelang ihm, ein Stück Glas loszuschlagen. Er spürte jetzt durch das Taschentuch das Gas. Sein Kopf kam ihm vor wie ein Ballon. Was er sah, wogte und schwankte auf und ab, hin und her.

Der Fahrer mit dem Raubvogelgesicht duckte sich zusammen, stieß die Tür an seiner Seite auf, riß das Steuer des Wagens in die andere Richtung und sprang hinaus.

Der Lincoln pflügte durch einen niedrigen Graben, taumelte hoch, krachte seitlich gegen einen Baum. Die Karosserie wurde genügend getroffen, daß eine der Hintertüren aufsprang.

Mit dem Kopf zuerst fuhr De Ruse in einem Hechtsprung durch die Tür. Er prallte mit dem Leib auf weiche Erde, einen Augenblick benahm es ihm den Atem. Dann sogen seine Lungen frische Luft ein. Er stützte sich auf die Ellenbogen, die Waffe schußbereit in der Hand.

Ein Dutzend Schritte entfernt kniete der Mann mit dem Raubvogelgesicht. De Ruse sah, wie er eine Waffe aus seiner Tasche zog und sie hob.

Chucks Pistole zuckte und krachte so lange in De Ruses Hand, bis sie leergeschossen war.

Der Mann mit dem Raubvogelgesicht knickte langsam zusammen, und sein Körper verschmolz mit den dunklen Schatten auf dem nassen Boden. In der Ferne fuhren auf dem Riverside Drive Wagen vorbei. Regen tropfte von den Bäumen. Der Leuchtturm des Griffith Parks schwang seinen Strahl unter dem verhangenen Himmel im Kreis. Das übrige war Dunkelheit und Schweigen.

De Ruse holte tief Luft und richtete sich auf. Er ließ die leergeschossene Waffe fallen, zog eine kleine Taschenlampe aus seiner Manteltasche, hob seinen Mantel über Nase und Mund, preßte den dicken Stoff fest gegen sein Gesicht. Er sprang zu dem Wagen, schaltete die Scheinwerfer ab, ließ den Strahl der Taschenlampe über den Fahrersitz spielen, beugte sich schnell vor und drehte einen Hahn an einem Kupferzylinder, der wie ein Feuerlöscher aussah. Das zischende Geräusch von ausströmendem Gas erstarb.

Vorsichtig näherte er sich dem Mann mit dem Raubvogelgesicht. Er war tot. In seinen Taschen hatte er etwas loses Geld, Noten und Silber, Zigaretten, ein Briefchen Streichhölzer vom Club Egypt, keine Brieftasche, ein paar Reservemagazine mit Patronen, De Ruses Achtunddreißiger. Er steckte seine Waffe an den Platz, an den sie gehörte, und richtete sich von dem zusammengesunkenen Toten auf. Er sah durch die Dunkelheit des Los-Angeles-Flußbettes auf die Lichter von Glendale. Auf halbem Weg blinkte, weit von allen anderen entfernt, eine grüne Neonleuchtschrift, an, aus: Club Egypt.

De Ruse lächelte still vor sich hin und ging zu dem Lincoln zurück. Er zerrte Chuck auf die nasse Erde. Chucks rotes Gesicht erschien jetzt unter dem Strahl der Taschenlampe bläulich. Seine offenen Augen starrten leer. Seine Brust bewegte sich nicht. Er war tot. De Ruse legte die Taschenlampe nieder, durchsuchte weitere Taschen.

Er fand die üblichen Dinge, die ein Mann bei sich trägt, einschließlich einer Brieftasche mit einem Führerschein, ausgestellt für Charles Le Grand, Hotel Metropol, Los Angeles. Er fand weitere Streichhölzer aus dem Club Egypt und einen Hotelschlüssel des Hotels Metropol mit der Nummer 809.

Er schob den Schlüssel in die Tasche, schlug die aufgesprungene Tür des Lincolns zu und setzte sich hinter das Steuer. Der Motor sprang an. Langsam fuhr er den Wagen von dem Baum zurück, das Metall eines eingedrückten Kotflügels schrie und knirschte. Er wendete vorsichtig auf dem weichen Boden und brachte den Wagen auf die Straße. Als er den Riverside erreichte, schaltete er die Scheinwerfer ein und fuhr nach Hollywood zurück. Er parkte den Wagen unter ein paar Pfefferbäumen vor einem großen Apartmenthaus mit einer roten Ziegelfront an der Kenmore, einen halben Block nördlich des Hollywood Boulevard, schaltete die Zündung aus und hob seinen Koffer heraus.

Licht fiel aus dem Eingang des Apartmenthauses auf das vordere Nummernschild, als er davonging. Verwundert fragte er sich, warum Banditen einen Wagen mit der Nummer 5 A 6 benutzen, einer Nummer, die fast schon zu den Privilegierten gehört.

In einem Drugstore telefonierte er nach einem Taxi. Das Taxi brachte ihn zum Chatterton zurück.

IV

Das Apartment war leer. Der Duft von Shalimar und Zigarettenrauch hing in der warmen Luft, als ob erst kürzlich jemand dagewesen sei. De Ruse ging in das Schlafzimmer, betrachtete die Kleider in zwei Schränken, Gegenstände auf dem Toilettentisch, ging dann in das rotweiße Wohnzimmer zurück und mixte sich einen kräftigen Highball.

Er schob den Riegel an der Außentür vor, trug sein Glas in das Schlafzimmer, zog seinen beschmutzten Anzug aus und einen anderen, sehr elegant geschnittenen, aus dunklem Stoff, an. Zwischendurch schlürfte er seinen Drink und knüpfte einen schwarzen Querbinder über einem Hemd aus weichem weißem Leinen.

Er reinigte den Lauf der kleinen Mauser, setzte sie wieder zusammen, ergänzte die Patrone in dem kleinen Magazin, schob die Waffe wieder in das Halfter unter seinem Knie. Dann wusch er sich die Hände und nahm seinen Drink mit ans Telefon. Die erste Nummer, die er wählte, war die des *Chronicle.* Er verlangte die Lokalredaktion, Werner.

Eine schleppende Stimme kam durch den Draht. „Hier Werner. Schießen Sie los mit Ihrem Märchen."

„Hier John De Ruse, Claude. Sieh mal auf deiner Liste für mich nach, wem der Wagen mit der Nummer 5 A 6 gehört."

„Muß so ein Mistpolitiker sein", antwortete die schleppende Stimme, und De Ruse hörte, wie der Hörer auf den Tisch gelegt wurde.

De Ruse saß regungslos, starrte auf eine kannelierte weiße Säule. Darauf stand eine rotweiße Schale mit künstlichen roten und weißen Rosen. Angewidert rümpfte er die Nase.

Werners Stimme kam wieder durch die Leitung. „Eine Lincoln-Limousine, zugelassen für Hugo Candless, Casa de Oro Apartments, 29-42 Clearwater Street, West Hollywood."

De Ruse sagte in einem Ton, der nichts verriet: „Das ist dieses Großmaul, nicht wahr?"

„Ja, der Geschworenenbeschwatzer, ‚Mister – Ihr Zeuge'." Werners Stimme wurde leiser. „Unter uns, Johnny, und nicht zum Weitersagen: Ein großer hinterhältiger Fettkloß, der nicht mal gerissen ist. Nur lange genug in der Landschaft, um zu wissen, wer gekauft werden kann . . . 'ne Geschichte drin?"

„Nee, diesmal nicht", sagte De Ruse leise. „Er hat mich beim Überholen gestreift und nicht angehalten."

Er hängte ein, leerte sein Glas und stand auf, um sich einen neuen Drink einzugießen. Dann warf er das Telefonbuch auf den weißen Schreibtisch und schlug die Nummer des Casa de Oro nach. Er wählte. Die Zentrale gab die Auskunft, Mr. Candless sei nicht in der Stadt.

„Geben Sie mir sein Apartment", verlangte De Ruse.

Eine kühle Frauenstimme beantwortete das Telefon. „Ja, hier spricht Mrs. Hugo Candless. Sie wünschen bitte?"

„Ich bin ein Klient von Mister Candless", sagte De Ruse, „und muß ihn dringend sprechen. Können Sie mir helfen?"

„Tut mir sehr leid", erwiderte die kühle, fast träge Stimme. „Mein Mann wurde sehr plötzlich aus der Stadt gerufen. Ich weiß nicht einmal, wohin er fuhr, obwohl ich erwarte, heute abend noch von ihm zu hören. Er verließ seinen Klub . . ."

„Welchen Klub", fragte De Ruse beiläufig.

„Den Delmar Club. Er fuhr von dort fort, ohne nach Hause zu kommen. Wollen Sie etwas hinterlassen?"

„Vielen Dank, Mrs. Candless. Vielleicht rufe ich später noch einmal an."

Er legte den Hörer auf, lächelte verhalten und grimmig, trank von seinem Glas und schlug die Nummer des Metropol nach. Er rief dort an und verlangte Mr. Charles Le Grand in Zimmer 809.

„609", verbesserte die Telefonistin gleichgültig. „Ich verbinde."

Ein paar Augenblicke später sagte sie: „Der Teilnehmer antwortet nicht."

De Ruse bedankte sich, zog den Schlüssel aus seiner Tasche und sah sich noch einmal die Zimmernummer an. Es war 809.

V

Sam, der Türhüter des Delmar Club, lehnte gegen die Tuffsteineinfassung des Einganges und sah auf den Verkehr, der auf dem Sunset Boulevard vorbeiflitzte. Die Scheinwerfer schmerzten in seinen Augen. Er war müde und wollte nach Hause. Er sehnte sich nach einer Zigarette und einem großen Schluck Gin. Er wünschte, daß es zu regnen aufhörte. Es war tot in dem Klub, wenn es regnete.

Er löste sich von der Wand und ging unter dem Vordach auf dem Bürgersteig ein paarmal auf und ab, schlug seine großen schwarzen Hände in den großen weißen Handschuhen zusammen. Er versuchte, den Schlittschuhläuferwalzer zu pfeifen, traf aber nicht annähernd die Melodie und pfiff statt dessen „Low down Lady". Das hatte keine Melodie.

De Ruse kam um die Ecke der Hudson Street und blieb neben ihm dicht an der Hauswand stehen.

„Ist Hugo Candless im Klub?" fragte er, ohne Sam anzusehen.

Sam klappte mißbilligend die Zähne gegeneinander. „Nein."

„War er drinnen?"

„Fragen Sie bitte bei dem Empfang, Mister."

De Ruse zog seine behandschuhten Hände aus den Taschen und begann eine Fünf-Dollar-Note um seinen linken Zeigefinger zu rollen.

„Die wissen doch auch nicht mehr als Sie."

Sam grinste zögernd, betrachtete die Note, die fest um den behandschuhten Finger gerollt wurde.

„Das ist Tatsache, Boss. Ja, er war da. Kommt fast jeden Tag."

„Wann ist er fort?"

„Gegen halb sieben, glaube ich."

„In seiner blauen Lincoln-Limousine?"

„Klar. Aber er fährt nicht selbst. Warum fragen Sie?"

„Um die Zeit regnete es", sagte De Ruse ruhig. „Es regnete sehr stark. Vielleicht war es doch nicht der Lincoln?"

„Es war der Lincoln", protestierte Sam beleidigt. „Ich habe ihn selbst hineingesetzt. Er fährt nie was anderes."

„Die Nummer war 5 A 6 ?" bohrte De Ruse unerbittlich weiter.

„Richtig", kicherte Sam. „Eine Nummer wie ein Senator."

„Kennen Sie den Fahrer?"

„Klar", fing Sam an und brach plötzlich ab. Er strich mit einem weißen Finger in der Größe einer Banane über sein schwarzes Kinn. „Aber ich will ein großer schwarzer Esel sein, wenn er nicht schon wieder einen neuen Fahrer hat. Den Mann kannte ich nicht. Bestimmt nicht."

De Ruse schob die zusammengerollte Banknote in Sams große weiße Pratze. Sam grapschte danach, aber seine großen runden Augen wurden plötzlich argwöhnisch.

„Sagen Sie, Mister — Mann, warum fragen Sie das alles?"

„Ich hab bezahlt, oder nicht?" antwortete De Ruse.

Er ging um die Ecke in die Hudson zurück und stieg in seinen schwarzen Packard. Er fuhr den Sunset entlang nach Westen, fast bis Beverly Hills, wandte sich dann in die Vorberge und begann, an den Straßenecken nach den Straßenschildern Ausschau zu halten. Die Clearwater Street führte oben am Rand eines Abhanges entlang und bot einen Blick auf die ganze Stadt. Die Casa de Oro Apartments an der Ecke der Parkinson bestanden aus einem verwinkelten Block erstklassiger Bungalows, der von einer hohen Mauer aus ungebrannten Ziegeln, von einem Kranz roter Dachziegel gekrönt, umgeben war. Die Anmeldung befand sich in einem eigenen, flachen Gebäude, und eine große Privatgarage lag gegenüber an der Parkinson.

De Ruse parkte gegenüber der Garage und sah durch eine breite Glaswand in ein Büro, in dem ein Garagenwärter in einem fleckenlosen weißen Overall saß, die Füße auf den Schreibtisch gelegt, in einer Zeitschrift las und über die Schulter nach einem unsichtbaren Spucknapf spuckte.

De Ruse stieg aus dem Packard, überquerte weiter oben die Straße, kam zurück und glitt in die Garage, ohne von dem Wärter bemerkt zu werden.

Die Wagen standen in vier Reihen. Zwei Reihen rückwärts gegen die weißen Wände, zwei weitere, die Fronträder gegeneinander, in der Mitte. Es gab reichlich freie Plätze, aber es waren auch schon eine ganze Menge Wagen zu Bett gebracht worden. Die meisten waren große, teure, geschlossene Modelle, aber es waren auch ein paar auffällig elegante offene Wagen dabei.

Nur eine Lincoln-Limousine stand in der Garage. Sie hatte die Nummer 5 A 6.

Es war ein gut gepflegter Wagen, leuchtend und glänzend, königsblau, lohfarben abgesetzt. De Ruse zog seinen Handschuh aus, legte seine Hand auf den Kühler. Ganz kalt. Er betastete die Reifen, sah auf seine Finger. Seine Haut war etwas staubig, aber in den Rillen der Reifen saß kein Lehm, keine feuchte Erde, nur knochentrockener Staub. Er ging die Reihe der dunklen Wagen entlang zurück und beugte sich in die offene Tür des Büros. Nach einem Augenblick sah der Garagenwärter auf, fast erschrocken.

„Haben Sie Candless' Chauffeur hier gesehen?" fragte De Ruse.

Der Mann schüttelte den Kopf und spuckte elegant in den Kupferspucknapf.

„Nicht, seit ich meinen Dienst begonnen habe. Das war um drei."

„Ist er nicht zum Klub gefahren, um den Alten zu holen?"

„Scheint nicht so. Der Lincoln war nicht fort, und er fährt immer nur den."

„Wo wohnt er denn?"

„Wer, Mattick? Hinten, irgendwo im Park sind Unterkünfte für Hauspersonal, aber ich glaube, er sagte mal, daß er irgendwo ein Hotelzimmer hat. Wo war das nur?" Seine Stirn runzelte sich.

„Im Metropol?" fragte De Ruse.

Der Garagenwärter überlegte, während De Ruse ihm aufs Kinn starrte.

„Ja, das könnte es gewesen sein. Bin allerdings nicht ganz sicher. Mattick redet nicht viel."

De Ruse bedankte sich, überquerte die Straße und stieg wieder in den Packard. Er fuhr zur Stadt zurück.

Es war fünfundzwanzig Minuten nach neun Uhr, als er die Ecke der Siebten und der Spring Street erreichte, an der das Metropol lag.

Es war ein altes Hotel, früher einmal exklusiv gewesen und steuerte jetzt einen schwankenden Kurs zwischen einer Konkursverwaltung und einem schlechten Ruf bei der Polizei. Es hatte zu viele dunkle, ölige Täfelungen, zu viele abgestoßene, vergoldete Spiegelrahmen. Zuviel Rauch hing unter der niedrigen Balkendecke seiner Halle, und zu viele fragwürdige Existenzen lungerten in seinen abgewetzten ledernen Schaukelstühlen.

Die Blonde, die hinter dem großen hufeisenförmigen Zigarrenstand bediente, war nicht mehr jung, und ihre Augen waren zynisch geworden vom zu häufigen Ablehnen eindeutiger Einladungen. De Ruse stützte sich auf die Glasplatte und schob seinen Hut auf seinem kräftigen schwarzen Haar zurück.

„Camels, Süße", sagte er mit seiner leisen Spielerstimme.

Das Mädchen klatschte die Packung vor ihm auf die Platte, kurbelte fünfzehn Cents auf der Registrierkasse und schob ihm das Wechselgeld mit einem schwachen Lächeln unter den Ellenbogen. Ihre Augen sagten, daß er ihr gefiel. Sie lehnte sich ihm entgegen und kam mit ihrem Kopf nahe genug, daß er den Duft des Parfüms in ihrem Haar wahrnahm.

„Sagen Sie mir etwas", sagte De Ruse.

„Was denn?" fragte sie leise.

„Wer wohnt in 809? Können Sie das feststellen, ohne dem Empfangschef zu sagen, wer es wissen will?"

Die Blonde machte ein enttäuschtes Gesicht. „Warum fragen Sie ihn nicht selbst?"

„Ich bin zu schüchtern", sagte De Ruse.

„Das merkt man."

Sie ging an ihr Telefon und sprach mit einer trägen Anmut hinein, kam zu De Ruse zurück.

„Einer namens Mattick. Sagt Ihnen das was?"

„Nein. Ich habe mich offenbar geirrt", antwortete De Ruse. „Vielen Dank. Wie gefällt's Ihnen hier in diesem hübschen Hotel?"

„Wer hat gesagt, daß es hier hübsch ist?"

De Ruse lächelte, faßte an seinen Hut und schlenderte fort. Sie sah ihm traurig nach, stützte ihre Ellenbogen auf den Verkaufstisch, legte ihr Kinn in die Hände, um hinter ihm herzustarren.

De Ruse durchquerte die Halle, ging drei Treppen hinauf und trat dann in einen Fahrstuhl, der scharf anfuhr. „Achte", sagte er und lehnte sich an die Wand, die Hände in den Taschen.

Die Achte war das Höchste, was das Metropol zu bieten hatte. De Ruse folgte einem langen Korridor, in dem es nach Lack roch. Eine Biegung an seinem Ende brachte ihn unmittelbar vor 809. Er klopfte gegen das dunkellackierte Holz. Keine Antwort. Er beugte sich nieder, sah durch ein leeres Schlüsselloch, klopfte wieder.

Dann zog er den Schlüssel mit dem Nummernschild aus der Tasche, schloß auf und trat ein.

Die Fenster waren geschlossen. In der Luft stand Whiskybrodem, die Deckenbeleuchtung war eingeschaltet. Ein breites Messingbett, eine dunkle Kommode, ein paar braune Ledersessel, ein steifer Schreibtisch, darauf eine flache braune Flasche „Four Roses", die fast leer und nicht verschlossen war. De Ruse schnüffelte daran, lehnte sich gegen die Schreibtischkante und ließ seine Augen durch das Zimmer schweifen.

Seine Blicke glitten von der dunklen Kommode über das Bett zu der Wand mit der Eingangstür, von dort zu einer weiteren Tür, hinter der Licht sichtbar war. Er ging hinüber und öffnete sie.

Der Mann lag mit dem Gesicht auf den gelblichbraunen Fliesen des Badezimmers. Das Blut auf dem Boden sah klebrig und schwarz aus. Von zwei durchtränkten Flecken am Hinterkopf des Mannes war das dunkle Rot über seinen Hals auf den Boden gelaufen. Das Blut hatte schon vor langer Zeit aufgehört zu fließen.

De Ruse streifte seinen Handschuh ab, beugte sich nieder und drückte zwei Finger gegen die Stelle, an der die Arterie schlagen mußte. Er schüttelte den Kopf und zog den Handschuh wieder an.

Er verließ das Badezimmer, schloß die Tür hinter sich und öffnete eines der Fenster. Er beugte sich hinaus, atmete die regenfrische feuchte Luft ein, sah durch den schräg fallenden Regen in die dunkle Schlucht einer Seitengasse.

Bald darauf schloß er das Fenster wieder, schaltete das Licht im Badezimmer aus, nahm ein Schild *Bitte nicht stören* aus der obersten Schublade der Kommode, knipste die Deckenbeleuchtung aus und verließ das Zimmer.

Er hängte das Schild an die Klinke und ging durch den Korridor zu dem Fahrstuhl zurück und verließ das Hotel Metropol.

VI

Francine Ley summte leise, tief in der Kehle, vor sich hin, als sie durch den stillen Korridor des Chatterton ging. Sie summte unstetig, ohne zu wissen, was sie eigentlich summte, und ihre linke Hand mit den kirschroten Fingernägeln bewahrte ein grünes Samtcape davor, von ihrer Schulter zu gleiten. Unter dem anderen Arm trug sie eine eingewickelte Flasche.

Sie drehte den Schlüssel im Schloß, stieß die Tür auf und blieb mit einem plötzlichen Stirnrunzeln stehen. Sie stand regungslos, überlegte, versuchte, sich zu erinnern. Sie war immer noch etwas angetrunken.

Sie hatte das Licht brennen lassen, das war es. Jetzt war es ausgeschaltet. Es konnte natürlich das Zimmermädchen gewesen sein. Sie ging weiter, tastete sich durch die roten Vorhänge in das Wohnzimmer.

Die Glut im Kamin strahlte über den rot und weißen Teppich und überzog etwas glänzendes Schwarzes mit einem roten Schimmer. Das glänzende Schwarze waren Schuhe. Sie bewegten sich nicht.

Francine Ley stöhnte leise. Die Hand, mit der sie ihr Cape hielt, krallte sich mit ihren langen, gut gepflegten Nägeln fast in ihren Hals.

Etwas klickte, und Licht leuchtete in einer Lampe neben einem Sessel auf. In dem Sessel saß De Ruse, sah sie hölzern an.

Er hatte seinen Mantel an und den Hut auf. Sein Blick war umwölkt, fern, von einem abwesenden Brüten erfüllt.

„Aus gewesen, Francy?" fragte er.

Sie setzte sich langsam auf die Kante eines halbrunden Sofas, legte die Flasche neben sich.

„Ich war angetrunken", sagte sie, „und dachte, es sei besser, ich ginge etwas essen. Dann wollte ich mich richtig betrinken." Sie klopfte auf die Flasche.

„Ich glaube, sie haben sich den Boss deines Freundes Dial geschnappt," sagte De Ruse. Er sagte es gleichgültig, als ob es für ihn belanglos wäre.

Francine Ley öffnete langsam ihren Mund, und als sie ihn öffnete, verschwand alles Hübsche aus ihrem Gesicht. Ihr Gesicht wurde zu einer leeren hageren Maske, auf der das Rouge loderte. Ihr Mund sah aus, als wollte er schreien.

Nach einer Weile schloß sie ihn wieder, und ihr Gesicht wurde wieder hübsch, und ihre Stimme sagte wie aus weiter Ferne: „Hätte es einen Sinn, wenn ich sagte, ich weiß nicht, wovon du sprichst?"

De Ruses hölzerner Ausdruck veränderte sich nicht. „Als ich von hier auf die Straße ging, lauerten mir zwei Banditen auf", sagte er.

„Der eine saß in meinem Wagen. Natürlich konnten sie mich schon woanders entdeckt und hierher verfolgt haben."

„Das haben sie", sagte Francine Ley atemlos. „Bestimmt, Johnny."

Sein langes Kinn hob sich etwas. „Sie verluden mich in einen großen Lincoln, eine Limousine. Ein toller Wagen. Er hatte dicke Scheiben, die nicht so leicht zu zerbrechen waren, und keine Türgriffe und war völlig dicht geschlossen. Auf dem Vordersitz hatte er einen Behälter mit Nevada=Gas – Zyangas – den der Fahrer anstellen konnte und aus dem es ins Wageninnere drang, ohne daß er es abbekam. Sie brachten mich auf den Griffith Parkway in Richtung des Club Egypt hinaus. Das ist dieses Lokal vor der Stadt in der Nähe des Flughafens."

Er machte eine Pause, rieb das Ende seiner Augenbraue und fuhr fort: „Sie haben die Mauser übersehen, die ich manchmal an meinem Bein trage. Der Fahrer fuhr gegen einen Baum. Dadurch sprang die Tür auf, und ich kam frei." Er spreizte seine Finger und blickte darauf nieder. Ein schwaches metallisches Lächeln verzog seine Mundwinkel.

Francine Ley sagte: „Ich habe damit nicht das geringste zu tun, Johnny." Ihre Stimme war so tot wie der Sommer von vor zwei Jahren.

De Ruse sagte: „Der Mann, der vor mir in dem Wagen fuhr, hatte wahrscheinlich keine Waffe. Es war Hugo Candless. Der Wagen war ein Zwilling seines Lincoln – das gleiche Modell, die gleiche Lackie=rung, die gleichen Nummernschilder – aber es war nicht sein Wagen. Jemand hatte sich viel Arbeit gemacht. Candless verließ den Delmar Club gegen halb sieben in dem falschen Wagen. Seine Frau sagt, er ist nicht in der Stadt. Ich habe vor einer Stunde mit ihr gesprochen. Sein Wagen hat die Garage seit Mittag nicht mehr verlassen ... vielleicht weiß seine Frau inzwischen, daß es ihn erwischt hat, viel=leicht auch nicht."

Francine Leys Nägel krampften sich in ihren Rock. Ihre Lippen zitterten. Ruhig, tonlos fuhr De Ruse fort. „Jemand hat Candless' Chauffeur heute abend oder heute nachmittag in seinem Hotel er=schossen. Die Polizei weiß es noch nicht. Man hat ihn noch nicht ge=funden. Jemand hat sich wirklich große Mühe gegeben, Francy. Du würdest dich doch nicht an einer solchen Affäre beteiligen, Schatz?"

Francine Ley beugte den Kopf vor und starrte auf den Boden. Mit belegter Stimme sagte sie: „Ich muß etwas trinken. Was ich gehabt habe, wirkt nicht mehr. Mir ist grauenhaft elend."

De Ruse stand auf und ging zu dem weißen Schreibtisch. Er leerte eine Handbreit in ein Glas und brachte es zu ihr. Er blieb vor ihr stehen und hielt es außer ihrer Reichweite.

„Ich werde nur selten brutal, Kindchen. Aber wenn ich brutal werde, bin ich nicht so leicht aufzuhalten – selbst wenn ich will. Wenn du irgend etwas von dieser Geschichte weißt, wäre es jetzt noch Zeit, daß du auspackst."

Er reichte ihr das Glas. Sie schluckte den Whisky, und in ihre rauchblauen Augen kam wieder etwas Glanz. Langsam sagte sie: „Ich weiß nicht das geringste, Johnny. Nicht in der Art, wie du meinst. Aber George Dial trug mir ein Liebesnest an und sagte, er könne aus Candless Geld herausschlagen, wenn er ihm drohte, einen schmutzigen Betrug, den Candless an einem gefährlichen Mann aus Reno beging, auszuplaudern."

„Verflucht gerissen, dieser geleckte Kerl", sagte De Ruse. „Reno ist meine Stadt, Kindchen. Ich kenne alle gefährlichen Männer in Reno. Wie heißt er?"

„Zapparty."

Sehr leise sagte De Ruse: „Zapparty heißt der Mann, dem der Club Egypt gehört."

Francine Ley stand plötzlich auf und packte seinen Arm. „Halt dich draußen, Johnny. Kannst du dich um Himmels willen nicht dieses eine Mal draußen halten?"

De Ruse schüttelte den Kopf, er lächelte zart und verhalten auf sie herunter. Dann nahm er ihre Hand von seinem Arm und trat zurück.

„Ich bin in ihrem Gaswagen gefahren, Kindchen, und das hat mir nicht gefallen. Ich habe ihr Nevada-Gas gerochen. Ich habe den Revolvermann von einem der Gefährlichen mit Blei gespickt. Entweder ich gehe selbst zur Polizei, oder die Polizei faßt mich. Wenn sich die Gefährlichen noch einen holen und ich gehe dann erst zu den Blauen, ist es nur zu wahrscheinlich, daß sie noch einen schnappen und umlegen. Zapparty ist einer von den Harten aus Reno, und was Dial dir gesagt hat, kann genau stimmen. Und wenn Mops Parisi mit Zapparty zusammenspielt, muß ich schneller als sie sein. Parisi haßt mich wie die Pest."

„Du brauchst nicht eine Ein-Mann-Mordkommission zu spielen, Johnny", sagte Francine Ley verzweifelt.

Er lächelte weiter auf sie herunter mit fest geschlossenen Lippen und ernsten Augen. „Wir sind zwei, Kindchen. Hol dir einen langen Mantel. Es regnet immer noch."

Sie starrte ihn mit weit aufgerissenen Augen an. Ihre ausgestreckte Hand, die, mit der sie ihn am Arm gepackt hatte, spreizte steif die Finger, zeigte abwehrend die Handfläche. Ihre Stimme klang hohl vor Angst.

„Ich, Johnny . . . ? Bitte, nein . . . "

Freundlich sagte De Ruse: „Hol den Mantel, Süßes. Mach dich hübsch. Es könnte das letztemal sein, daß wir zusammen ausgehen."

Sie taumelte an ihm vorbei. Er faßte sie sanft am Arm, hielt sie einen Augenblick, fragte fast flüsternd:

„Du hast sie doch nicht auf mich gehetzt, Francy?"

Mit steinernem Ausdruck sah sie auf die schmerzliche Ungewißheit in seinen Augen, stöhnte unterdrückt auf, riß ihren Arm los und ging schnell in das Schlafzimmer.

Nach einem Augenblick verschwand der schmerzliche Ausdruck aus De Ruses Augen, und das metallische Lächeln erschien wieder um seine Mundwinkel.

VII

De Ruse kniff seine Augen halb zu und beobachtete die Finger des Croupiers, als sie über den Tisch glitten und auf der Kante ruhten. Es waren runde feste, konische Finger, geschickte Finger. De Ruse hob den Kopf und sah in das Gesicht des Croupiers. Er war ein kahlköpfiger Mann unbestimmbaren Alters, mit stillen blauen Augen. Er hatte nicht ein Haar auf dem Kopf, nicht ein einziges Haar.

De Ruse sah wieder auf die Hände des Croupiers. Die rechte Hand drehte sich ein wenig auf der Kante des Tisches. Die Knöpfe am Ärmel der braunen Jacke des Croupiers – im Schnitt wie ein Smoking – berührten die Tischkante. De Ruse lächelte sein dünnes metallisches Lächeln.

Er hatte drei blaue Chips auf Rot gesetzt. Bei diesem Spiel fiel die Kugel in zwei, schwarz. Der Croupier zahlte zweien der vier anderen Männer, die spielten, aus.

De Ruse schob fünf blaue Chips vor und legte sie auf die rote Raute. Dann drehte er den Kopf nach links und beobachtete einen untersetzten, blonden jungen Mann, der drei rote Chips auf Zero setzte.

De Ruse leckte sich über die Lippen, drehte seinen Kopf noch weiter und sah nach der Seite des ziemlich kleinen Raumes, wo Francine Ley auf einer Polsterbank an der Wand, den Kopf zurückgelehnt, saß.

„Ich glaube, ich habe es, Kindchen", sagte De Ruse zu ihr. „Ich bin, glaube ich, dahintergekommen."

Francine Ley blinzelte und löste ihren Kopf von der Wand. Sie griff nach dem Glas auf dem niedrigen runden Tisch vor ihr.

Sie trank, blickte auf den Boden, gab keine Antwort.

De Ruse sah zu dem blonden Mann zurück. Die drei anderen Männer setzten. Der Croupier sah gleichzeitig ungeduldig und wachsam aus.

„Wie kommt es, daß Sie immer Zero setzen, wenn ich Rot setze, und Doppelzero, wenn ich Schwarz setze?"

Der blonde junge Mann lächelte, hob die Schultern und sagte nichts. De Ruse legte seine Hand auf den Spielplan und sagte sehr leise: „Ich habe Sie was gefragt, Mister."

„Vielleicht bin ich Jesse Livermore", grunzte der blonde junge Mann. „Ich verdiene gern billig."

„Was ist denn? Geht's nicht weiter", fragte einer der anderen Männer ungeduldig.

„Machen Sie Ihr Spiel bitte, meine Herren."

De Ruse sah ihn an und sagte: „Nur zu."

Der Croupier brachte das Roulett mit der linken Hand in Schwung, warf die Kugel mit der gleichen Hand in die entgegengesetzte Richtung. Seine rechte Hand ruhte auf der Tischkante.

Die Kugel fiel auf Schwarz, achtundzwanzig, neben Zero. Der blonde Mann lachte. „Dicht vorbei", sagte er, „ganz dicht."

De Ruse zählte seine Chips, häufte sie sorgfältig auf. „Sechstausend habe ich schon drangegeben. Es ist ein bißchen roh, aber wahrscheinlich steckt Geld drin. Wer führt diese Neppbude?"

Der Croupier lächelte zögernd und sah De Ruse direkt in die Augen. Ruhig fragte er: „Sagten Sie Neppbude?"

De Ruse nickte. Er gab sich nicht die Mühe, zu antworten.

„Wenn ich recht gehört habe, sagten Sie Neppbude", wiederholte der Croupier, setzte einen Fuß vor und legte sein Gewicht darauf.

Drei der Männer, die gespielt hatten, sammelten schnell ihre Chips ein, zogen sich an die kleine Bar in der Ecke zurück. Sie bestellten sich zu trinken, lehnten sich mit dem Rücken gegen die Wand neben der Bar, beobachteten De Ruse und den Croupier. Der blonde Mann blieb am Roulettisch und lächelte De Ruse ironisch an.

„Tzä, tzä", sagte er mißbilligend. „Ihre Manieren ..."

Francine Ley leerte ihr Glas, lehnte den Kopf wieder gegen die Wand. Sie schlug die Augen nieder und beobachtete De Ruse heimlich unter ihren langen Wimpern.

Nach einem Augenblick öffnete sich eine Geheimtür, und ein sehr großer Mann mit einem schwarzen Schnurrbart und sehr dichten schwarzen Augenbrauen kam herein.

Der Croupier hob die Augen zu ihm, blickte dann auf De Ruse und wies ihm damit die Richtung.

„Ja, ich glaube, Sie sagten Neppbude", wiederholte er dumpf.

Der große Mann tauchte neben De Ruses Ellenbogen auf, stieß ihn mit seinem eigenen Ellenbogen an. „'raus", sagte er träge.

Der blonde Mann grinste und steckte seine Hände in die Taschen seines dunkelgrauen Anzuges. Der Große beachtete ihn nicht.

De Ruse blickte über den Spieltisch auf den Croupier und sagte: „Geben Sie mir meine sechstausend zurück, dann will ich es dabei belassen."

„'raus", sagte der große Mann mürrisch und stieß mit seinem Ellenbogen De Ruse in die Seite.

Der kahlköpfige Croupier lächelte höflich.

„Sie", sagte der Große zu De Ruse, „wollen Sie hier den starken Mann spielen?"

De Ruse sah ihn mit ironischer Überraschung an. „Sieh mal an, der Rausschmeißer", sagte er leise. „Übernimm du ihn, Nicky."

Der blonde Mann nahm seine rechte Hand aus der Tasche, schwang sie. In dem hellen Licht glänzte die Schlagrute schwarz auf. Sie landete mit einem dumpfen Dröhnen auf dem Hinterkopf des Großen neben De Ruse. Der Große griff nach De Ruse, der schnell zurücktrat und seine Waffe unter dem Arm hervorzog. Der große Mann versuchte, sich an die Kante des Roulettisches zu klammern, stürzte mit einem dumpfen Aufschlag zu Boden.

Francine Ley stand auf, ein würgendes Stöhnen drang aus ihrer Kehle.

Der Blonde trat zur Seite, wirbelte herum und fixierte den Barman. Der Barman legte seine Hände sichtbar vor sich auf die Bar.

Die drei Männer, die Roulett gespielt hatten, sahen sehr interessiert zu, rührten aber keine Hand.

De Ruse sagte: „Der mittlere Knopf an seinem rechten Ärmel, Nicky. Ich glaube, es ist Kupfer."

„So?" Der blonde Mann schlenderte um den Roulettisch herum, schob die Schlagrute in seine Tasche. Er trat dicht an den Croupier heran und packte den mittleren der drei Knöpfe an dessen rechtem Ärmelaufschlag und riß daran. Beim zweiten Ruck löste sich der Knopf, und ein dünner Draht folgte ihm aus dem Ärmel.

„Ich nehme jetzt meine sechstausend wieder an mich", sagte De Ruse, „und dann werden wir uns mit Ihrem Chef unterhalten."

Der Croupier nickte langsam und griff nach dem Tablett mit Chips neben dem Roulettisch.

Der große Mann auf dem Boden regte sich nicht. Der Blonde griff mit der rechten Hand nach hinten an die Hüfte und zog eine Pistole, Kaliber fünfundvierzig, unter dem Gürtelband seiner Hose hervor.

Er schwang sie in der Hand hin und her und lächelte freundlich nach allen Seiten.

Sie gingen über eine Galerie, von der man in den Speisesaal und auf die Tanzfläche hinuntersah. Die Rhythmen von heißem Jazz tönten zu ihnen hinauf, hektisch zuckten die Musiker mit Schultern und Armen im Takt. Mit den Jazzrhythmen kam der Geruch von Speisen und Zigarettenrauch und Schweiß. Der Balkon hing hoch über der Szene, die von oben ein bizarres unwirkliches Bild, wie eine Filmaufnahme, bot.

Der kahlköpfige Croupier öffnete eine Tür in der Ecke des Balkons und ging, ohne zurückzusehen, hindurch. Der Blonde, den De Ruse Nicky genannt hatte, folgte ihm, dann De Ruse und Francine Ley.

Sie kamen in einen kurzen Gang mit einem kalten Licht von der Decke. Die Tür am Ende des Ganges sah aus wie gestrichenes Metall. Der Croupier drückte mit einem dicken Finger in einem bestimmten Rhythmus auf einen kleinen Klingelknopf an der Seite. Es ertönte der summende Ton eines elektrischen Türöffners. Der Croupier drückte gegen die Tür.

Dahinter lag ein heller freundlicher Raum, halb Wohnraum, halb Büro. Es gab einen offenen Kamin und im rechten Winkel davor ein grünes Ledersofa, der Tür zugewandt. Der Mann, der auf dem Sofa saß, legte eine Zeitung nieder und sah auf. Sein Gesicht wurde plötzlich lebendig. Er war klein, mit einem straffen runden Kopf, einem straffen runden, dunklen Gesicht. Er hatte kleine lichtlose Augen, wie Glasknöpfe.

In der Mitte des Zimmers befand sich ein breiter flacher Schreibtisch, und daneben stand ein sehr großer Mann mit einem Cocktailshaker in den Händen. Er drehte langsam den Kopf und sah über die Schulter auf die vier Personen, die in das Zimmer kamen, während seine Hände den Shaker in sanftem Rhythmus weiterschüttelten. Er hatte ein ausgemergeltes Gesicht mit tiefliegenden Augen und schlaffer grauer Haut und kurzgeschorenes rötliches Haar, ohne Glanz oder Scheitel. Eine dünne Zickzacknarbe wie ein Mensurschmiß lief über seine linke Wange.

Der große Mann stellte den Cocktailshaker hin, drehte sich ganz um und starrte auf den Croupier. Der Mann auf dem Sofa bewegte sich nicht. In seiner Bewegungslosigkeit lag eine zusammengeduckte Spannung.

Der Croupier sagte: „Ich halte das für einen Überfall. Aber allein konnte ich mich nicht dagegen wehren. Big George haben sie niedergeschlagen."

Der blonde Mann lächelte fröhlich und zog seine Fünfundvierziger aus seiner Tasche. Er richtete sie auf den Boden.

„Er hält es für einen Überfall", sagte er. „Bleibt einem da nicht einfach die Luft weg?"

De Ruse drückte die schwere Tür zu. Francine Ley entfernte sich von ihm auf die Seite des Zimmers gegenüber dem Feuer. Er sah nicht zu ihr hin. Der Mann auf dem Sofa sah zu ihr, sah auf alle.

De Ruse sagte ruhig: „Der Große ist Zapparty, der Kleine Mops Parisi."

Der Blonde trat zur Seite, ließ den Croupier allein in der Mitte des Zimmers. Die Fünfundvierziger deckte den Mann auf dem Sofa.

„Sicher, ich bin Zapparty", sagte der Große. Er sah De Ruse einen Augenblick neugierig an. Dann drehte er sich um, nahm den Cocktailshaker wieder auf, öffnete den Verschluß und füllte ein flaches Glas. Er leerte das Glas, wischte sich die Lippen mit einem feinen Batisttaschentuch, steckte das Tuch sehr sorgfältig in seine Brusttasche zurück, so daß drei Spitzen herausragten.

De Ruse lächelte sein dünnes metallisches Lächeln und berührte mit dem Zeigefinger das Ende seiner linken Augenbraue. Seine rechte Hand hielt er in der Jackentasche.

„Nicky und ich haben draußen ein bißchen Theater gespielt", sagte er. „Damit die Leute etwas haben, worüber sie reden können, falls es zu laut werden sollte, wenn wir bei Ihnen sind."

„Das klingt interessant", gab Zapparty zu. „Weshalb kommen Sie denn zu mir?"

„Wegen eines Gaswagens, in dem Sie Leute spazierenfahren lassen", antwortete De Ruse.

Der Mann auf dem Sofa machte eine sehr plötzliche Bewegung, und seine Hand schoß von seinem Bein hoch, als ob etwas sie gestochen hätte. Der Blonde sagte: „Nein . . . oder doch, wenn Sie lieber wollen, Mr. Parisi. Es ist reine Geschmackssache."

Parisi wurde wieder bewegungslos. Seine Hand fiel auf seinen kurzen dicken Oberschenkel zurück.

Zapparty öffnete seine tiefliegenden Augen ein wenig weiter. „Gaswagen?" Sein Ton zeigte milde Überraschung.

De Ruse trat in die Mitte des Zimmers neben den Croupier. Er wiegte sich auf den Fußballen. Seine grauen Augen hatten einen schläfrigen Ausdruck, und sein Gesicht war gespannt und ermüdet, nicht jung.

„Vielleicht hat es Ihnen nur jemand angehängt, Zapparty", sagte er. „Aber ich glaube es nicht. Ich spreche von dem blauen Lincoln mit der Nummer 5 A 6 und dem Behälter Nevada-Gas vorn. Sie wissen, Zapparty, das Zeug, mit dem in unserem Staat Mörder behandelt werden."

Zapparty schluckte, und sein großer Adamsapfel tanzte hastig auf und ab. Er stülpte die Lippen vor, preßte sie dann gegen die Zähne zurück, stülpte sie wieder vor.

Der Mann auf dem Sofa lachte laut auf und schien sich gut zu unterhalten.

Eine Stimme, die von keinem im Zimmer kam, befahl scharf: „Laß die Knarre fallen, Blondy, die anderen die Hände in die Luft."

De Ruse sah zu einer Öffnung in der Täfelung hinter dem Schreibtisch. In der Öffnung waren eine Waffe und eine Hand zu sehen, aber kein Körper oder Gesicht. Das Licht aus dem Zimmer beleuchtete nur die Hand mit der Waffe.

Sie schien direkt auf Francine Ley gerichtet. „Auch gut", sagte De Ruse und hob schnell seine Hände — leer.

Der Blonde sagte: „Das muß Big George sein, ausgeruht und wieder auf der Höhe." Er öffnete seine Hand und ließ die Fünfundvierziger vor sich zu Boden poltern.

Parisi stand sehr schnell von dem Sofa auf und zog eine Pistole unter dem Arm hervor. Zapparty nahm aus der obersten Schreibtischschub= lade einen Revolver. Er sagte zu der Öffnung in der Täfelung: „Ver= schwinde und bleib draußen."

Die Täfelung schloß sich mit einem Klicken. Zapparty ruckte mit dem Kopf in Richtung des kahlen Croupiers, der nicht einen Muskel bewegt zu haben schien, seit er das Zimmer betrat.

„Zurück an die Arbeit, Louis. Nicht den Kopf hängen lassen."

Der Croupier nickte, drehte sich um und verließ den Raum, schloß die Tür vorsichtig hinter sich.

Francine Ley lachte hysterisch auf. Sie hob die Hand und zog den Kragen ihres Umhangs um den Hals fest zusammen, als ob ihr kalt sei. Aber das Zimmer hatte keine Fenster, und es war von dem Feuer sehr warm.

Parisi stieß einen zischenden Laut zwischen den Lippen und Zäh= nen aus, trat schnell vor De Ruse und stieß ihn mit seiner Waffe ins Gesicht, daß De Ruse den Kopf zurückreißen mußte. Er tastete mit der linken Hand De Ruses Taschen ab, nahm ihm den Colt, fühlte unter seinen Armen, ging um ihn herum, klopfte ihm auf die Hüfttaschen, trat wieder vor ihn.

Er ging einen kleinen Schritt zurück und schlug De Ruse mit der flachen Pistole ins Gesicht. De Ruse stand vollkommen ruhig, nur sein Kopf zuckte etwas, als das harte Metall sein Gesicht traf.

Parisi schlug ihn noch einmal auf die gleiche Stelle. Von De Ruses Backenknochen rann langsam Blut über sein Gesicht. Sein Kopf sackte ein wenig nach vorn, und seine Knie gaben nach. Er sank langsam zusammen, stützte seine linke Hand auf den Boden, schüttelte seinen Kopf. Sein Körper war zusammengekauert, die Beine unter sich zusam= mengeknickt. Seine rechte Hand hing lose neben seinem linken Fuß.

„Genug, Mops", sagte Zapparty, „werde nicht blutdürstig. Wir wol= len von diesen Leuten was hören."

Francine lachte wieder ziemlich sinnlos. Sie schwankte an der Wand entlang, sich mit einer Hand daran stützend.

Parisi atmete schwer und wich mit einem befriedigten Lächeln auf seinem dunklen runden Gesicht von De Ruse zurück.

„Darauf habe ich lange gewartet", sagte er.

Als er etwa drei Schritte von De Ruse entfernt war, schien etwas kleines dunkles Glänzendes aus dem linken Bein von De Ruses Hose in seine Hand zu springen. Es folgte eine scharfe, knappe Explosion, eine winzige orangegrüne Flamme blendete am Boden auf.

Parisis Kopf wurde zurückgerissen. Unter seinem Kinn erschien ein rundes Loch. Fast augenblicklich wurde es groß und rot. Seine Hände öffneten sich zögernd und ließen beide Waffen los. Er begann zu schwanken, fiel mit einem dumpfen Schlag zu Boden.

„Heiliger Himmel", japste Zapparty und riß seinen Revolver hoch.

Francine Ley gellte unterdrückt auf und warf sich auf ihn, kratzend, tretend, schreiend.

Scharf knallte der Revolver zweimal auf. Zwei Kugeln schlugen klatschend in die Wand. Gips bröckelte.

Francine Ley rutschte zu Boden, auf ihre Hände und Knie. Ein langes schlankes Bein erschien unter ihrem Rocksaum.

Der Blonde, auf einem Knie, seine Fünfundvierziger wieder in der Hand, keuchte verblüfft. „Sie hat dem Schuft die Knarre abgenommen."

Zapparty stand mit leeren Händen, sein Gesicht war entsetzt und verzerrt. Über seinen rechten Handrücken lief eine lange rote Kratzspur. Sein Revolver lag neben Francine Ley auf dem Boden. Mit verstörten Augen blickte er ungläubig auf sie nieder.

Parisi auf dem Boden hustete einmal auf, von da an war er still.

De Ruse erhob sich. Die kleine Mauser sah wie ein Spielzeug in seiner Hand aus. Seine Stimme schien von sehr weit herzukommen als er sagte: „Halt die Täfelung im Auge, Nicky."

Von außen drang kein Geräusch in das Zimmer. Von nirgends war ein Laut zu hören. Zapparty stand neben dem Schreibtisch, gebannt, gespenstisch blaß.

De Ruse beugte sich nieder und berührte Francine Leys Schulter. „Alles in Ordnung, Kindchen?"

Sie zog ihr Bein an und stand auf, sah auf Parisi. Ihr Körper zitterte von einem nervösen Schüttelfrost.

„Es tut mir leid, Kindchen", sagte De Ruse leise neben ihr, „ich fürchte, ich habe dir unrecht getan."

Er nahm ein Taschentuch aus der Tasche, befeuchtete es an seinen Lippen und strich leicht über seine linke Backe. Er betrachtete das Blut auf dem Taschentuch.

„Scheinbar ist Big George wieder schlafen gegangen", sagte Nicky. „Dumm, daß ich ihn nicht umgeblasen habe."

De Ruse nickte ein wenig und sagte: „Ja. Unser ganzes Spiel war lausig. Wo haben Sie Ihren Hut und Mantel, Mr. Zapparty? Wir möchten Sie gern auf eine Spazierfahrt mitnehmen."

VIII

Im Schatten unter den Pfefferbäumen sagte De Ruse: „Da ist er, Nicky, dort drüben. Anscheinend hat sich niemand darum gekümmert. Aber wir sehen uns besser trotzdem erst mal um."

Der blonde Mann verließ das Steuer des Packards und verschwand unter den Bäumen. Er blieb eine Zeitlang auf der gleichen Straßenseite wie der Packard stehen, glitt dann auf die andere Seite der North Kenmore hinüber, wo der große Lincoln vor dem Apartmenthaus mit der roten Ziegelfront parkte.

De Ruse beugte sich über die Rücklehne des Vordersitzes und kniff Francine Ley in die Backe. „Du fährst jetzt nach Hause, Kindchen. Mit dem Bus hier. Ich komme bald nach."

„Johnny", sie klammerte sich an seinen Arm. „Was hast du noch vor? Hast du denn um Himmels willen heute abend noch nicht genug?"

„Noch nicht, Kindchen. Mr. Zapparty will uns noch einiges erzählen. Ich nehme an, eine Spazierfahrt in dem Gaswagen wird ihn aufmuntern. Außerdem brauche ich ihn sowieso zum Beweis."

Er blickte seitlich auf Zapparty in der Ecke des Rücksitzes. Zapparty stieß einen rauhen Laut aus und starrte mit düsterem Gesicht vor sich hin.

Nicky kam über die Straße zurück, setzte einen Fuß auf das Trittbrett. „Keine Schlüssel", sagte er. „Hast du sie?"

„Natürlich", antwortete De Ruse. Er zog Schlüssel aus seiner Tasche und gab sie Nicky. Nicky trat auf Zappartys Seite an den Wagen und öffnete die Tür.

„Aussteigen, Mr. Zapparty." Zapparty erhob sich steif, stand in dem sanften, schräg fallenden Regen. Sein Mund zuckte. De Ruse folgte ihm.

„Fahr nach Hause, Kindchen."

Francine Ley glitt über den Vordersitz hinter das Steuerrad des Packards und drückte auf den Starter. Mit einem weichen Summen sprang der Motor an.

„Bis nachher, Kindchen", sagte De Ruse freundlich. „Wärme mir meine Pantoffeln an. Und tue mir einen großen Gefallen: rufe niemanden an."

Der Packard fuhr unter den großen Pfefferbäumen durch die dunkle Straße davon. De Ruse beobachtete, wie er um die Ecke bog. Er stieß Zapparty mit dem Ellenbogen an. „Gehen wir. Sie fahren auf dem Rücksitz in Ihrem Gaswagen. Viel Gas können wir Ihnen nicht geben, weil in der Glaswand ein Loch ist, aber der Geruch wird Ihnen auch so gefallen. Wir werden irgendwo aufs Land fahren. Wir haben die ganze Nacht Zeit, um mit Ihnen zu spielen."

„Sie wissen doch wohl, daß das Menschenraub ist?" sagte Zapparty rauh.

„Das macht mir ja gerade so viel Spaß daran", erwiderte De Ruse sanft.

Sie überquerten die Straße. Drei Männer, ohne jede Eile, gemeinsam. Nicky öffnete die unbeschädigte Hintertür des Lincolns. Zapparty stieg ein. Nicky knallte die Tür zu, setzte sich ans Steuer und schob den Zündschlüssel in das Schloß. De Ruse stieg neben ihm ein, er spürte zwischen seinen Knien den Gasbehälter.

Der ganze Wagen roch noch nach dem Gas.

Nicky startete den Motor, wendete mitten im Block und fuhr nach Norden zur Franklin, zurück über Los Feliz in Richtung Glendale. Nach einiger Zeit beugte Zapparty sich vor und klopfte gegen die Glaswand. De Ruse legte sein Ohr an das Loch hinter Nickys Kopf.

Zappartys leise Stimme sagte: „Steinhaus ... Castle Road ... im Überschwemmungsgebiet von La Crescenta."

„Donnerwetter, der ist aber weich", grunzte Nicky, den Blick auf die Straße vor sich gerichtet.

De Ruse nickte und sagte nachdenklich: „Da steckt mehr dahinter. Da Parisi tot ist, würde er dichthalten, wenn er nicht auf eine Tour gekommen wäre, sich herauszuwinden."

„Ich würde lieber Prügel einstecken und nicht auspacken", sagte Nicky. „Mach mir 'n Stäbchen an, Johnny."

De Ruse zündete zwei Zigaretten an, reichte eine dem Blonden. Er blickte auf Zappartys große Gestalt in der Ecke des Rücksitzes. Vorbeihuschende Lichter erhellten hin und wieder dessen ausgemergeltes Gesicht, ließen die Höhlungen darin noch tiefer erscheinen.

Lautlos glitt der große Wagen durch Glendale und die Gerade in Richtung Montrose hinauf. Von Montrose ging es zur Sunland-Fernstraße und über sie hinüber in das fast verlassene Überschwemmungsgebiet von La Crescenta.

Sie fanden die Castle Road und folgten ihr in Richtung auf die Berge. Ein paar Minuten später erreichten sie das Steinhaus.

Es stand von der Straße zurück hinter einem breiten Platz, der früher mal ein Rasen gewesen sein mochte, aber jetzt von angeschwemmtem Sand, Geröll und ein paar großen Steinen bedeckt war. Kurz vorher bog die Straße im rechten Winkel ab, knapp dahinter endete sie in einer scharfen Kante aus Beton, wo die Überschwemmung am Neujahrstag sie fortgerissen hatte.

Hinter dieser Linie hatte die Überschwemmung die schlimmsten Verwüstungen angerichtet. Jetzt begannen schon Büsche zwischen den vielen riesigen angeschwemmten Steinbrocken zu wachsen. Unmittelbar an der Kante stand ein Baum. Die Hälfte seiner Wurzeln hingt in der Luft über dem Abgrund, den die Flutwelle gerissen hatte.

Nicky brachte den Wagen zum Halten, schaltete die Scheinwerfer aus und zog aus dem Handschuhfach eine große vernickelte Taschenlampe. Er reichte sie De Ruse.

De Ruse stieg aus, blieb einen Augenblick mit der Hand auf der offenen Tür stehen, in der anderen die Taschenlampe. Dann zog er seinen Colt aus der Manteltasche und hielt ihn an seiner Seite.

„Sieht nach 'ner Niete aus", sagte er. „Ich glaube nicht, daß sich hier irgend etwas rührt."

Er blickte zu Zapparty, lächelte hart und schlich über die Sandfläche auf das Haus zu. Die Vordertür stand halb offen, vom Sand festgekeilt. De Ruse ging auf die Ecke des Hauses zu, hielt sich dabei, so gut er konnte, außerhalb der Richtung, die von der Türöffnung übersehen werden konnte. Er glitt an der Mauer entlang, spähte zu den bretterverschalten Fenstern hinauf, hinter denen kein Lichtschimmer zu entdecken war.

Hinter dem Haus stand etwas, was einmal ein Hühnerstall gewesen sein mochte. Ein Haufen rostigen Schrotts in einer eingestürzten Garage war alles, was von dem Familienauto übriggeblieben war. Die Hintertür war wie die Fenster vernagelt. De Ruse stand ruhig im Regen, fragte sich, warum die Vordertür offenstand. Dann erinnerte er sich an die zweite Überschwemmung vor einigen Monaten, nicht so schwer wie die erste, aber das Hochwasser hatte ausreichen können, die Vordertür, die zu den Bergen ging, aufzusprengen.

Zwei verputzte Häuser, beide verlassen, standen auf angrenzenden Grundstücken. Etwas weiter von dem Überschwemmungsgebiet entfernt, auf etwas höherem Gelände, schimmerte ein erleuchtetes Fenster. Es war das einzige Licht in De Ruses Gesichtskreis.

Er schlich lautlos zur Vorderseite des Hauses zurück, glitt durch die Türöffnung, blieb drinnen stehen und lauschte. Er wartete ziemlich lange, ehe er die Taschenlampe anknipste.

Im Haus roch es nicht wie in einem Haus. Es roch wie im Freien. In dem Vorderzimmer war nichts als Sand, ein paar zertrümmerte Möbelreste, an den Wänden, über der dunklen Linie, die das Hochwasser zurückgelassen hatte, ein paar helle Stellen, wo Bilder gehangen hatten.

De Ruse glitt durch den kurzen Gang in eine Küche. Ein Loch im Boden zeigte die Stelle, wo der Ausguß gewesen war, und über dem Loch hing schief ein rostiger Gasherd. Von der Küche ging er in das

Schlafzimmer. Bisher hatte er in dem Haus nicht das geringste Geräusch gehört.

Das Schlafzimmer war quadratisch und dunkel. Ein von getrocknetem Lehm steifer Teppich klebte auf dem Boden. Ein Metallbett mit verrosteten Sprungfedern stand in der Ecke, und eine von Wasserflecken übersäte Matratze verdeckte einen Teil der Federn.

Unter dem Bett ragten Füße heraus.

Es waren große Füße in walnußbraunen Schuhen. Darüber purpurne Socken. Die Socken hatten graue Streifen an den Seiten. Über den Socken hing eine klein schwarz-weiß karierte Hose.

De Ruse stand ganz still, richtete den Strahl der Taschenlampe auf die Füße. Er machte ein leicht saugendes Geräusch mit seinen Lippen. So stand er fast zwei Minuten regungslos da. Dann stellte er die Lampe senkrecht auf den Boden, daß ihr Strahl an die Decke fiel und ihr Widerschein den ganzen Raum trüb erleuchtete.

Er faßte die Matratze und hob sie von dem Bett. Er griff hinunter und berührte die Hand des Mannes, der unter dem Bett lag. Die Hand war eiskalt. Er faßte ihn an den Knöcheln und zog, aber der Mann war groß und schwer.

Es war leichter, das Bett über ihn hinwegzuziehen.

IX

Zapparty lehnte seinen Kopf gegen das Polster zurück, schloß seine Augen und drehte den Kopf etwas zur Seite. Seine Augen waren sehr fest geschlossen, und er versuchte, seinen Kopf weit genug abzuwenden, daß der grelle Strahl der großen Taschenlampe nicht mit voller Kraft durch seine Augenlider hindurchschien.

Nicky hielt ihm die Taschenlampe dicht vor das Gesicht, schaltete sie ein, wieder aus, ein, wieder aus, eintönig, in einer Art Rhythmus.

De Ruse stand mit einem Fuß auf dem Trittbrett neben der offenen Tür und sah in den Regen. Am Rand des verschwommenen Horizonts blitzte schwächlich der Leuchtturm des Flugplatzes auf.

Gleichmütig sagte Nicky: „Man kann nie wissen, wovon einer weich wird. Ich sah mal, wie einer zusammenbrach, weil ein Polizist ihm mit dem Fingernagel gegen das Grübchen am Kinn drückte."

De Ruse lachte leise. „Der hier ist zäh", antwortete er. „Du mußt dir etwas Besseres einfallen lassen als eine Taschenlampe."

Nicky schaltete die Taschenlampe an, aus, an, aus. „Das könnte ich", sagte er, „aber ich will mir nicht die Hände schmutzig machen."

Nach einer kurzen Weile hob Zapparty seine Hände, ließ sie langsam wieder fallen und begann zu sprechen. Er sprach mit leiser, eintöniger Stimme, hielt seine Augen vor der Taschenlampe geschlossen.

„Parisi hat organisiert, daß sie ihn holten. Ich habe vorher nichts davon gewußt. Vor etwa einem Monat kam Parisi mit einem Paar harter Brocken als Mannschaft und setzte mich unter Druck. Irgendwie hat er herausgefunden, daß Candless mich um Fünfundzwanzigtausend für die Verteidigung meines Halbbruders wegen einer Mordanklage betrogen hat und dann den Jungen hängen ließ. Ich habe Parisi nichts davon erzählt. Erst heute abend erfuhr ich, daß er es wußte. Gegen sieben oder etwas später kam er in den Klub 'raus und sagte: ‚Wir haben einen deiner Freunde, Hugo Candless. Dabei fallen Hunderttausend ab, ohne große Mühe. Du hast nicht mehr zu tun, als den Zaster hier auszuzahlen und mit einem Packen anderer Noten zu vermischen. Du mußt mitmachen, denn du kriegst deinen Anteil. Wenn du nicht willst, werden sie hier in deinem Hof einen Bock finden, falls irgendwas schiefgeht.' Das war alles. Dann saß Parisi herum, kaute an seinen Nägeln und wartete auf seine Leute. Er wurde ziemlich nervös, als sie nicht auftauchten. Einmal ging er telefonieren."

De Ruse zog an seiner Zigarette, die er in seiner geschlossenen Hand verdeckt hielt. „Wer hat das Ding gefingert?" fragte er, „und woher wissen Sie, daß Candless hier war?"

„Das hat mir Mops gesagt", antwortete Zapparty.

Nicky lachte und knipste ein paarmal schnell an der Taschenlampe.

„Laß sie einen Moment brennen", sagte De Ruse.

Nicky ließ den Strahl auf Zappartys weißes Gesicht fallen. Zapparty bewegte die Lippen. Einmal öffnete er die Augen. Es waren blinde Augen, wie die Augen eines toten Fisches.

„Es ist verdammt kalt hier", sagte Nicky. „Was machen wir mit dem großen Herrn hier?"

„Wir bringen ihn ins Haus und binden ihn auf Candless fest", sagte De Ruse. „Sie können sich gegenseitig warm halten. Morgen kommen wir wieder und fragen ihn, ob ihm noch was eingefallen ist."

Zapparty schauderte. Das Schimmern von etwas wie einer Träne zeigte sich in seinen Augenwinkeln. Nach einem Augenblick des Schweigens murmelte er: „Also gut. Das Ganze habe ich geplant, der Gaswagen war meine Idee. Ich wollte nicht das Geld, ich wollte Candless, und ich wollte ihn tot. Vor einer Woche wurde mein jüngerer Bruder in Quentin vergast."

Eine Weile herrschte Schweigen. Nicky murrte leise etwas Unverständliches. De Ruse bewegte sich nicht und gab keinen Laut von sich.

„Mattick, Candless' Chauffeur, war mit drin", fuhr Zapparty fort. „Er haßte Candless. Er sollte den falschen Wagen fahren, damit alles richtig aussah, und dann verschwinden. Aber er hatte zuviel aus der Flasche geschlabbert, um sich Mut zu machen, und Parisi wurde er lästig. Darum ließ Mops ihn umlegen. Den Wagen fuhr ein anderer. Es regnete, und das half."

„So ist es schon besser", sagte De Ruse. „Aber das ist noch nicht alles, Zapparty."

Zapparty zuckte ungeduldig mit den Schultern, öffnete ein bißchen seine Augen vor der Taschenlampe, grinste beinahe. „Was zum Teufel wollen Sie noch? Marmelade auf beiden Seiten?"

„Ich will wissen, wer der Vogel war, der mich greifen ließ", sagte De Ruse. „Aber lassen Sie. Ich finde ihn schon selbst."

Er nahm seinen Fuß von dem Trittbrett und schnippte seinen Zigarettenstummel in die Dunkelheit. Er warf die Tür des Wagens zu, stieg vorn ein. Nicky steckte die Taschenlampe fort und setzte sich ans Steuer. Er startete den Motor.

„Irgendwohin, wo ich ein Taxi rufen kann, Nicky", sagte De Ruse. „Dann fährst du den hier noch eine Stunde spazieren und rufst Francy an. Dort hinterlasse ich Nachricht für dich."

Der Blonde schüttelte langsam den Kopf. „Du bist ein guter Freund,

Johnny, und ich kann dich gut leiden. Aber wir sind schon weit genug gegangen. Ich bringe die Karre zum Headquarters. Vergiß nicht, daß ich zu Hause zwischen meinen alten Hemden eine Lizenz als Privatdetektiv liegen habe."

„Gib mir noch eine Stunde", bat De Ruse. „Nur eine Stunde, Nicky."

Der Wagen glitt den Berg hinunter, überquerte die Sunland-Straße, rollte den nächsten Berg hinunter nach Montrose. Nach einer Weile sagte Nicky: „Also gut, eine Stunde."

X

Auf der Standuhr am Ende des Empfangstisches in der Halle des Casa de Oro war es zwölf Minuten nach eins. Die Halle war in antikem Spanisch gehalten, mit schwarzen und roten indianischen Teppichen, nägelbeschlagenen Sesseln mit Lederkissen und Lederquasten an den Ecken der Kissen. Die graugrünen Olivenholztüren schmückten schwere schmiedeeiserne Beschläge.

Ein dünner gepflegter Mann mit einem gewachsten blonden Schnurrbart und einer blonden Tolle lehnte gegen den Empfangstisch, sah auf die Uhr und gähnte, schnippte mit seinen schimmernden Fingernägeln gegen seine Zähne.

Die Eingangstür öffnete sich, und De Ruse trat ein. Er nahm seinen Hut ab, schüttelte ihn, setzte ihn wieder auf und zog die Krempe in die Stirn. Langsam sah er sich in der verlassenen Halle um, ging zum Empfangstisch und schlug mit seiner behandschuhten Hand auf die Platte.

„Welche Nummer hat Hugo Candless' Bungalow?" fragte er.

Der Blonde machte ein belästigtes Gesicht. Er sah auf die Uhr, auf De Ruses Gesicht, auf die Uhr zurück. Er lächelte hochmütig und antwortete mit einem leichten Akzent.

„Zwölf C. Wünschen Sie noch angemeldet zu werden – um diese Zeit?"

„Nein", antwortete De Ruse.

Er drehte sich um, ging auf eine große Tür mit einer Glasraute zu. Sie sah aus wie die Tür zu einem erstklassigen WC.

Als er die Hand auf die Tür legte, ertönte hinter ihm schrill eine Glocke.

De Ruse sah über seine Schulter zurück, drehte sich um und ging wieder zu dem Empfangstisch. Der gepflegte Mann nahm seine Hand ziemlich schnell wieder von der Klingel weg.

Seine Stimme war kühl, sarkastisch und unverschämt, als er sagte: „Hier ist nicht die Art Apartmenthaus, die Sie sich vorstellen, wenn's beliebt."

Zwei Stellen auf De Ruses Backenknochen wurden dunkelrot. Er beugte sich über den Tisch, faßte den Revers des Gepflegten und zerrte ihn auf sich zu, halb über die Tischplatte. „Wie war das, Schleimer?"

Der Gepflegte erblaßte, aber es gelang ihm, noch einmal mit zitternder Hand auf die Klingel zu drücken.

Ein fülliger Mann in einem schlotternden Anzug und mit einer sealbraunen Perücke kam um die Ecke des Empfangstisches, hob gemächlich einen dicken Finger und sagte: „He!"

De Ruse ließ den Revers los. Er starrte ausdruckslos auf Zigarrenasche vorn auf der Jacke des Fülligen.

Der kleine Dicke sagte: „Ich bin der Hausbulle. Sie müssen zu mir kommen, wenn Sie grob werden wollen."

„Sie sprechen meine Sprache", sagte De Ruse. „Kommen Sie mit in die Ecke."

Sie gingen zusammen in die Ecke und setzten sich neben eine Palme. Der Gutgenährte grinste liebenswürdig, hob eine Ecke seiner Perücke und kratzte sich darunter.

„Ich heiße Kuvalick", sagte er. „Manchmal könnte ich dem Schweizer da selbst aufs Dach hauen. Um was geht's denn?"

„Sind Sie einer, der den Mund halten kann?" fragte De Ruse.

„Nee, ich rede gern. Das einzige Vergnügen, das man auf diesem Hühnerhof hier hat." Kuvalick holte eine halbe Zigarre aus seiner Tasche und versengte sich die Nase, als er sie anzündete.

„Dieses eine Mal müssen Sie den Mund halten", sagte De Ruse.

Er griff in seine Jacke, zog seine Brieftasche und nahm zwei Zehner heraus. Er rollte die Scheine um seinen Zeigefinger, zog sie dann als Röhre ab und schob sie in die Außentasche der Jacke des Fülligen.

Kuvalick blinzelte, sagte aber nichts.

„In Candless' Apartment ist einer namens George Dial", sagte De Ruse. „Sein Wagen steht draußen, und nur dort kann er sein. Ich muß ihn sprechen, aber ich will nicht, daß er meinen Namen erfährt. Sie können mich 'reinbringen und dabeibleiben."

Der Gutgenährte entgegnete vorsichtig: „Es ist schon reichlich spät. Vielleicht ist er im Bett."

„Wenn, dann ist er im falschen Bett", antwortete De Ruse. „Und es wird Zeit, daß er aufsteht."

Der Füllige erhob sich. „Was ich mir denke, gefällt mir gar nicht. Aber Ihre Zehner gefallen mir ganz gut. Ich geh mal 'rein und sehe nach, ob sie auf sind. Warten Sie hier."

De Ruse nickte. Kuvalick ging an der Wand entlang und verschwand durch eine Tür in der Ecke. Die plumpe kantige Form der Revolvertasche an seiner Hüfte ragte unter dem Saum seiner Jacke heraus, als er ging. Der Mann am Empfangstisch blickte ihm nach, warf dann einen verächtlichen Blick auf De Ruse und zog eine Nagelfeile aus der Tasche.

Zehn Minuten vergingen. Fünfzehn. Kuvalick kam nicht zurück. De Ruse stand plötzlich auf, runzelte die Stirn und ging auf die Tür in der Ecke los. Der Mann hinter dem Empfangstisch richtete sich auf, und seine Augen wanderten zu dem Telefon auf dem Tisch, aber er berührte es nicht.

De Ruse trat durch die Tür und befand sich auf einer überdachten Galerie. Regenwasser tropfte sanft von den schrägen Ziegeln der Überdachung. Er ging über einen Patio, in dessen Mitte ein langes, von Kacheln in fröhlichen Farben eingefaßtes Schwimmbecken lag. Am Ende des Hofes zweigten andere Patios ab. In der hinteren Ecke des linken war ein Fenster erhellt. Er ging aufs Geratewohl darauf zu. Als er dicht davor stand, erkannte er die Nummer 12 C an der Tür.

Er stieg zwei flache Stufen hinauf, drückte auf die Klingel, die in der Ferne läutete. Nichts geschah. Nach einer kurzen Zeit klingelte er noch einmal, versuchte dann den Türgriff. Es war abgeschlossen. Irgendwo von drinnen glaubte er schwach ein gedämpftes Klopfen zu hören.

Er stand einen Augenblick im Regen, ging dann um die Ecke des Bungalows, durch einen engen, sehr nassen Gang nach hinten. Er versuchte die Hintertür. Sie war auch verschlossen. De Ruse fluchte, zog seinen Colt unter dem Arm hervor, hielt seinen Hut gegen die Glasscheibe der Tür und schlug die Scheibe mit dem Griff seiner Waffe ein. Klirrend fiel das Glas nach innen.

Er steckte die Waffe wieder ein, richtete den Hut auf seinem Kopf gerade und griff durch das Loch in der Scheibe und schloß die Tür auf.

Die Küche war groß und hell, mit schwarzen und gelben Fliesen. Sie sah aus, als würde sie vorwiegend gebraucht, um Drinks zu mixen. Leere Flaschen, zwei Haig and Haig, eine Hennessy und drei oder vier von verschiedenen Sorten phantasievoller Aperitifs standen in dem gekachelten Ausguß. Ein kurzer Gang führte zu einer geschlossenen Tür, dahinter lag das Wohnzimmer. In der Ecke stand ein Flügel, daneben eine brennende Lampe. Eine andere Lampe brannte auf einem niedrigen Tisch mit Drinks und Gläsern. Ein Holzfeuer verglühte im Kamin.

Das klopfende Geräusch war lauter.

De Ruse ging durch das Wohnzimmer und durch eine weitere, von Vorhängen eingefaßte Tür, durch einen weiteren kurzen Gang und trat in ein schön getäfeltes Schlafzimmer. Das klopfende Geräusch kam aus einem Schrank. De Ruse öffnete ihn und sah einen Mann.

Er saß auf dem Boden, mit seinem Rücken in einem Wald von Kleidern an Kleiderbügeln. Um sein Gesicht war ein Handtuch gewunden. Ein anderes hielt seine Knöchel zusammen. Seine Handgelenke waren ihm auf dem Rücken gefesselt. Er war ein sehr kahler Mann, so kahl wie der Croupier im Club Egypt.

De Ruse starrte mißmutig auf ihn herunter, grinste dann plötzlich, beugte sich vor und befreite ihn.

Der Mann spie einen Waschlappen aus, fluchte gräßlich und tauchte zwischen den Kleidern hinter sich in dem Schrank unter. Er kam wieder hoch und hielt etwas Fellartiges in seiner Hand, zog es glatt und setzte es auf seinen haarlosen Kopf.

Dadurch wurde er wieder zu Kuvalick, dem Hausdetektiv. Immer noch fluchend, stand er auf, wich von De Ruse mit einem harten mißtrauischen Grinsen auf seinem fetten Gesicht zurück. Seine rechte Hand schoß nach der Revolvertasche an seiner Hüfte.

De Ruse spreizte seine Hände. „Erzählen Sie mal", sagte er und setzte sich in einen kleinen chintzüberzogenen Sessel.

Kuvalick starrte ihn einen Augenblick ruhig an. Dann zog er seine Hand von der Waffe zurück.

„Es war Licht", sagte er, „also drückte ich auf die Klingel. Ein großer dunkler Bursche machte auf. Ich habe ihn hier oft gesehen. Das war Dial. Ich sagte ihm, daß draußen in der Halle einer ist, der ihn unauffällig sprechen will und seinen Namen nicht genannt hat."

„Damit lagen Sie drin", kommentierte De Ruse trocken.

„Noch nicht, aber bald", grinste Kuvalick und spuckte einen Stofffetzen aus. „Ich beschrieb Sie. *Damit* lag ich drin. Dial lächelte ganz komisch und sagte, ich solle einen Moment 'reinkommen. Ich gehe an ihm vorbei, und er schließt die Tür und klemmt mir eine Knarre gegen die Niere. Er sagte: ‚Haben Sie gesagt, daß er einen dunklen Anzug anhat?' Ich sagte: ‚Ja, und wozu soll die Knarre gut sein?' Er sagte: ‚Hat er graue Augen und so krisseliges schwarzes Haar? Und sieht er um die Zähne ziemlich hart aus?' Ich sagte: ‚Ja, Sie Stinkstück. Aber wozu soll die Knarre gut sein?' Er sagte: ‚Dafür', und haut sie mir von hinten auf den Kopf. Ich gehe 'runter, benommen, aber nicht aus. Dann kommt die Candless aus einer Tür heraus, und sie binden mir Hände und Füße zusammen und schieben mich in den Schrank. Damit hatte es sich. Eine Weile hörte ich sie noch rumoren, und dann hörte ich nichts mehr. Das war alles, bis Sie klingelten."

De Ruse lächelte träge, zufrieden. Sein ganzer Körper ruhte entspannt in dem Sessel. Seine Haltung war frech und lässig geworden.

„Die sind weg", meinte er leise. „Sie bekamen einen Tip. Das war, glaube ich, nicht sehr klug."

Kuvalick sagte: „Ich bin ein alter Polizist aus Wells Fargo, und ich kann einen Schlag vertragen. Was hatten die vor?"

„Was für eine Frau ist diese Mrs. Candless?"

„Dunkel, sieht gut aus, scharf auf Männer, wie man so sagt. Schon 'n bißchen verbraucht und hager. Alle drei Monate hatten sie einen neuen Chauffeur. Hier im Casa gibt's auch ein paar, die ihr gefallen. Wahrscheinlich war das ihr Gigolo, der mir das verpaßt hat."

De Ruse sah auf seine Uhr, nickte, beugte sich vor, um aufzustehen. „Ich glaube, es ist endlich Zeit, die Polizei zu rufen. Haben Sie irgendeinen Freund im Headquarters, dem Sie gern eine Verschleppungsgeschichte zuschanzen wollen?"

Eine Stimme sagte: „Soweit ist es noch nicht."

George Dial trat aus dem Gang schnell durch die Tür und blieb ruhig darunter stehen, mit einer langen dünnen Pistole mit Schalldämpfer in der Hand. Seine Augen waren groß und erregt, aber sein zitronenfarbener Finger am Abzug der kleinen Waffe schien sehr fest und sicher.

„Wir sind nicht verschwunden", sagte er. „Wir waren noch nicht ganz soweit. Aber für Sie beide wäre es vielleicht gar nicht schlecht gewesen."

Kuvalicks dicke Hand griff nach seiner Hüfte.

Die kleine Pistole mit dem langen schwarzen Rohr sagte zweimal schwach und gedämpft plopp.

Ein Staubwölkchen flog von Kuvalicks Jacke auf. Seine Hände zuckten scharf zur Seite, und er riß seine kleinen Augen sehr weit auf, wie Samenkörner, die von einem Keim bersten. Er fiel schwer gegen die Wand, rutschte ab, lag ganz still auf seiner linken Seite, die Augen halb geöffnet, den Rücken zur Wand. Seine Perücke saß schief auf seinem kahlen Kopf.

De Ruse sah schnell zu ihm hin, sah wieder zu Dial. Sein Gesicht zeigte keine Bewegung, war nicht einmal erregt.

„Sie sind wahnsinnig, Dial", sagte er. „Das zerstört Ihre letzte Chance. Durch Bluff hätten Sie noch herauskommen können. Aber das war nicht Ihr einziger Fehler."

Kalt antwortete Dial: „Nein, das weiß ich jetzt. Ich hätte Ihnen die Burschen nicht auf den Hals schicken sollen. Ich tat es nur, weil ich mir einbildete, ich könnte es mir leisten. Das kommt davon, wenn man kein Professioneller ist."

De Ruse nickte leichthin, betrachtete Dial fast freundlich. „Sie bildeten sich also ein, Sie konnten es sich leisten? – Wer gab Ihnen denn den Tip, daß alles schiefgegangen war?"

„Francy – und sie hat sich verdammt lange Zeit damit gelassen", sagte Dial wild. „Ich verschwinde und werde also eine Zeitlang nicht in der Lage sein, mich bei ihr zu bedanken."

„Das werden Sie nie", sagte De Ruse. „Sie kommen nicht aus der Stadt heraus. Von Candless' Geld werden Sie nie auch nur einen Nickel in die Finger bekommen. Sie nicht, Ihre Kumpane nicht, Ihre Weiber nicht. Die Polizei wird informiert, gerade jetzt."

„Wir kommen schon durch", erwiderte Dial. „Wir haben genug bei uns, um weit herumzukommen, Johnny. Und jetzt Schluß."

Dials Gesicht spannte sich, und er riß die Hand mit der Waffe hoch. De Ruse schloß die Augen halb, erwartete den Schlag. Die Waffe ging nicht los. Hinter Dial raschelte es, und eine große dunkle Frau in einem grauen Pelzmantel glitt in das Zimmer. Ein kleiner Hut saß auf ihrem dunklen Haar, das im Nacken zu einem Knoten verschlungen war. Der Lippenstift auf ihrem Mund war schwarz wie Ruß. Auf ihren Wangen war keine Farbe.

Sie hatte eine kühle schleppende Stimme, die zu ihrem gespannten Ausdruck nicht paßte. „Wer ist Francy?" fragte sie eisig.

De Ruse öffnete seine Augen weit, und sein Körper streckte sich in dem Sessel, seine Hand begann an seiner Brust hinaufzukriechen.

»Francy ist meine Freundin«, sagte er. »Mr. Dial hat versucht, sie mir abspenstig zu machen. Aber das ist sein gutes Recht. Er ist ein hübscher Bursche, und man soll ihm die Chance geben, sich zu suchen, was ihm gefällt.«

Das Gesicht der großen Frau wurde plötzlich dunkel und wild und rasend. Heftig griff sie nach Dials Arm, den, in dem er die Waffe hielt.

De Ruses Hand fuhr nach seinem Schulterhalfter, packte seine Achtunddreißiger. Aber es war nicht sein Colt, der aufbellte. Es war auch nicht das Plopp der Pistole mit dem Schalldämpfer in Dials Hand. Es war ein riesiger Grenzer-Colt mit einem Achtzollauf und einem Knall wie eine Bombenexplosion. Er ging vom Boden aus los, von Kuvalicks rechter Hüfte, wo Kuvalicks dicke Hand ihn hielt.

Er krachte nur einmal. Dial wurde wie von einer Riesenhand gegen die Wand geschleudert. Sein Kopf knallte dagegen, und augenblicklich war sein dunkles attraktives Gesicht eine blutige Maske.

Langsam rutschte er an der Wand in sich zusammen, und die kleine Pistole mit dem schwarzen Rohr daran fiel ihm vor die Füße. Die dunkle Frau sank vor Dial in die Knie, griff nach der Waffe.

Sie faßte sie, hob sie. Ihr Gesicht war verzerrt, ihre Lippen entblößten kleine, wölfisch schimmernde Zähne.

Kuvalicks Stimme sagte: „Ich bin ein harter Bursche. Ich war mal Polizist in Wells Fargo."

Seine große Kanone donnerte wieder. Ein schriller Schrei riß sich von den Lippen der Frau. Sie wurde gegen Dial geworfen. Ihre Augen öffneten und schlossen sich, öffneten und schlossen sich. Ihr Gesicht wurde weiß und leer.

„Schulterschuß. Ihr fehlt nichts", sagte Kuvalick und erhob sich. Er knöpfte seine Jacke auf und klopfte auf seine Brust.

„Kugelsichere Weste", sagte er stolz. „Aber ich hielt es für besser, eine Weile still zu liegen, oder er hätte mir eine ins Gesicht geblasen."

XI

Francine Ley gähnte und streckte ihre langen, in eine grüne Pyjamahose gekleideten Beine von sich und betrachtete die schmalen grünen Pantoffeln an ihren nackten Füßen. Sie gähnte wieder, stand auf und ging nervös durch das Zimmer zu dem nierenförmigen Schreibtisch. Sie goß sich einen Drink ein, trank ihn schnell mit einem scharfen nervösen Schaudern. Ihr Gesicht war erschöpft und müde, ihre Augen lagen tief in den Höhlen, unter ihnen scharfe dunkle Ringe.

Sie sah auf die winzige Uhr an ihrem Handgelenk. Es war fast vier Uhr morgens. Die Hand immer noch erhoben, fuhr sie bei einem Geräusch herum, lehnte sich mit dem Rücken an den Schreibtisch und begann sehr schnell und keuchend zu atmen.

De Ruse trat durch die roten Vorhänge. Er blieb stehen und sah sie ohne Ausdruck an, legte dann langsam Hut und Mantel ab, ließ sie auf einen Sessel fallen. Er zog seine Jacke aus und schnallte sein lohfarbenes Schulterhalfter ab, trat an den Schreibtisch, auf dem die Drinks standen.

Er schnüffelte an einem Glas, füllte es zu einem Drittel mit Whisky, trank ihn auf einen Zug hinunter.

„Du mußtest der Laus also einen Tip geben", sagte er finster und sah in das leere Glas in seiner Hand.

„Ja, ich mußte ihn anrufen", sagte Francine Ley. „Was ist geschehen?"

„Du mußtest die Laus anrufen", sagte De Ruse in genau dem gleichen Ton, „und wußtest ganz genau, daß er beteiligt war. Du wolltest ihm eine Chance zur Flucht geben, selbst wenn er mich dabei umlegte."

„Bist du denn verletzt worden, Johnny?" fragte sie leise, müde.

De Ruse antwortete nicht, sah sie nicht an. Langsam stellte er das Glas ab, goß mehr Whisky hinein, fügte Sodawasser hinzu und suchte nach Eis. Da er keines fand, begann er so zu trinken, seinen Blick auf die weiße Platte des Schreibtisches geheftet.

Francine Ley sagte: „Für mich gibt es keinen in der Welt, der an dich herankommt, Johnny. Und selbst wenn er hätte, was du hast, ich würde ihn nicht wollen."

Langsam antwortete De Ruse: „Wirklich? Das ist gut, Kindchen. Nur bin ich nicht ganz so gut, wie du glaubst. Ich wäre jetzt kalt, wenn nicht ein komischer Hoteldetektiv dagewesen wäre, der eine Buntline Special herumschleppt und eine kugelfeste Weste bei der Arbeit trägt."

Nach einer kleinen Pause fragte Francine Ley: „Willst du, daß ich gehe?"

De Ruse blickte schnell zu ihr hin, sah wieder fort. Er stellte sein

Glas nieder und ging von dem Schreibtisch weg. Über die Schulter sagte er: „Nicht, solange du mir die Wahrheit sagst."

Er setzte sich in einen tiefen Sessel, stützte die Ellenbogen auf die Seitenlehnen und legte sein Gesicht in seine Hände. Francine Ley beobachtete ihn einen Augenblick, ging dann zu ihm hinüber und setzte sich auf eine Lehne des Sessels. Sanft hob sie seinen Kopf, bis er gegen die Rücklehne des Sessels lehnte. Sie begann, seine Stirn zu streicheln.

De Ruse schloß die Augen. Sein Körper lockerte und entspannte sich. Seine Stimme fing an schläfrig zu klingen.

„Vielleicht hast du mir draußen im Club Egypt das Leben gerettet. Mag sein, daß das dir ein Recht gab, den Jüngling einmal auf mich schießen zu lassen."

Francine Ley streichelte seine Stirn, ohne zu sprechen.

„Der Jüngling ist tot", fuhr De Ruse fort. „Der Schlüssellochschnüffler hat ihm das Gesicht weggeschossen."

Francine Leys Hand hielt an. Gleich darauf begann sie, weiter über seine Stirn zu streicheln.

„Candless' Frau war auch beteiligt. Sie ist ein heißes Stück. Sie wollte Hugos Geld und wollte alle Männer in der Welt, außer Hugo. Gott sei Dank hat sie es nicht erwischt. Sie hat einiges ausgeplaudert. Genau wie Zapparty."

„Ja, Liebling", sagte Francine Ley ruhig.

De Ruse gähnte. „Candless ist tot. Er war schon tot, ehe wir anfingen. Vor allem wollten sie ihn erledigen. Parisi war es so oder so egal, solange er bezahlt wurde."

Francine Ley sagte: „Ja, Liebling."

„Den Rest erzähle ich dir morgen", sagte De Ruse müde. „Ich nehme an, daß Nicky und ich bei der Polizei klar sind . . . Wir wollen nach Reno gehen. Heiraten . . . Ich habe dieses Leben eines streunenden Katers satt . . . Gib mir noch was zu trinken, Kindchen."

Francine Ley rührte sich nicht, außer daß ihre Finger sanft und besänftigend über seine Stirn und seine Schläfen strichen. De Ruse sank tiefer in den Sessel. Sein Kopf sank auf die Seite.

„Ja, Liebling."

„Sag nicht Liebling zu mir", sagte De Ruse noch. „Nenn mich einfach Gelber."

Als er fest schlief, stand sie von der Seitenlehne des Sessels auf und setzte sich ihm gegenüber. Sie saß ganz still da und betrachtete ihn, das Gesicht in ihre schlanken zarten Hände mit den kirschroten Fingernägeln gestützt.

DER BLEISTIFT

I

Er war ein etwas dicklicher Mann mit einem unehrlichen Lächeln, das seine Mundwinkel zwei Zentimeter nach jeder Seite zog, seine wulstigen Lippen fest zusammenpreßte und seinen Blick kalt ließ. Für einen Mann, der zum Fett neigte, war sein Gang langsam. Die meisten Dicken sind flink und leicht auf den Füßen. Er trug einen grauen Fischgrätanzug und eine handgemalte Krawatte, auf der ein tauchendes Mädchen zu einem Teil sichtbar war. Sein Hemd war sauber, was ich tröstlich fand, und seine braunen Sportschuhe, die so wenig wie die Krawatte zu seinem Anzug paßten, glänzten frisch geputzt.

Er glitt seitwärts an mir vorbei, als ich ihm die Tür zwischen dem Wartezimmer und meiner Denkwerkstatt aufhielt. Als er drin war, sah er sich mit einem schnellen Blick um. Wenn man mich gefragt hätte, hätte ich ihn als einen zweitklassigen Gangster bezeichnet. Diesmal hatte ich recht. Falls er eine Waffe bei sich trug, mußte er sie in der Hose haben, seine Jacke saß zu stramm, um die Wölbung eines Halfters unter dem Arm zu verbergen.

Er setzte sich vorsichtig, und ich setzte mich ihm gegenüber, und wir sahen einander an. Sein Gesicht hatte eine fuchsartige Wachsamkeit. Er schwitzte ein bißchen. Mein Gesichtsausdruck sollte Interesse ohne Aufdringlichkeit zeigen. Ich griff nach einer Pfeife und dem ledernen Kasten, in dem ich meinen Tabak aufbewahre. Ihm schob ich die Zigaretten hin.

„Ich rauche nicht." Er hatte eine knarrende Stimme. Sie gefiel mir nicht besser als sein Aufzug oder sein Gesicht. Während ich die Pfeife stopfte, griff er in die Innentasche seiner Jacke, wühlte darin und zog eine Note heraus, betrachtete sie und ließ sie vor mich auf den Schreib=

tisch fallen. Es war eine hübsche Note, und sie war sauber und neu. Eine Eintausenddollarnote.

„Haben Sie jemals jemand das Leben gerettet?"

„Gelegentlich mal, vielleicht."

„Retten Sie meines."

„Was ist denn los?"

„Ich habe gehört, Sie seien ehrlich zu Ihren Klienten, Marlowe."

„Deshalb bleibe ich auch arm."

„Ich habe noch zwei Freunde. Wenn Sie der dritte sind, kommen Sie aus allem Druck heraus. Sie haben fünftausend zu erwarten, wenn Sie mich aus der Geschichte herausbringen."

„Aus was?"

„Sie sind verdammt redselig heute morgen. Haben Sie keine Ahnung, wer ich bin?"

„Nicht die geringste."

„Sie waren wohl nie im Osten?"

„Doch – aber ich kam nicht in Ihre Gesellschaftskreise."

„Welche Gesellschaftskreise sollten das sein?"

Ich bekam das satt. „Hören Sie auf, so verdammt geheimnisvoll zu sein, oder nehmen Sie Ihren Tausender und treten Sie ab."

„Ich bin Ikky Rosenstein. Ich werde ein für allemal abtreten, wenn Sie mir nicht heraushelfen. Raten Sie mal, woraus."

„Ich habe schon genug geraten. Erzählen Sie es mir, wenn Sie wollen, und tun Sie es schnell.. Ich habe nicht den ganzen Tag Zeit, um es mir von Ihnen tröpfchenweise eingeben zu lassen."

„Ich bin aus einem Verein ausgestiegen. Der Vorstand hat dafür nichts übrig. Er glaubt dann, man bildete sich ein, etwas zu wissen, womit man handeln könnte, oder hätte eigene Absichten, oder man hätte den Mumm verloren. Ich habe den Mumm verloren. Mir langt es bis hier." Mit dem ausgestreckten Zeigefinger einer Hand berührte er seinen Adamsapfel. „Ich habe heiße Sachen gemacht, Leute eingeschüchtert und geschädigt, aber ich habe nie einen umgebracht. Das ist für den Verein nichts, das paßt nicht in seine Richtung. Darum nahmen sie einen Bleistift und machten einen Strich durch meinen

Namen. Ich wurde gewarnt, daß die Leute schon unterwegs sind. Ich habe einen bösen Fehler begangen. Ich versuchte, mich in Las Vegas zu verstecken. Ich bildete mir ein, sie würden nie damit rechnen, daß ich mich in ihrem eigenen Nest verkrieche. Sie kamen aber schnell dahinter. Das hatten schon andere vor mir versucht, doch das wußte ich nicht. Als ich das Flugzeug nach Los Angeles nahm, muß jemand in der gleichen Maschine gewesen sein. Sie wissen, wo ich bin."

„Verschwinden Sie doch einfach."

„Geht nicht mehr, ich werde beschattet."

Ich wußte, daß er recht hatte. „Warum hat man Sie denn nicht schon fertiggemacht?"

„Die machen das nicht einfach so. Dafür haben sie ihre Spezialisten. Wissen Sie denn nicht, wie die arbeiten?"

„Mehr oder weniger. Einer hat ein hübsches Eisenwarengeschäft in Buffalo, ein anderer einen kleinen Milchladen in Cansas City. Sie haben immer eine gute Fassade nach außen. Sie melden sich in New York oder sonstwo. Wenn sie das Flugzeug nach Westen besteigen oder wohin sie sonst geschickt werden, tragen sie ihre Waffen in ihren Aktentaschen. Sie verhalten sich unauffällig, sind gut gekleidet und setzen sich nicht zusammen. Es könnten ein Paar Rechtsanwälte oder Steuerinspektoren sein, jemand beliebiges, der gute Manieren zeigt und unverdächtig wirkt. Alle möglichen Leute tragen Aktentaschen, sogar Frauen."

„Hundert Prozent richtig. Wenn sie landen, werden sie auf meine Spur gesetzt, aber nicht vom Flugplatz aus. Sie haben da ihre Methoden. Wenn ich zur Polizei gehe, werden sie es erfahren. Vielleicht haben sie ein paar Leute direkt im Stadtrat. Das hat's alles schon gegeben. Die Polizei wird mir vierundzwanzig Stunden Frist geben, aus der Stadt zu verschwinden. Das ist witzlos. Und in Mexiko? Da ist es schlimmer als hier. Und Kanada? Besser, aber noch nicht gut genug. Auch da haben sie Verbindungen."

„Australien?"

„Kann keinen Paß bekommen. Ich bin seit fünfundzwanzig Jahren in den Staaten, illegal eingewandert. Sie können mich nicht ausweisen, solange mir kein Verbrechen nachgewiesen werden kann, und das wird der Verein schon verhindern. Und angenommen, man sperrt mich ein? Innerhalb von vierundzwanzig Stunden bin ich gegen Kaution wieder draußen. Und meine lieben Freunde schicken einen Wagen, um mich abzuholen – nur geht's dann nicht nach Hause."

Ich hatte meine Pfeife angezündet und richtig in Gang gebracht. Stirnrunzelnd sah ich auf die Tausenddollarnote. Ich konnte sie sehr gut gebrauchen. Mein Bankkonto war so niedrig, daß es das Pflaster küssen konnte, ohne sich zu bücken.

„Hören wir auf, drumherum zu reden", sagte ich. „Angenommen – nur einmal angenommen – ich fände für Sie einen Weg heraus. Was täten Sie als nächstes?"

„Ich kenne eine Stadt. Wenn ich dorthin kommen könnte, ohne beschattet zu werden ... Ich würde meinen Wagen hierlassen und mir einen anderen mieten. Kurz vor der Kreisgrenze würde ich mir einen gebrauchten kaufen. Wenn ich die halbe Strecke zurückgelegt habe, würde ich ihn gegen einen neuen vom letztjährigen Modell tauschen, einen übriggebliebenen. Dazu ist jetzt gerade die richtige Zeit. Sie sind günstig zu haben, weil die neuen Modelle bald herauskommen. Nicht um Geld zu sparen, sondern um weniger aufzufallen. Die Stadt, wohin ich gehe, ist ziemlich groß, aber auch noch ziemlich sauber."

„Soso", sagte ich. „Wichita, nach allem, was man hört. Aber das kann sich auch geändert haben."

Er runzelte finster die Stirn. „Werden Sie ruhig frech, Marlowe, aber nicht zu frech."

„Ich werde so frech wie ich will. Versuchen Sie nicht, mir Vorschriften zu machen. Wenn ich das übernehme, gibt es für mich keine Vorschriften. Ich nehme für diesen Tausender an, und den Rest, falls es mir gelingt. Betrügen Sie mich nicht, ich könnte etwas durchsickern lassen. Wenn ich dabei umgelegt werde, setzen Sie nur eine rote Rose auf mein Grab. Ich mag keine Schnittblumen, ich sehe Blumen gern wachsen. Aber weil Sie ein so reizender Mensch sind, nehme ich an. Wann trifft das Flugzeug ein?"

„Sie kommen heute irgendwann. Von New York sind es neun Stunden. Wahrscheinlich treffen sie gegen halb sechs ein."

„Sie können auch über San Diego kommen oder über San Franzisko und dort umsteigen. Von San Diego und Frisco kommen viele Maschinen. Ich brauche einen Helfer."

„Verdammt, Marlowe . . ."

„Ruhig. Ich kenne ein Mädchen, die Tochter eines Polizeichefs, der seinen Posten verlor, weil er ehrlich war. Sie wird auch nichts verraten, wenn sie gefoltert wird."

„Sie haben kein Recht, sie in Gefahr zu bringen", sagte Ikky wütend.

Ich war so erstaunt, daß mir der Kiefer fast bis zum Gürtel herunterhing. Langsam schloß ich den Mund und schluckte.

„Mein Gott, ein Mann mit einem Herzen."

„Frauen sind für diese Art Arbeit nicht da", knurrte er unwillig.

Ich nahm die Tausenddollarnote und schnippte dagegen. „Tut mir leid, aber Quittung gibt es nicht", sagte ich. „Ich kann es mir nicht leisten, daß Sie meinen Namen in der Tasche tragen. Wenn ich Glück habe, wird es nicht heiß werden, sonst ist es aussichtslos. Es gibt nur eine Möglichkeit, daß es gelingt. Jetzt geben Sie mir Ihre Adresse und sagen Sie mir alles, was Sie wissen. Namen und Personalbeschreibungen von allen, die Sie selbst persönlich gesehen haben."

Das tat er. Er war ein ziemlich guter Beobachter. Ärgerlich war nur, daß der Verein wußte, wen er alles kannte. Die Beauftragten würden für ihn Fremde sein.

Er stand schweigend auf und streckte mir seine Hand hin. Ich mußte sie nehmen. Aber das, was er über Frauen gesagt hatte, erleichterte es mir. Seine Hand war feucht. Meine wäre es an seiner Stelle auch gewesen. Er nickte und ging schweigend hinaus.

II

Es war eine stille Straße in Bay City, sofern es in unserem Zeitalter der Beatniks noch stille Straßen gibt. Das kleine eingeschössige Haus war so sauber wie ein frisches Kinderlätzchen. Der Rasen davor war liebevoll gemäht und sehr grün. Eine glatte, geteerte Auffahrt wies keine Ölflecken von abgestellten Wagen auf, und die Hecke, die sie säumte, sah aus, als ob sie täglich von einem Friseur gestutzt würde.

Die weiße Tür hatte einen Klopfer in Form eines Tigerkopfes, ein Fensterchen, um unerwünschte Besucher abzuweisen, und so eine Vorrichtung, mit der jemand von innen mit jemandem draußen sprechen konnte, ohne das Fensterchen zu öffnen.

Ich hätte eine Hypothek auf mein linkes Bein aufgenommen, um in so einem Häuschen leben zu können. Ich glaube nicht, daß ich je dazu kommen werde. Innen schlug eine Glocke an, und nach einer Weile öffnete sie die Tür in einem blaßblauen Sporthemd und weißen Shorts, die kurz genug waren, um erfreulich zu sein. Ihre Augen waren graublau, das Haar dunkelrot und ihre Gesichtsknochen fein geformt. In den graublauen Augen lag die übliche Spur von Erbitterung. Sie konnte nicht vergessen, daß das Leben ihres Vaters durch die Niedertracht des korrupten Besitzers eines Spielschiffes ruiniert worden und daß auch ihre Mutter darüber gestorben war. Es gelang ihr, diese Erbitterung zu unterdrücken, wenn sie für grell aufgemachte Zeitschriften Schmonzetten über Liebe schrieb, aber das war nicht ihr Lebensinhalt. Einen wirklichen Lebensinhalt hatte sie nicht. Sie führte ein Dasein ohne großen Kummer und verdiente genug Geld, um gut durchzukommen. Aber in einer bedrängten Situation blieb sie so kühl und wußte sich genausogut zu helfen wie ein guter Polizist. Sie hieß Anne Riordan.

Sie trat zur Seite, und ich ging ziemlich dicht an ihr vorbei. Aber auch ich habe meine Regeln für mein Verhalten. Sie schloß die Tür, machte es sich auf einem Sofa bequem und ging durch die übliche Zigarettenroutine. Sie war eines der Mädchen, das es sich leisten kann, sich eine Zigarette selbst anzuzünden.

Ich blieb stehen und sah mich um. Sie hatte einiges geändert, nicht viel.

„Ich brauche deine Hilfe“, sagte ich.

„Sonst bekäme ich dich wohl auch nicht zu sehen.“

„Ich habe einen Klienten, der ein Ehemaliger ist. Er fingerte einmal Sachen für die Organisation, das Syndikat, die große Bande, oder wie du es sonst nennen willst. Du weißt genau, daß sie existiert und ebensoviel Geld hat wie Rockefeller. Man kann sie nicht ausrotten, weil es nicht genug Leute gibt, die das wollen, besonders nicht die Anwälte, die für sie arbeiten und dabei jährlich eine Million machen. Und die Anwaltsverbände, die größeren Wert darauf zu legen scheinen, die Interessen ihrer Kollegen zu schützen als ihr eigenes Land."

„Mein Gott, willst du dich wählen lassen? Ich habe dich noch nie so erhaben und hochtrabend daherreden hören."

Sie zog ihre Beine an sich, nicht provozierend — dazu war sie nicht der Typ — aber es fiel mir trotzdem schwer, mich auf meine Gedanken zu konzentrieren.

„Halte deine Beine ruhig", sagte ich, „oder ziehe dir wenigstens lange Hosen an."

„Verdammt noch mal, Marlowe, kannst du nie an etwas anderes denken?"

„Ich werde es versuchen. Ich denke aber gern daran, daß ich wenigstens ein hübsches und anziehendes weibliches Wesen kenne, das keine runden Fersen hat." Ich schluckte und fuhr fort. „Der Mann heißt Ikky Rosenstein. Er ist nicht schön, und es ist nichts an ihm, was mir gefällt, außer einem. Er wurde wütend, als ich sagte, daß ich ein Mädchen zur Hilfe brauchte. Er sagte, Frauen seien nicht für gefährliche Sachen dieser Art gemacht. Deshalb nahm ich den Auftrag an. Für einen echten Gangster bedeutet eine Frau nicht mehr als ein Sack Mehl. Sie geben sich mit Frauen in der üblichen Weise ab, zögern aber nicht eine Sekunde, wenn sie es für ratsam halten, eine zu beseitigen."

„Bisher hast du mir nicht mehr als einen Haufen nichtssagenden Unsinn erzählt. Vielleicht brauchst du eine Tasse Kaffee oder einen Drink."

„Du bist reizend, aber vormittags trinke ich nicht, außer in Ausnahmefällen, und jetzt liegt keiner vor. Kaffee vielleicht später. Ikky wurde ausgestrichen."

„Was soll das bedeuten?“

„Man hat eine Namensliste. Man nimmt einen Bleistift und streicht damit einen Namen aus. Der Mann ist so gut wie tot. Die Organisation hat ihre Gründe. Sie tun es heute nicht mehr, nur weil es ihnen Spaß macht. Sie tun nichts nur zum Spaß. Für sie gehört es mit zur Buchhaltung.“

„Und was kann ich in aller Welt dagegen tun? Ich könnte sogar fragen, was du dagegen tun kannst?“

„Ich kann es versuchen. Was du tun kannst, besteht darin, sie zu entdecken, wenn sie mit dem Flugzeug ankommen, und aufzupassen, wohin sie gehen – die Beauftragten nämlich, die die Sache durchführen sollen.“

„Gut, aber was kannst du dagegen tun?“

„Ich sagte schon, ich kann es versuchen. Wenn sie ein Nachtflugzeug genommen haben, sind sie schon hier. Wenn sie ein Morgenflugzeug genommen haben, können sie vor fünf etwa nicht ankommen. Wir haben also reichlich Zeit, uns vorzubereiten. Du weißt doch, wie sie aussehen.“

„Selbstverständlich. Ich treffe täglich mit Mördern zusammen. Sie kommen zu mir und bekommen Whisky Sours und heißen Toast mit Kaviar.“ Sie lächelte.

Während sie lächelte, machte ich vier lange Schritte über die lohfarbenen Ornamente des Teppichs, zog sie zu mir hoch und küßte sie auf den Mund. Sie wehrte sich nicht gegen mich, aber sie fing auch keineswegs an, am ganzen Körper zu zittern. Ich ging zu meinem Platz zurück und setzte mich.

„Sie werden aussehen wie jeder andere, der ein gutgehendes Geschäft betreibt oder einen anständigen Beruf ausübt. Sie werden unauffällig angezogen und sie werden sehr höflich sein, wenn es ihnen paßt. Sie werden Aktentaschen tragen und darin Pistolen haben, die so oft den Besitzer wechselten, daß unmöglich festgestellt werden kann, wem sie gehören. Wenn sie ihren Auftrag erfüllt haben, werden sie die Waffen wegwerfen. Wahrscheinlich verwenden sie Revolver, aber es können auch Pistolen sein. Schalldämpfer werden sie nicht benutzen, weil Schalldämpfer Ladehemmungen verursachen können und weil ihr Gewicht es erschwert, genau zu schießen. Sie werden in dem Flugzeug nicht zusammensitzen, aber sobald sie aussteigen, werden sie so tun, als ob sie sich kennen würden und sich während des Fluges einfach nicht bemerkt hätten. Wahrscheinlich schütteln sie sich mit freundlichem Lächeln die Hände und steigen in das gleiche Taxi. Ich vermute, daß sie zuerst zu einem Hotel fahren. Aber sehr bald werden sie in ein anderes Haus umziehen, von wo sie Ikky beobachten und sich mit seinen Gewohnheiten vertraut machen können. Sie werden es nicht eilig haben, solange Ikky sich ruhig verhält. Daran würden sie erkennen, daß Ikky gewarnt wurde. Er habe noch ein paar Freunde dabei, sagte er."

„Werden sie ihn aus diesem Zimmer oder Apartment auf der anderen Straßenseite erschießen, vorausgesetzt, daß sie eins finden?"

„Nein. Sie werden ihn aus drei Fuß Abstand abschießen. Sie werden von hinten an ihn herantreten und sagen: ‚Hallo, Ikky.' Dann wird er entweder starr stehenbleiben oder sich umdrehen. Sie werden ihn voll Blei pumpen, ihre Waffen fallen lassen und in einen Wagen springen, der für sie bereitstehen wird. Dann werden sie hinter einem Schrittmacher den Schauplatz verlassen."

„Und wer wird den Schrittmacher fahren?"

„Irgendein wohlsituierter und ehrenwerter Mitbürger, gegen den nichts vorliegt. Er wird in seinem eigenen Wagen fahren, und er wird ihnen auf der Straße freie Bahn schaffen, auch wenn er dabei zufällig oder vorsätzlich einen anderen anfahren muß, selbst wenn es ein Polizeiwagen wäre. Er wird so verdammt unglücklich darüber sein, daß er sich sein mit einem Monogramm besticktes Hemd vollweint. Doch inzwischen sind die Mörder längst verschwunden."

„Du lieber Himmel", sagte Anne. „Wie kannst du dein Leben nur ertragen? Aber wenn es dir gelingt, diesem Ikky fortzuhelfen, schicken sie dir doch ihre Leute auf den Hals."

„Das glaube ich nicht. Sie legen keinen Außenseiter um. Die Schuld wird den Beauftragten zugeschoben. Vergiß nicht, daß die Leiter der Organisation Geschäftsleute sind. Sie wollen nur Geld, davon aber jede

Menge. Wirklich scharf werden sie nur, wenn sie glauben, daß sie sich jemand vom Hals schaffen müssen, und das tun sie nicht gern. Es besteht immer die Möglichkeit, daß etwas dabei schiefgeht. Groß ist die Möglichkeit nicht. Weder hier noch woanders ist ein Mord durch eine Organisation je aufgeklärt worden, von zwei oder drei Ausnahmen abgesehen. Lepke Buchalter wurde erledigt, und erinnerst du dich an Anastasia? Er war ungeheuer mächtig und ungeheuer hart. Zu mächtig, zu hart. Bleistift her – Strich durch."

Sie schauderte. „Ich glaube, ich muß selbst einen Schluck trinken."

Ich grinste ihr aufmunternd zu. „Das entspricht genau meiner Stimmung, Liebling. Ich werde schwach."

Sie brachte zwei Highballs mit Scotch. Als wir tranken, sagte ich: „Wenn du sie entdeckst oder zu entdecken glaubst, dann folge ihnen, wohin sie gehen, falls du es unbemerkt tun kannst, sonst nicht. Wenn es ein Hotel ist, und ich wette zehn zu eins, es ist ein Hotel, nimm dir dort ein Zimmer und rufe mich so lange an, bis du mich erreicht hast."

Sie kannte die Telefonnummer meines Büros, und ich wohnte noch in der Yuccar Avenue. Das wußte sie auch.

„Du bist ein verfluchter Kerl", sagte sie. „Frauen tun alles für dich, was du willst. Weshalb bin ich mit meinen achtundzwanzig Jahren immer noch unschuldig?"

„Wir brauchen ein paar wie dich. Weshalb heiratest du eigentlich nicht?"

„Wen denn? Irgendeinen zynischen Weiberheld, der nichts mehr anderes als seine Technik zu bieten hat? Ich kenne keinen wirklich netten Mann – außer dir. Durch weiße Zähne und ein süßes Lächeln bin ich nicht umzuwerfen."

Ich trat zu ihr und zog sie auf die Füße. Ich küßte sie lange und fest. „Ich bin ehrlich", flüsterte ich fast. „Das ist etwas. Aber ich bin durch meinen Beruf für ein Mädchen wie dich zu verdorben. Ich habe viel an dich gedacht. Ich habe mich nach dir gesehnt, aber wenn ich einen Blick in dein reines, klares Gesicht werfe, weiß ich, daß ich meine Finger von dir lassen muß."

„Nimm mich", sagte sie leise, „auch ich habe meine Träume."

„Das kann ich nicht. Ich erlebe das nicht zum erstenmal. Ich habe zu viele Frauen gekannt, um eine wie dich zu verdienen. – Wir müssen einem Menschen das Leben retten. Ich gehe jetzt!"

Sie stand auf und sah mir mit ernstem Gesicht nach.

Die Frauen, die man bekommt, und die Frauen, die man nicht bekommt – sie gehören in zwei verschiedene Welten. Ich verachte keine von beiden. Ich gehöre selbst in diese beiden Welten.

III

Auf dem internationalen Flugplatz in Los Angeles kommt man nicht an die Flugzeuge heran, wenn man nicht mit einem abfliegt. Man sieht sie landen, wenn man zufällig am richtigen Platz steht, aber wenn man die Passagiere sehen will, muß man hinter einer Barriere warten. Die Gebäude des Flughafens erleichtern es einem auch nicht. Sie erstrecken sich von hier bis zum nächsten Frühstück, und man bekommt Blasen, wenn man zu Fuß vom Schalter der TWA zu dem der PAA läuft.

Ich notierte mir die Ankunftszeiten von den angeschlagenen Fahrplänen und streunte herum wie ein Hund, der vergessen hat, wo er seinen Knochen vergrub. Flugzeuge landeten, Flugzeuge stiegen auf, Gepäckträger trugen Koffer, Reisende schwitzten und drängten sich durcheinander, Kinder wimmerten, die Lautsprecher überdröhnten alle anderen Geräusche.

Ich kam ein paarmal an Anne vorbei. Sie schenkte mir keine Beachtung.

Um fünf Uhr fünfundvierzig mußten sie eingetroffen sein. Anne war verschwunden. Ich legte noch eine halbe Stunde dazu für den Fall, daß sie aus einem anderen Grund nicht mehr da war. Nein, sie war tatsächlich fort. Ich ging zu meinem Wagen und zwängte mich die paar langgezogenen Meilen nach Hollywood zu meinem Büro durch den Verkehr. Ich trank ein Glas und saß herum. Um sechs Uhr fünfundvierzig klingelte das Telefon.

„Ich glaube, sie sind es", sagte sie. „Beverly=Western Hotel, Zimmer 410. Namen konnte ich nicht erfahren. Du weißt, die Portiers lassen heutzutage die Meldescheine nicht mehr herumliegen, und ich wollte lieber keine Fragen stellen. Aber ich fuhr mit ihnen im Fahrstuhl hinauf und stellte ihre Zimmernummer fest. Ich ging einfach an ihnen vorbei, als der Page den Schlüssel in ihre Tür steckte, fuhr dann in den Zwischenstock hinunter und ging mit einem Schwarm Weiber über die Treppe, der aus dem Teeraum kam. Ein Zimmer habe ich mir dann nicht mehr genommen."

„Wie sehen sie aus?"

„Sie kamen zusammen über die Rampe, aber ich hörte sie nicht sprechen. Beide hatten Aktentaschen, beide trugen unauffällige Anzüge, nichts Angeberisches. Weiße, gestärkte Hemden, der eine hatte eine blaue Krawatte, der andere eine schwarze mit grauen Streifen. Schwarze Schuhe. Ein paar Geschäftsleute von der Ostküste. Sie konnten Verleger oder Rechtsanwälte oder Ärzte oder Bücherrevisoren sein. Nein, streich das letzte wieder, dazu waren sie nicht auffallend genug angezogen. Kein Mensch würde sie sich zweimal ansehen."

„Sieh sie ein zweites Mal an. Ihre Gesichter."

„Beide haben mittelbraunes Haar, der eine einen Schein dunkler als der andere. Glatte, ziemlich ausdruckslose Gesichter. Der eine hat graue Augen, der mit dem helleren Haar blaue. Ihre Augen waren interessant. Sie bewegten sie sehr schnell, sehr aufmerksam, beobachteten alles in ihrer Nähe. Das dürfte ihr Fehler gewesen sein. Sie hätten sich etwas mehr mit ihren Plänen, die sie hier haben, beschäftigen oder sich für Kalifornien interessieren müssen. Sie schienen aber vor allem auf Gesichter zu achten. Es ist gut, daß ich auf sie gewartet habe und nicht du. Du siehst zwar nicht wie ein Polizist aus, du siehst aber auch nicht wie ein Mann aus, der kein Polizist ist. Du trägst Male an dir."

„Pfui. Ich bin ein verdammt gut aussehender Herzensbrecher."

„Ihre Gesichtszüge sind völlig alltäglich. Keiner von ihnen sieht wie ein Italiener aus. Jeder holte sich einen Luftkoffer ab. Der eine ist grau und hat zwei rot und weiße Streifen über dem Deckel, etwa sechs oder sieben Zentimeter von den Enden entfernt, der andere ist in einem blauweißen Tartanmuster. Ich wußte gar nicht, daß es so einen Tartan gibt."

„Den gibt es, aber ich habe seinen Namen vergessen."

„Ich denke, du weißt alles?"

„Nur fast alles. Gehe jetzt nach Hause."

„Bekomme ich kein Abendessen und vielleicht einen Kuß?"

„Später. Und wenn du nicht vorsichtig bist, bekommst du vielleicht mehr, als dir lieb ist."

„Mädchenschänder! Sei vorsichtig, ich habe eine Waffe. Übernimmst du sie jetzt und beobachtest sie?"

„Wenn sie die richtigen Leute sind, werden sie mich beobachten. Ich habe mir schon ein Apartment gegenüber von Ikky genommen. Der Block an der Pointer Avenue und die beiden angrenzenden haben etwa sechs halbseidene Apartmenthäuser in jedem Block. Ich wette, daß der Bevölkerungsanteil an Amseln dort sehr hoch ist."

„Heutzutage ist der überall hoch."

„Bis später, Anne. Du hörst von mir."

„Ich weiß – wenn du Hilfe brauchst."

Sie hängte ein. Ich hängte ein. Sie machte mich nachdenklich. Sie war zu klug, um so hübsch zu sein. Vielleicht sind aber alle hübschen Frauen auch klug. Ich rief Ikky an. Er war nicht zu Hause. Ich trank ein Glas aus der Büroflasche, rauchte eine halbe Stunde lang und rief wieder an. Diesmal erreichte ich ihn.

Ich informierte ihn über den Stand der Dinge und sagte, ich hoffte, Anne habe die richtigen Männer herausgegriffen. Ich berichtete ihm von dem Apartment, das ich gemietet hatte.

„Bekomme ich Auslagen erstattet?" fragte ich.

„Mit den fünftausend sollte alles gedeckt sein."

„Wenn ich sie verdiene und falls ich sie bekomme. Ich habe gehört, Sie besitzen eine viertel Million." Das war nichts als aufs Geratewohl geraten.

„Könnte sein, mein Freund, aber wie soll ich darankommen? Die da oben wissen, wo sie ist. Sie wird lange Zeit kaltliegen müssen."

Ich sagte, es sei schon gut. Ich hatte selbst lange kaltgelegen. Selbstverständlich rechnete ich nicht damit, die viertausend zu bekommen, selbst wenn ich den Auftrag erfüllte. Männer wie Ikky Rosenstein konnten ihrer Mutter die Goldkronen aus dem Mund stehlen. Allerdings schien er auch eine winzige Idee Anstand zu besitzen — aber in diesem Falle lag der Akzent auf winzig.

Ich verbrachte die nächste halbe Stunde damit, daß ich versuchte, einen Plan auszudenken. Ich brachte keinen zusammen, der etwas zu versprechen schien. Inzwischen war es fast acht, und ich brauchte etwas zu essen. Ich glaubte nicht, daß die Leute in der Nacht etwas unternehmen würden. Am nächsten Morgen würden sie an Ikkys Wohnung vorbeifahren und die Umgebung erkunden.

Ich war so weit, mein Büro zu verlassen, als von der Tür zu meinem Wartezimmer der Summer ertönte. Ich öffnete die Verbindungstür. Ein kleiner, hart aussehender Mann stand mitten im Zimmer, schaukelte sich, die Hände auf dem Rücken, auf den Absätzen. Er lächelte mich an, aber es wirkte nicht überzeugend. Dann kam er auf mich zu.

„Sind Sie Marlowe?"

„Wer sonst? Was kann ich für Sie tun?"

Er war jetzt dicht vor mir. Er zog schnell seine rechte Hand vor. Er hatte eine Waffe darin. Die Waffe drückte er mir gegen den Bauch.

„Sie können Ihre Finger von Ikky Rosenstein lassen", sagte er mit einer Stimme, die zu seinem Gesicht paßte, „oder Sie können Ihren Bauch voll Blei kriegen."

IV

Er war ein Amateur. Wenn er mir vier Fuß vom Leib geblieben wäre, hätte es vielleicht etwas genützt. Ich hob die Hand, nahm die Zigarette aus meinem Mund und hielt sie achtlos.

„Weshalb glauben Sie, daß ich einen Ikky Rosenstein kenne?"

Er stieß ein hohes, gezwungenes Lachen aus und drückte seine Waffe fester gegen meinen Leib.

„Möchten Sie gern wissen, was?" Der billige Hohn, der hohle Tri=

umph aus dem Machtgefühl, wenn man eine dicke Kanone in einer kleinen Hand hält.

„Es wäre fair, mir das zu sagen."

Als er den Mund zu seiner nächsten Bemerkung öffnete, ließ ich die Zigarette fallen und schlug mit einer Hand zu. Ich kann schnell sein, wenn es sein muß. Es gibt Leute, die schneller sind, aber die drücken einem nicht einen Revolver in den Bauch. Ich bekam meinen Daumen hinter den Abzug und meine Hand über seine. Ich stieß ihn mit dem Knie in den Unterleib. Mit einem Wimmern sackte er in sich zusammen. Ich drehte seinen Arm nach rechts und hatte seine Waffe in der Hand. Ich setzte einen Absatz hinter seine Füße, und er lag am Boden. Dort lag er, blinzelte vor Überraschung und Schmerzen, die Knie zum Bauch heraufgezogen. Stöhnend wälzte er sich von einer Seite auf die andere. Ich beugte mich nieder, packte seine linke Hand und riß ihn auf die Füße. Ich war ihm um sechs Zoll Größe und vierzig Pfund Gewicht überlegen. Sie hätten mir einen schicken sollen, der größer war und das Geschäft besser verstand.

„Gehen wir in meine Denkwerkstatt", sagte ich. „Dort können wir plaudern, und Sie können einen Drink haben, damit Sie wieder auf die Beine kommen. Das nächstemal gehen Sie nicht so nah an einen Kunden heran, daß er an Ihre Hand mit dem Revolver kommt. Lassen Sie mich mal nachsehen, ob Sie noch mehr Eisen bei sich haben."

Er hatte keins. Ich stieß ihn durch die Tür und in einen Sessel. Sein Atem ging nicht mehr ganz so stoßweise. Er tastete nach einem Taschentuch und wischte sich das Gesicht.

„Das nächstemal", versprach er mir zwischen den Zähnen. „Warten Sie's nur ab."

„Seien Sie nicht optimistisch. Die Rolle paßt nicht zu Ihnen."

Ich goß ihm einen Schluck Scotch in einen Papierbecher ein und setzte ihn vor ihn hin. Ich öffnete seine Achtunddreißiger und schüttelte die Patronen in die Schreibtischschublade. Dann schnappte ich die Waffe wieder zu und legte sie hin.

„Sie können sie wiederhaben, wenn Sie gehen — falls Sie gehen."

»Das ist eine schmutzige Kampfmethode«, sagte er stöhnend.

„Stimmt. Einen Mann erschießen, ist viel sauberer. Und jetzt: wie kamen Sie hierher?"

„Sie können mich mal."

„Seien Sie nicht dämlich. Ich habe Freunde, nicht viele, aber ein paar. Ich kann Sie wegen Bedrohung mit der Waffe festsetzen lassen, und was dann passiert, wissen Sie. Sie würden auf ein Habeaskorpus hin oder gegen Kaution freigelassen, und das wäre das letzte, was man je von Ihnen hören würde. Ihre Chefs haben etwas gegen Versager. Also noch mal: wer hat Sie geschickt und woher wußten Sie, wo Sie hingehen mußten?"

„Ikky wurde beschattet", antwortete er mürrisch. „Er ist dumm. Ich habe ihn ohne Schwierigkeiten hierher verfolgt. Warum suchte er einen Privatdetektiv auf? Die Leute wollen das wissen."

„Weiter."

„Gehen Sie zum Teufel."

„Dabei fällt mir ein, ich brauche Sie gar nicht wegen Bedrohung mit einer Waffe festsetzen zu lassen, ich kann es ja auch sofort und hier aus Ihnen rausquetschen."

Ich stand aus meinem Sessel auf, und er streckte mir seine flache Hand entgegen.

„Wenn mir was passiert, bekommen Sie von zwei wirklich harten Burschen Besuch. Und wenn ich mich nicht wieder melde, passiert das gleiche. Sie haben keine wirklich hohen Karten in der Hand. Die sehen nur so aus, als seien sie hoch", sagte er.

„Sie brauchen mir gar nichts zu sagen. Wenn dieser Ikky zu mir gekommen ist, dann wissen Sie nicht, weshalb, und ebensowenig, ob ich ihn angenommen habe. Wenn er zu einer Bande gehört, ist er nicht mein Typ als Klient."

„Er kam, damit Sie ihm helfen, seine Haut zu retten."

„Vor wem?"

„Das wäre ausgeplaudert."

„Reden Sie ruhig weiter. Ihr Mund scheint ganz gut zu funktionieren. Und sagen Sie Ihren Leuten, sobald ich mich mit einem Lumpen einließe, wäre ich dran."

In meinem Gewerbe muß man gelegentlich ein bißchen lügen. Ich log ein bißchen. „Was hat Ikky angestellt, um sich unbeliebt zu machen? Oder wäre das auch geplaudert?"

„Sie haben wohl eine hohe Meinung von sich", höhnte er und rieb sich die Stelle, die ich mit meinem Knie getroffen hatte. „In meinem Verein wären Sie nicht mal in der Reservemannschaft."

Ich lachte ihm ins Gesicht. Dann packte ich sein rechtes Handgelenk und drehte ihm den Arm hinter den Rücken. Er begann zu jaulen. Mit der linken Hand griff ich in seine Brusttasche und zog seine Brieftasche heraus. Ich ließ ihn los. Er griff nach seiner Waffe auf dem Schreibtisch, und ich lähmte seinen Arm mit einem harten Handkantenschlag auf den Bizeps. Stöhnend fiel er in meinem Klientensessel zurück.

„Sie können Ihre Waffe wiederhaben", erklärte ich ihm, „wenn ich sie Ihnen gebe. Und jetzt seien Sie artig, oder ich muß Sie nur zum Spaß ein bißchen hart anfassen."

In der Brieftasche fand ich einen Führerschein auf den Namen Charles Hickon. Es nützte mir gar nichts. Gesindel seiner Sorte führt immer unverfänglich klingende Pseudonyme. Wahrscheinlich nannten sie ihn Tiny oder Slim oder Murmel oder einfach „He du". Ich warf ihm die Brieftasche wieder zu. Sie fiel auf den Boden. Er konnte sie nicht einmal fangen.

„Teufel", sagte ich, „Sie müssen Sparmaßnahmen eingeführt haben, um einen Burschen wie Sie zu etwas anderem loszuschicken, als Zigerettenkippen zu sammeln."

„Sie können mich mal."

„Also schön, Kerl, machen Sie, daß Sie zurück in die Wäscherei kommen. Hier ist Ihr Revolver."

Er nahm ihn, veranstaltete eine große Schau damit, daß er ihn unter seinen Hosenbund schob, stand auf, warf mir den heimtückischsten Blick zu, über den er verfügte, und schlenderte zur Tür so nonchalant wie eine Amsel mit einer neuen Nerzstola. An der Tür drehte er sich um und sah mich giftig an.

„Halten Sie Ihre Finger sauber, Blechbüchse. Blech kann man leicht zerbeulen."

Mit diesem überwältigenden Abschiedsgruß öffnete er die Tür und verschwand.

Nach einer kleinen Weile verschloß ich meine andere Tür, stellte den Summer ab, drehte das Licht aus und ging. Ich sah keinen, der wie ein Totschläger aussah. Ich fuhr zu mir nach Hause, packte einen Koffer, fuhr zu einer Tankstelle, wo man mich beinahe liebte, stellte meinen Wagen unter und mietete einen Hertz Chevrolet. Ich fuhr zur Poynter Street, stellte meinen Koffer in dem schäbigen Apartment ab, das ich früh am Nachmittag gemietet hatte, und ging zu Victors, um zu essen. Es war neun Uhr, zu spät, um nach Bay City zu fahren und Anne zum Abendessen abzuholen. Sicher hatte sie ihres schon lange gemacht.

Ich bestellte mir einen doppelten Gibson mit frischem Limesaft und trank ihn und war so hungrig wie ein Schuljunge.

V

Auf dem Rückweg zur Poynter Street fuhr ich viel im Zick=Zack hin und her, umkreiste Blocks und hielt an, eine Waffe auf dem Sitz neben mir. Soweit ich es beurteilen konnte, versuchte niemand, mich zu verfolgen.

Auf dem Sunset Boulevard hielt ich bei einer Tankstelle und führte aus der Telefonzelle zwei Gespräche. Ich erwischte Bernie Ohls gerade noch, als er im Begriff stand, nach Hause zu gehen.

„Hier ist Marlowe, Bernie. Wir haben uns seit Jahren nicht mehr herumgeschlagen. Ich fange an, mich einsam zu fühlen."

„Dann heirate doch. Ich bin jetzt Chefermittler in der Dienststelle des Sheriffs. Ich habe den Dienstgrad eines Hauptmanns, bis ich endgültig die Prüfung bestanden habe. Mit Privatdetektiven unterhalte ich mich kaum noch."

„Unterhalte dich mit mir. Ich könnte Hilfe brauchen. Ich habe eine kitzelige Geschichte in der Hand, bei der ich umgelegt werden könnte."

„Und du erwartest von mir, daß ich mich dem natürlichen Ablauf der Dinge in den Weg stelle?"

„Jetzt mal im Ernst gesprochen, Bernie. So übel bin ich schließlich nicht. Ich versuche, einen Exgangster vor einem Paar Henkern zu retten."

„Je mehr von denen sich gegenseitig umlegen, desto lieber ist es mir."

„Schon, aber wenn ich dich anrufe, dann komme schnell oder schicke ein paar gute Leute. Du hast ja inzwischen Zeit gehabt, ihnen was beizubringen."

Wir tauschten noch ein paar gemäßigte Beleidigungen aus und hängten ein. Dann wählte ich Ikky Rosensteins Nummer. Seine ziemlich unangenehme Stimme sagte: „Ja, was gibt's?"

„Marlowe. Seien Sie gegen Mitternacht bereit, abzufahren. Wir haben Ihre Freunde entdeckt, und sie haben sich im Beverly-Western eingenistet. Heute nacht werden sie in Ihrer Straße noch nicht auftauchen. Vergessen Sie nicht, sie wissen nicht, daß Sie gewarnt wurden."

„Das klingt mir gefährlich."

„Gütiger Gott, ein Sonntagsschulpicknick konnten Sie doch nicht erwarten. Sie waren unvorsichtig, Ikky. Sie wurden zu meinem Büro verfolgt. Dadurch haben wir weniger Zeit."

Er schwieg einen Augenblick. Ich hörte seinen Atem. „Von wem?" fragte er.

„Irgendeinem kleinen Lumpen, der mir einen Revolver in den Bauch drückte, daß ich mir die Mühe machen mußte, ihm das Ding abzunehmen. Ich kann mir nur denken, sie schickten mir diesen Anfänger, weil sie nicht wollten, daß ich zuviel erfuhr, für den Fall, daß ich nicht schon alles wußte."

„Machen Sie sich auf einiges gefaßt, Marlowe."

„Das bin ich sowieso. Gegen Mitternacht komme ich zu Ihnen. Seien Sie dann fertig. Wo haben Sie Ihren Wagen?"

„Vor dem Haus."

„Bringen Sie ihn in eine Seitenstraße und schließen Sie ihn umständlich ab. Wo ist die Hintertür an Ihrem Kasten?"

„Auf der Rückseite, wo soll sie sonst sein?"

„Lassen Sie Ihre Koffer dort stehen. Wir gehen zusammen aus dem Haus und zu Ihrem Wagen. Wir fahren in die Hintergasse und holen die Koffer und was Sie sonst haben ab."

„Angenommen, es stiehlt sie einer da?"

„Na und? Angenommen, man macht Sie tot? Was gefällt Ihnen besser?"

„Also gut", grunzte er, „ich warte. Aber wir riskieren verdammt viel."

„Das tun Rennfahrer auch. Lassen die sich dadurch abhalten? Es gibt keine andere Möglichkeit, als schnell zu verschwinden. Machen Sie um zehn das Licht aus und bringen Sie das Bett gründlich in Unordnung. Es wäre auch gut, wenn Sie einen Teil Ihres Gepäcks zurücklassen. Es sieht dann nicht so geplant aus."

Er grunzte zustimmend, und ich hängte ein.

Die Telefonzelle war von außen gut beleuchtet. Das sind sie auf Tankstellen im allgemeinen. Ich sah mich gründlich nach allen Richtungen um, während ich in der Tankstelle in den Karten blätterte, die sie dort als Reklame verteilten. Ich sah nichts, was mich beunruhigte. Nur so nahm ich eine Karte von der Strecke nach San Diego mit und stieg in meinen gemieteten Wagen.

In der Poynter Street parkte ich um die Ecke und ging in den zweiten Stock in mein schäbiges Apartment hinauf, setzte mich im Dunkeln hin und beobachtete von meinem Fenster aus. Ich sah nichts, was einen beunruhigen konnte.

Ein paar mittelklassige Mädchen kamen aus Ikkys Apartmenthaus und wurden von einem Wagen des vorjährigen Modells aufgenommen. Ein Mann etwa von Ikkys Größe und Körperbau ging in das Apartmenthaus hinein. Verschiedene Leute kamen und klingelten. Auf der Straße war es ziemlich still. Seit sie die Hollywood-Fernstraße in Betrieb genommen haben, ist in den vom Boulevard abgelegenen Straßen kaum noch starker Verkehr, es sei denn, die Leute wohnen in dieser Gegend.

Es war ein schöner Herbstabend – oder so schön, wie sie in dem verdorbenen Klima von Los Angeles werden – fast klar, aber nicht einmal frisch. Ich weiß nicht, was in unserer überfüllten Stadt aus dem

Wetter geworden ist, aber es ist nicht mehr das Wetter, das ich kennenlernte, als ich hierherkam.

Es schien mir eine lange Zeit bis Mitternacht. Ich konnte niemand entdecken, der irgend etwas beobachtete, und auch kein Paar unauffällig gekleideter Männer hielt sich vor irgendeinem der sechs verfügbaren Apartmenthäuser auf.

Ich war ziemlich sicher, daß sie es in meinem zuerst versuchen würden, wenn sie kamen, und falls Anne die richtigen Männer entdeckt hatte, und falls überhaupt jemand gekommen war, und falls die Nachricht des kleinen Gauners an seine Chefs mir etwas genutzt hatte, oder überhaupt.

Trotz der hundert Möglichkeiten, daß Anne sich geirrt haben konnte, hatte ich das Gefühl, daß sie recht hatte. Die Mörder hatten keinen Grund, übertrieben vorsichtig zu sein, solange sie nicht wußten, daß Ikky gewarnt worden war.

Keinen, außer einem. Er war in mein Büro gekommen und war auf dem Weg dorthin beschattet worden. Aber die Organisation konnte mit der Arroganz der Mächtigen über die Vorstellung, daß er gewarnt worden war und bei mir Hilfe gesucht hatte, auch einfach gelacht haben. Ich war so klein, daß sie kaum in der Lage waren, mich zu sehen.

Um Mitternacht verließ ich das Apartment, schlenderte zwei Blocks weit und paßte auf, ob ich verfolgt würde, überquerte die Straße und ging in das Haus, in dem Ikky wohnte. Die Tür war nicht verschlossen, und einen Fahrstuhl gab es nicht. Ich kletterte die Treppe in den dritten Stock hinauf und suchte nach seinem Apartment. Ich klopfte leicht. Mit einer Waffe in der Hand öffnete er die Tür. Wahrscheinlich sah er verängstigt aus.

Neben der Tür standen zwei Koffer und ein weiterer an der hinteren Wand. Ich ging hinüber und hob ihn hoch. Er war schwer genug. Ich drückte auf die Schlösser, er war unverschlossen.

„Sie brauchen sich nicht zu sorgen", sagte er, „er enthält alles, was ein Mann für drei bis vier Tage braucht, und nichts außer ein paar Kleidungsstücken, die ich nicht in jedem beliebigen Konfektionsgeschäft wieder bekommen kann."

Ich nahm einen der anderen. „Bringen wir die jetzt zur Hintertür."

„Wir können auch zur Hintertür aus dem Haus gehen."

„Wir gehen zur Vordertür hinaus. Nur für den Fall, daß wir beobachtet werden – obwohl ich das nicht glaube. Wir sind einfach zwei, die zusammen ausgehen. Vor allem merken Sie sich eins. Halten Sie beide Hände in Ihren Manteltaschen und Ihre Waffe in der Rechten. Wenn irgend jemand Sie von hinten mit Namen anruft, drehen Sie sich schnell um und schießen Sie. Das macht nämlich nur einer, der Ihnen an den Kragen will. Ich tue das gleiche."

„Ich habe Angst", sagte er mit seiner knarrenden Stimme.

„Ich auch, wenn Ihnen das was nützt. Aber wir müssen es so tun. Wenn Sie einer anruft, hat er eine Waffe in der Hand. Halten Sie sich nicht damit auf, ihm Fragen zu stellen. Mit Worten gibt er keine Antwort. Wenn es nur mein kleiner Freund ist, werden wir ihn abkühlen und hinter eine Tür packen. Haben Sie verstanden?"

Er nickte, leckte sich die Lippen. Wir trugen die Koffer hinunter und stellten sie draußen vor der Hintertür ab. Ich spähte die Hintergasse entlang. Niemand zu sehen. Es war nur ein kurzes Stück bis zur Seitenstraße. Wir traten wieder in das Haus und gingen durch den Gang zur Vorderseite. Wir gingen mit der ganzen Gelassenheit einer Hausfrau, die ihrem Mann zum Geburtstag eine Krawatte kauft, auf die Poynter Street hinaus.

Niemand zeigte sich. Die Straße war leer. Wir gingen um die Ecke zu Ikkys Wagen. Er schloß ihn auf. Ich ging mit ihm zurück, um die Koffer zu holen. Nichts regte sich. Wir stellten die Koffer in den Wagen, stiegen ein und fuhren bis zur nächsten Straße. Wir kamen an einer Verkehrsampel vorbei, die nicht funktionierte, mußten auf dem Boulevard ein- oder zweimal anhalten, erreichten die Einfahrt in die Fernstraße.

Selbst um Mitternacht herrschte hier noch starker Verkehr. Kalifornien ist von Leuten bevölkert, die unterwegs sind und die es eilig haben. Wenn man keine hundertzwanzig fährt, überholt einen alles. Wenn man dieses Tempo mithält, muß man im Rückspiegel auf die Streifenwagen aufpassen. Es ist das Rattenrennen aller Rattenrennen.

Ikky fuhr gemäßigte Siebzig. Wir erreichten die Kreuzung mit der Straße 66, und er bog in sie ein. Bisher war nichts geschehen. Ich fuhr mit ihm bis Pomona.

„Das ist mir weit genug", sagte ich. „Ich nehme einen Bus zurück, wenn es einen gibt, oder übernachte in einem Motel. Halten Sie bei einer Tankstelle und lassen Sie mich fragen, wo die Bushaltestelle ist. Sie müßte in der Nähe der Fernstraße sein. Fahren wir in die Innenstadt weiter."

Das tat er und hielt dann in der Mitte eines Blocks an. Er griff nach seiner Brieftasche und hielt mir vier Tausenddollarnoten hin.

„Ich glaube eigentlich nicht, daß ich es verdient habe. Es ging zu leicht."

Er lachte mit einer Art schiefer Belustigung auf seinem schwammigen Gesicht. „Seien Sie kein Dummkopf. Ich habe es geschafft. Sie wußten nicht, worauf Sie sich eingelassen haben. Vor allem, für Sie fängt der Ärger erst an. Die Organisation hat überall Augen und Ohren. Wenn ich verdammt vorsichtig bin, bin ich vielleicht sicher, vielleicht auch nicht so sicher, wie ich glaube. Jedenfalls taten Sie, was ich von Ihnen verlangt habe. Nehmen Sie das Geld. Ich habe reichlich."

Ich nahm es und steckte es ein. Er fuhr zu einer Nachttankstelle weiter, wo man uns sagte, wo wir die Bushaltestelle finden konnten. „Um zwei Uhr fünfundzwanzig fährt ein Überland-Greyhound", sagte der Tankwart, während er auf den Fahrplan sah. „Der nimmt Sie mit, wenn Platz ist."

Ikky fuhr zu der Bushaltestelle. Wir schüttelten uns die Hand, und er brauste in Richtung der Fernstraße davon. Ich sah auf meine Uhr, fand einen noch geöffneten Schnapsladen und kaufte mir eine halbe Flasche Scotch. Dann fand ich eine Bar und bestellte mir einen doppelten Whisky mit Wasser.

Meine Schwierigkeiten beginnen erst, hatte Ikky gesagt. Er hatte völlig recht.

Auf dem Busbahnhof in Hollywood stieg ich aus, nahm mir ein Taxi und fuhr zu meinem Büro. Ich bat den Fahrer, ein paar Minuten zu warten. Um diese Zeit in der Nacht tat er das gern. Der farbige Nachtwächter ließ mich in das Haus ein.

„Sie arbeiten heute wieder spät, Mr. Marlowe. Aber das tun Sie ja immer."

„In meinem Beruf ist das so", antwortete ich.

Oben in meinem Büro tastete ich den Fußboden nach Post ab und fand nur ein längliches, schmales Päckchen, das mit Eilboten gekommen war. Die Briefmarke war in Glendal abgestempelt.

Es enthielt nichts außer einem frisch gespitzten Bleistift. Die Todeswarnung der Bande.

VI

Ich nahm sie nicht zu ernst. Wenn es wirklich ihre Absicht ist, schicken sie einem das nicht. Ich betrachtete es als eine scharfe Warnung, mich draußen zu halten. Vielleicht hatten sie die Absicht, mich verprügeln zu lassen. Von ihrem Standpunkt aus würde das der Disziplin nützlich sein. „Wenn wir einen Namen ausstreichen, muß jeder, der versucht, den Mann zu retten, Prügel bekommen." Das etwa konnte es bedeuten.

Ich überlegte, ob ich nach Hause in die Yucca Avenue gehen sollte. Zu einsam. Ich überlegte, ob ich zu Anne nach Bay City fahren solle. Noch schlechter. Wenn sie ihr auf die Spur kamen, würden sich wirkliche Schufte nichts daraus machen, sie zu vergewaltigen und anschließend zusammenzuschlagen.

Für mich gab es im Moment nur die Bude in der Poynter Street. Das war der bei weitestem sicherste Platz. Ich ging zu dem wartenden Taxi hinunter und ließ mich zu einer Stelle drei Blocks entfernt von dem sogenannten Apartmenthaus fahren. Ich ging nach oben, zog mich aus und schlief schlecht. Nichts störte mich, außer einer gebrochenen Sprungfeder. Sie bohrte mir in den Rücken. Bis halb vier lag ich wach, und mein Gehirn beschäftigte sich angestrengt mit der vorliegenden Situation. Ich hatte mich mit meiner Waffe unter dem Kissen hingelegt. Das ist ein wenig geeigneter Platz, um eine Waffe aufzubewahren, wenn das Kissen so dick und so weich wie ein Schreibmaschinenfilz ist. Sie störte mich, darum nahm ich sie in die rechte Hand. Die Übung hatte mich gelehrt, sie selbst im Schlaf darin zu halten.

Ich erwachte bei strahlender Sonne. Ich fühlte mich wie ein Stück schlecht gewordenes Fleisch. Ich kämpfte mich in das Bad und tunkte mich selbst in kaltem Wasser, wischte es mit einem Handtuch ab, das man nicht sehen konnte, wenn man es seitlich hielt. Dieses Apartment war wirklich überwältigend. Es fehlte nur noch eine Chippendale=Garnitur, und es wäre reif für die Slums gewesen.

Zu essen gab es in dem Apartment nichts, und wenn ich es verlassen würde, konnte der nie etwas verpassende Marlowe vielleicht doch etwas verpassen. Ich hatte eine halbe Flasche Whisky. Ich betrachtete sie und roch daran, aber als Frühstück auf leeren Magen schien sie mir ungenießbar, selbst wenn ich das Zeug herunterbekommen hätte, denn mein Magen schwankte irgendwo unter der Decke. Ich sah in den Schränken nach für den Fall, daß einer der früheren Mieter bei seinem überstürzten Auszug eine Brotkruste zurückgelassen hatte. Vergeblich. Sie hätte mir sowieso nicht geschmeckt, nicht einmal mit dem Whisky dazu. Also setzte ich mich ans Fenster. Eine Stunde später wäre ich fähig gewesen, ein Stück von einem Hausdiener abzubeißen.

Ich zog mich an, ging um die Ecke zu dem Mietwagen und fuhr zu einem Speiselokal. Auch die Kellnerin war schlecht gelaunt. Sie wischte mit einem Lappen vor mir über den Tisch und fegte mir die Krümel des letzten Gastes auf die Knie.

„Hören Sie mal, meine Süße", sagte ich, „seien Sie nicht so großzügig. Heben Sie die Krümel für schlechte Zeiten auf. Ich möchte nur zwei Eier, drei Minuten gekocht, länger nicht, eine Scheibe von eurem berühmten Betontoast, ein großes Glas Tomatensaft mit einem Spritzer Worcestersoße, ein glücklich strahlendes Lächeln, und geben Sie auf keinen Fall irgend jemand anderem Kaffee. Wahrscheinlich brauche ich ihn restlos für mich."

„Ich bin erkältet", antwortete sie, „darum hetzen Sie mich nicht so. Es könnte sein, daß ich Ihnen eine schmiere."

„Vertragen wir uns, ich habe auch eine schlechte Nacht hinter mir."

Sie zeigte den Ansatz zu einem halben Lächeln und schob sich seitwärts durch die Klapptür. Das stellte ihre Kurven besser zur Schau, die ausgeprägt, sogar überschwenglich waren. Aber ich bekam die Eier so, wie ich sie haben wollte. Der Toast war mit geschmolzener Butter bestrichen, die ihre beste Zeit hinter sich hatte.

„Worcestersoße gibt es nicht", sagte sie, als sie den Tomatensaft vor mich hinstellte. „Wie wäre es mit etwas Tabasco? Arsenik ist uns auch gerade ausgegangen."

Ich nahm zwei Tropfen von der Tabasco, verschlang die Eier, trank zwei Tassen Kaffee und stand im Begriff, den Toast als Trinkgeld zurückzulassen, als ich weich wurde und statt dessen einen Vierteldollar hinlegte. Das heiterte sie wirklich auf. Es war ein Lokal, in dem man zehn Cent oder gar nichts gab. Meistens gar nichts.

In der Poynter Street hatte sich nichts verändert. Ich trat wieder zu meinem Fenster und setzte mich. Gegen halb neun kam der Mann, den ich in das Apartmenthaus auf der anderen Straßenseite hatte gehen sehen – der eine, der etwa die gleiche Größe und Figur wie Ikky hatte – mit einer kleinen Aktentasche heraus und wandte sich nach Osten. Zwei Männer stiegen aus einer dunkelblauen Limousine. Sie waren von gleicher Größe, sehr unauffällig gekleidet und hatten weiche Hüte tief in ihre Stirn gezogen. Jeder zog einen Revolver.

„He, Ikky", rief der eine von ihnen.

Der Mann drehte sich um.

„Das wär's, Ikky", sagte der andere.

Schüsse krachten zwischen den Häuserwänden. Der Mann sackte zusammen und blieb bewegungslos liegen. Die beiden stürzten zu ihrem Wagen und fuhren los nach Westen. Einen halben Block weiter sah ich einen Cadillac abfahren, der sich vor sie setzte.

Sie waren im Nu verschwunden.

Es war hübsche, schnelle, saubere Arbeit. Das einzige, was daran falsch war, sie hatten sich nicht genug Zeit zur Vorbereitung genommen.

Sie hatten den falschen Mann erschossen.

VII

Ich kam schnell aus dem Haus, fast so schnell wie die beiden Mörder. Um den toten Mann hatte sich eine kleine Gruppe gebildet. Ich brauchte ihn mir nicht zweimal anzusehen, um zu wissen, daß er wirklich tot war. Diese Jungens waren Experten. Er lag auf der anderen Straßenseite auf dem Bürgersteig. Sehen konnte ich ihn nicht. Leute standen im Weg. Aber ich wußte genau, wie er aussehen würde, und ich hatte in der Ferne schon Sirenen gehört. Es hätte zwar auch nur eine Routinestreife auf dem Sunset Boulevard sein können, aber das war es nicht. Folglich hatte jemand telefoniert.

Ich schlenderte mit meinem Koffer in der Hand um die Ecke, warf ihn in den Mietwagen und verließ die Gegend. Sie hatte für mich jeden Reiz verloren. Ich hörte die Fragen schon im Ohr.

Was brachte Sie in diese Gegend, Marlowe? Sie hatten sich dort ein Apartment gemietet. Wozu?

Ich wurde von einem Exgangster engagiert, der Schwierigkeiten mit seiner Organisation hatte. Sie hatten Scharfschützen auf ihn angesetzt.

Nun sagen Sie bloß nicht, daß er anständig werden wollte.

Das weiß ich nicht, aber sein Geld konnte ich gebrauchen.

Sie taten aber nicht viel, um es zu verdienen. Meinen Sie nicht?

Gestern nacht schaffte ich ihn fort. Wo er jetzt ist, weiß ich nicht. Ich will es auch nicht wissen.

Sie schafften ihn fort?

Das habe ich gesagt.

Ah, so. Nur ist er jetzt mit zahlreichen Schußverletzungen im Leichenschauhaus. Denken Sie sich was Besseres aus. Oder es kommt noch jemand ins Leichenschauhaus.

Und wieder und wieder. Dialoge mit Polizisten. Altes, abgedroschenes Zeug. Was sie sagen, ist sinnlos, was sie fragen, ist auch sinnlos. Sie bohren einfach nur immer weiter, bis man so fertig ist, daß man sich bei einer Einzelheit verrät. Dann lächeln sie glücklich und reiben sich die Hände und sagen: Das war wohl ein bißchen unvorsichtig. Fangen wir doch noch mal ganz von vorn an.

Je weniger ich damit zu tun hatte, um so besser. Ich parkte auf meinem üblichen Parkplatz und ging in mein Büro hinauf. Es war nichts drin außer abgestandener Luft. Jedesmal, wenn ich das Loch betrat, fühlte ich mich müder und müder. Warum, zum Teufel, hatte ich mir nicht vor zehn Jahren einen Posten bei einer Behörde beschafft? Oder sagen wir vor fünfzehn Jahren. Mein Verstand hätte gereicht, um in einem Fernkursus eine juristische Prüfung zu bestehen. Das Land ist voll von Rechtsanwälten, die ohne Textvorlage keine Klageschrift aufsetzen können.

Ich setzte mich also in meinen Bürosessel und verhehlte mir meinen Mangel an Bewunderung für mich selbst nicht. Nach einer Weile fiel mir der Bleistift ein. Ich traf gewisse Vorkehrungen mit einer Fünfundvierziger, eine zu große Waffe, als daß ich sie je bei mir trüge – sie wiegt so viel. Ich wählte die Nummer der Dienststelle des Sheriffs und verlangte Bernie Ohls. Ich erreichte ihn. Seine Stimme klang mürrisch.

„Hier Marlowe. Ich stecke in Schwierigkeiten – in wirklichen Schwierigkeiten."

„Warum sagst du das mir?" knurrte er. „Daran mußt du dich doch inzwischen gewöhnt haben."

„Das sind Schwierigkeiten, an die man sich nie gewöhnt. Ich möchte zu dir kommen und sie dir erzählen."

„Hast du noch das gleiche Büro?"

„Ja, das gleiche."

„Ich muß in deine Gegend. Ich komme bei dir vorbei."

Er hängte ein. Ich öffnete zwei Fenster. Die sanfte Brise wehte den Geruch nach Kaffee und abgestandenem Fett aus Joe's Kneipe von nebenan herein. Ich fand ihn abscheulich, ich fand mich selbst abscheulich, ich fand alles abscheulich.

Ohls hielt sich nicht in meinem eleganten Vorzimmer auf. Er klopfte an meiner eigenen Tür, und ich ließ ihn ein. Mit gerunzelter Stirn begab er sich zu meinem Besuchersessel.

„Also schieß los."

„Je von einer Type namens Ikky Rosenstein gehört?"

„Warum sollte ich? Ist er vorbestraft?"

„Er ist ein Exgangster, der sich bei seinem Haufen unbeliebt gemacht hat. Sie nahmen den Bleistift und strichen seinen Namen aus und schickten ihm die beiden üblichen harten Burschen mit einem Flugzeug auf den Hals. Er wurde gewarnt und engagierte mich, um ihm zu helfen, fortzukommen."

„Hübsche, saubere Arbeit."

„Laß das jetzt, Bernie."

Ich zündete mir eine Zigarette an und bließ ihm Rauch ins Gesicht. Zur Vergeltung begann er an einer Zigarette zu kauen. Er steckte sich nie eine an, aber er verschlang sie buchstäblich.

„Hör zu", fuhr ich fort. „Nehmen wir an, der Mann wollte ehrlich werden, oder nehmen wir auch an, er wollte nicht. Solange er niemand umgebracht hat, hat er ein Recht auf sein Leben. Mir sagte er, er hätte keinen umgebracht."

„Und du hast dem Lumpen geglaubt, was? Wann fängst du an, in der Sonntagsschule zu unterrichten?"

„Ich habe ihm weder geglaubt, noch habe ich ihm nicht geglaubt. Ich habe den Auftrag angenommen. Ich hatte keinen Grund, es nicht zu tun. Ein Mädchen, das ich kenne, und ich beobachteten gestern die ankommenden Flugzeuge. Sie entdeckte das Paar und folgte ihm in ein Hotel. Sie war überzeugt, daß es die Richtigen waren. Sie sahen bis zur Spitze ihrer schwarzen Schuhe ganz danach aus. Sie verließen das Flugzeug jeder für sich und taten dann so, als ob sie sich kennen würden, sich in dem Flugzeug aber nicht bemerkt hätten. Dieses Mädchen ..."

„Hat sie auch einen Namen?"

„Nur für dich."

„Wenn sie gegen kein Gesetz verstoßen hat, kümmere ich mich um sie."

„Sie heißt Anne Riordan und wohnt in Bay City. Ihr Vater war da mal Polizeichef. Und nun behaupte nicht, daß er deswegen schon ein Schuft war. Er war es nämlich nicht."

„Soso. Und nun erzähl den Rest. Beeil dich ein bißchen dabei."

„Ich nahm mir ein Apartment gegenüber von Ikky. Die beiden waren noch in ihrem Hotel. Um Mitternacht holte ich Ikky heraus und brachte ihn bis nach Ponoma. Er fuhr in seinem Mietwagen weiter, und ich kam mit dem Bus zurück. Ich ging in das Apartment in der Poynter Street, direkt gegenüber von seiner Wohnung."

„Warum das, wenn er schon fort war?"

Ich öffnete die Mittelschublade des Schreibtisches und nahm den schön gespitzten Bleistift heraus. Ich schrieb meinen Namen auf ein Stück Papier und strich ihn dann mit dem Bleistift durch.

„Weil mir jemand das hier geschickt hat. Ich glaube nicht, daß sie mich umlegen wollen, aber ich denke, daß sie mich genügend verprügeln wollen, um mich davon abzuhalten, mich weiter um die Geschichte zu kümmern."

„Wissen sie denn, daß du daran beteiligt warst?"

„Ikky wurde auf dem Weg hierher von einem kleinen Kerl verfolgt, der später zu mir kam und mir einen Revolver in den Bauch drückte. Ich habe ihn ein bißchen hart angefaßt, aber ich mußte ihn laufen lassen. Danach hielt ich Poynter Street für sicherer. Ich lebe ziemlich einsam."

„Ich komme herum", meinte Bernie Ohls, „ich lese die Polizeiberichte. Sie haben also den Falschen umgelegt."

„Er hatte die gleiche Größe, die gleiche Figur, die gleiche allgemeine Erscheinung. Ich sah, wie sie ihn umlegten. Ich könnte nicht sagen, ob es die beiden Burschen aus dem Beverly-Western-Hotel waren. Die habe ich nie gesehen. Es waren einfach zwei Männer in dunklen Anzügen, die sich die Hüte ins Gesicht gezogen hatten. Sie sprangen in eine blaue Pontiac-Limousine, etwa zwei Jahre alt, und rasten davon, wobei ein großer Cadillac ihnen den Weg bahnte."

Bernie stand auf und starrte mich einen langen Augenblick an. „Ich glaube nicht, daß sie sich jetzt mit dir abgeben werden", sagte er. „Sie haben den Falschen umgelegt. Die Bande wird sich eine Weile sehr still verhalten. Ich will dir was sagen. Diese Stadt wird bald ebenso miserabel wie New York, Brooklyn und Chikago. Wenn es so weitergeht, wird sie noch wirklich korrupt."

„Wir sind auf dem besten Wege dazu."

„Du hast mir nichts gesagt, woraufhin ich etwas unternehmen kann,

Phil. Ich werde mit den Leuten von der Mordkommission sprechen. Ich glaube nicht, daß du in Gefahr bist. Aber du hast die Schießerei gesehen. Darüber werden sie mehr von dir wissen wollen."

„Ich könnte niemand identifizieren, Bernie. Ich kannte den Mann nicht, der erschossen wurde. Aber woher weißt du, daß es der Falsche war?"

„Das hast du mir gesagt, Dummkopf."

„Ich dachte, die Mordkommission wüßte vielleicht was von ihm."

„Falls es so ist, sagen sie es mir nicht. Außerdem haben sie kaum Zeit zum Frühstücken gefunden. Für sie ist er einfach eine Leiche im Leichenschauhaus, bis sie vom Erkennungsdienst etwas über ihn erfahren. Aber sie werden sich mit dir unterhalten wollen, Phil. Die sind einfach verliebt in ihre Tonbandgeräte."

Er ging, und die Tür fiel hinter ihm ins Schloß. Ich saß da und fragte mich, ob es nicht eine Dummheit gewesen war, mit ihm zu reden. Oder mich um Ikkys Schwierigkeiten zu kümmern. Fünftausend kleine grüne Scheine sagten nein. Aber auch die können sich irren.

Jemand polterte an meine Tür. Es war eine Uniform, die mir ein Telegramm hinhielt. Ich quittierte und riß es auf.

Es lautete: „Auf dem Weg nach Flagstaff Mirador Motor Court. Glaube, wurde entdeckt, schnell kommen."

Ich zerriß das Telegramm in kleine Fetzen und verbrannte sie in meinem großen Aschbecher.

VIII

Ich rief Anne Riordan an.

„Eine komische Geschichte ist passiert", sagte ich ihr und berichtete ihr die komische Geschichte.

„Der Bleistift gefällt mir nicht", sagte sie, „und daß der falsche Mann erschossen wurde, gefällt mir nicht. Wahrscheinlich irgendein armer Buchhalter in einem bescheidenen Unternehmen. Sonst würde er nicht in dieser Gegend leben. Du hättest dich auf die Angelegenheit nicht einlassen sollen, Phil."

„Ikky ist ein Mensch. Vielleicht wird er dort anständig, wo er hingeht. Er kann einen anderen Namen annehmen. Er muß reichlich Geld haben, sonst hätte er mich nicht so hoch bezahlt."

„Noch einmal, mir gefällt der Bleistift nicht. Es ist besser, wenn du eine Zeitlang hierherkommst. Du kannst dir deine Post nachschicken lassen, falls überhaupt Post kommt. Du brauchst ja jetzt sowieso nicht sofort wieder zu arbeiten. Und Los Angeles ist von Privatdetektiven überschwemmt."

„Du verstehst nicht, worauf es ankommt. Ich bin mit der Geschichte noch nicht fertig. Die Polypen müssen erfahren, wo ich bin, und wenn sie es wissen, erfahren es auch alle Polizeireporter. Die Polypen werden vielleicht sogar auf die Idee kommen, mich zu verdächtigen. Keiner, der die Schießerei sah, wird von den Tätern eine Beschreibung geben, mit der man was anfangen kann. Die Leute in Amerika wissen heute zu gut Bescheid, um sich als Zeugen bei einer Gangsterschießerei herzugeben."

„Wie du willst, Überkluger, aber mein Angebot bleibt bestehen."

Der Summer in dem Vorzimmer schnarrte. Ich sagte Anne, daß ich einhängen müsse. Ich öffnete die Verbindungstür, und ein gutgekleideter – man könnte sogar sagen – elegant gekleideter Mann mittleren Alters stand sechs Fuß von der Außentür entfernt. Er hatte ein freundliches, unehrliches Lächeln im Gesicht. Er trug einen breitkrempigen, weißen Stetson und eine dieser schmalen Krawatten, die durch eine Schmuckschnalle gezogen werden. Sein rahmfarbener Flanellanzug war vorzüglich geschnitten.

Er zündete sich mit einem goldenen Feuerzeug eine Zigarette an und sah mich über die erste Rauchwolke, die er ausblies, an.

„Mr. Marlowe?"

Ich nickte.

„Ich bin Foster Grimes aus Las Vegas. Ich leite das Rancho Esperanza an der South Fifth. Ich hörte, Sie hatten eine Kleinigkeit mit einem Mann namens Ikky Rosenstein zu tun."

„Wollen Sie nicht hereinkommen?"

Er schlenderte an mir vorbei in mein Büro. Seine Erscheinung sagte mir nichts. Ein erfolgreicher Mann, der gern zeigte, daß er aus dem

Westen stamme oder es für eine gesunde Geschäftspraxis hielt. In der Wintersaison sieht man in Palm Springs diesen Typ dutzendweise. Sein Akzent verriet mir jedoch, daß er aus dem Osten kam, aber nicht Neu England. Aus New York oder Baltimore wahrscheinlich, vielleicht auch Long Island oder die Birkshires – nein, das war zu weit von der Stadt entfernt.

Ich deutete mit einer Handbewegung auf den Besuchersessel und setzte mich auf meinen alten, knarrenden Drehstuhl. Ich wartete.

„Wo ist Ikky jetzt, falls Sie es wissen?"

„Ich weiß es nicht, Mr. Grimes."

„Weshalb haben Sie sich mit ihm eingelassen?"

„Des Geldes wegen."

„Ein verdammt guter Grund." Er lächelte. „Wie weit ist es gegangen?"

„Ich half ihm die Stadt verlassen. Ich sage Ihnen das – obwohl ich zum Teufel nicht weiß, wer Sie sind – weil ich bereits einem meiner alten Freundfeinde gesagt habe. Einem leitenden Mann aus dem Office des Sheriffs."

„Was ist ein Freundfeind?"

„Die Gesetzeshüter lieben mich hier nicht besonders. Aber ich kenne ihn seit Jahren, und wir sind so befreundet miteinander wie ein Privatschnüffler mit einem amtlichen Greifer sein kann."

„Ich habe Ihnen gesagt, wer ich bin. In Vegas haben wir eine einmalige Situation. Das Städtchen gehört uns, abgesehen von einem lausigen Zeitungsredakteur, der uns und unseren Freunden ständig in die Haare gerät. Wir lassen ihn am Leben, weil es sich für uns besser macht, ihn am Leben zu lassen, als ihn umzulegen. Umlegen ist heutzutage keine gesunde Geschäftspraxis mehr."

„Wie bei Ikky Rosenstein."

„Das ist kein Umlegen, das ist eine Hinrichtung. Ikky wollte ausbrechen."

„Darum mußten Ihre Revolverhelden den Falschen kaltmachen. Sie hätten sich ein bißchen mehr Zeit lassen können, um sich zu überzeugen, daß sie den Richtigen hatten."

„Das hätten sie auch getan, wenn Sie Ihre Nase dort gelassen hätten, wo sie hingehört. Die beiden waren zu hastig. Das schätzen wir nicht. Wir wünschten kühle Tüchtigkeit."

„Und wer sind diese dicken, fetten ‚Wir', von denen Sie ständig reden?"

„Reden Sie keinen jugendlichen Unsinn, Marlowe."

„Also gut, nehmen wir an, ich wüßte es."

„Wir wünschen folgendes." Er griff in seine Tasche und zog eine lose Banknote heraus. Er legte sie auf seiner Seite auf den Schreibtisch. „Finden Sie Ikky und sagen Sie ihm, er solle zurückkommen und sich unterordnen und alles sei in Ordnung. Nachdem ein unschuldiger Außenseiter erschossen wurde, wollen wir keine Schwierigkeiten und kein zusätzliches öffentliches Aufsehen. Das ist es ganz einfach. Sie bekommen jetzt das hier" – er deutete mit dem Kopf auf den Schein, es war ein Tausender, wahrscheinlich die kleinste Banknote, die er bei sich hatte – „und einen weiteren, wenn Sie Ikky finden und ihm die Nachricht übermitteln. Wenn er nicht will – Vorhang runter."

„Und wenn ich sage, nehmen Sie Ihren verdammten Tausender und wischen Sie sich die Nase damit?"

„Das wäre unklug." Er zog eine Colt Woodsman mit einem kurzen Schalldämpfer. Eine Colt Woodsman verträgt einen Schalldämpfer, ohne daß sie Ladehemmung bekommt. Er war auch schnell, schnell und elegant. Der freundliche Ausdruck auf seinem Gesicht veränderte sich nicht.

„Ich habe nie Las Vegas verlassen", sagte er gleichmütig. „Ich kann es beweisen. Sie sitzen tot in Ihrem Schreibtischstuhl, und niemand weiß etwas davon. Wieder so ein Privatdetektiv, der es am falschen Ende angefaßt hat. Legen Sie Ihre Hände auf den Tisch und überlegen Sie. Übrigens bin ich ein blendender Schütze, selbst mit diesem verdammten Schalldämpfer."

„Nur um etwas tiefer auf der gesellschaftlichen Skala zurückzurutschen, Mr. Grimes, werde ich meine Hände auf keine Schreibtischplatte legen. Aber sagen Sie mir, was das bedeutet."

Ich schnippte den sauber gespitzten Bleistift zu ihm hinüber. Er griff danach, nachdem er die Waffe schnell in seine linke Hand genommen hatte — es ging sehr schnell. Er hielt den Bleistift hoch, so daß er ihn betrachten konnte, ohne die Augen von mir zu wenden.

„Ich erhielt ihn durch Eilboten", sagte ich, „ohne jede Mitteilung, ohne Absender. Nur den Bleistift. Denken Sie, ich hätte nie etwas von dem Bleistift gehört, Mr. Grimes?"

Er runzelte die Stirn und warf den Bleistift auf die Tischplatte. Ehe er seine lange, schlanke Waffe wieder in die rechte Hand nehmen konnte, hatte ich meine unter den Tisch geschoben und den Griff der Fünfundvierziger gepackt und meine Finger fest um den Abzug gelegt.

„Sehen Sie unter den Schreibtisch, Mr. Grimes. Sie werden dann eine Fünfundvierziger in einem Halfter mit offenem Ende sehen. Ich habe es dort angebracht, und es ist direkt auf Ihren Bauch gerichtet. Selbst wenn Sie mich ins Herz schießen könnten, ginge der Fünfundvierziger von dem unwillkürlichen Verkrampfen meiner Hand los, und Ihr Bauch wäre in Fetzen und Sie würden aus dem Stuhl geschleudert. Ein Fünfundvierziger-Geschoß kann Sie sechs Fuß weit zurückreißen. Das haben Sie endlich sogar beim Film gelernt."

„Sieht wie eine mexikanische Verteidigung aus", sagte er ruhig. Er schob seine Waffe in sein Halfter zurück. Er grinste. „Saubere, glatte Arbeit, Marlowe. Wir könnten Sie brauchen. Aber Sie müßten sich verdammt beeilen, während wir uns Zeit lassen können. Seien Sie nicht dumm, und suchen Sie Ikky. Er wird vernünftig werden. Er wird für den Rest seines Lebens nicht ständig davonlaufen wollen. Schließlich würden wir ihn doch einmal erwischen."

„Sagen Sie mir eines, Mr. Grimes. Weshalb hacken Sie auf mir herum? Was habe ich, von Ikky abgesehen, getan, weshalb Sie mich nicht leiden können?"

Unbeweglich dachte er einen Augenblick nach oder tat wenigstens so. „Der Fall Larsen. Sie haben geholfen, einen unserer Leute in die Gaskammer zu schicken. So etwas vergessen wir nicht. Sie sollten für Ikky den Kopf hinhalten. Sie werden immer den Kopf hinhalten müssen, wenn Sie nicht unser Spiel spielen. Etwas wird Ihnen zustoßen, wenn Sie am wenigsten darauf gefaßt sind."

„Ein Mann in meinem Beruf hält immer seinen Kopf hin, Mr. Grimes. Nehmen Sie Ihren Tausender und verschwinden Sie unauffällig. Vielleicht entschließe ich mich, Ihr Spiel zu spielen, aber ich muß es mir überlegen. Und in dem Fall Larsen hat die Polente die ganze Arbeit getan. Ich wußte nur zufällig, wo er war. Ich kann mir nicht vorstellen, daß Sie ihn so schrecklich vermissen."

„Wir schätzen keine Einmischung." Er stand auf. Er schob die Tausendernote gleichgültig in seine Tasche zurück. Während er das tat, ließ ich die Fünfundvierziger los und zog schnell meine fünf Zoll achtunddreißiger Smith and Wesson.

Er sah verächtlich darauf hinunter. „Ich werde in Las Vegas sein, Marlowe. Tatsächlich habe ich Las Vegas nie verlassen – Nein, Larsen war uns persönlich völlig gleichgültig, interessierte uns nicht mehr als irgendein anderer Revolvermann. Die gibt es haufenweise. Aber es störte uns sehr, daß irgendein lächerlicher privater Schnüffler ihn angeschmiert hat."

Er nickte und ging aus meinem Büro hinaus.

Ich brütete eine Weile. Ich wußte, daß Ikky nicht zu der Organisation zurückkehren würde, selbst wenn er die Chance hatte. Er traute ihnen nicht genug. Aber jetzt gab es noch einen anderen Grund.

Ich rief Anne Riordan wieder an.

„Ich gehe nach Ikky suchen. Ich muß einfach. Wenn ich dich innerhalb von drei Tagen nicht anrufe, setze dich mit Bernie Ohls in Verbindung. Ich fahre nach Flagstaff, Arizona. Ikky teilte mir mit, er sei dort."

„Du bist ein Narr", protestierte sie, „es ist bestimmt eine Falle."

„Ein Mr. Grimes aus Las Vegas besuchte mich mit einer Woodsman mit Schalldämpfer. Ich kam ihm gerade noch zuvor, aber soviel Glück werde ich nicht immer haben. Wenn ich Ikky finde und Grimes berichte, wo er ist, wird mich die Bande in Ruhe lassen."

„Willst du einen Mann zum Tode verurteilen?" Ihre Stimme klang scharf und ungläubig.

„Nein. Wenn ich mich bei Grimes melde, wird er nicht mehr dort sein. Er wird sich ein Flugzeug nach Montreal nehmen müssen, dort gefälschte Papiere kaufen – in Montreal ist es fast so korrupt wie bei uns – und nach Europa fliegen. Dort ist er vielleicht einigermaßen sicher. Aber die Organisation hat lange Arme, und Ikky wird sich verdammt anstrengen müssen, um am Leben zu bleiben. Er hat einfach keine Wahl. Für ihn gibt es entweder sich verstecken, oder er bekommt den Bleistift."

„Wie klug von dir, Liebling. Aber was ist mit deinem Bleistift?"

„Wenn sie es ernst meinten, hätten sie ihn mir nicht geschickt. Das gehört nur zu ihrer Einschüchterungstechnik."

„Aber du bist so groß und stark, daß dir keiner angst machen kann, wie?"

„Man kann mir angst machen, aber sie lähmt mich nicht. Mach's gut, und nimm dir keinen Liebhaber, ehe ich zurück bin."

„Du bist ein Mistvieh, Marlowe."

Sie hängte ein. Ich hängte auch ein.

Das Falsche zu sagen, ist eine meiner Spezialitäten.

Ich verschwand aus der Stadt, ehe die Mordkommission etwas von mir erfahren haben konnte. Sie würden eine ganze Weile brauchen, um auf meine Spur zu kommen. Und Bernie Ohls schenkte denen von der städtischen Polizei nicht einmal eine alte Tüte. Die Leute des Sheriffs und die städtische Polizei arbeiten etwa ebenso vertraut zusammen wie zwei streunende Kater auf einer Gartenmauer.

IX

Ich erreichte Phönix am Abend und fand ein Unterkommen in einem Motel am Stadtrand. Phönix war verdammt heiß. Das Motel hatte einen Speiseraum, darum aß ich. Ich wechselte mir an der Kasse einige Vierteldollar- und Zehncentstücke ein, schloß mich in eine Telefonzelle und begann das Mirador in Flagstaff anzurufen. Wie dämlich ich doch manchmal bin. Ikky konnte sich unter einem beliebigen Namen von Cohen bis Cordileone oder von Watson bis Woichehovski eingetragen haben. Ich rief trotzdem an und bekam nichts als ein Lächeln, sofern ein Telefon lächeln kann. Also fragte ich nach einem Zimmer für den kommenden Abend. Es sei aussichtslos, falls nicht jemand auszziehe, aber sie würden mich vormerken für den Fall, daß einer nicht komme oder sonst etwas passiere. Flagstaff liegt zu nahe am Grand Canyon. Ikky mußte sich im voraus ein Zimmer bestellt haben. Das war etwas, worüber ich nachgrübelte.

Ich kaufte mir einen Kriminalroman und las ihn. Ich stellte meinen Wecker auf halb sieben. Der Kriminalroman machte mich so verängstigt, daß ich zwei Revolver unter mein Kopfkissen legte. Er handelte von einem Kerl, der sich mit dem Gangsterboss von Milwaukee einließ und alle fünfzehn Minuten verprügelt wurde. Ich konnte mir nur vorstellen, daß von seinem Kopf und seinem Gesicht nicht mehr übrigblieb als ein Stück Knochen, von dem ein Fetzen Haut herunterhing. Aber im nächsten Kapitel war er so vergnügt und fidel wie eine Lerche. Dann fragte ich mich, weshalb ich diesen Schund läse, denn ich konnte doch die Brüder Karamasow auswendig lernen. Da mir keine einleuchtende Antwort einfiel, schaltete ich das Licht aus und drehte mich zum Schlafen um.

Um halb sieben rasierte ich mich, duschte, frühstückte und fuhr ab nach Flagstaff. Ich kam dort zur Mittagszeit an und fand Ikky im Restaurant, wie er Gebirgsforellen aß. Ich setzte mich ihm gegenüber. Er schien überrascht, mich zu sehen.

Ich bestellte Gebirgsforelle und aß sie von außen nach innen, was die richtige Methode ist. Wenn man sie entgrätet, verdirbt man den Geschmack etwas.

„Was ist los?" fragte er mit vollem Mund. Ein empfindsamer Esser.

„Lesen Sie die Zeitungen?"

„Nur den Sportteil."

„Gehen wir auf Ihr Zimmer und reden wir darüber. Es steht noch einiges andere darin."

Wir bezahlten für unser Essen und gingen in ein hübsches Doppelzimmer. Die Motels werden so gut, daß neben ihnen viele Hotels billig aussehen. Wir setzten uns und steckten uns eine Zigarette an.

„Die beiden Kerle sind zu früh aufgestanden und zur Poynter Street gefahren. Sie parkten vor Ihrem Apartmenthaus. Sie waren nicht sorg=

fältig genug eingewiesen worden. Sie erschossen einen Mann, der Ihnen ähnlich sah."

„Das ist ja prächtig", sagte er grinsend. „Aber die Polypen werden dahinterkommen, und die Organisation wird dahinterkommen. Meine Lage bleibt also die gleiche."

„Sie müssen mich für dumm halten", antwortete ich. „Ich bin es."

„Ich finde, Sie haben erstklassige Arbeit geleistet, Marlowe. Was ist daran dumm?"

„Was für Arbeit habe ich geleistet?"

„Sie haben mich da ziemlich elegant herausgebracht."

„War da etwas bei, was Sie nicht allein gekonnt hätten?"

„Mit etwas Glück – nein. Aber es ist angenehm, einen Helfer zu haben."

„Sie meinen, einen Dummkopf."

Sein Gesicht spannte sich. Seine rauhe Stimme klang knurrig. „Ich verstehe Sie nicht. Und geben Sie mir einen Teil von den Fünftausend zurück. Ich bin knapper bei Kasse, als ich dachte."

„Ich werde sie Ihnen zurückgeben, wenn Sie einen Kolobri in einem Salzstreuer finden."

„Reden Sie nicht so zu mir", sagte er fast mit einem Seufzer und hatte nach einer schnellen Bewegung eine Waffe in der Hand. Ich brauchte keine schnelle Bewegung. Ich hielt eine schußbereit in meiner Seitentasche.

„Ich hätte nicht angeben sollen", sagte ich. „Stecken Sie die Knarre ein. Sie zahlt nicht mehr aus als ein Spielautomat in Las Vegas."

„Falsch Die Automaten werfen ziemlich oft einen Hauptgewinn aus, sonst finden sie keine Kunden."

„Ziemlich selten, meinen Sie. Nun hören Sie mir zu und hören Sie mir gut zu."

Er grinste. Sein Zahnarzt war es schon müde, auf ihn zu warten.

„Die Geschichte reizte mich", fuhr ich fort, überlegen, wie Milo Vance in einem van=Dyne=Roman, aber dafür viel heller im Kopf. „Erstens weil, war es zu schaffen? Zweitens, wenn es zu schaffen war, wie würde ich dastehen? Aber nach und nach sah ich kleine Lichtflecke, die das Bild aufhellten. Warum kamen Sie überhaupt zu mir? So naiv ist die Organisation nicht. Warum sollte sie einen kleinen Lumpen, wie diesen Charles Hickon oder wie er sich sonst nennt, am Donnerstag zu mir schicken? Warum sollte ein alter Fuchs wie Sie sich von irgend jemand bei einer so gefährlichen Begegnung beschatten lassen?"

„Sie überwältigen mich einfach, Marlowe. Sie sind so helle, daß ich Sie im Dunkel leuchten sehen könnte. Sie sind so dämlich, daß Ihnen eine rot=weiß=blaue Giraffe nicht auffallen würde. Ich wette, Sie haben in Ihrer Bude dagesessen und mit den fünf Tausendern gespielt wie eine Katze mit ihrem Wollknäuel."

„Nicht, nachdem Sie sie in die Hand genommen hatten. Ferner, warum wurde mir der Bleistift geschickt, diese große, gefährliche Drohung? Es bestätigte nur das übrige. Aber wie ich Ihrem Chorknaben aus Las Vegas schon gesagt habe, schicken sie einem das nicht, wenn sie es ernst meinen. Er hatte übrigens auch eine Knarre, eine Woodsman Kaliber zweiundzwanzig mit einem Schalldämpfer. Ich mußte ihn veranlassen, sie wieder einzustecken. Er nahm das nicht weiter übel. Er begann, mir Tausender unter die Nase zu halten, um festzustellen, wo Sie waren, und es ihm dann zu sagen. Ein gutangezogener, angenehm wirkender Strohmann für eine Bande schmutziger Ratten. Die Women's Christian Temperance Association und ein paar stiefelleckende Politiker gaben diesen Kerlen das Geld, um sie groß zu machen, und sie lernten, wie sie es benutzen und mehr daraus machen konnten. Nun sind sie fast nicht mehr aufzuhalten. Aber sie sind trotzdem eine Bande schmutziger Ratten geblieben. Und sie sind immer da, wo sie keinen Fehler machen können. Das ist unmenschlich. Jeder Mensch hat das Recht auf ein paar Fehler. Aber die Ratten nicht. Sie müssen immer vollkommen sein, sonst bleiben Kerle an ihnen hängen wie Sie."

„Ich weiß, zum Teufel, nicht, wovon Sie reden. Ich weiß nur, daß es zuviel ist."

„Nun, dann will ich es Ihnen einfacher sagen. Irgendein armer Kerl aus dem Osten fiel den niedrigeren Dienstgraden einer Bande in die Hände. Sie wissen doch, was ein Dienstgrad ist, Ikky?"

„Ich war auch in der Armee", höhnte er.

„Er stieg in der Bande auf, aber er war nicht durch und durch verfault, war für das Geschäft nicht verfault genug. Also versuchte er, davon loszukommen. Er kam hier nach dem Westen, suchte sich irgendeinen billigen Job, änderte seinen Namen und lebte still in einem billigen Apartment. Aber die Bande hat jetzt an vielen Orten ihre Agenten. Irgend jemand stößt auf ihn und erkennt ihn. Das kann ein Schlepper für eine Spielhölle sein, ein Vermittler für einen Buchmacher, ein Strichmädchen oder sogar ein bestochener Polyp. Dann sagt die Bande — oder nennen Sie sie die Organisation — durch den Rauch ihrer Zigarren: ‚Das kann Ikky nicht mit uns machen. Es hat zwar nur geringfügige Bedeutung, weil er geringfügig ist, aber es ist uns unangenehm. Es verdirbt die Disziplin. Schickt ein paar Leute los, sie sollen den Bleistiftstrich durch seinen Namen machen.' Aber was für Leute rufen sie?

Ein Paar, das sie los haben wollen. Sie sind zu lange dabei. Sie könnten anfangen, Fehler zu machen oder kalte Füße kriegen. Vielleicht macht es ihnen auch Spaß, andere umzulegen. Auch das ist schlecht. Es verführt zur Unvorsichtigkeit. Die besten Leute sind solche, die dabei völlig unbeteiligt bleiben. Und damit sind diese Leute abgeschrieben, obgleich sie es nicht wissen. Aber wäre es nicht witzig, dabei auch einem etwas anzuhängen, den sie nicht leiden können, weil er einen Schuft namens Larsen unschädlich gemacht hat? Das ist einer dieser kleinen Scherze, die der Organisation solchen Spaß machen. ‚Seht, Kollegen, wir haben sogar Zeit, mit einem Schnüffler unser Spielchen zu treiben. Beim Himmel, wir können alles. Wir können sogar am Daumen nuckeln.' Und dann schicken sie einen falschen Fünfziger los."

„Die Torris sind keine falschen Fünfziger. das sind wirklich harte Burschen. Sie haben's bewiesen — selbst wenn sie einen Fehler machten."

„Kein Fehler. Sie erwischten Ikky Rosenstein. Bei dem Geschäft traten Sie unter einer falschen Firma auf. Und jetzt sind sie wegen Mordes festgenommen. Aber Sie sind noch schlimmer dran. Die Organisation wird Sie mit einem Habeaskorpus aus der Haft holen und umblasen. Sie haben Ihren Zweck erfüllt, und es ist Ihnen mißlungen, mich in die Tinte zu reiten."

Sein Finger krümmte sich um den Abzug. Ich schoß ihm die Waffe aus der Hand. Die Waffe in meiner Jackentasche war klein, aber auf diese Entfernung schoß sie genau. Und es war einer der Tage, an denen ich selbst genau war.

Er stieß ein schwaches Stöhnen aus und saugte an seiner Hand. Ich trat vor ihn und gab ihm einen festen Tritt gegen die Brust. Freundlich zu Mördern sein, gehört nicht zu meinem Repertoire. Er stürzte rückwärts um, rollte zur Seite, kam auf die Füße und taumelte vier oder fünf Schritte. Ich nahm seine Waffe auf und hielt ihn damit in Schach. Während ich alle Stellen abklopfte – nicht nur Taschen oder Halfter – wo ein Mann eine zweite Waffe tragen konnte. Er war sauber – in dieser Hinsicht jedenfalls.

„Was wollen Sie mit mir tun?" winselte er. „Ich habe Sie bezahlt. Ihnen kann nichts passieren. Ich habe Sie verdammt gut bezahlt."

„Wir haben beide unsere Probleme. Ihres besteht darin, am Leben zu bleiben." Ich nahm ein Paar Handschellen aus meiner Tasche, zog ihm die Hände hinter dem Rücken zusammen und schnappte sie zu. Seine eine Hand blutete. Ich band das Taschentuch aus seiner Brusttasche darum. Dann ging ich zum Telefon.

Flagstaff war groß genug, daß es hier eine Polizei geben mußte. Vielleicht hatte sogar die Staatsanwaltschaft hier eine Zweigstelle. Wir waren in Arizona, einem verhältnismäßig armen Staat. Vielleicht waren die Polizisten sogar unbestechlich.

X

Ich mußte mich ein paar Tage noch in Flagstaff aufhalten, aber ich hatte nichts dagegen, solange ich Forellen bekam, die in zweitausend Meter Höhe gefangen worden waren. Ich rief Anne und Bernie Ohls an. Ich rief den Fernsprechauftragsdienst an. Der Staatsanwalt in Arizona war ein junger, scharfäugiger Mann und der Polizeichef einer der größten Leute, die ich je gesehen hatte.

Ich kam schließlich wieder nach Los Angeles zurück und lud Anne ins Romanoff zum Abendessen und Champagner ein.

„Was ich nicht verstehe", sagte sie über dem dritten perlenden

Glas, „ist, weshalb sie dich hineingezogen haben. Warum haben sie den falschen Ikky Rosenstein zu dir geschickt? Warum haben sie ihre beiden Revolverhelden nicht einfach ihre Arbeit tun lassen?"

„Das weiß ich wirklich auch nicht. Vielleicht fühlen die an der Spitze sich so sicher, daß sie Humor entwickeln, oder dieser Larsen, den sie in die Gaskammer schickten, war wichtiger, als es den Anschein hatte. Höchstens drei oder vier wirkliche Spitzengangster sind auf den elektrischen Stuhl oder an den Galgen oder in die Gaskammer gekommen. Ich weiß von keinem, der in einem der Staaten ohne Todesstrafe wie Michigan lebenslänglich bekommen hätte. Wenn Larsen wichtiger war, als alle annahmen, kann es sein, daß sie meinen Namen auf ihre Warteliste gesetzt haben."

„Aber warum warteten sie?" fragte sie. „Sie hätten sich dann doch gleich über dich hergemacht."

„Sie können es sich leisten zu warten. Wer kann ihnen etwas anhaben – Kefauver etwa? Er gab sich die größte Mühe. Aber hast du gemerkt, daß sich etwas geändert hätte? Außer, wenn sie selbst dafür sorgten?"

„Und was war mit Costello?"

„Steuerhinterziehung wie bei Capone. Capone hat vielleicht ein paar hundert Menschen getötet, verschiedene davon persönlich mit eigener Hand. Aber die Steuerbehörden mußten erst kommen, um ihn fassen zu können. Die Organisation wird diesen Fehler nicht oft begehen."

„Was mir an dir gefällt, ist, von deinem ungeheuren persönlichen Charme abgesehen, daß du dir eine Antwort ausdenkst, wenn du keine weißt."

„Das Geld beunruhigt mich", sagte ich. „Fünftausend von ihrem schmutzigen Geld. Was soll ich damit anfangen?"

„Bleib nicht dein ganzes Leben lang ein Dummkopf. Du hast das Geld verdient und dein Leben dafür riskiert. Du kannst Schatzanweisungen, Serie E, kaufen. Dadurch wird es sauber. Und meiner Ansicht nach gehört das mit zu dem Witz."

„Aber sage du mir einen vernünftigen Grund, warum sie das Ganze angedreht haben?"

„Du hast einen größeren Ruf, als du selbst weißt. Und besteht nicht die Möglichkeit, daß der falsche Ikky es sich allein ausgedacht hat? Er scheint mir einer dieser überklugen Typen zu sein, die nichts schlicht und einfach tun können."

„Die Organisation wird ihn sich schon greifen, weil er eigene Pläne machte, falls du recht hast."

„Wenn der Staatsanwalt nicht für ihn sorgt. Und nichts kann mir gleichgültiger sein als das, was aus ihm wird. Gib mir noch ein Glas Champagner, bitte."

XI

Sie lieferten „Ikky" aus, und bei seiner Vernehmung brach er zusammen und nannte die Namen der beiden Revolvermänner, nachdem ich sie schon genannt hatte, die Brüder Torri. Aber niemand konnte sie finden. Sie kamen nie nach Hause zurück. Und man kann einen einzelnen Mann nicht der Verschwörung beschuldigen. Gesetzlich konnte man Ikky nicht einmal Beihilfe nach der Tat vorwerfen. Man konnte ihm nicht beweisen, daß er wußte, daß der wirkliche Ikky erschossen worden war.

Sie hätten ihm irgendeine Kleinigkeit anhängen können, aber sie hatten einen besseren Einfall. Sie überließen ihn seinen Freunden. Sie ließen ihn laufen.

Wo er jetzt ist? Ich vermute, nirgends.

Anne Riordan war froh, daß alles vorbei und ich sicher war. Sicher – das ist ein Wort, das man in meinem Gewerbe nicht kennt.

ERPRESSER SCHIESSEN NICHT

I

Der Mann in dem lichtblauen Anzug, der in der Beleuchtung des Klub Bolivar nicht lichtblau erschien, war groß, hatte weitstehende, graue Augen, eine schmale, scharfe Nase und einen Unterkiefer wie von Stein. Dagegen erschien sein Mund recht empfindsam. Sein Haar war störrisch und dunkel, von einem leichten Hauch Grau überdeckt, als sei es mit zarter Hand aufgetupft worden. Sein Anzug saß ihm, als ob er eine eigene Seele besäße und nicht nur eine fragwürdige Vergangenheit. Übrigens lautete sein Name Mallory.

Zwischen den kraftvollen, sicheren Fingern seiner einen Hand hielt er eine Zigarette. Die andere legte er flach auf das weiße Tischtuch und sagte: „Diese Briefe kosten Sie zehntausend, Miss Farr. Das ist nicht zuviel."

Er sah das Mädchen ihm gegenüber mit einem knappen Blick an. Dann sah er über die leeren Tische hinweg zu der herzförmigen Tanzfläche, auf der sich Paare in ständig wechselndem farbigem Licht durcheinanderdrängten.

Sie bedrängten auch die Gäste, die um die Tanzfläche saßen, so eng, daß sich die schwitzenden Kellner wie Seiltänzer zwischen ihnen hindurchbalancieren mußten, um die Tische zu erreichen. Aber in Mallorys Nähe saßen nur vier Personen.

Eine schlanke, dunkle Frau trank einen Highball. Ihr gegenüber am Tisch saß ein Mann, auf dessen fettem, rotem Nacken feuchte Borsten schimmerten. Die Frau starrte stumpfsinnig in ihr Glas und fingerte an einem großen, silbernen Flakon auf ihrem Schoß. Einen Tisch weiter rauchten zwei Männer mit gelangweiltem Stirnrunzeln lange, dünne Zigarren, ohne miteinander zu sprechen.

Nachdrücklich sagte Mallory: „Zehntausend sind angemessen."

Rhonda Farr war sehr schön. Sie hatte sich für die Begegnung ganz in Schwarz gekleidet, von einem weißen Pelzkragen, leicht wie Disteldaunen, an ihrem Abendcape abgesehen. Abgesehen auch von einer weißen Perücke, die sie aufgesetzt hatte, um nicht erkannt zu werden, und die ihr ein sehr mädchenhaftes Aussehen gab. Ihre Augen waren kornblumenblau, und sie hatte die Art Haut, von der ältere Herren träumen.

Ohne den Kopf zu heben, antwortete sie bösartig: „Das ist lächerlich."

„Warum ist das lächerlich?" fragte Mallory und blickte sie leicht überrascht, aber merklich ungehalten an.

Rhonda Farr hob ihr Gesicht und warf ihm mit marmorkalten Augen einen Blick zu. Dann zog sie eine Zigarette aus dem silbernen Etui, das offen auf dem Tisch lag, und schob sie in eine gleichfalls schwarze, lange, schlanke Zigarettenspitze. Sie fuhr fort:

„Für die Liebesbriefe eines Filmstars? Die sind heute nicht mehr so viel wert. Das Publikum ist schon lange keine alte, zimperliche Jungfer in spitzenbesetzten Hosen mehr."

Ein verächtliches Funkeln tanzte in ihren strahlen[illegible]en Augen. Mallory hielt ihrem Blick mit kalten Augen stand.

„Aber Sie waren schnell bereit", entgegnete er, „sich darüber mit einem Mann zu unterhalten, von dem Sie nie gehört hatten."

Mit einer Bewegung ihrer Zigarettenspitze antwortete sie: „Ich muß nicht ganz bei mir gewesen sein."

Mallory lächelte mit den Augen, ohne die Lippen zu verziehen. „Nein, Miss Farr. Dazu hatten Sie einen verdammt schwerwiegenden Grund. Soll ich Ihnen sagen, welchen?"

Rhonda Farr sah ihn wütend an. Dann blickte sie fort, schien ihn fast zu vergessen. Sie hob ihre Hand, die mit der Zigarettenspitze, betrachtete sie gelangweilt. Es war eine schöne Hand, ohne Ringe. Schöne Hände sind selten wie blühende Jacarandabäume, besonders in einer Stadt, in der hübsche Gesichter so alltäglich sind wie Laufmaschen in Strümpfen für einen Dollar das Paar.

Sie drehte den Kopf, blickte auf die Frau mit den starren Augen, an ihr vorbei auf die Menge auf der Tanzfläche. Das Orchester spielte sacharinsüß und eintönig.

„Ich verabscheue diese Lokale", sagte sie halblaut. „Sie sehen aus, als existierten sie nur bei Dunkelheit, wie Gespenster. Die Menschen sind ohne Anmut ungehemmt, sündig ohne Ironie." Sie ließ ihre Hand auf das weiße Tischtuch sinken. „Aber zu diesen Briefen zurück – warum sind sie denn so gefährlich, Erpresser?"

Mallory lachte. Er hatte ein klingendes Lachen, das Härte verriet, mit einem schneidenden Ton. „Sie sind gut", sagte er. „An den Briefen ist vielleicht nicht viel dran, nur banales Liebesgeschwätz. Die Erinnerungen eines Schulmädchens, das einmal verführt wurde und nicht aufhören kann, darüber zu reden."

„Das ist niederträchtig", antwortete Rhonda Farr mit einer Stimme voller Eis und Samt.

„Der Mann, an den sie geschrieben sind, macht sie erst interessant", entgegnete Mallory kalt. „Ein Schieber, ein Spieler, einer, der schnell Geld macht, und alles, was sonst noch dazugehört. Ein Kerl, in dessen Gesellschaft Sie sich nicht sehen lassen können, wenn Sie beim Film bleiben wollen."

„Ich lasse mich mit ihm nicht sehen, Erpresser. Ich bin ihm seit Jahren nicht mehr begegnet. Landrey war ein sehr anständiger Junge, als ich ihn kannte. Die meisten von uns haben etwas hinter sich, wovon man lieber nicht redet. Diese Geschichte habe ich lange hinter mir."

„Wirklich? Mir einmal Erdbeeren mit Schlagsahne", sagte Mallory mit plötzlichem Hohn. „Sie haben ihn doch gerade erst um Hilfe gebeten, Ihre Briefe zurückzubekommen."

Ihr Kopf fuhr hoch. Ihr Gesicht schien auseinanderzufallen, zu zusammenhanglosen Gesichtszügen zu werden. Ihre Augen schienen einen Schrei anzukündigen – aber nur für eine Sekunde.

Fast augenblicklich gewann sie ihre Selbstbeherrschung zurück. Ihre Augen hatten ihre Farbe verloren, waren fast so grau wie seine geworden. Mit übertriebener Sorgfalt legte sie die Zigarettenspitze nieder, schlang ihre Finger ineinander. Ihre Knöchel schimmerten weiß.

„Kennen Sie Landrey so gut?" fragte sie bitter.

„Vielleicht habe ich nur meine Verbindungen, erfahre einiges ... Kommen wir zu einem Geschäft, oder beschränken wir uns darauf, uns gegenseitig anzuknurren?"

„Woher bekamen Sie die Briefe?" Ihre Stimme klang noch rauh und erbittert.

Mallory zuckte mit den Schultern. „Über diese Dinge redet man in unserem Gewerbe nicht."

„Ich habe einen Grund, daß ich danach frage. Schon ein paar andere haben versucht, mir diese verdammten Briefe zu verkaufen. Deshalb bin ich hergekommen. Ihr Angebot machte mich neugierig. Aber ich habe den Verdacht, daß Sie nur einer von ihnen sind und nichts als den Preis hochtreiben wollen, um mich einzuschüchtern oder zu veranlassen, etwas zu unternehmen."

Mallory antwortete: „Nein, ich arbeite allein."

Sie nickte. Ihre Stimme war kaum lauter als ein Flüstern. „Jetzt wird es noch besser. Wahrscheinlich ist ein heller Kopf darauf gekommen, meine Briefe zu vervielfältigen. Fotokopien vermutlich ... Nun, es ist umsonst. Ich zahle nicht. Es würde mir nicht das geringste helfen. Kein Geschäft zu machen, Erpresser. Von mir aus können Sie ins Wasser gehen mit Ihren verfluchten Briefen."

Mallory zog die Nase kraus und blinzelte mit dem Ausdruck tiefster Konzentration vor sich hin. „Das ist hübsch gesagt, Miss Farr, aber so kommen wir nicht weiter."

Selbstsicher entgegnete sie: „Darauf lege ich gar keinen Wert. Um es deutlicher zu sagen: wenn ich daran gedacht hätte, meine kleine Pistole mit dem Perlmuttgriff mitzubringen, hätte ich Ihnen mit Kugeln geantwortet, und es wäre mir nichts passiert. Aber auf diese Art Reklame lege ich keinen Wert."

Mallory hob zwei seiner mageren Finger und betrachtete sie spöttisch. Er sah amüsiert, fast zufrieden aus. Rhonda Farr hob ihre schlanke Hand zu ihrer weißen Perücke, ließ sie einen Moment dort liegen und senkte sie wieder.

Eine Mann, der für sich allein ein paar Tische weiter saß, stand sofort auf und kam auf sie zu.

Er kam schnell, ging mit leichten, schwingenden Schritten und hielt einen weichen, schwarzen Hut neben seinem Oberschenkel. Er wirkte in seinem schwarzen Abendanzug gepflegt.

Während er näher kam, fragte Rhonda Farr: „Sie hatten doch nicht geglaubt, daß ich allein hierherkäme, oder doch? Aber ich gehöre nicht zu denen, die allein in einen Nachtklub gehen."

Mallory grinste. „Das hätten Sie auch kaum nötig, Kindchen", sagte er trocken.

Der Mann trat an den Tisch. Er war klein, elegant, dunkel. Er hatte einen kleinen, schwarzen Schnurrbart, der wie Seide schimmerte, und die klare Blässe, die Lateinamerikaner an Rubinen schätzen.

Mit einer gewandten Geste beugte er sich leicht dramatisch über den Tisch und nahm eine von Mallorys Zigaretten aus dem silbernen Etui. Mit einer großspurigen Bewegung zündete er sie an.

Rhonda Farr hob eine Hand zu ihrem Mund und gähnte. Sie sagte: „Das ist Erno, mein Leibwächter. Er paßt auf mich auf. Freundlich von ihm, nicht wahr?"

Sie stand langsam auf. Erno half ihr, das Cape über die Schultern zu legen. Dann verzog er die Lippen zu einem unfreundlichen Lächeln, blickte Mallory an und sagte:

„Na, Sie Jüngling?"

Er hatte dunkle, fast undurchsichtige Augen, in denen heiße Lichter funkelten.

Rhonda Farr zog ihr Cape um sich, nickte leicht, verzog ihre feingeformten Lippen zu einem kurzen, sarkastischen Lächeln, wandte sich langsam ab und ging zwischen den Tischen davon. Sie ging mit stolz gehobenem Kopf, ihr Gesicht ein wenig gespannt und wachsam, wie eine Königin in Gefahr, nicht furchtlos, aber nicht bereit, ihre Angst zu zeigen. Sie machte das sehr gut.

Die beiden gelangweilten Männer blickten ihr interessiert nach. Die dunkle Frau brütete finster über der Frage, ob sie ihren Highball noch etwas aufmöbeln solle, der so schon ein Pferd umgeworfen hätte. Der Mann mit dem fetten, verschwitzten Nacken schien eingeschlafen zu sein.

Rhonda Farr schritt die fünf scharlachrot belegten Stufen zur Halle hinauf, an dem sich verneigenden Kellner vorbei. Sie ging zwischen den zurückgezogenen Goldvorhängen hindurch und verschwand.

Mallory sah ihr nach, bis sie außer Sicht war. Dann blickte er Erno an. Er sagte: „Na, du Lump, was willst du denn?"

Er sagte es in beleidigendem Ton mit einem kalten Lächeln. Erno straffte sich. Seine behandschuhte Hand mit der Zigarette zuckte, so daß Asche von ihr abfiel.

„Bild dir nur nichts ein, Jüngelchen", warnte er drohend.

„Worauf denn, du Lump?"

Rote Flecken erschienen auf Ernos blassen Wangenknochen. Seine Augen schlossen sich zu schwarzen Schlitzen. Er bewegte seine handschuhlose rechte Hand ein wenig, krümmte die Finger, so daß die kleinen rosa Fingernägel schimmerten. Halblaut sagte er: „Auf ein paar Briefe, Jüngling. Es hat keinen Wert. Laß es bleiben, Junge."

Mallory betrachtete ihn mit zynisch zur Schau gestelltem Interesse, strich sich mit den Fingern durch sein starres, dunkles Haar. Langsam sagte er: „Vielleicht verstehe ich gar nicht, wovon Sie reden, Kleiner."

Erno lachte. Es hatte einen metallisch scharfen, tödlichen Klang. Mallory kannte dieses Lachen. An manchen Orten bildete es das Vorspiel für eine Schießerei. Er beobachtete Ernos flinke, kleine rechte Hand.

Grob antwortete er: „Verschwinde, du Angeber. Ich komme sonst noch in Versuchung, dir die Bartstoppeln von deiner Oberlippe zu wischen."

Ernos Gesicht zuckte. Die roten Flecken auf seinen Backenknochen verbreiterten sich plötzlich. Er hob die linke Hand mit der Zigarette, langsam und vorsätzlich, und schnippte die brennende Zigarette direkt in Mallorys Gesicht. Mallory nahm den Kopf ein wenig zur Seite, und der glühende Stummel flog in einem Bogen über seine Schulter. Sein hageres, kaltes Gesicht zeigte keinen Ausdruck. Trüb, von weit her, wie die Stimme eines anderen klang seine Stimme, als er sagte: „Vorsicht, du Lump. Dafür wurden schon ganz andere verprügelt."

Erno stieß das gleiche metallisch scharfe Lachen aus.

„Erpresser schießen nicht, Jungchen", höhnte er, „oder doch?"

„Verschwinde, dreckiger, kleiner Jumbo."

Diese Worte, ihr verächtlicher, kalter Ton, versetzten Erno in Wut. Wie eine zuschlagende Schlange fuhr seine rechte Hand hoch, hielt plötzlich eine Waffe. Dann stand er regungslos drohend da. Mallory beugte sich etwas vor, seine Hände vor sich, die Finger um die Tischkante geschlossen. Um seine Mundwinkel spielte der Anflug eines Lächelns.

Die dunkle Frau stieß einen unterdrückten Schrei aus. Die Farbe wich aus Ernos Gesicht, ließ es blaß und eingefallen erscheinen. Mit einer Stimme, die vor Wut zischte, sagte er:

„Los, Jüngling, wir gehen hier raus. Geh vor . . ."

Einer der gelangweilten Männer, drei Tische weiter, machte eine plötzliche bedeutungslose Bewegung. Gering wie sie war, nahm Erno sie wahr. Sein Blick irrte ab. Dann rammte sich ihm der Tisch gegen den Magen, warf ihn rücklings zu Boden.

Es war ein leichter Tisch, aber Mallory war kein Leichtgewicht. Es folgte ein aus vielen verschiedenen Lauten bestehendes Poltern. Geschirr klirrte, Bestecke klapperten. Erno lag auf dem Boden ausgestreckt, den Tisch quer über seinen Oberschenkeln. Seine Waffe befand sich einen Fuß von seiner tastenden Hand entfernt. Sein Gesicht war verzerrt.

Für einen gebannten Augenblick schien es, als ob die Szene zu Stein erstarrt wäre, sich nie verändern würde. Dann kreischte die dunkle Frau wieder, lauter diesmal. Darauf geriet alles in heftige Bewegung. Auf allen Seiten erhoben sich Leute von ihren Stühlen. Zwei Kellner streckten ihre Arme hoch in die Luft und begannen laut auf neapolitanisch zu schreien. Ein schwitzender, überanstrengter Kellnerlehrling kam angelaufen; seine Furcht vor dem Oberkellner war größer als vor einem plötzlichen Tod. Ein rötlicher, dicker Mann mit lohfarbenem Haar eilte die Stufen herunter und wedelte mit einem Packen Speisekarten.

Erno strampelte seine Beine frei, erhob sich auf die Knie und packte seine Waffe. Fluchend fuhr er herum. Mallory, als einziger mitten in diesem Aufruhr gelassen, beugte sich vor, und seine Faust knallte hart gegen Ernos schmalen Kiefer.

Das Bewußtsein verflog aus Ernos Augen, und er sank in sich zusammen wie ein halb mit Sand gefüllter Sack.

Mallory beobachtete ihn ein paar Sekunden aufmerksam. Dann nahm er sein Zigarettenetui vom Boden auf. Es waren noch zwei Zigaretten darin. Er schob eine davon zwischen die Lippen, steckte das Etui ein. Aus der Hosentasche zog er ein paar Geldscheine, faltete einen der Länge nach zusammen und hielt ihn einem der Kellner hin.

Ohne Eile ging er auf die fünf scharlachrot belegten Stufen und auf den Ausgang zu.

Der Mann mit dem dicken Nacken öffnete vorsichtig ein fischiges Auge. Die betrunkene Frau erhob sich taumelnd von ihrem Stuhl, nahm, kichernd über ihren Einfall, eine Schale Eiswürfel mit ihren ringgeschmückten Händen hoch und leerte sie ziemlich genau auf Ernos Magen aus.

II

Mallory trat mit seinem weichen Hut unter dem Arm unter das Vordach hinaus. Der Portier sah ihn fragend an. Mallory schüttelte den Kopf und ging ein paar Schritte über den Fußweg weiter, der neben der halbkreisförmigen Auffahrt entlangführte. Er blieb in der Dunkelheit am Rande des Fahrwegs stehen und dachte angestrengt nach. Bald darauf rollte langsam ein Isotto-Fraschini an ihm vorbei.

Es war ein offener Wagen. Selbst für die anspruchsvollen Maßstäbe Hollywoods war er groß. Als er unter den Lichtern unter dem Hauseingang vorbeiglitt, schimmerte er wie eine Gruppe Ziegfeld-Girls, danach war er nur trübes Grau und Silber. Hinter dem Steuer saß steif ein livrierter Chauffeur, die Schirmmütze schräg über ein Auge gezogen. Rhonda Farr saß unter dem halbgeschlossenen Verdeck im Fond mit der starren Bewegungslosigkeit einer Wachsfigur.

Der Wagen glitt lautlos die Auffahrt entlang, zwischen einem Paar eckiger Steinsäulen hindurch und verlor sich zwischen den Lichtern auf dem Boulevard. Mallory setzte in Gedanken versunken seinen Hut auf.

Etwas in der Dunkelheit hinter ihm regte sich zwischen den hohen italienischen Zypressen. Er fuhr herum, sah den stumpfen Schimmer auf dem Lauf einer Waffe.

Der Mann, der die Waffe hielt, war sehr groß und breit. Ein zerdrückter Filzhut saß auf seinem Hinterkopf, ein abgetragener Mantel stand vorn offen. Gedämpftes Licht von einem hochgelegenen schmalen Fenster ließ buschige Augenbrauen und eine Hakennase erkennen. Hinter ihm stand ein weiterer Mann.

Er sagte: „Das ist ein Revolver, Freund. Er macht bum-bum, und dann fällt einer um. Wollen Sie es versuchen?"

Mallory sah ihn ausdruckslos an und antwortete: „Lassen Sie den Quatsch, Greifer. Was soll der Unsinn?"

Der Große lachte. Sein Lachen hatte einen trüben Klang, wie Wellen, die im Nebel gegen Klippen schlagen. Er sagte mit aufdringlichem Spott:

„Der Wunderknabe hat uns durchschaut, Jim. Einer von uns muß nach Polente riechen."

Er betrachtete Mallory und fügte hinzu: „Hab gesehen, wie Sie dadrin einem Kleinen Ihre Knarre unter die Nase hielten. War das anständig?"

Mallory warf seine Zigarette fort, beobachtete den Bogen, den sie in der Dunkelheit beschrieb. Vorsichtig fragte er:

„Könnten zwanzig Dollar Sie veranlassen, die Sache andersherum anzusehen?"

„Heute nicht, Mister. In den meisten Fällen schon, aber heute abend geht's nicht."

„Und ein Hunderter?"

„Nicht mal der, Mister."

„Das muß Ihnen verdammt schwerfallen", meinte Mallory ernst.

Der Große lachte wieder, kam etwas näher. Der andere glitt hinter ihm aus dem Schatten hervor und legte eine weiche, schmierige Hand auf Mallorys Schulter. Mallory schob sich zur Seite, ohne die Füße zu bewegen. Die Hand rutschte von ihm ab.

„Bleiben Sie mir mit Ihren Pfoten vom Leib, Schleicher."

Der andere stieß einen knurrenden Ton aus. Etwas zischte durch die Luft, traf Mallory sehr hart hinter das linke Ohr.

Er sackte in die Knie. Kniend schwankte er einen Augenblick hin und her, schüttelte heftig den Kopf. Seine Augen wurden wieder klar. Er konnte das Mosaikpflaster des Fußweges wieder erkennen. Ziemlich langsam stand er auf.

Er sah den Mann, der ihn niedergeschlagen hatte, an und beschimpfte ihn mit rauher, heiserer Stimme und einer so bedrohlichen Wildheit, daß der Mann unwillkürlich zurückfuhr und sein formloser Mund wie schmelzender Gummi zerfloß.

„Verdammt noch mal, Jim", sagte der Große, „warum, zum Teufel, hast du das getan?"

Der mit Jim angesprochene Mann legte seine weiche, fette Hand an den Mund und nagte an einem Knöchel. Er schob den Totschläger in die Seitentasche seiner Jacke.

„Das ist meine Sache", antwortete er. „Bringen wir den Mistkerl jetzt hier fort. Ich brauche was zu trinken."

Er ging über den Fußweg davon. Mallory drehte sich langsam um, sah ihm nach und rieb sich die linke Seite seines Kopfes. Der Große machte eine unmißverständliche Bewegung mit seiner Waffe und sagte: „Kommen Sie, Mann, wir machen eine kleine Fahrt im Mondschein."

Mallory setzte sich in Bewegung. Der Große ging neben ihm. Der Jim genannte setzte sich auf seine andere Seite. Er klopfte sich fest auf den Bauch und jammerte:

„Ich muß was zu trinken haben, Mac! Ich brauche es dringend!"

Der große Mann antwortete friedfertig: „Wer braucht das nicht, du armes Würstchen."

Sie kamen zu einem Tourenwagen, der am Rande des Boulevards parkte. Der Mann, der Mallory geschlagen hatte, setzte sich hinter das Steuer. Der Große schob ihn hinten in den Wagen und stieg neben ihm ein. Er hielt seine Waffe auf seinem dicken Oberschenkel, schob seinen Hut noch etwas weiter in den Nacken und zog eine zerdrückte Zigarettenpackung aus der Tasche. Vorsichtig zündete er mit der linken Hand eine an.

Der Wagen glitt in einen See von Licht hinaus, rollte ein kurzes Stück nach Osten, bog dann nach Süden ab, die lange Steigung hinunter. Die Lichter der Stadt bildeten eine unendliche, schimmernde Fläche. Neonlichter glühten auf und funkelten. Der dünne Finger eines Scheinwerfers tastete zwischen hohen, dünnen Wolken.

„Es ist folgendes", sagte der große Mann und stieß Rauch durch seine großen Nasenlöcher aus. „Wir sind Ihnen auf die Schliche gekommen. Sie versuchten, ein paar faule Briefe an diese Farr zu verhökern."

Mallory lachte kurz und mürrisch auf. Er antwortete: „Wenn ich euch Plattfüße höre, bekomme ich Bauchweh."

Der große Mann schien darüber nachzudenken und starrte vor sich hin. Bogenlampen, unter denen sie hindurchfuhren, warfen kurze Lichtwellen über sein breites Gesicht.

Nach einer Weile sagte er: „Sie sind schon der Mann, den wir suchen. In unserem Beruf müssen wir das wissen."

Mallory kniff in der Dunkelheit die Augen zusammen. Seine Lippen lächelten. „In welchem Beruf?" fragte er.

Der Große öffnete weit den Mund, schnappte ihn dann hörbar zu. „Für Sie ist es besser, wenn Sie auspacken, Wunderknabe. Jetzt ist die richtige Zeit dazu. Mit Jim und mir ist es nicht schwer auszukommen. Wir haben aber Freunde, die nicht so zartfühlend sind."

„Was soll ich denn auspacken, Inspektor?" fragte Mallory.

Der große Mann schüttelte sich vor lautlosem Lachen, ohne zu antworten. Der Wagen zog einen Bogen um einen Bohrturm, der mitten auf dem La Cienega Boulevard stand, bog dann in eine stille, von Palmen gesäumte Seitenstraße ein. Jim stellte den Motor ab und schaltete das Licht aus. Aus der Tasche an der Tür zog er eine Flasche, setzte sie an den Mund, seufzte dann tief auf und reichte sie über die Schulter nach hinten.

Der große Mann trank einen Schluck, schüttelte die Flasche und sagte:

„Wir müssen hier auf einen Freund warten. Inzwischen wollen wir uns unterhalten. Mein Name ist Macdonald, ich bin von der Kriminalpolizei. Sie versuchten, diese Farr auszunehmen. Dann mischte sich ihr Bodyguard ein. Den haben Sie fertiggemacht. Das war saubere Arbeit und gefiel uns gut. Aber das andere gefiel uns gar nicht."

Jim drehte sich um und griff nach der Whiskyflasche, trank noch einen Schluck, schnüffelte an dem Flaschenhals und sagte: „Der Stoff ist miserabel."

Macdonald fuhr fort: „Wir wurden auf Ihre Fährte gesetzt. Aber daß Sie so offen vorgehen, kommt mir komisch vor. Daran stimmt was nicht."

Mallory stützte sich mit einem Arm seitlich an dem Wagen und sah zu dem stillen, dunklen, sternbedeckten Himmel hinauf.

„Sie wissen mehr als wahr ist, Greifer. Und was Sie wissen, haben Sie nicht von der Farr. Kein Filmstar würde wegen einer Erpressung bei der Polizei Hilfe suchen."

Macdonald drehte ihm schnell seinen großen Kopf zu. Seine Augen schimmerten schwach in dem dunklen Wagen.

„Ich habe nichts darüber gesagt, von wem wir unseren Tip bekamen, Wunderknabe. Aber Sie haben doch tatsächlich versucht, sie auszunehmen, was?"

Ernst antwortete Mallory: „Miss Farr ist eine alte Freundin von mir. Jemand versucht sie zu erpressen. Aber ich bin es nicht. Ich habe so meine Vermutung."

Schnell fragte Macdonald: „Und weshalb hielt der Jumbo Ihnen seine Knarre unter die Nase?"

„Er konnte mich nicht leiden", antwortete Mallory gelangweilt. „Ich habe ihn schlecht behandelt."

„Dummes Geschwätz", knurrte Macdonald ärgerlich. Der Mann auf dem Vordersitz sagte: „Hau dem Kerl doch eins in die Schnauze, Mac."

Mallory streckte seine Arme nach unten. Er bewegte die Schultern wie einer, der vom Sitzen einen Krampf hat. Er spürte den Druck seiner Luger unter seinem linken Arm. Langsam und widerwillig sagte er:

„Sie behaupten, daß ich versuchte, ein paar faule Briefe zu verkaufen. Weshalb glauben Sie, daß die Briefe faul sind?"

Macdonald antwortete bedächtig: „Vielleicht, weil wir wissen, wer die richtigen hat."

„So hatte ich mir das gedacht, Greifer", knurrte Mallory. Dann lachte er.

Macdonald bewegte sich plötzlich, riß seine geballte Faust hoch, traf ihn ins Gesicht, aber nicht sehr fest. Mallory lachte wieder, betastete dann mit vorsichtigen Fingern die schmerzende Stelle hinter seinem linken Ohr.

„Das hat scheinbar gesessen", sagte er.

Macdonald fluchte unterdrückt. „Vielleicht sind Sie eine Kleinigkeit zu gerissen. Aber da werden wir bald noch dahinterkommen, Wunderknabe." Er verfiel in Schweigen.

Der Mann hinter dem Steuer nahm seinen Hut ab und kratzte sich in seinem kurzgeschorenen, grauen Haar. Von dem Boulevard, einen halben Block entfernt, erklang das Stakkato der Hupensignale. Scheinwerferstrahlen strömten am Ende der Straße vorbei. Nach einiger Zeit schwang ein Paar in einem weiten Bogen um die Ecke, schoß die weiße Lanzen unter den Palmen vorbei. Eine dunkle Masse kam herangerollt, glitt vor den Tourenwagen an den Straßenrand. Die Scheinwerfer gingen aus.

Ein Mann stieg aus und kam zurück. Macdonald rief ihm zu: „He, Slippy, wie hat's geklappt?"

Der Mann war ein großer, schlanker Bursche. Sein Gesicht wurde von einer tief in die Stirn gezogenen Mütze beschattet. Beim Sprechen lispelte er etwas. Er antwortete:

„Alles ging glatt. Niemand wurde verrückt."

„Gut", grunzte Macdonald. „Schaff den heißen Wagen weg und nimm dann diese Karre."

Jim stieg hinten in den Tourenwagen ein, drängte sich links neben

Mallory und bohrte ihm scharf den Ellenbogen in die Rippen. Der Hagere glitt hinter das Steuer, ließ den Motor an und fuhr den Wagen zum La Cienega Boulevard zurück, dann nach Süden zum Wilshire, dann wieder nach Westen. Er fuhr schnell und rücksichtslos.

Unbekümmert überfuhr er ein rotes Licht, kam an einem großen Kino vorbei, dessen Lampen zum größten Teil ausgeschaltet und dessen glasverkleidete Kassen leer waren. Dann fuhr er durch Beverly Hills hindurch, über Verbindungsstraßen zwischen den Stadtteilen. Der Motor dröhnte lauter, als sie eine lange Steigung zwischen hohen Abhängen wie durch eine Schlucht hinaufrasten.

Plötzlich sagte Macdonald: „Verdammt, Jim, ich habe vergessen, dieses Kind zu durchsuchen. Nimm den Revolver einen Augenblick."

Er beugte sich dicht vor Mallory vorbei, atmete ihm Whiskydunst ins Gesicht. Eine große Hand tastete über Mallorys Taschen, unter seiner Jacke, um seine Hüften herum, unter seinem linken Arm nach oben. Dort hielt sie an, ruhte kurz auf der Luger in ihrem Schulterhalfter. Dann fuhr sie auf der anderen Seite nach unten, zog sich wieder zurück.

„In Ordnung, Jim. Der Wunderknabe hat keine Waffe bei sich."

Wie ein gleißendes Licht flammte Verwunderung in Mallorys Kopf auf. Seine Augenbrauen zogen sich zusammen. Ihm wurde trocken im Mund.

„Darf ich eine Zigarette rauchen?" fragte er nach einer Pause.

Macdonald antwortete mit spöttischer Höflichkeit: „Warum sollten wir gegen eine Kleinigkeit wie das etwas haben, Liebling?"

III

Das Apartmenthaus stand auf einem Hügel oberhalb von Westward Village, es war neu und sah ziemlich billig aus. Macdonald, Mallory und Jim stiegen davor aus, und der Tourenwagen verschwand um eine Ecke.

Die drei Männer gingen durch eine stille Halle, an einer Telefonvermittlung vorbei, die im Augenblick nicht besetzt war, und fuhren mit dem Fahrstuhl in den dritten Stock. Sie gingen durch den Korridor, blieben vor einer Tür stehen. Macdonald zog einen einzelnen Schlüssel aus seiner Tasche und schloß die Tür auf. Sie traten ein.

Es war ein sehr neues Zimmer, sehr hell und die Luft von Zigarettenrauch sehr geschwängert. Die Möbel waren in grellen Farben gepolstert, der Teppich eine Ansammlung von knallgrünen und gelben Rauten. In dem Zimmer war ein Kaminsims mit Flaschen darauf.

An einem achteckigen Tisch saßen zwei Männer mit hohen Gläsern vor sich. Der eine hatte rotes Haar, sehr dunkle Augenbrauen und ein totenbleiches Gesicht mit tiefliegenden dunklen Augen. Der andere hatte eine leuchtende, lange knollige Nase, überhaupt keine Augenbrauen und Haar in der Farbe des Inneren einer Sardinenbüchse. Er legte langsam ein paar Karten hin und kam mit einem breiten Lächeln durch das Zimmer. Er hatte einen weichen, gutmütigen Mund und einen liebenswürdigen Ausdruck.

„Gab's Schwierigkeiten, Mac?" fragte er.

Macdonald rieb sein Kinn, schüttelte mißgelaunt den Kopf. Er sah den Mann mit der Nase an, als ob er ihn haßte. Der Mann mit der Nase lächelte ungerührt.

„Durchsuche ihn", befahl er.

Macdonald verzog sein Gesicht zu einem breiten, höhnischen Grinsen und stampfte durch das Zimmer zu dem Kamin und den Flaschen.

„Der Wunderknabe hat keine Waffe. Der arbeitet mit dem Köpfchen. Der ist gerissen", sagte er in herausforderndem Ton.

Plötzlich kam er durch das Zimmer zurück und schlug mit seinem harten Handrücken Mallory auf den Mund. Mallory lächelte dünn, rührte sich aber nicht. Er stand vor einem großen, von giftgrünen und flammendroten Quadraten bedeckten Sofa. Seine Arme hingen schlaff an seinen Seiten, von seinen Fingern stieg Zigarettenrauch auf und vermischte sich mit dem Dunst, der bereits unter der rauhen, gewölbten Decke hing.

„Bleib auf dem Teppich, Mac", sagte der Mann mit der Nase. „Du hast deinen Teil erledigt. Du kannst mit Jim jetzt gehen. Schmier deine Räder und verschwinde."

Macdonald knurrte: „Wem willst du Großmaul etwas befehlen? Ich bleibe hier, bis dieser Halunke da bekommen hat, was er verdient, Costello."

Der mit Costello angesprochene Mann zuckte kurz mit den Schultern. Der Rothaarige am Tisch drehte sich ein wenig in seinem Sessel und betrachtete Mallory mit dem unpersönlichen Ausdruck eines Sammlers, der einen aufgespießten Käfer vor sich hat. Dann nahm er aus einem flachen, schwarzen Zigarettenetui eine Zigarette und zündete sie umständlich mit einem goldenen Feuerzeug an.

Macdonald ging zum Kamin zurück, goß aus einer quadratischen Flasche Whisky in ein Glas und trank ihn unverdünnt. Mit gerunzelter Stirn lehnte er sich mit dem Rücken gegen das Kaminsims.

Costello stand vor Mallory und knackte mit den Gelenken seiner langen, knochigen Finger.

„Wo kommen Sie her?" fragte er.

Mallory sah ihn träumerisch an und hob seine Zigarette zum Mund. „McNeil's Island", antwortete er leicht amüsiert.

„Wie lange sind Sie hier?"

„Zehn Tage."

„Weshalb waren Sie dort?"

„Fälschung." Mallory gab die Informationen mit leiser, zufriedener Stimme.

„Waren Sie früher schon hier?"

„Ich wurde hier geboren", antwortete Mallory. „Wußten Sie das nicht?"

Costellos Stimme klang freundlich, fast begütigend. „Nein, das wußte ich nicht", sagte er. „Weshalb kamen Sie denn hierher – vor zehn Tagen?"

Macdonald stampfte wieder quer durch das Zimmer, schwang seine kräftigen Arme. Er schlug Mallory zum zweitenmal auf den Mund, beugte sich dazu über Costellos Schulter vor. Auf Mallorys Gesicht erschien ein roter Fleck. Er schüttelte den Kopf hin und her. In seinen Augen glimmte ein stumpfes Feuer.

„Quatsch, Costello, der Kerl kommt nicht von McNeil. Der nimmt dich doch auf den Arm." Macdonalds Stimme dröhnte. „Der Wunderknabe ist nichts anderes als ein kleiner Lump aus Brooklyn oder Kansas City oder einem dieser Nester, in dem die Polente nur aus Krüppeln besteht."

Costello hob eine Hand und schob Macdonald leicht an der Schulter zurück. „Wir brauchen deine Hilfe jetzt nicht, Mac", sagte er mit kühler, tonloser Stimme.

Macdonald ballte wütend die Fäuste. Dann lachte er, trat einen Schritt vor und setzte seinen Absatz hart auf Mallorys Fuß.

„Verflucht", stöhnte Mallory und ließ sich schwer auf das Sofa fallen.

Die Luft in dem Zimmer enthielt fast keinen Sauerstoff mehr. Fenster befanden sich nur in einer Wand, und die schweren Netzgardinen davor waren fest zugezogen. Mallory zog sein Taschentuch, wischte sich über die Stirn, tupfte seine Lippen ab.

„Du und Jim, ihr könnt verschwinden, Mac", sagte Costello in dem gleichen, ausdruckslosen Ton.

Macdonald senkte den Kopf, fixierte ihn unter seinen buschigen Augenbrauen hervor scharf. Sein Gesicht glänzte vor Schweiß. Er hatte seinen schäbigen, zerknitterten Mantel nicht ausgezogen. Costello drehte sich nicht einmal nach ihm um. Nach ein paar Sekunden stampfte Macdonald zum Kamin zurück, stieß den grauhaarigen Kriminalbeamten mit dem Ellbogen beiseite und griff nach der viereckigen Whiskyflasche.

„Ruf den Boss an, Costello", bellte er über die Schulter zurück. „Für den Fall hier langt dein Verstand nicht. Zum Teufel, tu auch mal etwas anderes als nur quatschen." Er wendete sich dem kleinen Jim zu, stieß ihn mit dem Daumen in den Rücken und fragte höhnisch: „Wolltest du auch noch einen Schluck, Plattfuß?"

„Weshalb sind Sie hierhergekommen?" fragte Costello Mallory noch einmal.

„Um Verbindungen aufzunehmen." Mallory blickte ihn träge an. Das Funkeln in seinen Augen war erloschen.

„Komische Methode haben Sie sich dazu ausgesucht, Mann."

Mallory zuckte mit den Schultern. „Ich nahm an, daß ich auf diese Weise mit den richtigen Leuten in Kontakt kommen würde."

„Vielleicht war Ihre Weise aber verkehrt", sagte Costello ruhig. Er schloß die Augen und strich sich mit dem Daumennagel über die Nase. „Manchmal ist das schwer zu beurteilen."

Macdonalds rauhe Stimme dröhnte durch die verräucherte Luft des Zimmers. „Der Wunderknabe macht keinen Fehler, Mister. Mit seinem Verstand nicht."

Costello öffnete die Augen und sah sich über die Schulter nach dem rothaarigen Mann um. Der Rothaarige schwenkte sich gelassen in seinem Drehstuhl hin und her. Seine rechte Hand ruhte auf seinem Bein, locker, halb geschlossen. Costello wendete sich nach der anderen Seite und sah Macdonald gerade an.

„Raus jetzt", befahl er kalt. „Verschwindet! Du bist betrunken, und ich streite mich mit dir nicht herum."

Macdonald rieb seine Schultern gegen das Kaminsims und steckte die Hände in die Seitentaschen seiner Jacke. Sein Hut hing formlos und zerdrückt auf seinem großen, eckigen Hinterkopf. Jim, der grauhaarige Kriminalbeamte, wich etwas von ihm zurück, sah ihn unsicher mit zuckenden Lippen an.

„Ruf den Boss an!" grölte Macdonald. „Du kannst mir keine Befehle geben. Dazu bist du mir nicht schön genug."

Costello zögerte, ging dann zum Telefon hinüber. Seine Augen waren starr auf eine Stelle oben an der Wand gerichtet. Er nahm den Hörer von der Gabel und wählte, Macdonald den Rücken zugekehrt, eine Nummer. Dann lehnte er sich gegen die Wand, lächelte Mallory über den Hörer mit einem dünnen Lächeln an. Er wartete.

„Hallo .. Ja ... Costello. Alles in Ordnung, außer Macdonald. Der hat einen sitzen. Er benimmt sich ziemlich unverschämt – will hier nicht abhauen ... Das weiß ich noch nicht ... kommt irgendwoanders her. Gut."

Mit einer ungeduldigen Handbewegung forderte Macdonald: „Warte ..."

Costello lächelte und legte ohne Hast den Hörer zurück. In Macdonalds Augen funkelte ein grünliches Feuer. Er spuckte auf den Teppich in die Ecke zwischen einem Sessel und der Wand.

„Das war schlecht, Costello", sagte er. „Miserabel. Man kann Montrose von hier nicht wählen."

Costello machte eine vage Handbewegung. Der Rothaarige stand auf. Er trat von dem Tisch zurück und stand gelassen da, den Kopf zurückgebeugt, damit ihm der Rauch seiner Zigarette nicht in die Augen stieg.

Macdonald schaukelte sich gereizt auf seinen Absätzen hin und her. Von seinem geröteten Gesicht hob sich sein Kiefer als scharfe, weiße Linie ab. In seinen Augen lag ein tiefes, hartes Glitzern.

„Wie's scheint, spielen wir besser so", erklärte er. Er zog beiläufig die Hände aus seinen Jackentaschen, und seine bläuliche Dienstwaffe beschrieb einen knappen, bedrohlichen Bogen.

Costello blickte den rothaarigen Mann an und sagte: „Übernimm du ihn, Andy."

Der Rothaarige richtete sich auf, spie die Zigarette zwischen seinen blassen Lippen aus und hob blitzschnell die Hand.

„Nicht schnell genug", sagte Mallory. „Hier ist die Musik."

Seine Bewegung war so schnell und geringfügig gewesen, daß sie kaum merkbar erschienen war. Er beugte sich auf dem Sofa etwas vor. Die lange, schwarze Luger war direkt auf den Leib des Rothaarigen gerichtet.

Der Rotkopf ließ langsam seine rechte Hand von seinem Revers sinken. Es war sehr still im Zimmer. Costello warf Macdonald einen Blick voll unbeschreiblicher Verachtung zu, streckte dann die Hände vor sich aus, die Handflächen nach oben, und sah mit einem leeren Lächeln darauf nieder.

Langsam und erbittert begann Macdonald zu sprechen. „Menschenraub geht mir einen Strich zu weit, Costello. Damit will ich nichts zu tun haben. Ich steige aus eurem komischen Verein aus. Ich hatte damit gerechnet, daß mir der Wunderknabe helfen würde."

Mallory stand auf und bewegte sich seitwärts auf den Rothaarigen zu. Als er den halben Abstand zurückgelegt hatte, stieß der grauhaarige Jim einen unterdrückten Schrei aus, stürzte auf Macdonald los, wühlte dabei mit einer Hand in der Tasche. Macdonald sah ihn überrascht an. Er streckte seine große, linke Hand aus, packte die Aufschläge von Jims Mantel dicht unter dem Kinn. Jim schlug mit beiden Fäusten wild auf ihn ein, traf ihn zweimal ins Gesicht. Mac=donald bleckte die Zähne. Er rief Mallory zu: „Passen Sie auf die beiden Vögel auf", legte ganz ruhig seine Waffe auf das Kaminsims, griff in Jims Jackentasche und zog einen lederbezogenen Totschläger heraus.

„Du bist eine Laus, Jim. Du warst immer eine Laus", sagte er.

Sein Ton war fast nachdenklich und ohne Feindseligkeit. Dann hob er den Totschläger und traf den grauhaarigen Mann seitlich am Kopf. Jim sackte langsam in die Knie. Er tastete wild nach dem Saum von Macdonalds Mantel. Macdonald beugte sich über ihn und schlug ihn noch einmal mit dem Totschläger auf die gleiche Stelle am Kopf. Dies=mal sehr fest.

Jim sank seitlich zu Boden, der Hut fiel ihm vom Kopf, und er blieb mit offenem Mund liegen. Macdonald schwang den Totschläger langsam nach beiden Seiten. Ein Schweißtropfen lief ihm seitlich an der Nase herunter.

„Du bist hart im Nehmen und im Geben, Mac, was?" meinte Costello. Er sagte es gelangweilt, fast geistesabwesend, als ob es ihn nicht interessierte, was um ihn herum vorging.

Mallory näherte sich dem Rothaarigen. Als er hinter ihm stand, befahl er: „Heben Sie die Hände hoch!"

Als der Rothaarige das getan hatte, griff Mallory mit seiner freien Hand über seine Schulter und unter seine Jacke. Mit einem Ruck zog er eine Waffe aus dem Schulterhalfter und ließ sie hinter sich auf den Boden fallen. Er tastete die andere Seite ab, klopfte auf die Taschen. Dann trat er von ihm zurück und nahm sich Costello vor. Costello hatte keine Waffe bei sich.

Mallory ging auf die andere Seite zu Macdonald, blieb an einer Stelle stehen, wo er jeden im Zimmer vor sich hatte.

„Wer wurde verschleppt?" fragte er.

Macdonald nahm seine Waffe wieder und griff nach dem Whiskyglas. „Die Farr", sagte er. „Sie haben sie sich auf der Fahrt nach Hause geschnappt, nehme ich an. Es wurde geplant, als sie von ihrem Bodyguard, diesem Jumbo, von Ihrer Verabredung im Bolivar erfuhren. Wo sie hingebracht wurde, weiß ich nicht."

Mallory stellte sich breitbeinig hin und zog die Nase kraus. Seine geschmeidige Hand hielt die Luger schußbereit.

„Und was bedeutet Ihre kleine Komödie?" fragte er.

Macdonald antwortete grimmig: „Packen Sie zuerst aus. Ich habe Ihnen eine Chance gegeben."

Mallory nickte. „Gewiß", bestätigte er, „dazu hatten Sie auch Grund ... Ich wurde beauftragt, nach ein paar Briefen zu suchen, die von Rhonda Farr stammen." Er sah Costello an.

Costellos Ausdruck verriet nichts.

„Das ist schon möglich", antwortete Macdonald. „Ich hielt es für eine Art Falle. Deshalb habe ich etwas riskiert. Ich will nicht mehr, als aus der Geschichte hier herauskommen." Er machte eine Handbewegung, die das Zimmer und alles, was sich darin befand, umschloß.

Mallory nahm ein Glas, blickte hinein, um festzustellen, ob es sauber sei, goß einen kleinen Schuß Scotch hinein, trank ihn in kleinen Schlucken, ließ jeden einzelnen über seine Zunge und in seinem Mund herumlaufen.

„Erklären Sie mir den Menschenraub", forderte er. „Mit wem hat Costello telefoniert?"

„Atkinson. Großer Anwalt in Hollywood. Die Fassade für diese Burschen hier. Es ist auch der Anwalt der Farr. Feiner Bursche, dieser Atkinson. Eine Laus."

„Ist er an der Entführung beteiligt?"

Macdonald lachte. „Klar", antwortete er.

Mallory zuckte mit den Schultern. „Das scheint mir reichlich dumm – von seinem Standpunkt aus."

Er ging an Macdonald vorbei, an der Wand entlang, bis zu der Stelle, an der Costello stand. Er preßte die Mündung der Luger gegen

Costellos Kinn, drückte dessen Kopf damit gegen den rauhen Putz der Wand.

„Costello ist ein netter, alter Herr", sagte er nachdenklich. „Der hat bestimmt kein Mädchen verschleppt, oder etwa doch, Costello? – Nein. Eine unauffällige kleine Erpressung vielleicht, aber mehr nicht. Stimmt's, Costello?"

Costellos Augen blickten leer. Er schluckte hart. Zwischen zusammengepreßten Zähnen sagte er: „Lassen Sie den Quatsch. Was sollen die Witze?"

„Es wird noch witziger werden", versprach Mallory. „Aber Sie wissen vielleicht auch nicht alles."

Er hob die Luger, kratzte mit ihrer Mündung fest an der Seite von Costellos großer Nase herunter. Sie hinterließ eine weiße Spur, die gleich darauf zu einer roten Schramme wurde. Costellos Ausdruck wurde ängstlich.

Macdonald war gerade damit fertig, eine fast volle Flasche Scotch in seine Manteltasche zu zwängen, und sagte: „Überlassen Sie mir den ..."

Mallory schüttelte ernst den Kopf und sah Costello unentwegt an. „Das wird zu laut. Sie wissen ja, wie diese Häuser gebaut sind. Wir müssen uns an Atkinson halten. Immer an die oberste Spitze gehen, wenn man an sie herankann."

Jim öffnete die Augen, tastete mit den Händen über den Boden, versuchte aufzustehen. Macdonald hob einen großen Fuß und stieß ihn gleichgültig dem grauhaarigen Mann ins Gesicht. Jim sank wieder zurück. Sein Gesicht bekam eine schlammige Farbe.

Mallory blickte zu dem Rothaarigen hinüber und trat dann zum Telefon. Er hob den Hörer ab und wählte mit der linken Hand unbeholfen eine Nummer.

„Ich rufe meinen Auftraggeber an", erklärte er. „Er hat einen großen, schnellen Wagen. Inzwischen wollen wir die Burschen hier für eine Weile unschädlich machen."

IV

Landreys großer schwarzer Cadillac rollte geräuschlos über die lange Gerade nach Montrose. Links schimmerten von der Talsohle Lichter herauf. Die Luft war kühl und klar, und die Sterne leuchteten sehr hell. Landrey sah vom Vordersitz nach hinten zurück, einen Arm über die Rückenlehne gelegt, einen langen, schwarzen Arm, der in einem weißen Handschuh endete.

Zum dritten- oder viertenmal wiederholte er: »Es ist also ihr eigener Rechtsanwalt, der sie ausnimmt. Sieh mal einer an!«

Er lächelte gefällig und beherrscht. Alle seine Bewegungen waren gefällig und beherrscht. Landrey war ein großer blasser Mann mit weißen Zähnen und jettschwarzen Augen, die in dem Lichtschimmer vom Armaturenbrett funkelten.

Mallory und Macdonald saßen auf dem Rücksitz. Mallory sagte nichts. Er starrte durch die Scheibe in die Nacht hinaus. Macdonald nahm einen Schluck aus der viereckigen Scotchflasche, ließ den Korken fallen und beugte sich unterdrückt fluchend vor, um im Dunkel danach zu tasten. Als er ihn gefunden hatte, lehnte er sich zurück und sah mürrisch in Landreys klares, blasses Gesicht über dem weißen Seidenschal.

„Haben Sie immer noch die Bude am Highland Drive?" fragte er.

„Ja, Greifer, die habe ich noch", antwortete Landrey, „und sie geht nicht besonders gut."

Macdonald grunzte. Er sagte: „Das ist aber eine verdammte Schande, Mr. Landrey." Dann legte er seinen Kopf gegen das Polster und schloß die Augen.

Der Cadillac bog von der Fernstraße ab. Der Fahrer schien seinen Weg zu kennen. Er kurvte durch ein parkähnliches Wohngebiet mit weitschweifigen, anspruchsvollen Häusern. Drei Frösche quakten in der Dunkelheit, und es duftete nach Orangenblüten.

Macdonald öffnete die Augen und beugte sich vor. „Das Haus da an der Ecke", sagte er zu dem Fahrer.

Das Haus stand ein ganzes Stück von der weitgezogenen Kurve

der Straße zurück. Es hatte ein breites Ziegeldach, einen Eingang mit einem romanischen Bogen, und zu beiden Seiten der Tür brannten handgeschmiedete Laternen. Die Zufahrt wurde von einer Pergola mit üppigen Rankenrosen gesäumt. Der Fahrer löschte seine Lichter und rollte dicht an die Pergola heran.

Mallory gähnte und öffnete die Wagentür. Hinter der Kurve parkten Wagen am Straßenrand. Die glühenden Zigaretten von einigen der wartenden Chauffeure bildeten leuchtende Flecke in dem weichen, bläulichen Dunkel.

„Eine Party", sagte er. „Das macht es leichter."

Er stieg aus, blieb einen Augenblick stehen und blickte über den Rasen. Dann ging er über das weiche Gras zu einem mit stumpfen Ziegeln gepflasterten Weg, die so weit auseinander verlegt waren, daß in den Zwischenräumen Gras wuchs. Unter den handgeschmiedeten Laternen blieb er stehen und drückte auf die Klingel.

Ein Mädchen in Häubchen und Schürze öffnete die Tür.

„Es tut mir leid, daß ich Mr. Atkinson stören muß, aber es ist dringend", sagte er. „Mein Name ist Macdonald."

Das Mädchen zögerte, trat dann in das Haus zurück. Sie ließ die Haustür einen Spalt offen. Mallory stieß sie unverfroren ganz auf und sah in die geräumige Halle, deren Boden und Wände von indianischen Teppichen bedeckt waren. Er trat ein.

Ein paar Schritte entfernt stand die Tür zu einem schwach erleuchteten Raum offen, der mit Büchern und dem Geruch nach guten Zigarren angefüllt war. Über die Sessel lagen Hüte und Mäntel verstreut. Aus dem hinteren Teil des Hauses ertönte aus einem Radio Tanzmusik.

Mallory zog seine Luger und lehnte sich gegen den Türrahmen.

Ein Mann im Abendanzug kam durch die Halle. Er war dick, mit dichtem weißem Haar über einem gerissenen, rosigen, ungehaltenen Gesicht. Die prachtvoll gearbeiteten Schultern seiner Jacke konnten nicht über seinen zu dicken Bauch hinwegtäuschen. Seine buschigen Augenbrauen waren zusammengezogen. Er kam schnell näher und sah verärgert aus.

Mallory trat aus der Türöffnung und drückte seine Waffe gegen Atkinsons Leib.

„Sie suchen nach mir", sagte er.

Atkinson blieb stehen, zuckte etwas zurück und stieß einen Überraschungslaut aus. Seine Augen waren weit aufgerissen und erschrokken. Mallory hob die Luger, legte die kalte Mündung gegen das Fett an Atkinsons Hals, direkt in das „V" seines weiten Kragens. Der Rechtsanwalt hob einen Arm ein Stück, als wolle er die Waffe schnell beiseite schieben. Dann erstarrte seine Bewegung, sein Arm blieb in der Luft hängen.

Mallory sagte: „Sagen Sie kein Wort. Überlegen Sie nur. Sie sind verkauft. Macdonald hat Sie verraten. Costello und zwei andere sind in Westwood sicher aufgehoben. Wir wollen Rhonda Farr."

Atkinsons Augen waren von einem trüben Blau, stumpf, ohne inneres Licht. Rhonda Farrs Name schien keinen sonderlichen Eindruck auf ihn zu machen. Er zuckte vor der Waffe zurück und fragte:

„Warum kommen Sie zu mir?"

„Weil wir glauben, daß Sie wissen, wo sie ist", antwortete Mallory gedämpft. „Aber wir wollen nicht hier drin darüber sprechen. Kommen Sie mit hinaus."

Atkinson protestierte erregt: „Nein, nein, ich habe Gäste."

Mallory entgegnete kalt: „Der Gast, den wir suchen, ist nicht hier." Er drückte mit der Waffe härter zu.

Eine plötzliche Welle der Erregung lief über Atkinsons Gesicht. Er trat einen kurzen Schritt zurück und griff nach der Waffe. Mallory preßte die Lippen zusammen. Sein rechtes Handgelenk beschrieb einen engen Kreis, und das Visierkorn der Waffe riß über Atkinsons Mund. Blut erschien auf seinen Lippen, die schnell anschwollen. Er wurde sehr blaß.

„Behalten Sie Ihren klaren Kopf, Dicker", sagte Mallory. „Dann werden Sie die Nacht vielleicht überleben."

Atkinson drehte sich um und trippelte mit hastigen Schritten blindlings aus dem Haus hinaus.

Mallory packte ihn am Arm, zerrte ihn nach links auf das Gras. „Langsamer!" befahl er gedämpft.

Sie kamen um die Pergola herum. Atkinson streckte seine Hände vor sich aus und taumelte gegen den Wagen. Ein langer Arm reckte sich aus der offenen Tür ihm entgegen und packte ihn. Er stieg ein, fiel gegen den Sitz. Macdonald schlug ihm eine Hand über das Gesicht und drückte ihn in die Polster zurück. Mallory stieg ein und zog die Wagentür hinter sich zu.

Mit quietschenden Reifen wendete der Wagen schnell und raste davon. Der Fahrer fuhr einen Block weit, ehe er die Lichter wieder einschaltete. Dann drehte er ein wenig den Kopf und fragte: „Wohin, Boss?"

Mallory sagte: „Irgendwohin. Zurück zur Stadt. Und immer mit der Ruhe."

Der Cadillac bog wieder auf die Fernstraße ein und rollte die lange Gerade entlang. Wieder tauchten die Lichter in dem Tal auf, kleine, weiße Lichter, die sich langsam durch die Talsohle bewegten. Scheinwerfer.

Atkinson richtete sich auf dem Sitz auf, zog ein Taschentuch und betupfte damit seinen Mund. Er sah Macdonald von der Seite an und fragte in beherrschtem Ton: „Um was geht es denn, Mac? Willst du mich ausnehmen?"

Macdonald lachte rauh. Dann rülpste er. Er war etwas betrunken. Mit schwerer Zunge sagte er: „Teufel, nein. Die Bande hat sich heute nacht Rhonda Farr gegriffen. Ihre Freunde hier mögen das nicht. Aber darüber wissen Sie doch bestimmt nichts, oder etwa doch?" Er lachte wieder herausfordernd.

Gedehnt antwortete Atkinson: „Es klingt vielleicht komisch, aber woher sollte ich was davon wissen?" Er hob seinen weißen Kopf höher und fuhr fort: „Und wer sind diese Leute hier?"

Macdonald gab ihm keine Antwort. Mallory zündete sich eine Zigarette an, verdeckte die Flamme des Streichholzes mit seinen Händen.

„Das ist wohl nicht so wichtig", antwortete er langsam. „Entweder Sie wissen, wohin Rhonda Farr gebracht wurde, oder Sie können uns einen Tip geben. Überlegen Sie sich das gründlich. Sie haben jetzt reichlich Zeit dazu."

Landrey drehte den Kopf um und sah zurück. In der Dunkelheit war sein Gesicht nur ein blasser Fleck.

„Das ist nicht sehr viel verlangt, Mr. Atkinson", sagte er ernst. Seine Stimme klang kühl, überredend, freundlich. Mit seinen behandschuhten Fingern trommelte er auf die Rückenlehne.

Atkinson starrte eine Weile in seine Richtung. Dann lehnte er den Kopf gegen das Polster. „Und wenn ich nun nicht das geringste darüber weiß?" antwortete er unwillig.

Macdonald hob die Hand und schlug ihm ins Gesicht. Der Kopf des Anwalts wurde gegen das Polster zurückgerissen.

Mit scharfem, unfreundlichem Ton sagte Mallory: „Unterlassen Sie das, Macdonald."

Macdonald fluchte unterdrückt und wendete sein Gesicht ab. Der Wagen fuhr weiter.

Sie hatten jetzt den Talgrund erreicht. Das dreifarbige Leuchtfeuer vom Flughafen funkelte nicht weit entfernt am Himmel. Sie erreichten bewaldete Abhänge mit schmalen Taleinschnitten, die zwischen dunkle Hügel führten. Von dem Newhall-Tunnel dröhnte ein Zug herunter, gewann Tempo und raste mit ohrenbetäubendem Rattern vorbei.

Landrey gab seinem Fahrer einen Befehl. Der Cadillac bog in einen Feldweg ab. Der Fahrer schaltete die Scheinwerfer aus und suchte sich seinen Weg im Dunkel. Der Feldweg führte zu einem Platz mit totem braunem Gras, von niedrigen Büschen umgeben. Auf dem Boden waren undeutlich alte Konservendosen und verfärbte, zerfetzte Zeitungen erkennbar.

Macdonald zog seine Flasche heraus, setzte sie an und trank mit einem lauten Gluckern.

Mühsam sagte Atkinson: „Mir ist etwas schwach. Geben Sir mir auch einen Schluck."

Macdonald drehte sich ihm zu, hielt ihm die Flasche hin, knurrte dann: „Ach was, gehen Sie zum Teufel", und schob die Flasche in seine Manteltasche zurück.

Mallory zog aus der Tasche an der Tür eine Stablampe, schaltete sie ein und richtete den Strahl Atkinson ins Gesicht.

„Reden Sie!" befahl er.

Atkinson legte seine Hände auf seine Knie und starrte gerade in den Schein der Taschenlampe. Sein Blick war glasig, und sein Kinn wies Blutspuren auf.

„Das hat sich Costello ausgedacht", sagte er. „Ich weiß gar nicht, worum es geht. Aber wenn Costello dahintersteckt, ist ein gewisser Slippy Morgan daran beteiligt. Er hat eine Hütte an dem Tafelberg bei Baldwin Hills. Vielleicht haben sie Rhonda Farr dort hingebracht."

Er schloß die Augen, und in dem grellen Licht der Taschenlampe glitzerte eine Träne.

„Darüber müßte Macdonald Bescheid wissen", sagte Mallory gedehnt.

Atkinson hielt seine Augen geschlossen. „Wahrscheinlich ja", sagte er. Seine Stimme klang dumpf und ohne jede Empfindung.

Macdonald ballte die Faust, bog sich zur Seite und schlug Atkinson wieder ins Gesicht. Der Anwalt stöhnte, sackte seitlich zusammen. Mallorys Hand zuckte, die Taschenlampe fuhr hoch. Seine Stimme bebte vor Wut.

„Wenn Sie das noch mal machen, kriegen Sie eine Kugel in den Bauch, Plattfuß. Darauf können Sie sich verlassen."

Mit einem törichten Lachen zog Macdonald sich in seine Ecke zurück. Mallory knipste die Lampe aus. Etwas ruhiger sagte er: „Ich glaube, daß Sie die Wahrheit sagen, Atkinson. Wir werden uns die Hütte von diesem Slippy Morgan mal vornehmen."

Der Fahrer drehte sich um und wendete den Wagen, suchte sich wieder den Weg zu der Fernstraße zurück.

V

Für einen Augenblick tauchte ein weißer Lattenzaun auf, ehe die Scheinwerfer ausgingen. Dahinter erhoben sich auf einem Abhang die mageren Skelette von ein paar Bohrtürmen, die in den Himmel hinauftasteten. Ohne Lichter rollte der Wagen langsam weiter und hielt gegenüber einem kleinen Fachwerkhaus auf der anderen Straßenseite. Auf dieser Seite der Straße gab es keine Häuser, und nichts lag zwischen dem Wagen und dem Ölfeld. Das Haus zeigte kein Licht.

Mallory stieg aus und überquerte die Straße. Ein kiesbedeckter Fahrweg führte zu einem torlosen Schuppen. Unter seinem Dach war ein Tourenwagen abgestellt. Neben dem Fahrweg wuchs dünnes, ausgetretenes Gras, und daneben lag eine ausgedörrte Fläche, die früher einmal ein Rasen gewesen war. Ein Draht war als Wäscheleine gespannt, und die Hütte hatte eine kleine, offene Veranda mit einer Tür, die mit rostigem Fliegendraht bespannt war. Das alles war im Mondlicht zu erkennen.

Hinter der Veranda befand sich ein einzelnes Fenster mit einer geschlossenen Jalousie. An den Rändern der Jalousie schimmerte durch zwei schmale Ritzen Licht. Mallory ging über das trockene Gras geräuschlos zu dem Wagen zurück.

„Kommen Sie raus, Atkinson", befahl er.

Mühsam stieg Atkinson aus, taumelte wie ein Mann im Halbschlaf über die Straße. Mallory packte seinen Arm. Die beiden Männer gingen die hölzernen Stufen hinauf, überquerten leise die Veranda. Atkinson tastete im Dunkel nach dem Klingelknopf. Er drückte darauf. In dem Haus erklang ein gedämpftes Summen. Mallory preßte sich gegen die Hauswand, auf der Seite, wo ihn die Fliegentür nicht behinderte, wenn sie geöffnet wurde.

Dann wurde die Haustür geräuschlos geöffnet, und hinter dem Fliegendraht war eine Gestalt erkennbar. Hinter der Gestalt befand sich kein Licht.

„Ich bin's, Atkinson", murmelte der Anwalt gedämpft.

Der Haken der Fliegentür wurde gelöst. Sie bewegte sich nach außen.

„Was soll denn das bedeuten?" fragte eine lispelnde Stimme, die Mallory schon einmal gehört hatte.

Mallory bewegte sich vor, hielt seine Luger in Gürtelhöhe. Der Mann in der Türöffnung drehte sich ihm schnell zu. Mallory befand sich dicht neben ihm, schnalzte mit der Zunge und schüttelte vorwurfsvoll den Kopf.

„Sie werden doch nicht etwa eine Waffe haben, Slippy?" sagte er und preßte ihm die Luger gegen die Rippen. „Drehen Sie sich langsam und vorsichtig um, Slippy. Wenn Sie etwas an Ihrem Rückgrat spüren, gehen Sie vor. Wir kommen direkt hinter Ihnen her."

Der schmächtige Mann hob seine Hände und drehte sich um. Mallorys Waffe gegen sein Rückgrat gepreßt, ging er tastend in die Dunkelheit nach hinten. Aus einem kleinen Wohnzimmer roch es nach Staub und billigem Fett. Unter einer Tür war ein Lichtschimmer zu sehen. Langsam ließ der Schmächtige eine Hand sinken und öffnete sie.

Eine Glühbirne ohne Schirm hing von der Mitte der Decke herunter. Eine magere Frau mit einem schmutzigen, weißen Kittel stand darunter, die Arme schlaff an ihren Seiten. Trübe, farblose Augen brüteten unter einer rostroten Mähne. Ihre Finger zuckten und zitterten von einem unbeherrschbaren Zusammenziehen der Muskeln. Sie gab einen dünnen klagenden Laut von sich, wie eine hungrige Katze.

Der schmächtige Mann trat ein, ging bis zur gegenüberliegenden Wand des Zimmers und preßte seine Handflächen gegen die Tapete. Auf seinem Gesicht stand ein starres, nichtssagendes Lächeln.

Hinter ihnen sagte Landreys Stimme: „Ich werde auf Atkinsons Freunde aufpassen."

Er trat, eine große Pistole in seiner behandschuhten Hand, in das Zimmer. „Hübsches, gemütliches Heim hier", fügte er freundlich hinzu.

In einer Ecke des Raumes stand ein Metallbett. Darauf lag Rhonda Farr, bis zum Kinn von einer braunen Militärdecke verhüllt. Die weiße Perücke auf ihrem Kopf war verrutscht und ließ feuchte, goldene Locken sehen. Ihr Gesicht schimmerte bläulich weiß, eine Maske, auf der sich Rouge und Lippenstift grell abhoben. Sie schnarchte.

Mallory schob seine Hand unter die Decke, tastete nach ihrem Puls. Dann hob er ihr ein Augenlid und betrachtete sich genau ihre Pupille. „Betäubt", sagte er.

Die magere Frau in dem weißen Kittel fuhr sich mit der Zunge über die Lippen.

„Kleine Spritze Morphium", sagte sie schläfrig. „Kann keinem was schaden, Mister", fügte sie entschuldigend hinzu.

Atkinson setzte sich auf einen Stuhl, über dessen Lehne ein schmutziges Handtuch hing, legte die Hände auf die Knie, wie um sich zu stützen. Sein Frackhemd schimmerte glänzend in dem grellen Licht. Der untere Teil seines Gesichts war mit verkrustetem Blut verschmiert. Der schmächtige Mann sah ihn verächtlich an und klopfte mit der flachen Hand gegen die fleckige Tapete. Dann trat Macdonald in das Zimmer.

Sein Gesicht war gerötet und verschwitzt. Er taumelte ein wenig und legte eine Hand gegen den Türrahmen.

„Hallo, Leute", sagte er ausdruckslos. „Dafür sollte ich befördert werden."

Der Schmächtige hörte auf zu lächeln. Er duckte sich sehr flink seitlich nieder und hielt überraschend eine Waffe in der Hand. Ein Krachen füllte den Raum, ein lautes, ohrenbetäubendes Krachen. Dann wieder ein Krachen.

Das Zusammenducken des Schmächtigen wurde zu einem Taumeln, und das Taumeln endete in einem Fall. Langsam streckte er sich auf dem nackten Boden aus. Irgendwie wirkte es behaglich. Er lag völlig still. Ein halb offenes Auge schien offensichtlich Macdonald anzusehen. Die magere Frau riß weit den Mund auf, aber es kam kein Schrei.

Macdonald legte seine andere Hand gegen den Türrahmen, stützte sich dagegen und begann zu husten. Hellrotes Blut lief ihm über das Kinn. Langsam glitten seine Hände an dem Türrahmen herunter. Dann zuckte seine Schulter vor, er drehte sich um seine Achse wie ein Schwimmer in einer brechenden Welle und stürzte. Er fiel auf das Gesicht, den Hut noch auf dem Kopf, das mausfarbene Haar in seinem Nacken kräuselte sich in unordentlichen Locken.

„Zwei weniger", sagte Mallory und warf Landrey mit angewidertem Ausdruck einen Blick zu. Landrey sah auf seine große Pistole hinunter und steckte sie dann ein, in die Seitentasche seines dünnen, dunklen Mantels.

Mallory beugte sich zu Macdonald hinunter, legte ihm einen Finger an die Schläfe. Kein Pulsschlag war zu spüren. Er versuchte es an der Halsschlagader mit dem gleichen Ergebnis. Macdonald war tot und roch immer noch stark nach Whisky.

Unter der Glühlampe löste sich eine dünne Rauschschwade auf. Der scharfe Geruch des Schießpulvers stand in dem Zimmer.

Die magere Frau beugte sich vor und sprang auf die Tür zu. Mit harter Hand stieß Mallory sie gegen die Brust, daß sie zurücktaumelte.

„Wir brauchen Sie hier noch."

Atkinson nahm seine Hände von den Knien und rieb sie gegeneinander, als ob er jedes Gefühl darin verloren hätte.

Landrey ging zu dem Bett hinüber, streckte seine behandschuhte Hand hinunter und berührte Rhonda Farrs Haar.

„Hallo, Kindchen", sagte er leichthin, „lange nicht gesehen." Er verließ das Zimmer mit den Worten: „Ich lasse den Wagen auf diese Seite der Straße bringen."

Mallory sah Atkinson an. Gleichmütig fragte er: „Wer hat die Briefe, Atkinson? Die Briefe, die von Rhonda Farr stammen."

Langsam hob Atkinson sein ausdrucksloses Gesicht, blinzelte, als ob ihm das Licht in den Augen weh täte. Er antwortete mit tonloser, wie aus weiter Ferne klingender Stimme.

„Ich ... ich weiß es nicht. Vielleicht Costello. Ich habe sie nie gesehen."

Mallory stieß ein kurzes, rauhes Lachen aus, das den harten, kalten Ausdruck seines Gesichtes nicht veränderte. „Es wäre doch verdammt komisch, wenn das wahr sein sollte."

Er beugte sich über das Bett in der Ecke und hüllte Rhonda Farr fest in die braune Decke. Als er sie hochhob, hörte sie auf zu schnarchen, aber sie wurde nicht wach.

VI

Ein oder zwei Fenster an der Front des Apartmenthauses zeigten Licht. Mallory hob seine Hand und blickte auf die flache Uhr an der Innenseite seines Handgelenks. Die schwachleuchtenden Zeiger wiesen auf halb vier. Er sagte über die Schulter in den Wagen: „Geben Sie mir etwa zehn Minuten. Dann kommen Sie nach. Ich lasse die Türen offen."

Die Eingangstür des Apartmenthauses war verschlossen. Mallory öffnete sie mit einem einzelnen Schlüssel, ließ sie angelehnt. In der Halle war wenig Licht. Es kam von einer Stehlampe und einer abgedeckten Lampe über der Telefonvermittlung. Ein ausgemergelter, weißhaariger kleiner Mann schlief in einem Sessel bei der Telefonzentrale. Sein Mund stand offen, und er atmete mit langem, klagendem Schnarchen, das wie das Jaulen eines verletzten Tieres klang.

Mallory stieg über die läuferbedeckte Treppe nach oben. Im zweiten Stock drückte er auf den Fahrstuhlknopf. Als der Lift mit gedämpftem Summen von oben heruntergekommen war, stieg er ein und drückte auf den Knopf mit der Ziffer sieben. Er gähnte. Seine Augen waren glanzlos vor Müdigkeit.

Der Fahrstuhl kam stockend zum Halten, und Mallory ging durch den hellen stillen Korridor. Vor einer olivgrauen Tür blieb er stehen und legte sein Ohr gegen die Füllung. Dann schob er einen einzelnen Schlüssel behutsam in das Schloß, drehte ihn langsam, drückte die Tür einen kleinen Spalt auf. Er lauschte wieder, dann trat er ein.

Eine Lampe mit einem roten Schirm, die neben einem Polstersessel stand, brannte. In dem Sessel lag ein Mann ausgestreckt, und der Lichtschein fiel ihm ins Gesicht. An Handgelenken und Knöcheln war er mit breiten Leukoplaststreifen gefesselt. Über seinem Mund war ebenfalls ein breiter Leukoplaststreifen geklebt.

Mallory drückte die Tür hinter sich zu, schloß sie aber nicht ab. Mit schnellen, leisen Schritten ging er quer durch das Zimmer. Der Mann in dem Sessel war Costello. Sein Gesicht hatte neben dem weißen Leukoplaststreifen, der ihm den Mund verschloß, eine bläuliche Farbe. Seine Brust hob und senkte sich mit krampfhaftem Zucken, und beim Atmen durch seine große Nase gab er schnarchende Töne von sich.

Mallory riß mit einem Ruck das Pflaster von Costellos Mund los, drückte mit einer Handfläche sein Kinn herunter, so daß der Mund sich weit öffnete. Costellos stoßweises Atmen beruhigte sich etwas.

Seine Brust hörte auf zu zucken, und die bläuliche Färbung seines Gesichts wich einer tiefen Blässe. Er regte sich und stöhnte.

Mallory nahm eine unangebrochene Flasche Whisky vom Kaminsims, riß die Stanniolkapsel über dem Verschluß mit den Zähnen ab und schraubte den Verschluß auf. Er bog Costellos Kopf weit zurück, träufelte ihm Whisky in den offenen Mund, schlug ihm mit der flachen Hand klatschend ins Gesicht.

Costello hustete, schluckte krampfhaft. Etwas Whisky lief ihm aus den Nasenlöchern. Er öffnete die Augen, sein starrer Blick gewann langsam Leben. Er murmelte etwas Unverständliches.

Mallory ging durch die Samtvorhänge, die eine Türöffnung am hinteren Ende des Zimmers verdeckten, und trat in einen kurzen Gang. Die erste Tür führte in ein Schlafzimmer mit zwei Betten. Eine Lampe brannte, und auf jedem der Betten lag ein gefesselter Mann.

Jim, der grauhaarige Kriminalpolizist, schlief entweder oder war noch bewußtlos. Das Haar an der Seite seines Kopfes war steif von geronnenem Blut. Sein Gesicht war schmutziggrau.

Die wütenden Augen des Rothaarigen waren weit geöffnet, funkelten wie Diamanten. Sein Mund unter dem Heftpflaster arbeitete, er versuchte es durchzukauen. Er hatte sich auf die Seite gewälzt und war fast von dem Bett heruntergefallen.

Mallory stieß ihn auf die Mitte des Bettes zurück. „Das ist in dem Spiel alles mit drin", sagte er.

Er ging in das Wohnzimmer zurück und machte mehr Licht. Costello hatte sich in dem Sessel mühsam höhergezogen. Mallory zog ein Taschenmesser, beugte sich über ihn und durchtrennte die Pflasterstreifen, die Costellos Handgelenke auf dem Rücken zusammenhielten. Costello riß seine Hände auseinander, grunzte und rieb den Rücken seiner Handgelenke, wo durch das Pflaster Haare ausgerissen worden waren. Er beugte sich vor und löste das Pflaster von seinen Füßen.

„Das hat mir nicht sehr gut getan", sagte er. „Ich atme immer durch den Mund." Seine Stimme klang undeutlich, tonlos und ohne Ausdruck.

Er stand aus dem Sessel auf, goß sich ein Glas halb voll Whisky und trank ihn in einem Zug herunter, setzte sich wieder und lehnte seinen Kopf gegen die hohe Rückenlehne des Sessels. Sein Gesicht gewann wieder Leben, in seinen blassen Augen erschien ein Glitzern.

„Was gibt es Neues?" fragte er.

Mallory rührte mit einem Löffel in einer Schale mit Wasser, das einmal Eis gewesen war, runzelte die Stirn und trank einen Schluck unverdünnten Whisky. Er strich mit den Fingerspitzen vorsichtig über die linke Seite seines Kopfes und zuckte zusammen. Dann setzte er sich, zündete sich eine Zigarette an.

„Allerlei", sagte er. „Rhonda Farr ist wieder zu Hause, Macdonald und Slippy Morgan hat es erwischt. Aber das ist unwichtig. Ich bin hinter ein paar Briefen her, die Sie an Rhonda Farr zu verhökern suchten. Rücken Sie die Briefe heraus!"

Costello hob den Kopf und grunzte. „Ich habe die Briefe nicht", antwortete er.

„Rücken Sie die Briefe raus, Costello. Jetzt sofort!" Er klopfte vorsichtig die Asche von seiner Zigarette in die Mitte eines grellgrünen Karos auf dem Teppich.

Costello machte eine ungeduldige Handbewegung. „Ich habe sie nicht", erklärte er starrköpfig, „ich habe sie nie gesehen."

Mallorys Augen waren schiefergrau, sehr kalt, und seine Stimme hatte eine knappe Schärfe. „Es ist erbärmlich, wie wenig ihr Lumpen von eurem Geschäft versteht", sagte er. „Ich bin müde, Costello. Ich habe keine Lust, mich herumzustreiten. Es wird Ihnen wenig Freude machen, wenn Ihnen einer Ihren großen Zinken von Nase mit dem Lauf einer Pistole krumm und schief schlägt."

Costello hob seine knochige Hand und strich sich um seinen Mund, wo die Haut durch das Losreißen des Pflasters wund und gerötet war. Er sah sich in dem Zimmer um. Die Samtvorhänge an der hinteren Tür bewegten sich leicht, fast als ob eine Brise wehte. Aber es wehte keine Brise. Mallory starrte vor sich auf den Teppich.

Costello erhob sich langsam aus dem Sessel. Er sagte: „Ich habe hier einen Wandsafe. Ich werde ihn öffnen."

Er ging durch das Zimmer zu der Wand, in der die Außentür lag, nahm ein Bild ab und drehte an der Nummernscheibe eines kleinen, in die Wand eingelassenen Stahlfachs. Er zog die kleine Tür auf und schob seinen Arm in den Safe.

„Keine Bewegung, Costello!" befahl Mallory.

Träge schritt er durch das Zimmer, griff mit seiner linken Hand über Costellos Arm hinweg in den Safe. Als er sie herauszog, hielt er eine kleine, perlmuttbeschlagene Pistole. Er stieß einen leisen Pfiff zwischen den Lippen aus und steckte die kleine Waffe in seine Tasche.

„Sie werden es wohl nie lernen, Costello, wie?" fragte er mit müder Stimme.

Costello hob die Schultern und ging zu dem Sessel zurück. Mallory griff wieder in den Safe, zog seinen Inhalt heraus und ließ ihn auf den Boden fallen. Er ließ sich auf ein Knie nieder. Vor ihm lagen ein paar lange, weiße Briefumschläge, ein Päckchen Zeitungsausschnitte, die von einer Papierklammer zusammengehalten wurden, ein längliches, dickes Scheckheft, ein kleines Fotoalbum, ein Notizbuch mit Adressen, verschiedene einzelne Papiere, ein paar gelbe Bankauszüge mit angehefteten Schecks. Mallory blätterte achtlos, ohne sonderliches Interesse, in den Papieren.

Die Vorhänge hinter der Türöffnung bewegten sich wieder. Costello stand regungslos vor dem Kamin. Durch den Vorhang erschien eine kleine Hand, die sehr sicher eine Waffe hielt. Der Hand folgte eine schlanke Gestalt mit weißem Gesicht und funkelnden Augen — Erno.

Mallory richtete sich auf, hielt die Hände in Höhe seiner Brust, sie waren leer.

„Höher, Jungchen", krächzte Erno, „viel höher."

Mallory hob seine Hände etwas weiter. Seine Stirn war scharf gerunzelt.

Erno trat ganz in das Zimmer. Sein Gesicht glänzte. Eine Locke öligen schwarzen Haares hing zu einer Augenbraue hinunter. Mit einem starren Grinsen zeigte er seine Zähne.

Er sagte: „Am besten verpassen wir dem hinterhältigen Betrüger das Ding gleich hier."

Seine Stimme hatte einen fragenden Ton, als ob er auf Costellos Bestätigung wartete.

Costello sagte kein Wort.

Mallory bewegte ein wenig den Kopf. Sein Mund war knochentrocken. Er beobachtete Ernos Augen, sah, wie sie sich zusammenzogen.

Schnell sagte er: „Sie wurden betrogen, Dummkopf, aber nicht von mir."

Ernos Grinsen verbreiterte sich zu einer höhnischen Grimasse. Er beugte den Kopf zurück. Das erste Gelenk seines Zeigefingers am Abzug wurde weiß. Plötzlich kam von der Tür ein Geräusch, und sie wurde geöffnet.

Landrey erschien. Mit einem Stoß der Schulter schloß er die Tür hinter sich, lehnte sich mit dramatischer Pose dagegen. Die Hände hielt er in den Seitentaschen seines leichten, dunklen Mantels. Seine Augen unter dem weichen, schwarzen Hut funkelten teuflisch. Er sah zufrieden aus. Er bewegte sein Kinn in dem weißen, seidenen Schal, der achtlos um seinen Hals geschlungen war. Sein angenehmes, blasses Gesicht wirkte wie eine Schnitzerei aus altem Elfenbein.

Erno bewegte seine Waffe etwas. Fröhlich sagte Landrey: „Ich wette einen Tausender, daß Sie zuerst auf die Nase fallen."

Ernos Lippen zuckten unter seinem glänzenden, kleinen Schnurrbart. Zwei Waffen krachten im gleichen Augenblick. Landrey schwankte etwas, wie ein Baum, der von einem plötzlichen Windstoß getroffen wird. Das dumpfe Krachen seiner Fünfundvierziger ertönte noch einmal, durch den Stoff des Mantels und die Nähe seines Körpers etwas gedämpft.

Mallory ließ sich hinter das Sofa fallen, wälzte sich und kam mit der erhobenen Luger wieder zum Vorschein. Aber Ernos Gesicht hatte schon jeden Ausdruck verloren.

Er fiel langsam. Sein leichter Körper schien von dem Gewicht der Waffe in seiner rechten Hand zu Boden gezogen zu werden. Er knickte in den Knien ein, als er fiel, glitt vorwärts auf den Boden. Sein Rücken bog sich einmal durch, wurde dann schlaff.

Landrey zog seine linke Hand aus der Manteltasche und spreizte die Finger, als ob er etwas von sich fortschieben wollte. Langsam und schwerfällig zog er die große Pistole aus der anderen Tasche, hob sie Zentimeter um Zentimeter, drehte sich dabei auf den Fußballen. Er schwenkte seinen Körper in die Richtung von Costellos starrer Gestalt und drückte noch einmal ab. Putz splitterte von der Wand neben Costellos Schulter.

Landrey lächelte vage. „Verdammt", sagte er mit leiser Stimme. Dann verdrehte er die Augen nach oben, und die Waffe entfiel seinen kraftlosen Fingern, polterte auf den Teppich. Landrey sank Zentimeter um Zentimeter in sich zusammen, weich und elegant, kniete, schwang einen Augenblick hin und her, ehe er seitwärts fiel und sich fast ohne Geräusch auf dem Boden ausstreckte.

Mallory sah Costello an und sagte mit belegter, gereizter Stimme: „Mann, haben Sie ein Glück!"

Der Summer schnarrte hartnäckig. Drei kleine Lichter glühten rot auf der Schalttafel der Telefonzentrale. Der dürre, weißhaarige, kleine Mann schnappte seinen Mund zu und räkelte sich schläfrig in seinem Sessel auf.

Mallory schoß an ihm vorbei, den Kopf zur anderen Seite gewendet, hetzte durch die leere Halle und durch die Eingangstür des Apartmenthauses hinaus, die drei Marmorstufen hinunter, über den Bürgersteig und auf die andere Straßenseite. Der Fahrer von Landreys Wagen hatte schon auf den Starter getreten. Mallory sprang außer Atem auf den Sitz neben ihm, schlug die Wagentür hinter sich zu.

„Fahren Sie los, schnell", keuchte er. „Vermeiden Sie den Boulevard. In fünf Minuten ist Polizei hier."

Der Fahrer sah ihn an und fragte: „Wo ist Landrey? Es wurde geschossen."

Mallory hob die Luger, befahl scharf und kalt: „Fahr los, Kerl!"

Der Gang wurde eingeschaltet, der Cadillac schoß von der Stelle. Verwegen bog der Fahrer um die nächste Ecke, am Rand seines Blickfeldes sah er die Mündung der Waffe.

„Landrey hat was abbekommen", sagte Mallory. „Er ist tot." Er hob die Mündung der Luger dem Fahrer unter die Nase. „Aber nicht von meiner Waffe. Riechen Sie daran, Freundchen. Sie wurde nicht abgeschossen."

„Mein Gott", sagte der Fahrer mit heiserer Stimme. Der Wagen schlug einen wilden Bogen, entkam um Zentimeter dem Bordstein.

Der Tag begann zu dämmern.

VII

„Publicity, mein Lieber", sagte Rhonda Farr, „nichts als Publicity. Jede beliebige Art ist besser als keine. Ich bin nicht so sicher, ob mein Vertrag erneuert wird. Dazu werde ich sie wahrscheinlich brauchen."

Sie saß in einem tiefen Sessel in einem großen, länglichen Raum. Mit trägen, gleichgültigen, veilchenblauen Augen sah sie Mallory an und streckte ihre Hand nach einem großen, beschlagenen Glas aus. Sie trank einen Schluck.

Der Raum war riesig. Chinesische Teppiche in sanften Farben bedeckten den Boden. Es war viel Teakholz und roter Lack vorhanden. Hoch die Wände hinauf funkelten Goldrahmen, und die Decke erschien undeutlich und fern, wie der dunstige Himmel an einem heißen Tag. Ein großes, geschnitztes Radiogerät sandte gedämpfte, unwirkliche Töne aus.

Mallory zog die Nase kraus und sah auf eine grimmige Weise amüsiert aus.

„Sie sind eine häßliche kleine Ratte", sagte er. „Ich kann Sie nicht ausstehen."

„O doch, das tun Sie, mein Lieber", entgegnete Rhonda Farr. „Sie sind verrückt nach mir."

Sie lächelte und befestigte eine Zigarette in einer jadegrünen Zigarettenspitze, deren Farbton zu ihrem jadegrünen Hausanzug paßte. Dann streckte sie ihre schöngeformte Hand aus und drückte auf einen Klingelknopf, der in die Platte eines mit Perlmutt eingelegten Teakholztisches eingelassen war. Geräuschlos tauchte ein japanischer Butler in einer weißen Jacke in dem Raum auf und mixte neue Highballs.

„Sie sind ein recht kluger Bursche, mein Lieber, nicht wahr", begann Rhonda Farr, als der Butler wieder verschwunden war. „Und Sie haben ein paar Briefe in der Tasche, von denen Sie glauben, daß sie mir alles in der Welt bedeuten." Sie nahm einen Schluck von ihrem frischen Highball. „Die Briefe, die Sie da haben, sind gefälscht. Sie wurden vor etwa einem Monat geschrieben. Landrey hat sie nie gehabt. Seine Briefe gab er mir vor langer Zeit zurück. Was Sie da haben, ist wertlos." Sie hob eine Hand zu ihrem prachtvoll gewellten Haar. Das Erlebnis der vergangenen Nacht schien keine Spuren bei ihr zurückgelassen zu haben.

Mallory betrachtete sie aufmerksam. „Wie wollen Sie das beweisen?" fragte er.

„Durch das Briefpapier – falls ich es wirklich beweisen muß. An der Ecke der Fourth und der Spring Avenue wohnt ein kleiner Mann, der auf diesem Gebiet Fachmann ist."

„Und die Handschrift?" meinte Mallory.

Rhonda Farr lächelte leicht. „Handschriften sind leicht zu fälschen, wenn man genügend Zeit hat. Das hat man mir jedenfalls gesagt. Und ich werde sie als Fälschung bezeichnen."

Mallory nickte. Er schlürfte an seinem Glas. Er griff mit der Hand in seine Innentasche und zog einen großen, gelben Briefumschlag heraus. Er legt ihn auf seine Knie.

„Vier Männer wurden in der vergangenen Nacht wegen dieser gefälschten Briefe erschossen", sagte er ohne besondere Betonung.

Rhonda Farr sah ihn ungerührt an. „Zwei davon waren Banditen, der dritte ein bestechlicher Polizist. Soll ich wegen solcher Halunken vielleicht nicht schlafen? Um Landrey tut es mir natürlich leid."

Höflich sagte Mallory: „Es ist nett von Ihnen, daß es Ihnen wegen Landrey leid tut."

Friedfertig antwortete sie: „Wie ich Ihnen schon einmal gesagt habe, war Landrey vor ein paar Jahren, als er versuchte, beim Film anzukommen, ein recht netter Junge. Aber dann ergriff er einen anderen Beruf, und in diesem Gewerbe mußte er eines Tages eine Kugel einfangen."

Mallory rieb sein Kinn. „Es ist merkwürdig, daß er sich nicht daran erinnerte, Ihnen Ihre Briefe zurückgegeben zu haben. Wirklich sehr merkwürdig."

„Das war so seine Art, mein Lieber. Er spielte gern Theater und setzte sich gern in Szene. Es gab ihm die Möglichkeit zu einer prachtvollen Pose. Das muß ihm enormen Spaß gemacht haben."

Mallorys Gesicht wurde hart und zeigte seinen Abscheu. „Ich hielt die Geschichte für sauber. Ich wußte nicht viel über Landrey, aber er kannte einen guten Freund von mir in Chikago. Er dachte sich einen Weg aus, wie man mit den Burschen in Verbindung kommen konnte, die Sie unter Druck setzten, und den schlug ich ein. Dann passierte einiges. Dadurch wurde es alles leichter. Es wurde aber auch sehr viel lauter."

Rhonda Farr klopfte mit ihren kleinen schimmernden Nägeln gegen ihre kleinen schimmernden Zähne. Sie fragte: „Was sind Sie eigentlich bei sich zu Hause, mein Lieber? Einer dieser Burschen, die sich Privatdetektiv nennen?"

Mallory lachte rauh, machte eine unbestimmte Handbewegung und strich sich mit den Fingern durch sein starres, dunkles Haar. „Lassen Sie das, Kindchen", sagte er leise, „das ist gleichgültig."

Rhonda Farr sah ihn mit überraschtem Blick an. Dann lachte sie fast schrill. „Es ist alles verrückt, nicht wahr?" sagte sie besänftigend und fuhr im sachlichen Ton fort: „Atkinson hat mich seit Jahren auf die eine oder andere Art ausgesaugt. Ich schrieb die Briefe und bewahrte sie an einer Stelle auf, wo er sie in die Hände bekommen konnte. Sie verschwanden. Ein paar Tage später rief einer dieser Männer mit der scharfen Stimme an und begann mich unter Druck zu setzen. Ich ließ es laufen. Ich rechnete damit, daß ich es irgendwie Atkinson anhängen könne. Unser beider Ruf würde für eine Geschichte in der Zeitung ausreichen, die mir nicht allzuviel schaden konnte. Aber die Geschichte wuchs sich aus, und ich bekam es mit der Angst. Mir kam der Gedanke, Landrey um Hilfe zu bitten. Ich war überzeugt, er würde es gern tun."

Mallory sagte grob: „Was haben Sie doch für ein naives aufrichtiges Gemüt, Sie kleines Aas."

„Sie haben nicht sehr viel Ahnung, was hier in Hollywood gespielt wird, mein Lieber, wie?" antwortete Rhonda Farr. Sie neigte den Kopf zur Seite und summte leise die Melodie einer Tanzkapelle mit, die aus dem Radio gedämpft durch die stille Luft klang. „Das ist eine herrliche Melodie. Sie ist aus einer Sonate von Weber gestohlen ... Publicity muß einem hier ein kleines bißchen weh tun, sonst glaubt niemand daran."

Mallory stand auf, nahm den Briefumschlag von seinen Knien. Er ließ ihn auf ihren Schoß fallen.

„Das hier kostet Sie fünftausend", sagte er.

Rhonda Farr lehnte sich zurück und schlug ihre jadegrünen Beine übereinander. Ein kleiner grüner Pantoffel glitt von ihrem nackten Fuß auf den Teppich, und der Briefumschlag fiel daneben. Sie rührte sich nicht, um sich danach zu bücken.

„Warum?" fragte sie.

„Ich bin Geschäftsmann, mein Kind. Ich werde für meine Arbeit bezahlt. Landrey hat mich nicht bezahlt. Fünftausend war der vereinbarte Preis. Erst war es sein Preis, jetzt ist es der Ihre."

Sie sah ihn fast gleichgültig aus gelassenen, kornblumenblauen Augen an und sagte: „Kein Geschäft für mich ... Erpesser! Wie ich Ihnen schon im Bolivar gesagt habe. Ich bin Ihnen herzlich dankbar, aber mein Geld verwende ich für mich selbst."

Knapp antwortete Mallory: „Das hier ist eine verdammt gute Gelegenheit, etwas auszugeben."

Er beugte sich vor, ergriff ihr Glas und trank einen Schluck daraus. Als er das Glas wieder absetzte, klopfte er ein paarmal mit den Nägeln von zwei Fingern dagegen. Ein kleines, knappes Lächeln spielte um seine Mundwinkel. Er zündete eine Zigarette an und warf das Streichholz in eine Schale mit Hyazinthen.

Langsam sagte er: „Landreys Fahrer hat natürlich ausgeplaudert. Landreys Freunde wollen mit mir sprechen. Sie wollen wissen, wie es kam, daß Landrey in Westwood umgelegt wurde. Nach einiger Zeit wird mir auch die Polizei auf die Spur kommen. Irgend jemand wird denen bestimmt einen Tip geben. Gestern nacht war ich dabei, wie vier Männer getötet wurden. Und natürlich werde ich nicht davonlaufen. Wahrscheinlich muß ich der Polizei die ganze Geschichte auseinandersetzen. Die Polizei wird Ihnen jede Menge Publicity geben, Kindchen. Und Landreys Freunde – nun, ich weiß nicht, was die tun werden. Aber es wird etwas sein, daß Ihnen sehr weh tun wird, nehme ich an."

Rhonda Farr sprang von ihrem Platz auf, ihre Zehen tasteten nach dem grünen Pantoffel. Ihre Augen waren weit aufgerissen und erschrocken.

„Sie wollen ... Sie wollen mich verkaufen?" fragte sie atemlos.

Mallory lachte. Seine Augen funkelten hart.

„Weshalb sollte ich Sie denn decken?" fragte er in fast gelangweiltem Ton. „Ich bin Ihnen nichts schuldig. Und Sie sind zu verdammt geizig mit Ihrem Geld, um mich zu engagieren. Ich habe keine Vorstrafen, aber Sie wissen ja, welche Vorliebe die Polizei für einen meiner Sorte hat. Und Landreys Freunde werden die Geschichte für einen tückischen Hinterhalt ansehen, der ihm gelegt wurde. Warum, zum Teufel, sollte ich eine Schlange wie Sie decken?"

Er knurrte wütend. In seinem sonnengebräunten Gesicht standen rote Flecken.

Rhonda Farr stand völlig regungslos und schüttelte langsam ihren Kopf. Sie sagte: „Kein Geschäft, Erpresser! Kein Geschäft mit mir!" Ihre Stimme klang schwach und erschöpft, aber sie reckte hart und tapfer ihr Kinn vor.

Mallory streckte die Hand aus und ergriff seinen Hut. „An Ihnen ist schon etwas dran", sagte er grinsend. „Aber, Himmel, mit euch Hollywoodpuppen muß schwer auszukommen sein."

Er beugte sich plötzlich vor, legte seine linke Hand auf ihren Hinterkopf und küßte sie fest auf den Mund. Dann schnippte er mit seinen Fingerspitzen über ihre rechte Wange.

„Sie sind ein nettes Mädchen – in gewisser Weise", sagte er. „Und eine gute Lügnerin, einigermaßen gut, jedenfalls. Aber Sie haben keine Briefe gefälscht, mein Kind. Auf diesen Trick wäre Atkinson nicht hereingefallen."

Rhonda Farr beugte sich nieder, packte den Briefumschlag, der auf dem Teppich lag, und schüttelte heraus, was sich in ihm befand. Eine Anzahl engbeschriebener grauer Blätter mit Büttenrand und einem zarten, goldenen Monogramm. Mit zitternden Nasenflügeln starrte sie auf die Briefe.

Langsam sagte sie dann: „Ich werde Ihnen das Geld schicken."

Mallory legte seine Hand unter ihr Kinn und hob ihren Kopf. Überraschend freundlich sagte er: „Ich habe nur einen Scherz gemacht, Kind. Das ist eine meiner schlechten Gewohnheiten. Aber an diesen Briefen gibt es zwei komische Dinge. Erstens haben sie keine Umschläge, und nicht das geringste in ihnen verrät, an wen sie gerichtet sind — aber auch nicht ein Wort. Und zweitens, Landrey hatte sie in seiner Tasche, als er getötet wurde."

Er nickte und wendete sich ab.

„Warten Sie", rief Rhonda Farr scharf. Ihre Stimme war plötzlich verängstigt.

Er ging ein paar Schritte durch das Zimmer, drehte dann den Kopf. „Ich muß gehen", sagte er. „Ich habe eine Verabredung in der dunklen, schwarzen Nacht.. Schicken Sie mir ein paar Blumen. Blaue Wildblumen, wie Ihre Augen."

Er ging unter einem Bogen hindurch hinaus. Eine Tür öffnete sich und fiel schwer ins Schloß. Rhonda Farr saß lange Zeit da, ohne sich zu rühren.

VIII

Zigarrenrauch hing in der Luft. Eine Gruppe Personen in Abendkleidung stand Cocktails schlürfend neben einem von einem Vorhang bedeckten Durchgang, der in die Spielräume führte. Hinter den Vorhängen war hellbeleuchtet das Ende eines Roulettetisches zu sehen.

Mallory stützte seinen Ellbogen auf die Bar, und der Barmann verließ die beiden jungen Mädchen in Abendkleidern und wischte mit einem weißen Tuch über das polierte Holz vor ihm.

„Was wird gewünscht, Chef?" sagte er.

„Ein kleines Bier", antwortete Mallory.

Der Barmann schenkte es ein, lächelte und begab sich zu den beiden Mädchen zurück. Mallory schlürfte an dem Bier, verzog das Gesicht und blickte in den breiten Spiegel, der die ganze Wand hinter der Bar bedeckte und ein wenig vorgeneigt war, so daß man darin den ganzen Boden bis zur anderen Wand übersehen konnte. Eine Tür in der Wand wurde geöffnet, und ein Mann im Abendanzug erschien. Er hatte ein runzeliges, braunes Gesicht und Haar in der Farbe von Stahlwolle. Seine Augen begegneten Mallorys Blick in dem Spiegel, und er kam nickend durch den Raum.

Er sagte: „Ich bin Mardonne. Nett, daß Sie gekommen sind."

Er hatte eine weiche, gedeckte Stimme, die Stimme eines fetten Mannes, aber er war nicht fett.

„Ich komme nicht zu einem Freundschaftsbesuch", sagte Mallory.

„Gehen wir also in mein Büro", antwortete Mardonne.

Mallory trank noch einen kleinen Schluck von dem Bier, verzog wieder das Gesicht und schob das Glas über den Bartisch von sich.

Sie gingen durch die Tür hinaus, eine teppichbelegte Treppe hinauf, auf die in halber Höhe eine weitere Treppe stieß. Aus einer offenen Tür fiel Licht auf den Treppenabsatz.

Sie traten in den beleuchteten Raum.

Das Zimmer war einmal ein Schlafzimmer gewesen, und man hatte sich keine besondere Mühe damit gemacht, es zu einem Büro umzuwandeln. Die Wände waren grau, mit zwei oder drei Farbdrucken in schmalen Rahmen. Es befanden sich ein großer Aktenschrank, ein guter Safe und Sessel darin. Auf einem Walnußschreibtisch stand eine Lampe mit einem Pergamentschirm. Ein sehr blonder junger Mann saß auf der Ecke des Schreibtisches und wippte mit einem Bein, das er über das andere geschlagen hatte. Er trug einen weichen Filzhut mit einem buntfarbigen Band.

Mardonne sagte: „Es ist gut, Henry, ich habe zu tun."

Der junge Mann erhob sich von dem Schreibtisch, gähnte, hob mit einem affektierten Schlenkern des Handgelenks eine Hand vor den Mund. An einem Finger trug er einen großen Brillanten. Er sah

Mallory an, lächelte und ging langsam aus dem Zimmer, schloß die Tür hinter sich.

Mardonne setzte sich auf einen mit blauem Leder überzogenen Sessel. Er zündete eine dünne Zigarre an und schob den Zigarrenbehälter über die gemaserte Schreibtischplatte. Mallory schob den Sessel vom Ende des Schreibtisches zwischen die Tür und die beiden offenstehenden Fenster. Das Zimmer hatte noch eine weitere Tür, aber sie wurde von dem Safe verdeckt.

Er zündete sich eine Zigarette an und sagte: „Landrey schuldet mir Geld. Fünftausend. Gibt es jemand, der daran interessiert ist, mich zu bezahlen?"

Mardonne legte seine braunen Hände auf die Armlehnen und schwenkte sich auf dem drehbaren Sessel hin und her. „So weit sind wir noch nicht", antwortete er.

„Richtig. Wie weit sind wir denn?" entgegnete Mallory.

Mardonne kniff seine trüben Augen zusammen. Seine Stimme klang flach und tonlos. „Wie wurde Landrey getötet?"

Mallory nahm seine Zigarette zwischen die Lippen und faltete seine Hände hinter seinem Kopf zusammen. Er stieß Rauch aus und sprach durch den Rauch zu der Wand über Mardonnes Kopf. „Er hinterging jeden, bis er schließlich sich selbst hinterging. Er spielte zu viele Rollen und konnte sie schließlich nicht mehr auseinanderhalten. Er war schießwütig. Wenn er eine Waffe in der Hand hatte, mußte er auf jemand losknallen. Und dann schoß einer zurück."

Mardonne schaukelte sich weiter hin und her und sagte: „Vielleicht können Sie es ein bißchen verständlicher darstellen?"

„Gewiß... Ich könnte Ihnen eine Geschichte erzählen... Etwa von einem Mädchen, die früher einmal ein paar Briefe schrieb. Sie glaubte, sie sei verliebt. Es waren verwegene Briefe, die Art Briefe, die ein Mädchen schreibt, das mehr riskiert, als gut für es ist. Die Zeit verging, und irgendwie fielen die Briefe in die Hände von Erpressern. Ein paar fingen an, das Mädchen auszuquetschen. Nicht gerade sehr schlimm, nicht so sehr, daß es ernstlich in Verlegenheit kam. Aber wie es scheint, gehört die junge Dame zu der Sorte, die alles gründlich und umständlich macht. Landrey glaubte, er könne ihr behilflich sein. Er hatte einen Plan, und für diesen Plan brauchte er einen Mann, der sich in einem Smoking bewegen konnte, den Löffel beim Kaffeetrinken aus seiner Tasse nahm und hier in der Stadt nicht bekannt war. Er wendete sich an mich. Ich betreibe eine kleine Agentur in Chikago."

Mardonne drehte sich den offenen Fenstern zu und starrte auf die Gipfel einiger Bäume, die draußen zu sehen war. „Privatdetektiv also", grunzte er teilnahmslos. „Aus Chikago."

Mallory nickte, warf ihm einen kurzen Blick zu und sah dann wieder auf die gleiche Stelle an der Wand.

„Und stehe im Ruf, zuverlässig zu sein, Mardonne. Nach der Gesellschaft, in der ich mich in letzter Zeit bewegt habe, sollte man es nicht glauben."

Mardonne machte eine schnelle ungeduldige Handbewegung, sagte aber nichts.

Mallory fuhr fort: „Nun, ich gab der Geschichte einen kleinen Stoß, und das war mein erster und schlimmster Fehler. Ich kam in der Geschichte gerade etwas weiter, als sich aus dem, was als Abrechnung gedacht war, ein Menschenraub entwickelte. Das war nicht angenehm. Ich setzte mich mit Landrey in Verbindung, und er entschloß sich, sich mit mir zu zeigen. Wir fanden das Mädchen ohne sonderliche Schwierigkeiten. Wir brachten sie nach Hause. Aber wir mußten immer noch die Briefe beschaffen. Während ich versuchte, sie aus dem Burschen herauszuholen, von dem ich glaubte, daß er sie habe, kam mir einer der bösen Buben in den Rücken und wollte mit seiner Pistole spielen. Landrey bekam einen glänzenden Auftritt, zeigte eine dramatische Pose und ließ sich mit dem Lumpen in eine Schießerei ein, auf zwei Meter Abstand. Dabei fing er Blei ein. Wenn man Geschmack an Geschichten dieser Art hat, war sie sehr hübsch, aber ich saß dadurch in der Tinte. Vielleicht bin ich also voreingenommen. Jedenfalls mußte ich verschwinden und erst einmal dahinterkommen, was eigentlich gespielt wurde."

Mardonnes trübe, braune Augen zeigten eine flüchtig aufflackernde Erregung. „Die Darstellung des Mädchens zu hören wäre auch interessant", sagte er kühl.

Mallory blies eine blasse Rauchwolke aus. „Sie stand unter Morphium und weiß überhaupt nichts. Wenn sie was wüßte, würde sie nichts sagen. Außerdem kenne ich ihren Namen nicht."

„Aber ich", antwortete Mardonne. „Landreys Fahrer hat ausgepackt. Darüber brauchen Sie sich also nicht zu sorgen."

Mallory sprach gelassen weiter. „So sieht die Geschichte von außen aus, ohne Anmerkungen. Mit Anmerkungen ist sie merkwürdiger — und auch verdammt viel schmutziger. Das Mädchen bat Landrey nicht um seine Hilfe, aber er wußte von der Abrechnung. Er hatte die Briefe einmal besessen, weil sie an ihn gerichtet waren. Sein Plan, um ihnen auf die Spur zu kommen, bestand darin, daß ich bei dem Mädchen selbst einen falschen Schritt unternahm, sie in dem Glauben wiegte, ich hätte die Briefe, um sie zu überreden, sich mit mir in einem Nachtklub zu treffen, wo sie von den Leuten beobachtet werden konnte, die sie ausnehmen wollten. Sie würde sich darauf einlassen, weil sie die Nerven dazu hatte. Sie würde beobachtet werden, weil in ihrer Nähe ein Spitzel war — Zofe, Chauffeur oder sonst jemand. Die anderen würden wissen wollen, was ich für eine Rolle spielte. Sie würden mich greifen. Und wenn ich nicht versagte oder ausfiel, konnte ich auf diese Weise erfahren, wer hinter der Erpressung stand. Ein hübscher Plan, finden Sie nicht?"

Mardonne antwortete kalt: „Nicht in allen Punkten ganz überzeugend, aber ... reden Sie weiter."

„Als die Täuschung gelang, wußte ich, daß alles vorher abgesprochen war. Ich blieb dabei, weil ich im Augenblick nichts anderes tun konnte. Bald darauf wurde wieder etwas sauer, diesmal unvorbereitet. Ein großer Plattfuß, der von der Bande bestochen war, bekam kalte Füße und ließ sie hochgehen. Gegen ein bißchen Erpressung hatte er nichts einzuwenden, aber ein Menschenraub führte für seinen Geschmack doch etwas zu weit ins Dunkel. Das erleichterte mir alles, ohne daß es Landrey schadete, denn der Plattfuß war keiner von den gescheitesten. Der kleine Lump, der Landrey niederschoß, war es vermutlich auch nicht. Der hatte nur eine Wut, weil er glaubte, er solle um seinen Anteil betrogen werden."

Mardonne klopfte mit seinen braunen Händen ungeduldig auf die Armlehnen seines Sessels wie ein Einkäufer, dem die Anpreisungen eines Vertreters zuviel werden. „Gehörte es zu Ihrem Auftrag, hinter die ganze Geschichte zu kommen?" fragte er höhnisch.

„Ich benutzte meinen Kopf, Mardonne. Nicht früh genug, aber ich benutzte ihn. Vielleicht wurde ich nicht engagiert, um zu denken, aber auch das war mir nicht auseinandergesetzt worden. Falls ich dahinterkam, war es eben Landreys großes Pech. Wie er dann herauskäme, mußte er sich dann selbst überlegen. Kam aber ich nicht hinter die eigentliche Geschichte, dann war ich der beste anständige Außenstehende, den er überhaupt finden und den er riskieren konnte, in die Geschichte hineinzuziehen."

Mardonne sagte gleichgültig: „Landrey hatte massenhaft Geld. Er besaß Verstand, nicht sehr viel, aber es reichte. Auf eine billige Geschichte wie die da hätte er sich nie eingelassen."

Mallory lachte rauh. „Für ihn war sie nicht so billig, Mardonne. Er wollte das Mädchen. Sie hatte ihn fallengelassen, war weitergekommen als er. Er konnte nicht zu ihr hinauf, aber er konnte sie zu sich herunterziehen. Dazu reichten die Briefe allein nicht aus. Wenn aber eine Verschleppung dazukam und die angebliche Befreiung durch den alten Liebhaber, der in fragwürdiger Gesellschaft gelandet war, dann hatte er etwas in der Hand, das sie nicht so leicht beiseite schieben konnte. Denn sollte die Sache öffentlich bekanntwerden, hätte sie von heute auf morgen ihre Stellung verloren. Und jetzt schätzen Sie mal, wie hoch der Preis war, daß sie nicht bekanntwerden würde."

„Hm", antwortete Mardonne und sah weiter aus dem Fenster.

„Aber das spielt jetzt alles keine Rolle mehr", fuhr Mallory fort. „Mein Auftrag war, ein paar Briefe zu finden, und ich fand sie — in Landreys Tasche, nachdem er umgelegt worden war. Und jetzt will ich für meine Zeit bezahlt werden."

Mardonne drehte sich mit seinem Sessel um und legte seine Hände flach auf die Schreibtischplatte. „Geben Sie sie her", sagte er, „und ich werde feststellen, was sie für mich wert sind."

Mallorys Blick wurde hart und bitter. „Das Widerliche mit euch Lumpen ist, ihr könnt euch nicht vorstellen, daß es jemand gibt, der nur das tut, wozu er sich verpflichtet ... Die Briefe sind aus dem Verkehr gezogen. Sie sind schon zuviel umgelaufen und haben sich abgenutzt."

„Das ist ja ein reizender Einfall", höhnte Mardonne. „Aber für einen anderen. Landrey war mein Partner, und ich habe sehr viel von ihm gehalten ... Sie haben also die Briefe weggegeben, und ich soll Sie dafür bezahlen, daß Sie Landrey umlegen ließen. Das müßte ich mir in mein Tagebuch schreiben. Mein Riecher sagt mir, daß Sie schon ausreichend bezahlt wurden — von Miss Rhonda Farr."

Sarkastisch entgegnete Mallory: „Ich habe erwartet, daß Sie das vermuten würden. Ihnen gefällt folgende Version der Geschichte vielleicht besser ... Das Mädchen bekam es satt, daß Landrey ihr ständig lästig fiel. Sie fälschte ein paar Briefe und ließ sie an einer Stelle, wo ihr gerissener Anwalt sie in seine Finger bekam und sie an einen Mann weitergab, der das Schlägerkommando führt, das der Anwalt manchmal für seine Geschäfte braucht. Das Mädchen schrieb Landrey, er solle ihr helfen, und er holte mich. Dann machte das Mädchen mir ein besseres Angebot. Sie kaufte mich, um Landrey hineinzulegen. Ich spielte auf seiner Seite mit, bis ich ihn einem Scharfschützen vor den Lauf brachte, der so tat, als ob er es auf mich abgesehen hätte. Der Scharfschütze legte ihn um, und dann erschoß ich ihn mit Landreys Waffe, damit alles sauber und ordentlich aussah. Dann genehmigte ich mir einen Drink, ging nach Hause und legte mich schlafen."

Mardonne beugte sich vor und drückte auf einen Knopf an der Seite seines Schreibtisches. „So gefällt es mir bedeutend besser", sagte er. „Ich bin neugierig, ob mir gelingt, es zu beweisen."

„Sie könnten es versuchen", sagte Mallory gelassen. „Wahrscheinlich ist es nicht das erstemal, daß Sie so einen Trick versuchen."

IX

Die Tür öffnete sich, und der Blonde kam hereingeschlendert. Seine Lippen waren zu einem breiten Grinsen verzogen, und seine Zunge sah zwischen ihnen hervor. Er hielt eine Pistole in der Hand.

Mardonne sagte: „Ich bin jetzt nicht mehr beschäftigt, Henry."

Der Blonde schloß die Tür hinter sich.

Mallory stand auf und wich langsam zur Wand zurück. Grimmig sagte er: „Und jetzt soll der Spaß beginnen, wie?"

Mardonne hob seine Hand und kniff mit seinen braunen Fingern in die Haut unter seinem Kinn. Er sagte grob: „Bei mir hier wird nicht geschossen. In dieses Haus kommen anständige Leute. Vielleicht haben Sie Landrey nicht reingelegt, aber ich will Sie hier nicht haben. Sie sind mir im Wege."

Mallory wich weiter zurück, bis seine Schulter gegen die Wand stieß. Der Blonde runzelte die Stirn und kam einen Schritt auf ihn zu.

„Bleiben Sie, wo Sie sind, Henry", sagte Mallory. „Ich brauche Ellbogenfreiheit, um zu denken. Vielleicht gelingt es Ihnen, mir eine zu verpassen, aber das würde meine Waffe nicht davon abhalten, auch ein bißchen zu knallen. Und mich würde der Lärm überhaupt nicht stören."

Mardonne beugte sich über seinen Schreibtisch und blickte seitlich hoch. Der Blonde blieb stehen. Seine Zunge war immer noch zwischen seinen Lippen sichtbar.

„Ich habe in meinem Schreibtisch ein paar Hunderter. Zehn davon werde ich Henry geben. Er wird mit Ihnen in Ihr Hotel gehen. Er wird Ihnen sogar beim Packen helfen. Und wenn Sie in dem Zug nach Osten sitzen, gibt er Ihnen das Geld. Wenn Sie danach zurückkommen, werden die Karten neu verteilt. Diesmal von einem neuen Spiel."

Er streckte langsam seine Hand nach unten und öffnete eine Schreibtischschublade.

Mallory ließ den Blonden nicht aus den Augen. „Henry könnte

vielleicht die Reihenfolge ändern", sagte er freundlich. „Mir erscheint Henry nicht sonderlich zuverlässig."

Mardonne richtete sich auf und zog seine Hand aus dem Schubfach. Er ließ einen Packen Banknoten auf die Schreibtischplatte fallen.

„Das brauchen Sie nicht zu befürchten", sagte Mardonne. „Henry tut im allgemeinen das, was man ihm sagt."

Mallory grinste krampfhaft. „Vielleicht fürchte ich mich gerade davor", erwiderte er. Sein Grinsen wurde noch krampfhafter und bekam etwas Heimtückisches. Zwischen seinen bleichen Lippen schimmerten seine Zähne. „Sie haben gesagt, Sie hielten eine Menge von Landrey, Mardonne. Das ist leeres Geschwätz. Sie geben nicht einen lumpigen Sechser für Landrey, nachdem er tot ist. Wahrscheinlich haben Sie stillschweigend seinen halben Anteil an dem Lokal hier übernommen, und niemand kommt und fragt danach. Bei euch Halunken ist das doch so. Sie wollen mich aus dem Weg haben, weil Sie glauben, daß Sie mit Ihrem Schmutz noch was herausschlagen könnten — an der richtigen Stelle — weit mehr, als diese lächerliche Kneipe hier Ihnen in einem Jahr einbringt. Aber Sie können nicht mehr damit handeln, Mardonne. Der Markt ist geschlossen. Keiner wird Ihnen auch nur einen lumpigen Sechser dafür geben, ob Sie ausplaudern oder dichthalten."

Mardonne räusperte sich leicht. Er stand an der gleichen Stelle, etwas über den Schreibtisch gebeugt, beide Hände auf die Platte gestützt, den Packen Banknoten zwischen seinen Fingern. Er leckte sich über die Lippen. „Und weshalb nicht, Sie Klugschwätzer?"

Mallory machte eine kurze, aber vielsagende Bewegung mit seinem rechten Daumen.

„Ich bin der Reingefallene bei dem Geschäft. Sie sind der Gerissene, der gewinnt. Zuerst erzählte ich Ihnen eine klare und eindeutige Geschichte, aber meine Nase sagt mir, daß Landrey sich diesen sauberen Plan nicht allein ausgedacht hat. Sie steckten bis über den Hals mit drin. Aber Sie verdarben sich Ihr Spiel selbst, als Sie zuließen, daß Landrey die Briefe mit sich herumschleppte. Das Mädchen kann jetzt auspacken. Nicht sehr viel, aber genug, um von einem Unternehmen gedeckt zu werden, das sich nicht einen Ruf verderben läßt, der ihm eine Million Dollar wert ist, nur weil ein kleiner Ganove sich einbildet, er hätte einen klugen Einfall gehabt. Falls Ihre Geldgier Sie zu einer anderen Ansicht verleiten sollte, werden Sie was aufs Maul bekommen, daß Ihnen die Zähne ausbrechen, und Sie werden die schönste Vertuschung erleben, die Hollywood je gesehen hat."

Er schwieg, warf einen schnellen Blick auf den blonden Henry. „Noch etwas anderes, Mardonne. Wenn Sie etwas planen, wobei geschossen werden könnte, dann beschaffen Sie sich jemand, der etwas davon versteht. Ihr fröhlicher Caballero da hat vergessen, den Sicherungsflügel umzulegen."

Mardonne erstarrte. Der Blick des Blonden fiel für den Bruchteil einer Sekunde auf die Waffe in seiner Hand. Mallory sprang schnell an der Wand entlang, die Luger erschien in seiner Hand. Das Gesicht des Blonden verzerrte sich, seine Pistole knallte. Dann krachte die Luger, und ein Geschoß fuhr neben Henrys Hut mit dem bunten Band in die Wand. Henry duckte sich gewandt, während er wieder abdrückte. Der Schuß warf Mallory gegen die Wand zurück. Sein linker Arm wurde gefühllos.

Er verzog wütend die Lippen, richtete sich auf. Die Luger knallte zweimal sehr schnell hintereinander.

Der rechte Arm des Blonden wurde zurückgerissen, und seine Waffe flog im hohen Bogen gegen die Wand. Er riß die Augen auf, und sein Mund öffnete sich zu einem Schmerzensschrei. Dann fuhr er herum, riß die Tür auf und stürzte krachend auf den Vorplatz vor der Treppe.

Das Licht aus dem Zimmer fiel auf ihn. Irgendwo schrie jemand auf. Eine Tür schlug dröhnend zu.

Mallory sah Mardonne an und sagte gleichgültig: „Hat mich am Arm erwischt. Ich hätte den Kerl viermal umlegen können."

Mardonnes Hand hob sich vom Schreibtisch mit einem bläulich schimmernden Revolver darin. Vor Mallorys Füßen fuhr eine Kugel in den Boden. Mardonne taumelte wie betrunken und ließ die Waffe fallen, als wäre sie rotglühend. Seine Hände fuhren hoch in die Luft. Sein Gesicht war plötzlich angstverzerrt.

„Gehen Sie vor mir her, Sie Angeber", sagte Mallory. „Ich verschwinde jetzt hier."

Mallory trat hinter dem Schreibtisch hervor. Er bewegte sich ruckartig wie eine Marionette. Seine Augen waren so leblos wie eine übergegangene Auster. Speichel lief ihm über das Kinn.

Etwas tauchte in der Tür auf. Mallory warf sich zur Seite und schoß blindlings. Aber der Abschuß seiner Luger wurde von dem gewaltigen Krachen einer Jagdflinte übertönt. Eine sengende Flamme brannte in Mallorys rechter Seite. Der übrige Teil der Ladung erwischte Mardonne.

Mardonne fiel vornüber aufs Gesicht, er war tot, ehe er den Boden erreichte.

Eine Schrotflinte mit abgesägtem Lauf flog durch die offene Tür herein. Ein dickleibiger Mann in Hemdsärmeln tastete sich um den Türrahmen, versuchte sich zu halten, vollzog eine vollständige Drehung, als er fiel. Aus seinem Mund drang ein unterdrücktes Schluchzen, und auf der Brust seines gestärkten Hemdes breitete sich ein Blutfleck aus.

Plötzlich wurde es unten im Hause laut. Rufe, schnelle Schritte, ein schrilles, mißtönendes Lachen, ein hoher Ton, der ein Schrei sein konnte. Draußen wurden Wagen angelassen, rasten mit kreischenden Reifen davon. Die Gäste verließen das Lokal. Irgendwo zersplitterte eine Glasscheibe. Von der Straße her hörte man klappernde Absätze.

Hinter dem beleuchteten Fleck des Treppenabsatzes regte sich nichts. Der Blonde draußen auf dem Boden unter dem Toten in der Türöffnung stöhnte leise.

Mallory taumelte mit mühsamen Schritten durch das Zimmer, sank in den Sessel neben dem Schreibtisch. Mit dem Handballen, der die Waffe noch hielt, wischte er sich den Schweiß aus den Augen. Er lehnte sich mit der Brust gegen den Schreibtisch, keuchte, ließ die Tür nicht aus den Augen.

Sein linker Arm schmerzte jetzt, und in seinem rechten Bein brannte es wie höllisches Feuer. Aus seinem Ärmel lief ihm Blut über die Hand, tropfte von zwei Fingern herunter.

Nach einer Weile wendete er den Blick von der Tür ab, richtete ihn auf den Packen Banknoten, der unter der Lampe auf dem Schreibtisch lag. Er streckte den Arm aus und schob ihn mit dem Lauf der Luger in die offene Schublade. Mit schmerzverzerrtem Gesicht beugte er sich weit genug vor, um die Schublade zuzuschieben. Dann öffnete und schloß er schnell ein paarmal hintereinander die Augen, preßte die Lider fest zusammen, riß sie dann wieder weit auseinander. Dadurch wurde sein Kopf etwas klarer. Er zog das Telefon zu sich heran.

Unten war es jetzt still geworden. Mallory legte die Luger hin, hob den Telefonhörer von der Gabel, legte ihn neben seine Waffe.

Laut sagte er vor sich hin: „Sehr bedauerlich, Kindchen ... Vielleicht habe ich es doch falsch gemacht ... Vielleicht hatte die Laus nicht die Nerven, dir überhaupt etwas anzuhaben .. Aber was hilft's, jetzt muß einiges erklärt werden."

Als er zu wählen begann, wurde das Jaulen der Sirene auf der Straße lauter.

X

Der uniformierte Polizist hinter dem Schreibmaschinentisch sprach in ein Diktaphon. Dann sah er Mallory an und deutete mit dem Daumen auf eine Glastür mit der Aufschrift „Captain der Kriminalpolizei — Privat".

Mallory erhob sich steif von dem harten Stuhl und ging durch den Raum. Er lehnte sich gegen die Wand, um die Glastür zu öffnen, und trat ein.

Das Zimmer, in das er kam, war mit schmutzigbraunem Linoleum ausgelegt. Es war in der besonderen abstoßenden Häßlichkeit möbliert, die nur städtische Behörden erreichen können. Cathcart, Captain der Kriminalpolizei, saß allein in der Mitte zwischen einem mit Papieren übersäten Rollbüro, das mindestens zwanzig Jahre alt war, und einem einfachen Eichentisch, groß genug, um Pingpong darauf zu spielen.

Cathcart war ein schäbig gekleideter Ire mit einem schweißglänzenden Gesicht und einem undeutbaren Grinsen. Sein weißer Schnurrbart war in der Mitte von Nikotin verfärbt. An seinen Händen hatte er viele Warzen.

Mallory ging langsam auf ihn zu, stützte sich dabei auf einem kräftigen Stock mit einer Gummizwinge. Sein rechtes Bein fühlte sich geschwollen und heiß an. Den linken Arm trug er in einer Schlinge aus einem schwarzen Seidenschal. Er war frisch rasiert. Sein Gesicht war bleich, und seine Augen waren so dunkel wie Schiefer. Er setzte sich dem Captain gegenüber an den Tisch, legte seinen Stock darauf, klopfte eine Zigarette ab und zündete sie an. Dann fragte er gleichgültig: „Wie lautet das Urteil, Captain?"

Cathcart grinste. „Wie fühlen Sie sich, Junge? Sie sehen etwas mitgenommen aus."

„Es geht einigermaßen. Etwas steif."

Cathcart nickte, räusperte sich und fingerte ganz unnötig in einigen Papieren, die vor ihm lagen.

„Sie sind sauber", sagte er. „Es ist zwar lachhaft, aber Sie sind sauber. Chikago hat für Sie gutgesagt – zu verdammt gut. Ihre Luger erwischte Mike Corless, doch der hat schon zweimal gesessen. Ich behalte die Luger als Andenken. Einverstanden?"

Mallory nickte. „Einverstanden. Ich beschaffe mir eine Fünfundzwanziger mit Kupfergeschossen. Das ist eine Waffe für Scharfschützen. Keine durchschlagende Wirkung, aber sie paßt besser zum Abendanzug."

Cathcart betrachtete ihn eine Minute lang scharf. Dann fuhr er fort: „Mikes Fingerabdrücke waren auf dem Jagdgewehr. Mit dem Jagdgewehr wurde Mardonne umgelegt. Darüber weint sich niemand die Augen aus. Der blonde Jüngling ist nicht sehr schwer verletzt. Die Pistole, die wir bei Mardonne auf dem Boden fanden, trug seine Fingerabdrücke, und damit ist er für eine Weile aufgehoben."

Mallory strich sich erschöpft über das Kinn. „Was ist mit den anderen?"

Der Captain zog seine zottigen Augenbrauen hoch, seine Augen hatten einen abwesenden Blick. Er sagte: „Ich weiß nicht, wie man Sie damit in Verbindung bringen könnte. Sie etwa?"

„Nicht im geringsten", wehrte Mallory hastig ab. „Ich fragte nur so."

Der Captain sagte fest: „Fragen Sie nicht. Und fangen Sie nicht an zu raten, wenn jemand anders Sie fragen sollte ... Nehmen Sie mal die Geschichte in Baldwin Hills. Nachdem, was wir feststellen konnten, wurde Macdonald in Ausübung seines Dienstes getötet und nahm dabei einen Rauschgifthändler namens Slippy Morgan mit. Wir haben einen Haftbefehl gegen Slippys Frau erlassen, aber ich vermute, daß wir sie nicht erwischen. Mac gehörte übrigens nicht zum Rauschgiftdezernat, und er hatte dienstfrei, aber während seiner dienstfreien Stunden machte er sich einen Sport daraus, herumzuschnüffeln. Mac liebte seinen Beruf."

Mallory lächelte schwach, fragte höflich: „Tatsächlich?"

„Ja", bestätigte der Captain. „In der anderen Sache scheint es, daß dieser Landrey, ein der Polizei bekannter Spieler – er war übrigens auch Mardonnes Partner, und das ist ein seltsames Zusammentreffen – nach Westwood fuhr, um Geld von einem gewissen Costello zu kassieren, der Wetten für die Rennbahnen im Osten annahm. Jim Ralston, einer unserer Leute, begleitete ihn. Er hätte das nicht zu tun brauchen, aber er kannte Landrey recht gut. Offenbar gab es einigen Ärger wegen des Geldes. Jim bekam etwas mit einem Totschläger ab, und Landrey und irgendein kleiner Lump legten sich gegenseitig um. Es war noch ein anderer dabei. Wir konnten aber nicht feststellen, wer. Costello haben wir geschnappt, aber er will nicht auspacken, und wir fassen einen alten Mann nicht gern hart an. Wegen des Totschlägers wird er vor Gericht gestellt werden. Ich vermute, er wird sich schuldig bekennen."

Mallory rutschte auf seinem Stuhl vor, bis sein Nacken hinten auf der Lehne ruhte. Er blies Rauch direkt zu der fleckigen Decke hinauf.

„Was war denn vorgestern abend?" fragte er. „Oder gab es da nur eine Fehlzündung beim Roulette und sprengte einer mit einer Scherzzigarre ein Loch in den Garagenboden?"

Der Captain rieb sich mit beiden Händen kräftig sein feuchtes Gesicht. Dann zog er sein sehr großes Taschentuch und schneuzte sich.

„Ach das", sagte er wegwerfend. „Das hatte nichts zu bedeuten. Dieser Blonde — Henry Anson oder so ähnlich heißt er — sagt, es sei alles seine Schuld. Er war Mardonnes Bodyguard, aber das bedeutet nicht, daß er herumlaufen und auf jeden schießen konnte, wie es ihm in den Sinn kam. Damit ist er versorgt, aber wir werden nachsichtig mit ihm sein, weil er die Wahrheit gesagt hat."

Der Captain brach plötzlich ab und blickte Mallory scharf an. Mallory grinste. „Natürlich, wenn Ihnen seine Darstellung nicht gefällt ...", fuhr der Captain kalt fort.

„Ich habe sie noch nicht gehört", unterbrach ihn Mallory. „Ich bin sicher, er sagte nur die reine Wahrheit."

„Also gut", knurrte Cathcart besänftigt. „Dieser Anson sagte also aus, daß Mardonne ihn hereinrief, während Sie mit seinem Boss sprachen. Sie regten sich über irgend etwas auf, vielleicht weil an einem der Roulettetische unten gemogelt wurde. Auf dem Schreibtisch lag Geld, und Anson nahm an, Sie wollten ihn ausplündern. Sie kamen ihm gefährlich vor, und da er nicht wußte, daß Sie Detektiv sind, wurde er etwas nervös. Seine Waffe ging dabei los. Sie schossen nicht gleich zurück, aber der dumme Esel drückte noch einmal ab und traf Sie. Und dann, verdammt noch mal, schossen Sie ihn in die Schulter, was jeder andere auch getan hätte, nur wenn ich es gewesen wäre, ich hätte ihm den Bauch voll Blei geblasen. Dann kam der Kerl mit dem Jagdgewehr hereingestürmt und drückte, ohne viel zu fragen, ab, legte Mardonne damit um und erwischte eine von Ihnen. Zuerst hatten wir den Verdacht, daß der Kerl Mardonne absichtlich umlegte, aber der Junge sagte, nein, Mike Corless sei gestolpert, als er durch die Tür kam. Zum Teufel, diese ganze Schießerei Ihretwegen gefällt mir nicht, weil Sie hier fremd sind und so weiter, aber ein Mann muß schließlich das Recht haben, sich gegen illegale Angriffe zu schützen."

Freundlich sagte Mallory: „Da ist doch noch der Staatsanwalt und der Coroner. Was ist mit denen? Ich würde aus der Geschichte gern so sauber wieder herauskommen, wie ich hergekommen bin."

Cathcart sah stirnrunzelnd auf das Linoleum und biß in seinen Daumen, als ob er sich weh tun wollte.

„Dem Coroner ist das alles gleichgültig, und wenn der Staatsanwalt auf komische Ideen kommen sollte, kann ich ihm ein paar Fälle unter die Nase reiben, die er längst nicht so sauber geklärt hat."

Mallory nahm seinen Stock von dem Tisch, schob den Stuhl zurück, stützte sich auf den Stock und stand auf.

„Ihre Polizei hier arbeitet ausgezeichnet", sagte er. „Man sollte nicht glauben, daß es hier überhaupt Verbrecher gibt."

Er ging auf die Tür zu.

„Gehen Sie nach Chikago zurück?" fragte der Captain hinter ihm.

Vorsichtig hob Mallory zweifelnd seine rechte Schulter, die unverletzte.

„Vielleicht bleibe ich auch hier", antwortete er. „Eine der Filmgesellschaften machte mir ein Angebot, gewissermaßen ein privates Dezernat für Erpressung und so weiter."

Der Captain grinste herzhaft. „Fein", sagte er, „die Eclipse-Films sind ein gutes Unternehmen. Zu mir waren sie immer zuvorkommend ... Erpressung ist eine leichte, ordentliche Arbeit. Dabei dürften Sie kaum in schwierige Situationen kommen."

Mallory nickte andächtig. „Eine ordentliche, leichte Arbeit, Captain, fast eine weichliche, wenn Sie verstehen, was ich damit sagen will."

Er verließ das Zimmer, ging durch den Gang zu den Fahrstühlen, fuhr hinunter, trat auf die Straße. Er stieg in ein Taxi. Es war heiß in dem Wagen. Als er in sein Hotel zurückkam, fühlte er sich schwach und schwindlig.

MORD BEI REGEN

1

Wir saßen in einem Zimmer im Berglund. Ich auf der Bettkante und Dravec im Sessel. Es war mein Zimmer.

Regen trommelte hart gegen die Fenster. Sie waren fest geschlossen, und es war warm im Zimmer, und ich hatte den kleinen Ventilator auf dem Tisch angestellt. Sein Luftzug traf Dravecs Stirn, hob sein schweres schwarzes Haar und bewegte die längeren Borsten in dem fetten Wulst der Augenbrauen, der in einem geschlossenen Streifen quer über sein Gesicht verlief. Er sah wie ein Rausschmeißer aus, der es zu Geld gebracht hatte.

Er zeigte mir einige seiner Goldzähne und fragte: »Was haben Sie gegen mich in der Hand?« Er fragte es bedeutungsvoll, als ob jeder, der überhaupt etwas wußte, eine ganze Menge von ihm wissen müßte.

»Nichts«, antwortete ich. »Soviel ich weiß, liegt gegen Sie nichts vor.«

Er hob eine große haarige Hand und betrachtete sie eine Weile genau. »Sie verstehen mich nicht. Einer namens M'Gee hat mich hergeschickt, Veilchen M'Gee.«

»Sehr schön. Wie geht's Veilchen denn?« Veilchen M'Gee war Detektiv beim Morddezernat im Amt des Sheriffs.

Er blickte auf seine große Hand und runzelte die Stirn. »Nein – Sie verstehen mich immer noch nicht. Ich hab' einen Auftrag für Sie.«

»Ich gehe nicht mehr oft aus«, sagte ich. »Ich werde langsam gebrechlich.«

Forschend sah er sich in meinem Zimmer um, übertrieb es etwas, als wolle er mir klarmachen, daß er von Natur aus nicht besonders aufmerksam sei.

»Vielleicht liegt's am Geld«, meinte er.

»Vielleicht liegt's daran«, antwortete ich.

Er trug einen wildledernen Regenmantel mit Gürtel. Achtlos zerrte er ihn auf und zog eine Brieftasche heraus; sie war nicht ganz so dick wie ein Strohballen. Banknoten waren unordentlich in sie hineingestopft. Als er sich damit aufs Knie schlug, gab es ein fettes Klatschen, das angenehm im Ohr klang. Er schüttelte das Geld aus ihr heraus, wählte ein paar Noten aus dem Packen aus, stopfte den Rest zurück, ließ die Brieftasche zu Boden fallen und dort liegen, ordnete fünf Hunderternoten zu einem schmalen Fächer wie ein Pokerblatt, schob sie unter den Fuß des Ventilators auf dem Tisch.

Das war viel Arbeit. Sie brachte ihn zum Grunzen. »Ich hab' jede Menge Zaster«, sagte er.

»Das sehe ich. Und was soll ich tun, um das da zu bekommen?«

»Jetzt kennen Sie mich wohl, wie?«

»Ein bißchen besser.« Ich zog einen alten Briefumschlag aus meiner Brusttasche und las ihm das auf die Rückseite Gekritzelte vor. »Dravec, Anton oder Tony. Früher Stahlarbeiter in Pittsburgh, dann Lastwagenbeifahrer. Schweres Muskelpaket. Wurde nach einem Mißgriff eingesperrt. Verließ Pittsburgh und kam nach dem Westen. Arbeitete auf einer Avocado-Farm bei El Seguro, brachte es zu einer eigenen Avocado-Farm. Saß unmittelbar auf der Fundstelle, als der Ölboom in El Seguro ausbrach. Wurde reich. Verlor eine Menge Geld durch Spekulationen mit Bohrstellen. Hat immer noch genug. Serbe von Geburt. Einsachtzig groß, hundertzehn Kilo schwer, eine Tochter, ob allerdings je verheiratet, unbekannt. Keine Vorstrafen von Bedeutung. Überhaupt keine mehr seit Pittsburgh.« Ich zündete meine Pfeife an.

»Mein Gott«, sagte er. »Wo haben Sie das alles her?«

»Verbindungen. Um was geht es denn?«

Er hob die Brieftasche vom Boden auf, wühlte mit zwei seiner klobigen Finger eine Weile darin herum, wobei ihm die Zunge zwischen seinen dicken Lippen herausragte. Schließlich nahm er eine schmale braune Karte und einige zerknitterte Papierstücke heraus. Er hielt sie mir hin.

Die Karte war mit einem vornehmen goldenen Aufdruck versehen. Er lautete: »Mr. Harold Hardwicke Steiner« und unten in der Ecke sehr klein »Seltene Bücher und Luxusausgaben.« Weder eine Adresse noch eine Telefonnummer. Die weißen Zettel, drei an der Zahl, waren einfache Schuldscheine über je tausend Dollar, in einer gespreizten, primitiven Handschrift mit »Carmen Dravec« unterschrieben.

Ich gab ihm alles zurück und fragte: »Erpressung?«

Er schüttelte langsam den Kopf. Auf seinem Gesicht erschien etwas Freundliches, das vorher nicht dagewesen war. »Carmen, das ist mein kleines Mädelchen. Dieser Steiner, der ist hinter ihr her. Dauernd lockt er sie zu sich auf die Bude, und da tobt sie sich aus. Ich denke, er treibt's mit ihr. Das gefällt mir nicht.«

Ich nickte. »Und was ist mit den Schuldscheinen?«

»Sie läßt sich von ihm zum Spielen verleiten, aber das Geld ist mir egal. Zum Teufel damit. Sie ist ... na ja ... das, was man mannstoll nennt. Gehen Sie zu diesem Steiner. Machen Sie ihm klar, er soll seine Finger von Carmen lassen. Sonst breche ich ihm den Hals. Mit meinen Händen. Verstanden?« Das kam alles in einem Stoß, von schwerem Atem begleitet. Seine Augen wurden klein und rund und wütend, seine Zähne knirschten.

»Warum soll ich ihm das sagen? Warum sagen Sie es ihm nicht selbst?« meinte ich.

»Weil ich vielleicht die Wut bekomme und ihn umbringe«, brüllte er.

Ich zog ein Streichholz aus der Tasche und stocherte damit in der losen Asche im Pfeifenkopf. Aufmerksam betrachtete ich ihn für einen Augenblick, dann kam mir ein Verdacht. »Quatsch«, erklärte ich, »Sie haben Angst.«

Seine beiden großen Fäuste kamen hoch. Er hielt sie in Schulterhöhe und schüttelte sie, dicke Ballen aus Knochen und Muskeln. Langsam senkte er sie, stieß einen tiefen aufrichtigen Seufzer aus, ehe er antwortete. »Ja, ich hab' Angst, aber nicht vor ihm. Ich weiß nicht, wie ich mit ihr fertig werden soll. Immer wieder kommt irgendein neuer Kerl, und immer wieder ist es ein Lump. Vor einiger Zeit gab ich einem Burschen namens Joe Marty fünftausend, damit er sie in Ruhe läßt. Deswegen ist sie immer noch wütend auf mich.«

Ich starrte zum Fenster, sah, wie der Regen dagegenschlug, sich darauf ausbreitete und in einer dicken Welle wie geschmolzene Gelatine an der Scheibe herunterrann. Für diese Art Regen war es noch zu früh im Herbst.

»Mit Zastergeben kommen Sie bei denen nicht weiter«, sagte ich. »Das können Sie Ihr ganzes Leben lang tun. Deshalb kamen Sie auf den Gedanken, ich sollte zu diesem Steiner gehen und grob mit ihm werden.«

»Sagen Sie ihm, ich breche ihm das Genick.«

»Das lohnt sich nicht«, sagte ich. »Ich kenne Steiner. Ich würde ihm selbst das Genick für Sie brechen, wenn es etwas nützte.«

Er beugte sich vor und packte meine Hand. Seine Augen wurden kindlich. In jedes trat eine große graue Träne.

»Hören Sie zu. M'Gee sagt, Sie sind ein guter Kerl. Jetzt sage ich Ihnen etwas, was ich noch nie jemand gesagt habe – niemals. Carmen – sie ist überhaupt nicht mein Kind. Ich habe sie in Smoky aufgegriffen. Ein kleines Mädchen von der Straße. Sie hatte niemand. Vielleicht habe ich sie sogar gestohlen. Was sagen Sie jetzt?«

»Ich glaub's Ihnen«, sagte ich und mußte kämpfen, um meine Hand freizubekommen. Mit der anderen massierte ich sie, bis wieder Gefühl in sie kam. Der Mann hatte einen Griff, der einen Telefonmast zermalmen konnte.

»Danach habe ich ehrlich gelebt«, sagte er grimmig, aber trotzdem zärtlich. »Ich bin hier herausgekommen und hab's zu was gebracht. Sie ist jetzt erwachsen. Ich liebe sie.«

»Gewiß, gewiß«, sagte ich, »das ist nur natürlich.«

»Sie verstehen mich nicht. Ich will sie heiraten.«

Ich starrte ihn an.

»Sie wird älter, wird vernünftig. Vielleicht heiratet sie mich.« Seine Stimme flehte mich an, als ob die Entscheidung bei mir läge.

»Haben Sie sie je gefragt?«

»Ich hab' Angst davor«, sagte er kläglich.

»Glauben Sie, daß sie an Steiner hängt?«

Er nickte. »Aber das hat nichts zu bedeuten.«

Das konnte ich ihm glauben. Ich stand vom Bett auf, schob ein Fenster hoch und ließ mir den Regen eine Minute lang ins Gesicht schlagen.

»Eines wollen wir klarstellen«, sagte ich, ließ das Fenster wieder herunter und ging zum Bett zurück. »Ich kann Ihnen Steiner vom Hals schaffen. Das ist leicht. Ich sehe nur nicht so recht, was Sie davon haben.« Wieder griff er nach meiner

Hand, aber diesmal war ich etwas zu schnell für ihn. »Sie kamen hierher und waren hart und wedelten mit Ihrem Geldbündel«, sagte ich. »Sie gehen weich fort. Nicht wegen irgend etwas, das ich gesagt habe. Das wußten Sie alles schon. Ich bin kein Berater in allen Lebenslagen, aber ich bin auch kein reiner Tor. Aber wenn Sie wirklich wollen, kann ich Ihnen Steiner vom Hals schaffen.«

Schwerfällig stand er auf, schwenkte seinen Hut und starrte auf meine Füße. »Schaffen Sie ihn mir vom Hals, wie Sie gesagt haben. Außerdem paßt er überhaupt nicht zu ihr.«

»Allerdings kann Ihr Rücken etwas dabei abkriegen.«

»Das macht nichts. Dazu habe ich ihn«, antwortete er.

Er knöpfte seinen Mantel zu, stülpte den Hut auf seinen zottigen Kopf und wälzte sich hinaus. Behutsam schloß er die Tür, als ob er aus einem Krankenzimmer ginge. Ich hielt ihn für so verrückt wie ein paar Tanzmäuse. Aber ich mochte ihn.

Ich brachte seine Scheine an einem sicheren Platz unter, mischte mir einen langen Drink und setzte mich in den Sessel, der noch von ihm warm war. Während ich mit dem Drink herumspielte, fragte ich mich, ob er eine Ahnung hatte, was Steiners Masche war.

Steiner besaß eine Sammlung seltener und halbseltener schweinischer Bücher, die er gegen eine Gebühr bis zu zehn Dollar täglich verlieh — an die richtigen Leute.

2

Den ganzen nächsten Tag regnete es. Spät am Nachmittag saß ich in einem blauen Chrysler, der am Sunset Boulevard parkte, schräg gegenüber einer schmalen Ladenfassade, über der in grünen Neonröhren »H. H. Steiner« stand.

Der Regen auf den Gehsteigen spritzte kniehoch, füllte die Rinnsteine; und stämmige Polizisten in Regenmänteln, die wie Kanonenrohre glänzten, hatten viel Spaß daran, junge Mädchen in Seidenstrümpfen und schicken kleinen Gummistiefeln unter großem Gequietsche über die schlimmsten Stellen zu tragen.

Der Regen trommelte auf die Motorhaube des Chryslers, schlug und zerrte an dem gespannten Stoff des Verdecks, sikkerte an den Knopfstellen durch und bildete auf dem Boden eine Pfütze, in die ich meine Füße halten konnte. Ich hatte eine große Taschenflasche Scotch bei mir. Ich zog sie oft genug heraus, um mein Interesse wachzuhalten.

Steiners Geschäfte gingen gut. Selbst bei diesem Wetter; vielleicht besonders bei diesem Wetter. Sehr schöne Wagen fuhren vor seinem Laden vor, und sehr anständige Leute eilten hinein und eilten wieder mit Paketen in braunem Papier unterm Arm heraus. Selbstverständlich konnten sie seltene Bücher und Luxusausgaben gekauft haben.

Um halb sechs kam ein junger Bursche, mit pickeligem Gesicht und in einer Lederjacke, aus dem Laden und lief in schnellem Trab zur Seitenstraße. Er kehrte mit einem eleganten, cremefarbenen und grauen Coupé zurück. Steiner kam aus seinem Laden und stieg in das Coupé. Er trug einen Regenmantel aus dunkelgrünem Leder, eine Zigarette in einer Bernsteinspitze, keinen Hut. Auf diese Entfernung konnte ich sein Glasauge nicht erkennen, wußte aber, daß er eins hatte. Der junge Bursche in der Lederjacke hielt ihm auf dem Weg über den Gehsteig einen Regenschirm über den Kopf, klappte den Schirm zusammen und reichte ihn in das Coupé.

Steiner fuhr über den Boulevard nach Westen. Ich fuhr über den Boulevard nach Westen. Hinter dem Geschäftsviertel am Pepper Canyon bog er nach Norden, und ich verfolgte ihn mühelos in einem Block Abstand. Ich war ziemlich sicher, daß er nach Hause wollte, was nur natürlich war.

Er bog vom Pepper Drive ab auf ein gewundenes Band von nassem Zement, das La Verne Terrace hieß, und fuhr bis fast nach oben hinauf. Es war eine schmale Straße, auf der einen Seite ging es steil nach oben, auf der anderen standen jagdhüttenähnliche Häuser in weiten Abständen auf dem steilen Hang. Ihre Dächer ragten nicht weit über die Höhe der Straße hinaus. Ihre Fronten wurden von Gebüsch verdeckt. Überall in der Umgebung tropfte es von den nassen Bäumen.

Steiners Klause lag bis über die Fenster hinter einer hohen, kantig geschnittenen Hecke versteckt. Der Eingang führte durch eine Art Irrgarten, und die Haustür war von der Straße aus nicht sichtbar. Steiner brachte sein graues, cremefarben abgesetztes Coupé in eine kleine Garage, schloß ab, verschwand mit aufgespanntem Regenschirm in dem Irrgarten, und im Haus ging das Licht an.

Inzwischen war ich an ihm vorbei und bis zum höchsten Punkt der Anhöhe gefahren. Dort wendete ich, fuhr zurück und parkte vor dem nächsten Haus oberhalb von Steiners. Es schien leer zu stehen und unbewohnt zu sein, trug aber kein Schild »Zu vermieten«. Ich hielt eine Konferenz mit meiner Taschenflasche Scotch ab und blieb zunächst einfach sitzen.

Gegen sechs Uhr fünfzehn tanzten Lichter den Berg herauf. Inzwischen war es ganz dunkel geworden. Vor Steiners Hecke hielt ein Wagen an. Ein schlankes großes Mädchen in einem Regenmantel stieg aus. Durch die Hecke fiel genug Licht, um mir zu zeigen, daß sie dunkelhaarig und möglicherweise hübsch war.

Stimmen klangen durch den Regen, und eine Tür wurde geschlossen. Ich stieg aus dem Chrysler und schlenderte bergab, ließ den Strahl einer Taschenlampe in den Wagen fallen. Es war ein dunkelrotes oder rotbraunes Packard Kabriolett. Die Zulassung lautete auf Carmen Dravec, Lucerne Avenue Nummer 3596. Ich ging zu meinem Karren zurück.

Eine endlose Stunde kroch langsam vorbei. Keine weiteren Wagen kamen den Berg herauf oder herunter. Es schien eine sehr stille Gegend zu sein.

Dann blitzte aus Steiners Haus ein einziges Mal ein hartes weißes Licht auf, wie ein Blitz bei einem Sommergewitter. Als es wieder dunkel war, sickerte ein dünner, klirrender Schrei durch die Finsternis und hallte zwischen den nassen Bäumen wider. Ich war aus dem Chrysler hinaus und auf dem Weg, noch ehe sein letztes Echo verklungen war.

In dem Schrei hatte keine Angst gelegen. In seinem Ton hatte halb verzückter Schreck, ein Anflug von Trunkenheit und die Andeutung reiner Idiotie mitgeklungen.

Steiners Haus lag völlig still, als ich die Lücke in der Hecke erreichte, mich durch den Irrgarten schlängelte, der die Haustür verdeckte, und die Hand hob, um an die Tür zu pochen.

Genau in dem Augenblick, gerade als ob jemand darauf gewartet hätte, knallten schnell nacheinander drei Schüsse hinter der Tür. Darauf folgten ein langes, scharfes Seufzen, ein gedämpfter Aufschlag und schnelle Schritte, die sich nach hinten im Haus entfernten.

Ich vergeudete Zeit damit, mich ohne ausreichenden Schwung mit der Schulter gegen die Tür zu werfen. Wie von dem Tritt eines Maultiers wurde ich von ihr zurückgeschleudert.

An die Tür gelangte man über einen schmalen Steg, der wie eine kleine Brücke zu der höher gelegenen Straße führte. Es gab keine Seitenveranda, keine Möglichkeit, schnell an die Fenster zu kommen. Es gab keinen Weg um das Haus zur Rückseite; sie war nur durch das Haus selbst zu erreichen oder über eine lange Flucht hölzerner Stufen, die von der einer Seitengasse ähnlichen Straße unten am Abhang heraufführte. Auf diesen Stufen hörte ich jetzt das Poltern von Füßen.

Das spornte mich an. Ich nahm Schwung und warf mich aus der Hüfte heraus wieder gegen die Tür. Das Schloß gab nach, und ich taumelte zwei Stufen hinab in einen großen gedämpft beleuchteten, überfüllten Raum. In diesem Augenblick erkannte ich nicht viel von dem, was sich in dem Zimmer befand. Ich rannte hindurch zur Rückseite des Hauses.

Eins war mir so gut wie sicher: Der Tod war im Haus.

Auf der Straße unten dröhnte ein Motor auf, als ich die hintere Veranda erreichte. Ohne Licht fuhr der Wagen schnell davon. Dagegen war nichts zu machen. Ich kehrte in den Wohnraum zurück.

3

Der Raum erstreckte sich über die ganze Vorderseite des Hauses, hatte eine niedrige Balkendecke und braun gestrichene Wände. Ringsum an dcn Wänden hingen schmale Gobelins. Bücher füllten niedrige Regale. Auf dem Boden lag ein dicker rosafarbener Teppich, auf den von zwei Stehlampen mit blaßgrünen Schirmen gedämpftes Licht fiel. Mitten auf dem Teppich standen ein großer niedriger Schreibtisch und ein schwarzer Sessel mit einem gelben Satinkissen darauf. Der Schreibtisch war mit Büchern bedeckt.

Auf einer Art Podest, nahe der einen Seitenwand, stand ein Teakholzsessel mit Armstützen und hoher Rückenlehne. In dem Sessel saß auf einem roten Schal mit Fransen ein dunkelhaariges Mädchen.

Sie saß sehr steif, die Hände auf den Armlehnen des Sessels, die Knie dicht beieinander, den Körper gerade aufgereckt, das Kinn erhoben. Ihre Augen standen weit offen, zeigten Wahnsinn und hatten keine Pupillen.

Sie sah aus, als ob sie nicht wahrnähme, was um sie vorging, machte aber nicht den Eindruck, daß sie bewußtlos war. Ihrer Haltung nach schien sie etwas sehr Wichtiges zu tun, woran ihr sehr viel lag. Aus ihrem Mund drang ein kaum hörbares Kichern, das weder ihren Ausdruck veränderte noch ihre Lippen bewegte. Sie schien mich überhaupt nicht zu bemerken. Sie trug ein Paar langer Ohrgehänge aus Jade. Davon abgesehen war sie völlig nackt.

Ich wandte mich von ihr ab und blickte auf die andere Seite des Raums. Steiner lag auf dem Rücken, unmittelbar neben dem rosa Teppich und vor einem Ding, das wie ein kleiner Totempfahl aussah. Es hatte eine runde Öffnung wie ein Mund, in der die Linse einer Kamera blinkte. Die Linse schien auf das Mädchen in dem Teakholzsessel gerichtet zu sein. Neben Steiners aus einem weiten Seidenärmel ausgestreckter Hand lag ein Blitzgerät auf dem Boden. Die Schnur des Blitzgerätes führte hinter den Totempfahl.

Steiner hatte chinesische Pantoffeln mit dicken weißen Filzsohlen an den Füßen. Seine Beine waren in eine Pyjamahose aus schwarzem Satin gehüllt, sein Oberkörper war in eine bestickte chinesische Jacke gekleidet. Die Brust war zum größten Teil von Blut bedeckt. Sein Glasauge schimmerte hell und war das Lebendigste an ihm. Auf den ersten Blick schien keiner der drei Schüsse das Ziel verfehlt zu haben.

Der helle Schein, den ich aus dem Haus dringen gesehen hatte, stammte von der Blitzlampe, und der halb kichernde Schrei war die Reaktion des unter Rauschgift stehenden nackten Mädchens gewesen. Mit den drei Schüssen hatte ein anderer seine Meinung zum Ausdruck gebracht, wie die Vorstellung beendet werden sollte. Vermutlich war das die Meinung des Burschen, der sehr schnell die Stufen hinter dem Haus hinuntergelaufen war.

Irgendwie erschien mir sein Standpunkt einleuchtend. In diesem Augenblick kam mir der gute Gedanke, die Vordertür zu schließen und mit der kurzen Kette zu sichern, die sich an ihr befand. Das Schloß war durch mein gewaltsames Eindringen zerstört worden.

Zwei dünne purpurne Gläser standen auf einem roten Lacktablett auf einer Seite des Schreibtischs. Ferner eine bauchige Karaffe mit etwas Braunem. Die Gläser rochen nach Äther und

Opium, eine Mischung, die ich nie probiert hatte, die aber zu der Szene recht gut zu passen schien.

Ich fand die Kleider des Mädchens auf einem Diwan in der Ecke, nahm zunächst das braune langärmelige Kleid und ging zu ihr hinüber. Auch sie roch auf einige Schritte Entfernung nach Äther.

Das kaum hörbare Kichern hielt immer noch an, und ein Speicheltropfen hing an ihrem Kinn. Ich schlug ihr ins Gesicht, nicht sehr fest. Ich wollte sie nicht aus ihrem Trancezustand herausreißen und einen Schreikrampf bei ihr auslösen.

»Kommen Sie«, sagte ich fröhlich. »Wir wollen manierlich sein. Wir wollen uns anziehen.«

»Ge-ge-gehen Sie zum Teufel«, lallte sie, ohne daß ich eine Empfindung darin bemerken konnte.

Ich schlug sie etwas fester. Da ihr die Ohrfeigen gleichgültig waren, machte ich mich selbst an die Arbeit, ihr das Kleid anzuziehen. Sie hatte gegen das Kleid auch nichts einzuwenden. Sie ließ mich ihre Arme hochheben, spreizte aber die Finger weit, als ob das sehr witzig wäre. Dadurch hatte ich einige Schwierigkeiten mit den Ärmeln. Schließlich hatte ich ihr das Kleid übergestreift. Ich zog ihr die Strümpfe an und die Schuhe und zog sie dann auf die Füße.

»Wir wollen ein bißchen spazierengehen«, sagte ich. »Wir wollen einen hübschen kleinen Spaziergang machen.«

Wir gingen. Während des halben Wegs klopften ihre Ohrringe gegen meine Brust, und während der anderen Hälfte sahen wir wie ein trunkenes Tanzpaar aus, das sich an offenen Figuren versuchte. Wir gingen bis zu Steiners Leiche und zurück. Steiner und sein leuchtendes Glasauge beachtete das Mädchen gar nicht.

Sie fand es komisch, daß sie nicht gehen konnte, und versuchte, mir das zu sagen, stammelte aber nur. Ich legte sie auf den Diwan, während ich ihre Unterwäsche zusammenknäulte und in die tiefe Tasche meines Regenmantels schob. Ihre Handtasche steckte ich in meine andere Manteltasche. Ich durchsuchte Steiners Schreibtisch und fand ein kleines blaues Notizbuch mit Eintragungen in einer Geheimschrift, die interessant aussahen. Auch das steckte ich in die Tasche.

Dann versuchte ich, hinten an dem Totempfahl an die Kamera zu kommen, um den Film herauszunehmen, konnte aber nicht gleich den Verschluß finden. Langsam wurde ich nervös und dachte, wenn ich später zurückkäme, um danach zu suchen, könnte ich mir, falls ich der Polizei in die Hände lief, einen besseren Vorwand ausdenken als jeden Grund, den ich angeben konnte, wenn man mich jetzt hier erwischte.

Ich ging zu dem Mädchen zurück und zog ihr den Regenmantel an, suchte herum, um festzustellen, ob sonst noch etwas vorhanden war, das ihr gehörte, wischte eine Menge Fingerabdrücke weg, die ich wahrscheinlich nicht hinterlassen hatte, und wenigstens einige, die Miss Dravec hinterlassen haben mußte. Ich öffnete die Tür und schaltete beide Lampen aus.

Wieder legte ich meinen linken Arm um sie, und wir kämpften uns in den Regen hinaus und in ihren Packard hinein. Es sagte mir nicht besonders zu, meinen eigenen Bus stehen zu lassen, aber es mußte sein. Ihre Schlüssel waren in ihrem Wagen. Wir fuhren den Berg hinunter.

Auf dem Weg zur Lucerne Avenue passierte nichts, außer daß Carmen mit ihrem Blubbern und Kichern aufhörte und anfing zu schnarchen. Ich konnte ihren Kopf nicht von meiner Schulter fernhalten. Es gelang mir gerade noch zu verhindern, daß er auf meinen Schoß sank. Ich mußte ziemlich langsam fahren, und es war ohnehin ein weiter Weg bis hinüber zum westlichen Rand der Stadt.

Dravecs Haus war ein großer altmodischer Ziegelbau auf einem großen, von einer Mauer umgebenen Grundstück. Eine gepflasterte graue Auffahrt führte durch ein eisernes Tor und einen Abhang hinauf, an Blumenbeeten und Rasenflächen vorbei zu einer großen Haustür mit schmalen bleigefaßten Fenstern auf beiden Seiten. Hinter den Fenstern brannte gedämpftes Licht, als ob niemand von Bedeutung zu Hause wäre.

Ich stieß Carmens Kopf in die andere Ecke, warf ihre Sachen auf den Sitz und stieg aus.

Ein Hausmädchen öffnete die Tür. Sie sagte, Mr. Dravec sei nicht da und sie wisse auch nicht, wo er sei. Irgendwo in der Stadt. Sie hatte ein langes, gelbliches, freundliches Gesicht, eine lange Nase, kein Kinn und große feuchte Augen. Sie sah wie ein freundliches altes Pferd aus, das nach langen Arbeitsjahren auf die Weide gebracht worden war, und so, als ob sie für Carmen das Richtige tun würde.

Ich deutete auf den Packard und knurrte: »Bringen Sie sie

am besten gleich ins Bett. Sie hat Glück, daß wir sie nicht eingesperrt haben – mit einem Affen, wie sie einen sitzen hat, herumzufahren.«

Sie lächelte traurig, und ich ging fort.

Fünf Blocks weit mußte ich durch den Regen gehen, ehe mich ein schmales Wohnhaus in sein Foyer einließ, um zu telefonieren. Dann mußte ich weitere fünfundzwanzig Minuten auf ein Taxi warten. Während ich wartete, begann ich mir Sorgen über das zu machen, was ich noch nicht geschafft hatte.

Ich mußte noch den belichteten Film aus Steiners Kamera herausholen.

4

Ich bezahlte das Taxi auf dem Pepper Drive vor einem Haus, in dem eine Party stattfand, und wanderte die steilen Windungen der La Verne Terrace bis zu Steiners Haus hinter seinem Gebüsch hinauf. Nichts sah irgendwie verändert aus. Ich schlich durch die Lücke in der Hecke, schob behutsam die Haustür auf und roch Zigarettenrauch.

Vorher war er nicht dagewesen. Es war eine komplizierte Mischung von Gerüchen gewesen, einschließlich des beißenden Geruchs von rauchlosem Pulver. Aber Zigarettenrauch hatte sich aus der Mischung nicht herausgehoben.

Ich schloß die Tür, ließ mich auf ein Knie sinken und lauschte mit angehaltenem Atem. Außer dem Trommeln des Regens auf dem Dach war nichts zu hören. Versuchsweise ließ ich den Strahl meiner Taschenlampe über den Boden gleiten. Niemand schoß auf mich.

Ich richtete mich auf, fand die baumelnde Quaste einer der Lampen und machte Licht im Raum. Als erstes bemerkte ich, daß zwei der Gobelins von den Wänden verschwunden waren. Ich hatte sie nicht gezählt, aber die Stellen, wo sie gehangen hatten, zogen meinen Blick an.

Dann sah ich, daß Steiners Leiche von dem Platz vor dem Totempfahl mit dem Kamera-Auge im Mund verschwunden war. Jemand hatte über die Stelle neben dem rosa Teppich, wo Steiners Leiche gelegen hatte, eine Brücke gebreitet. Ich brauchte die Brücke nicht anzuheben, um zu wissen, warum sie dort hingelegt worden war. Ich zündete mir eine Zigarette an, stand mitten in dem gedämpft beleuchteten Raum und überlegte. Nach einer Weile ging ich zu der Kamera in dem Totempfahl. Diesmal fand ich den Verschluß. In der Kamera befand sich kein Film.

Meine Hand streckte sich nach dem maulbeerfarbenen Telefon auf Steiners niedrigem Schreibtisch aus, ergriff es aber nicht. Statt dessen ging ich durch den kurzen Gang hinter dem Wohnraum und durchsuchte ein schwüles Schlafzimmer, das eher wie das Zimmer einer Dame als das eines Mannes aussah. Das Bett war von einer Seidendecke mit einem breiten Volant bedeckt. Ich hob sie hoch und ließ den Strahl meiner Taschenlampe unter das Bett fallen. Steiner lag nicht darunter. Er befand sich nirgendwo im Haus. Jemand hatte ihn fortgebracht. Von allein konnte er nicht gut verschwunden sein.

Die Polizei war es nicht, sonst wäre noch jemand hier gewesen. Es waren erst anderthalb Stunden vergangen, seit Carmen und ich das Haus verlassen hatten. Und es war auch nichts von dem Unrat zu sehen, den Polizeifotografen und Fingerabdruckspezialisten hinterlassen.

Ich ging in den Wohnraum zurück, schob das Blitzlichtgerät mit dem Fuß hinter den Totempfahl, schaltete die Lampe aus, verließ das Haus, stieg in meinen regendurchnäßten Wagen und zwang den Motor anzuspringen.

Mir konnte es nur recht sein, wenn jemand den Mord an Steiner für einige Zeit nicht bekannt werden lassen wollte. Das gab mir die Chance festzustellen, ob ich Carmen Dravec und die Geschichte mit der Aktaufnahme verschweigen konnte, wenn ich ihn melden mußte.

Es war nach zehn, als ich zum Berglund zurückkam, meinen Wagen abstellte und in mein Apartment hinaufging. Ich stellte mich unter die Dusche, zog dann einen Schlafanzug an und bereitete mir einen großen Krug mit heißem Grog. Ein paarmal sah ich das Telefon an, überlegte, ob ich bei Dravec anrufen sollte, um festzustellen, ob er schon zu Hause wäre, hielt es aber für klüger, ihn bis zum nächsten Tag in Ruhe zu lassen.

Ich stopfte mir eine Pfeife und machte es mir mit meinem heißen Grog und Steiners kleinem blauem Notizbuch bequem. Die Eintragungen waren verschlüsselt, aber ihre Anordnung und die freigelassenen Blätter ließen sie als eine Liste von Namen und Adressen erkennen. Im ganzen waren es über vierhundertundfünfzig. Wenn das die Liste von Steiners einfältigen Kunden war, hatte er eine Goldgrube besessen – ganz abgesehen von den Möglichkeiten zur Erpressung. Jeder Name in der Liste war dieses Mordes verdächtig. Ich beneidete die Polizei nicht um ihre Aufgabe, wenn sie ihr ausgehändigt würde.

Während ich versuchte, die Geheimschrift zu entschlüsseln, trank ich zuviel Whisky. Gegen Mitternacht legte ich mich schlafen und träumte von einem Mann in einer chinesischen Jacke, die vorn überall mit Blut bedeckt war, der ein nacktes Mädchen mit langen Ohrgehängen aus Jade jagte, während ich versuchte, die Szene mit einer Kamera, in der kein Film war, zu fotografieren.

5

Veilchen M'Gee rief mich früh am nächsten Morgen an, noch ehe ich angezogen war, aber erst nachdem ich die Zeitung durchgesehen und nichts über Steiner darin gefunden hatte. Seine Stimme hatte den fröhlichen Klang eines Mannes, der gut geschlafen und nicht allzu viele Schulden hatte.

»Nun, wie geht's denn, mein Junge«, begann er.

Ich antwortete, es gehe mir gut, außer daß ich geringfügige Schwierigkeiten mit meiner Brille hätte. Er lachte etwas geistesabwesend, und dann wurde sein Ton zu beiläufig.

»Dieser Dravec, den ich dir geschickt habe – hast du schon was für ihn getan?«

»Zuviel Regen«, antwortete ich, als ob das eine Antwort wäre.

»Soso. Er scheint einer von der Sorte zu sein, der dauernd was passiert. Ein Wagen, der ihm gehört, liegt in der Brandung vor dem Fischerhafen von Lido.«

Ich sagte nichts. Ich hielt das Telefon sehr fest umklammert.

»Ja«, fuhr M'Gee fröhlich fort. »Ein schöner neuer Cadillac, von Sand und Meerwasser völlig versaut ... Oh, und beinahe hätte ich's vergessen, es sitzt auch einer drin.«

Langsam, sehr langsam atmete ich aus. »Dravec?« flüsterte ich.

»Aber nein. Ein junger Bursche. Ich hab's Dravec noch nicht

gesagt. Es ist vertraulich unter uns. Willst du mit mir hinfahren und ihn dir ansehen?«

Ich sagte, das würde ich gern tun.

»Beeile dich. Ich bin in meiner Bude«, befahl mir M'Gee und hängte ein.

Rasiert, angezogen und nach einem flüchtigen Frühstück war ich etwa eine halbe Stunde später im County Building. Ich fand M'Gee hinter einem kleinen abgestoßenen Schreibtisch, auf dem nichts außer M'Gees Hut und einer von M'Gees Füßen lagen, wie er auf eine gelbe Wand starrte. Er nahm beides von dem Schreibtisch, und wir gingen zu dem Behördenparkplatz und stiegen in eine kleine schwarze Limousine.

Während der Nacht hatte der Regen aufgehört, und der Morgen bestand nur aus Blau und Gold. Die Luft war frisch genug, um das Leben einfach und süß zu machen, wenn man nicht zuviel im Kopf hatte. Ich hatte das.

Nach Lido waren es dreißig Meilen, die ersten zehn durch Stadtverkehr. M'Gee schaffte es in einer Dreiviertelstunde. Nach dieser Zeit kamen wir vor einem Stuckbogen, hinter dem sich ein langes schwarzes Pier erstreckte, rutschend zum Halten. Ich löste meine Füße von den Bodenbrettern, und wir stiegen aus.

Vor dem Bogen standen einige Wagen und Leute. Ein Streifenpolizist mit einem Motorrad hielt die Leute von dem Pier zurück. M'Gee zeigte ihm einen Bronzestern, und wir traten auf das Pier hinaus in einen beißenden Fisch- und Teergeruch, den selbst zwei Tage Regen nicht hatte wegwaschen können.

»Dort ist er – auf dem Schlepper«, sagte M'Gee.

Ein flacher schwarzer Schlepper duckte sich an das Ende des Piers. Etwas Großes und Grünes und Verchromtes befand sich auf dem Deck vor dem Steuerhaus. Männer standen darum herum. Über schlüpfrige Stufen stiegen wir auf das Deck des Schleppers hinunter.

M'Gee begrüßte einen Deputy-Sheriff in grünlichem Khaki und einen anderen Mann in Zivil. Die dreiköpfige Mannschaft des Schleppers zog sich zu dem Steuerhaus zurück, lehnte sich mit dem Rücken dagegen und beobachtete uns.

Wir betrachteten uns den Wagen. Die vordere Stoßstange war eingedrückt, auch ein Scheinwerfer und der Kühlergrill. Lack und Chrom waren vom Sand verkratzt, und die Polsterung war wasserdurchtränkt und schwarz. Sonst erschien der Wagen noch ganz brauchbar. Er war eine große Angelegenheit in zwei Tönen Grün, die mit einem weinroten Streifen voneinander abgesetzt waren.

M'Gee und ich sahen vorn in den Wagen hinein. Ein schlanker, dunkelhaariger junger Bursche, der einmal gut ausgesehen hatte, hing über der Steuersäule, den Kopf in einem merkwürdigen Winkel gegenüber dem übrigen Körper verschoben. Sein Gesicht war bläulich weiß. Seine Augen hatten unter gesenkten Lidern einen schwachen trüben Schimmer. In seinem geöffneten Mund war Sand. Seitlich am Kopf waren Blutspuren, die das Meerwasser nicht völlig fortgespült hatte.

M'Gee wich zurück, räusperte sich und fing an, auf zwei der Veilchenpastillen zu kauen, von denen er seinen Spitznamen hatte.

»Was ist passiert?« fragte er ruhig.

Der uniformierte Deputy-Sheriff deutete auf das Ende des Piers hinaus. Das schmutzigweiße Geländer aus fünf Zentimeter starken Balken war durch eine weite Lücke unterbrochen, und das zersplitterte Holz leuchtete gelb und hell.

»Dort brach er durch. Muß ziemlich fest dagegengerast sein. Der Regen hat hier früh aufgehört, gegen neun, und das zersplitterte Holz ist innen trocken. Demnach war es, nachdem der Regen aufgehört hatte. Das ist alles, was wir wissen, außer daß das Wasser schon ziemlich hoch gestanden haben muß, als der Wagen hineinstürzte, sonst wäre er stärker beschädigt worden. Mindestens bei halber Flut, würde ich sagen. Das wäre gewesen, unmittelbar nachdem es aufgehört hatte zu regnen. Der Wagen war unter Wasser zu sehen, als die Fischer heute morgen ausliefen. Wir holten den Schlepper, um ihn rauszuhieven. Dann fanden wir den Toten.«

Der andere Deputy-Sheriff scharrte mit der Fußspitze auf dem Deck. M'Gee sah mich mit fuchsigen kleinen Augen von der Seite an. Ich machte ein ausdrucksloses Gesicht und sagte nichts.

»Der Bursche muß ziemlich betrunken gewesen sein«, meinte M'Gee nachdenklich. »Ganz allein im Regen so anzugeben. Vermutlich ist er gern Auto gefahren. Ja – er war wohl sehr betrunken.«

»Einen Dreck betrunken«, sagte der Deputy-Sheriff in Zivil.

»Das Handgas ist halb geöffnet, und der Bursche hat einen Schlag seitlich gegen den Kopf bekommen. Wenn Sie mich fragen, ich nenne es Mord.«

M'Gee sah ihn höflich an, dann den uniformierten Beamten. »Was meinen Sie?«

»Vielleicht ist es Selbstmord. Er hat sich das Genick gebrochen, und die Kopfverletzung kann er sich beim Sturz zugezogen haben. Und den Gashebel kann er mit der Hand heruntergeschlagen haben. Allerdings halte ich Mord für keine schlechte Vermutung.«

M'Gee nickte und fragte: »Haben Sie ihn schon durchsucht? Wissen Sie, wer er ist?«

Die beiden Beamten sahen erst mich, dann die Schlepperbesatzung an.

»Schon gut. Wir können das übergehen«, sagte M'Gee. »Ich weiß, wer er ist.«

Ein kleiner Mann mit Brille und einem müden Gesicht und einer schwarzen Tasche kam langsam über das Pier und die schlüpfrigen Stufen herunter. Er suchte sich eine verhältnismäßig saubere Stelle auf dem Deck und stellte seine Tasche hin. Er nahm den Hut ab, rieb sich den Hinterkopf und lächelte erschöpft.

»Hallo, Doc. Da ist Ihr Patient«, sagte M'Gee. »Ist gestern abend vom Pier heruntergestürzt. Mehr wissen wir noch nicht.«

Der Polizeiarzt betrachtete düster den Toten. Er betastete den Kopf, bewegte ihn ein wenig, fühlte die Rippen des Toten ab. Er hob eine schlaffe Hand hoch und starrte auf die Fingernägel. Er ließ sie fallen, trat zurück und nahm seine Tasche wieder auf.

»Etwa zwölf Stunden«, sagte er. »Genickbruch, selbstverständlich. Ich bezweifle, daß Wasser in ihm ist. Holen Sie ihn besser da heraus, ehe er uns steif wird. Das übrige sage ich Ihnen, wenn ich ihn auf dem Tisch gehabt habe.«

Er nickte nach allen Seiten, ging die Stufen wieder hinauf und über das Pier davon. Neben dem Stuckbogen am Zugang des Piers manövrierte sich ein Krankenwagen in Position.

Die beiden Beamten grunzten und mühten sich, den Toten aus dem Wagen zu bekommen, und legten ihn dann auf der dem Strand abgewandten Seite des Wagens auf das Deck.

»Gehen wir«, sagte M'Gee zu mir. »Dieser Teil der Schau ist damit zu Ende.«

Wir verabschiedeten uns, und M'Gee sagte den Beamten, sie sollten den Mund halten, bis sie von ihm gehört hätten. Dann gingen wir über das Pier zurück und stiegen in die kleine schwarze Limousine und fuhren über eine weiße, vom Regen sauber gewaschene Straße wieder zur Stadt, an rollenden Hügeln aus gelbweißem Sand vorbei, die oben mit Moos bewachsen waren. Einige Möwen kreisten und schwebten über etwas in der Brandung. Weit draußen auf dem Meer sahen zwei weiße Jachten am Horizont so aus, als ob sie vom Himmel herunter hingen.

Wir legten einige Meilen zurück, ohne miteinander zu sprechen. Dann reckte M'Gee sein Kinn in meine Richtung und fragte: »Was hältst du davon?«

»Pack doch aus«, sagte ich. »Ich habe den Kerl noch nie gesehen. Wer ist er?«

»Verdammt, ich dachte, du könntest mir etwas über ihn erzählen.«

»Pack schon aus, Veilchen«, sagte ich noch einmal.

Er knurrte, zuckte mit den Schultern, und in dem losen Sand kamen wir beinahe von der Straße ab.

»Dravecs Chauffeur, ein Bursche namens Carl Owen. Woher ich das weiß? Vor einem Jahr hatten wir ihn in der Mache wegen einer Anzeige wegen Menschenraubs. Er war mit Dravecs mannstoller Tochter nach Yuma abgehauen. Dravec ist hinter ihnen her, hat die beiden zurückgeholt und den Burschen einlochen lassen. Dann hat sich das Mädchen ihren Vater vorgenommen, und am nächsten Morgen kam der Alte zu uns gedampft und flehte, den Burschen freizulassen. Er sagte, der Junge hätte seine Tochter heiraten wollen, nur hätte sie nicht gewollt. Und dann, man sollte es nicht für möglich halten, arbeitete der Bursche weiter für Dravec und war die ganze Zeit bei ihm. Was meinst du dazu?«

»Das klingt ganz nach Dravec«, sagte ich.

»Aber der Bursche könnte einen Rückfall gehabt haben.«

M'Gee hatte silbriges Haar, ein knotiges Kinn und einen kleinen Schmollmund, der geschaffen war, um Babys zu küssen. Ich sah ihn von der Seite an, und plötzlich begriff ich, was er meinte. Ich lachte.

»Denkst du vielleicht, Dravec hätte ihn umgebracht?« fragte ich.

»Warum nicht? Der Kerl ist gegenüber dem Mädchen wieder zudringlich geworden, und Dravec hat ihm eins zu fest an den Kopf gegeben. Dravec ist ein großer Mann und könnte einem leicht das Genick brechen. Dann bekam er's mit der Angst. Er fährt im Regen mit dem Wagen nach Lido und läßt ihn über das Pier rollen, glaubt, er wäre dort nicht zu sehen. Vielleicht dachte er gar nichts, hatte einfach die Nerven verloren.«

»Einfach wie ein Tritt in den Hintern«, sagte ich. »Dann brauchte er nur noch dreißig Meilen weit zu Fuß durch den Regen nach Hause zu gehen.«

»Nur weiter. Nimm mich ruhig auf den Arm.«

»Dravec hat ihn umgebracht, selbstverständlich«, sagte ich, »aber sie spielten Bockspringen, und dabei ist Dravec auf ihn gefallen.«

»Na schön, mein Freund. Eines Tages wirst du mit mir auch mal so was spielen wollen.«

»Hör mal zu, Veilchen«, sagte ich ernst. »Wenn der Bursche ermordet wurde – und du weißt überhaupt noch nicht sicher, daß es Mord ist –, dann war das kein Verbrechen, das Dravec begehen würde. In einem Wutanfall könnte er einen Mann umbringen, aber er würde ihn liegen lassen. Er würde sich nicht diese ganzen Umstände machen.«

Wir rutschten in dem feinen Sand auf der Straße hin und her, während M'Gee darüber nachdachte.

»Was für ein treuer Freund«, sagte er schließlich klagend. »Ich denke mir eine gute Geschichte aus, und jetzt sieh dir mal an, was du daraus gemacht hast. Verdammt, ich wollte, ich hätte dich nicht mitgenommen. Zum Teufel mit dir. Ich nehme mir trotzdem Dravec vor.«

»Gewiß«, räumte ich ein. »Das mußt du wohl. Aber Dravec hat diesen Burschen niemals umgebracht. Er ist innerlich viel zu weich, um es zu vertuschen.«

Es wurde Mittag, bis wir in die Stadt zurückkamen. Außer Whisky hatte ich am Abend vorher nichts zu mir genommen und an diesem Morgen sehr bescheiden gefrühstückt. Ich stieg am Sunset Boulevard aus und ließ M'Gee allein zu Dravec fahren.

Wohl interessierte mich, was Carl Owen zugestoßen war,

aber der Gedanke, daß Dravec ihn ermordet haben könnte, interessierte mich nicht.

An einer Theke aß ich zu Mittag und blätterte gleichgültig in der Frühausgabe einer Nachmittagszeitung. Ich erwartete nicht, etwas über Steiner darin zu finden, und wurde auch nicht enttäuscht.

Nach dem Essen ging ich zu Fuß sechs Blocks weit den Boulevard entlang, um einen Blick in Steiners Laden zu werfen.

6

Das Geschäft nahm nur die Hälfte der Hausbreite ein; in der anderen Hälfte war ein Juwelier, der auf Raten verkaufte. Der Juwelier stand unter seiner Tür, ein großer, weißhaariger, schwarzäugiger Jude mit etwa neun Karat Diamanten an der Hand. Ein schwaches wissendes Lächeln spielte um seine Lippen, als ich an ihm vorbeiging und in Steiners Laden eintrat.

Der Laden war von Wand zu Wand mit einem dicken blauen Teppich ausgelegt. Neben blauen Ledersesseln standen Aschbecher auf hohen Ständern. Ein paar Reihen handgearbeiteter Ganzlederbände waren auf schmalen Tischen aufgebaut. Der übrige Lagerbestand befand sich hinter Glas. Eine getäfelte Trennwand mit einer Tür verdeckte den hinteren Teil des Geschäfts, und vor der Wand saß in einer Ecke hinter einem kleinen Schreibtisch mit einer gedämpften Lampe eine Frau.

Sie stand auf und kam auf mich zu, schwang dabei schlanke Oberschenkel in einem engen Kleid aus einem schwarzen Stoff, der keinerlei Licht reflektierte. Sie war eine Aschblonde, mit grünlichen Augen unter stark getuschten Wimpern. An den Ohrläppchen trug sie große Jetknöpfe, ihr Haar floß in glatten Wellen hinter ihren Ohren zurück. Ihre Fingernägel waren versilbert.

Sie zeigte mir das, was sie für ein Begrüßungslächeln hielt, was ich aber als eine angestrengte Grimasse ansah.

»Wünschen Sie etwas?«

Ich zog meinen Hut tief in die Stirn und zögerte. »Ist Steiner nicht da?« fragte ich dann.

»Er wird heute nicht kommen. Kann ich Ihnen etwas zeigen?«

»Ich will verkaufen. Etwas, das er lange gesucht hat.«

Die versilberten Fingernägel berührten das Haar über einem Ohr. »Ach so, ein Vertreter ... Nun, Sie könnten morgen kommen.«

»Ist er krank? Ich könnte zu ihm nach Hause fahren«, regte ich hoffnungsvoll an. »Er wird sicher gern sehen wollen, was ich habe.«

Das brachte sie aus der Fassung. Fast eine Minute lang mußte sie um Atem ringen, aber ihre Stimme war durchaus sicher, als sie wieder sprach. »Das – das würde nichts nützen. Er ist heute nicht in der Stadt.«

Ich nickte, machte ein angemessen enttäuschtes Gesicht, berührte meinen Hut und stand im Begriff, mich umzudrehen, als der junge Bursche mit dem pickligen Gesicht vom Abend vorher seinen Kopf durch die Tür in der Täfelung streckte. Er fuhr schnell zurück, sobald er mich sah, aber nicht so schnell, daß ich nicht doch einige hastig gepackte Bücherkisten hinter ihm bemerkte, die im Hinterzimmer standen.

Die Kisten waren klein und oben offen und waren unordentlich gefüllt worden. Ein Mann in einem sehr neuen Overall machte sich mit ihnen zu schaffen. Steiners Bestände wurden also fortgebracht.

Ich verließ den Laden, ging bis zur Ecke und kam dann durch die Hintergasse zurück. Hinter Steiners Geschäft stand ein kleiner schwarzer Lastwagen mit Seitenwänden aus Drahtgeflecht. Er trug keine Firmenaufschrift. Durch das Drahtgeflecht waren Bücherkisten zu sehen, und während ich sie betrachtete, kam der Mann in dem Overall mit einer weiteren und hob sie hinauf.

Ich ging zum Boulevard zurück. Einen halben Block weiter las ein junger Mann mit einem frischen Gesicht in einem parkenden Taxi in einer Zeitschrift. Ich zeigte ihm Geld und fragte: »Wollen Sie mit mir jemand verfolgen?«

Er musterte mich von oben bis unten, stieß seine Tür auf und schob die Zeitschrift hinter den Rückspiegel. »Ganz mein Fall, Chef«, antwortete er lebhaft.

Wir fuhren bis zur Einmündung der Seitengasse und legten uns neben einem Feuerhydranten auf die Lauer.

Der Lastwagen war mit etwa einem Dutzend Kisten beladen, als der Mann in dem sehr neuen Overall vorn einstieg und den Motor anließ. Er fuhr sehr schnell durch die Hintergasse und bog nach links in die Straße ein. Mein Fahrer folgte ihm. Der Lastwagen fuhr nach Norden bis zur Garfield, dann nach Osten. Er fuhr sehr schnell, und auf der Garfield war starker Verkehr. Mein Fahrer hielt sich in einem zu großen Abstand.

Das sagte ich ihm gerade, als der Lastwagen von der Garfield wieder nach Norden abbog. Die Straße, in die er kam, hieß Brittany. Als wir die Ecke erreichten, war kein Lastwagen mehr zu sehen.

Der Bursche mit dem frischen Gesicht ließ durch die gläserne Trennscheibe tröstende Worte hören, und wir fuhren im Sechs-Kilometer-Tempo die Brittany hinauf und suchten hinter Büschen nach dem Lastwagen. Ich lehnte ab, mich trösten zu lassen.

Zwei Blocks weiter wich die Brittany etwas nach Osten ab und gabelte sich. In einem spitzen Winkel zweigte eine weitere Straße, Randall Place, ab. Auf der Landzunge stand ein weißes Apartmenthaus, dessen Front Randall Place zugewandt war, dessen Garagentore im Souterrain aber auf die Brittany gingen. An ihnen fuhren wir vorbei, und mein Fahrer erklärte mir gerade, der Lastwagen könne nicht sehr weit gekommen sein, als ich ihn in einer der Garagen entdeckte.

Wir fuhren zur Vorderseite des Apartmenthauses. Ich stieg aus und ging in die Halle. Eine Anmeldung gab es nicht. Gegen die Wand war ein Schreibtisch geschoben, als ob er nicht mehr benutzt würde. Darüber befanden sich auf einer Reihe vergoldeter Briefkästen Namen.

Der Name zu Apartment 405 lautete Joseph Marty. Joe Marty war der Name des Mannes, der mit Carmen herumgespielt hatte, bis ihr Papa ihm fünftausend Dollar gab, damit er weggehe und mit irgendeinem anderen Mädchen spiele. Es konnte derselbe Joe Marty sein.

Ich stieg Stufen hinunter, stieß eine Tür mit einer drahtverstärkten Glasscheibe auf und trat in das Halbdunkel der Garage. Der Mann in dem sehr neuen Overall stapelte Kisten in den Fahrstuhl.

Ich blieb neben ihm stehen, zündete mir eine Zigarette an und sah ihm zu. Es gefiel ihm nicht besonders, aber er sagte nichts.

Nach einer Weile sagte ich: »Achten Sie auf das Gewicht,

Mann. Der Fahrstuhl trägt nur eine halbe Tonne. Wo soll das Zeug hin?«

»Zu Marty, 405«, antwortete er und machte dann ein Gesicht, als ob er bedauerte, daß er es gesagt hatte.

»Na schön«, sagte ich, »sieht aus, als wäre das eine Menge Interessantes zu lesen.«

Ich ging die Stufen wieder hinauf, verließ das Gebäude und stieg in mein Taxi. Wir fuhren zurück ins Stadtzentrum zu dem Gebäude, in dem ich ein Büro habe. Ich gab dem Fahrer zuviel Geld, und er gab mir eine schmutzige Karte, die ich in den Messingspucknapf neben den Fahrstühlen fallen ließ. Vor der Tür zu meinem Büro hielt Dravec die Wand fest.

7

Nach dem Regen war es warm und sonnig, aber er trug noch den gegürteten Regenmantel aus Wildleder. Vorn stand er offen, wie auch seine Jacke und die Weste darunter. Sein Schlips saß schief. Sein Gesicht wirkte wie eine Maske aus grauem Kitt, mit schwarzen Stoppeln in der unteren Hälfte.

Er sah grauenhaft aus.

Ich schloß die Tür auf, klopfte ihm auf die Schulter, schob ihn hinein und brachte ihn in einem Sessel unter. Er atmete mühsam, sagte aber nichts. Ich holte die Flasche Roggenwhisky aus dem Schreibtisch und füllte zwei Gläschen. Ohne ein Wort trank er beide aus. Dann sank er in den Sessel zurück, blinzelte und stöhnte und zog einen quadratischen weißen Briefumschlag aus seiner Innentasche. Er legte ihn auf die Schreibtischplatte und hielt seine große haarige Hand darüber.

»Schlimm, das mit Carl«, sagte ich. »Ich war heute morgen mit M'Gee da.«

Er warf mir einen leeren Blick zu. Nach einer Weile sagte er: »Ja, Carl war ein guter Junge. Ihnen hab' ich nicht viel von ihm erzählt.«

Ich wartete und sah auf den Briefumschlag unter seiner Hand. Er blickte selbst darauf.

»Ich muß es Ihnen zeigen«, murmelte er. Er schob den Umschlag langsam über die Schreibtischplatte und zog seine Hand davon weg, als ob er mit der Bewegung den größten Teil von allem preisgäbe, was das Leben lebenswert machte. Zwei Tränen quollen in seinen Augen auf und rollten über sein unrasiertes Gesicht.

Ich nahm den quadratischen Briefumschlag und betrachtete ihn. Er war in einer sauberen Druckschrift an Dravec adressiert und trug eine Eilbotenmarke. Ich öffnete ihn und sah mir das glänzende Foto an, das ich darin fand.

Carmen Dravec saß in Steiners Teakholzsessel und trug ihre Jadeohrringe. Ihre Augen sahen womöglich noch wahnsinniger aus, als ich sie gesehen hatte. Ich blickte auf die Rückseite des Fotos, stellte fest, daß sie leer war, und legte das Ding mit der Vorderseite nach unten auf den Tisch.

»Woher haben Sie das?« fragte ich vorsichtig.

Dravec wischte sich mit dem Ärmel die Tränen vom Gesicht, legte die Hände flach auf den Schreibtisch und starrte auf seine schmutzigen Nägel. Seine Finger zitterten auf der Tischplatte.

»Ein Mann hat mich angerufen«, sagte er mit toter Stimme. »Zehntausend für das Negativ und die Abzüge. Das Geschäft muß heute abend perfekt werden, oder sie geben das Bild einem Skandalblatt.«

»Das ist alles dummes Zeug«, antwortete ich. »Ein Skandalblatt kann es nicht brauchen, außer um eine Geschichte damit zu belegen. Worin besteht die Geschichte?«

Er hob langsam die Augen, als ob sie sehr schwer wären. »Das ist noch nicht alles. Der Mann sagt, es hängt noch mehr daran. Wenn ich mich nicht beeilte, würde ich mein Mädchen im Gefängnis wiederfinden.«

»Worin besteht die Geschichte?« fragte ich noch einmal und stopfte meine Pfeife. »Was sagt Carmen dazu?«

Er schüttelte seinen großen zotteligen Kopf. »Ich hab' sie nicht gefragt. Ich hatte nicht das Herz dazu. Mein armes, kleines Mädelchen. Keine Kleider an ... Nein, ich hatte nicht das Herz ... Sie haben wohl noch nichts wegen Steiner unternommen?«

»Brauchte ich nicht«, antwortete ich ihm. »Jemand kam mir zuvor.«

Verständnislos starrte er mich mit offenem Mund an. Offensichtlich wußte er nichts von dem, was am vergangenen Abend vorgefallen war.

»Ist Carmen gestern abend überhaupt ausgewesen?« fragte ich beiläufig.

Er starrte mich immer noch mit offenem Mund an und versuchte seine Gedanken zu sammeln.

»Nein, sie war krank. Sie lag krank im Bett, als ich nach Hause kam. Sie war gar nicht ausgegangen ... Wie meinten Sie das – das mit Steiner?«

Ich griff nach der Whiskyflasche und schenkte uns beiden ein. Dann zündete ich meine Pfeife an. »Steiner ist tot«, sagte ich. »Jemand hatte seine Tricks satt bekommen und ihn voller Löcher geschossen. Gestern abend während des Regens.«

»Mein Gott«, sagte er verwundert. »Waren Sie dabei?«

Ich schüttelte den Kopf. »Ich nicht. Carmen war dabei. Das ist die Klemme, von der Ihr Mann gesprochen hat. Aber selbstverständlich hat nicht sie geschossen.«

Dravecs Gesicht wurde rot und wütend. Er ballte die Fäuste. Sein Atem ging röchelnd, und an der Seite seines Halses wurde ein Pulsschlag sichtbar. »Das ist nicht wahr! Sie ist krank. Sie war überhaupt nicht aus dem Haus gewesen. Sie lag krank im Bett, als ich nach Hause kam!«

»Das haben Sie mir schon gesagt«, antwortete ich. »Aber es stimmt nicht. Ich selbst habe Carmen nach Hause gebracht. Das Hausmädchen weiß es. Sie versucht nur diskret darüber zu schweigen. Carmen war in Steiners Haus, und ich beobachtete es von draußen. Es wurde geschossen, und jemand rannte fort. Ich habe nicht gesehen wer. Carmen war zu betrunken, es zu sehen. Deshalb ist sie krank.«

Er versuchte seinen Blick auf mein Gesicht zu richten, aber er war vage und leer, als ob das Licht hinter den Augen erstorben wäre. Er packte die Armlehnen des Sessels. Seine großen Knöchel spannten sich und wurden weiß. »Das hat sie mir nicht gesagt«, flüsterte er. »Das hat sie mir nicht gesagt. Mir, der alles für sie tun würde.« In seiner Stimme lag keine Empfindung, nur die tödliche Erschöpfung der Verzweiflung.

Er schob seinen Sessel etwas zurück. »Ich hole das Geld«, sagte er, »die Zehntausend. Vielleicht redet der Kerl nicht.«

Dann brach er zusammen. Sein großer, grober Kopf senkte sich auf den Schreibtisch, und Schluchzen schüttelte seinen ganzen Körper. Ich stand auf, ging um den Schreibtisch und klopfte ihm auf die Schulter, klopfte ständig weiter, ohne etwas zu sagen. Nach einer Weile hob er sein tränenbeschmiertes Gesicht und packte meine Hand.

»Mein Gott, Sie sind ein guter Kerl«, schluchzte er.

»Wenn Sie eine Ahnung hätten.«

Ich entzog ihm meine Hand und drückte ihm ein Glas in seine Pfote, half ihm, es zu heben und zu leeren. Dann nahm ich ihm das leere Glas ab und stellte es auf den Schreibtisch zurück. Ich setzte mich wieder.

»Sie müssen sich zusammennehmen«, sagte ich grimmig. »Die Polizei weiß noch nichts von Steiner. Ich habe Carmen nach Hause gebracht und meinen Mund darüber gehalten. Ich wollte Ihnen und Carmen eine Chance geben. Das bringt mich in die Klemme. Sie müssen jetzt das Ihre tun.«

Langsam und schwerfällig nickte er. »Ja, ich tue, was Sie sagen — alles, was Sie sagen.«

»Holen Sie das Geld«, sagte ich. »Halten Sie es auf Abruf bereit. Mir ist etwas eingefallen, und Sie werden es vielleicht nicht brauchen, aber wir haben keine Zeit, die schlauen Füchse zu spielen ... Holen Sie das Geld und warten Sie ab und halten Sie Ihren Mund. Alles andere überlassen Sie mir. Wollen Sie das tun?«

»Ja«, antwortete er. »Mein Gott, Sie sind ein guter Kerl.«

»Sprechen Sie nicht mit Carmen«, sagte ich. »Je weniger sie sich an ihren Rausch erinnert, desto besser. Dieses Bild« — ich berührte die Rückseite des Fotos auf dem Schreibtisch — »beweist, daß jemand mit Steiner zusammengearbeitet hat. Wir müssen ihn finden und schnell finden — selbst wenn es zehntausend kosten sollte.«

Langsam stand er auf. »Das hat nichts zu bedeuten. Das ist nur Geld. Ich geh' es jetzt holen. Dann fahr' ich nach Hause. Machen Sie es so, wie Sie wollen. Ich, ich tu' alles, was Sie sagen.«

Wieder griff er nach meiner Hand, schüttelte sie und verließ langsam das Büro. Ich hörte, wie er sich mit schweren Schritten durch den Gang schleppte. Ich trank schnell hintereinander zwei Gläser und wischte mir übers Gesicht.

8

Langsam fuhr ich in meinem Chrysler die La Verne Terrace hinauf zu Steiners Haus. Bei Tageslicht konnte ich den steilen Abhang sehen und die Flucht hölzerner Stufen, über die der

Mörder geflohen war. Die Straße darunter war fast so schmal wie eine Seitengasse. Zwei kleine Häuser standen an ihr, nicht sehr nahe bei Steiners Haus. Bei dem Rauschen, das der Regen verursacht hatte, war es zweifelhaft, ob jemand darin die Schüsse überhaupt gehört hatte.

Steiners Haus sah in der Nachmittagssonne friedlich aus. Die ungestrichenen Schindeln des Daches waren vom Regen noch feucht. Die Blätter an den Bäumen auf der anderen Seite der Straße glänzten wie neu. Auf der Straße war kein Wagen zu sehen.

Hinter der kantig geschnittenen Hecke, die Steiners Haustür verdeckte, bewegte sich etwas. Carmen Dravec, in einem grün und weiß karierten Mantel und ohne Hut, kam durch die Öffnung, blieb plötzlich stehen und sah mich mit wilden Augen an. Offenbar hatte sie meinen Wagen nicht gehört. Schnell wich sie hinter die Hecke zurück. Ich fuhr weiter und parkte vor dem leeren Haus, stieg aus und ging zurück. In der hellen Sonne fühlte ich mich schutzlos und in einer gefährlichen Lage.

Ich trat durch die Öffnung in der Hecke, und vor der halbgeöffneten Haustür stand sehr aufrecht und stumm das Mädchen. Langsam hob sie eine Hand zum Mund, und ihre Zähne bissen auf einen merkwürdig aussehenden Daumen, der wie ein zusätzlicher Finger wirkte. Unter ihren verängstigten Augen waren tiefe blauschwarze Ringe. Wortlos schob ich sie in das Haus und schloß die Tür. Drinnen blieben wir stehen und sahen uns an. Sie ließ die Hand langsam sinken und versuchte zu lächeln. Dann verschwand jeder Ausdruck aus ihrem weißen Gesicht, und es sah so intelligent wie der Boden eines Schuhkartons aus.

Ich gab meiner Stimme einen freundlichen Klang und sagte: »Kein Grund zur Aufregung. Ich bin ein Freund. Setzen Sie sich auf den Sessel am Schreibtisch. Ich bin ein Freund Ihres Vaters. Sie brauchen keine Angst zu haben.«

Gehorsam ging sie zu Steiners Schreibtisch und setzte sich auf das gelbe Kissen im schwarzen Sessel. Bei Tageslicht wirkte der Raum dekadent und unerfreulich. Er stank noch nach Äther.

Carmen leckte sich mit der Spitze einer weißlichen Zunge die Mundwinkel. Jetzt waren ihre dunklen Augen eher stupid und benommen als verängstigt. Ich rollte eine Zigarette zwischen den Fingern und schob einige Bücher beiseite, um mich auf die Schreibtischkante zu setzen. Ich zündete meine Zigarette an, zog einige Male nachdenklich daran, ehe ich fragte: »Was suchen Sie hier?«

Sie zupfte an ihrem Mantel, gab aber keine Antwort.

Ich versuchte es noch einmal. »An wieviel von dem, was gestern abend geschah, erinnern Sie sich?«

Darauf antwortete sie: »Woran soll ich mich erinnern? Gestern abend war ich krank – zu Hause.« Ihre Stimme hatte einen vorsichtigen, kehligen Klang, der gerade noch mein Ohr erreichte.

»Vorher«, sagte ich. »Ehe ich Sie nach Hause brachte. An das, was hier geschah.«

Eine langsame Röte kroch ihren Hals hinauf, und ihre Augen weiteten sich. »Sie – Sie waren das?« hauchte sie und begann wieder an ihrem komischen Daumen zu kauen.

»Ja, das war ich. An wieviel erinnern Sie sich noch?«

»Sind Sie von der Polizei?« fragte sie.

»Nein. Ich habe Ihnen schon gesagt, ich bin ein Freund Ihres Vaters.«

»Sie sind nicht von der Polizei?«

»Nein.«

Schließlich hatte sie es begriffen. Sie stieß einen langen Seufzer aus. »Was – was wollen Sie?«

»Wer hat ihn erschossen?«

Ihre Schultern zuckten unter dem karierten Mantel, aber ihr Gesichtsausdruck veränderte sich nicht sehr. Ihr Blick wurde langsam verschlagen. »Wer – wer weiß es noch?«

»Das von Steiner? Weiß ich nicht. Die Polizei nicht, sonst wäre jemand hier. Vielleicht Marty.«

Es war nur ein Schuß ins Dunkle, aber er veranlaßte sie zu einem plötzlichen scharfen Aufschrei.

»Marty!«

Eine Minute lang schwiegen wir beide. Ich zog an meiner Zigarette, und sie kaute an ihrem Daumen.

»Versuchen Sie nicht, gerissen zu sein«, sagte ich. »Hat Marty ihn erschossen?«

Ihr Kinn senkte sich um einen Zoll. »Ja.«

»Warum hat er das getan?«

»Ich – ich weiß nicht«, antwortete sie sehr dumpf.

»Haben Sie ihn in letzter Zeit oft gesehen?«

Sie ballte die Fäuste. »Nur ein- oder zweimal.«

»Wissen Sie, wo er wohnt?«

»Ja!« Das spie sie mir entgegen.

»Was ist denn los? Ich dachte, Sie hätten Marty gern?«

»Ich hasse ihn!« Sie schrie beinahe.

»Dann würden Sie ihm wohl gern eins auswischen«, meinte ich. Das verstand sie nicht. Ich mußte es ihr erklären. »Ich meine, sind Sie bereit, vor der Polizei auszusagen, daß es Marty war?«

Panik flammte plötzlich in ihren Augen auf.

»Wenn ich die Geschichte mit der Aktaufnahme unterdrücke«, sagte ich besänftigend.

Sie kicherte nur. Das widerte mich an. Wenn sie geschrien hätte oder bleich oder sogar ohnmächtig geworden wäre, hätte ich das für ziemlich natürlich gehalten. Sie kicherte aber nur.

Ich fing an, ihren Anblick zu hassen. Wenn ich sie nur vor mir sah, bekam ich ein umnebeltes Gefühl.

Ihr Kichern hielt an, lief wie Ratten durch den Raum. Nach und nach wurde es hysterisch. Ich stand von dem Schreibtisch auf, machte einen Schritt auf sie zu und schlug ihr ins Gesicht.

Das Kichern hörte sofort auf, und das Daumenkauen begann wieder. Anscheinend hatte sie immer noch nichts gegen Ohrfeigen. Ich setzte mich wieder auf die Schreibtischkante.

»Sie sind hierhergekommen, um nach dem Film zu suchen – die Aufnahme im Evakostüm«, hielt ich ihr vor.

Wieder ging ihr Kinn auf und ab.

»Zu spät. Ich habe gestern nacht danach gesucht. Da war er schon fort. Wahrscheinlich hat Marty ihn. Sie machen mir doch mit Marty nichts vor?«

Sie schüttelte heftig den Kopf. Langsam stand sie von dem Sessel auf. Ihre Augen waren schmal und schlehenschwarz und so seicht wie eine Austernmuschel.

»Ich gehe jetzt«, sagte sie, als ob wir miteinander Tee getrunken hätten.

Sie wandte sich der Tür zu, und als sie die Hand ausstreckte, um sie zu öffnen, kam ein Wagen den Berg heraufgefahren und hielt vor dem Haus. Jemand stieg aus.

Sie drehte sich um und starrte mich entsetzt an.

Gelassen wurde die Tür geöffnet, und ein Mann sah zu uns herein.

9

Er hatte ein Gesicht wie eine Axt und trug einen braunen Anzug und einen schwarzen Filzhut. Der linke Ärmel seiner Jacke war unten umgeschlagen und seitlich in der Tasche mit einer großen schwarzen Sicherheitsnadel festgesteckt. Er nahm seinen Hut ab, schloß die Tür mit einem Stoß der Schulter und sah Carmen mit einem freundlichen Lächeln an. Er hatte kurzgeschnittenes schwarzes Haar und einen knochigen Schädel. Sein Anzug saß ihm gut. Brutal sah er nicht aus.

»Ich bin Guy Slade«, sagte er. »Entschuldigen Sie mein formloses Eindringen. Die Klingel funktioniert nicht. Ist Steiner da?«

Er hatte nicht zu klingeln versucht. Carmen sah ihn ausdruckslos an, blickte dann zu mir, dann wieder auf Slade. Sie leckte sich über die Lippen, sagte aber nichts.

»Steiner ist nicht hier, Mr. Slade«, sagte ich. »Wir wissen auch nicht, wo er ist.«

Er nickte und berührte mit der Krempe seines Huts sein langes Kinn. »Sind Sie mit ihm befreundet?«

»Wir sind nur wegen eines Buchs vorbeigekommen«, antwortete ich und erwiderte sein Lächeln. »Die Tür stand halb offen. Wir klopften und traten dann ein. Gerade wie Sie.«

»Ich verstehe«, sagte Slade nachdenklich. »Ganz einfach.«

Ich sagte nichts, Carmen sagte nichts. Sie blickte starr auf seinen leeren Jackenärmel.

»Ein Buch also?« fuhr Slade fort. Wie er das sagte, verriet sehr viel. Wahrscheinlich wußte er über Steiner Bescheid.

Ich näherte mich der Tür. »Allerdings hatten Sie nicht geklopft«, sagte ich.

Er lächelte mit einem Anflug von Verlegenheit. »Ganz richtig. Ich hätte klopfen sollen. Es tut mir leid.«

»Wir wollen uns auf den Weg machen«, sagte ich beiläufig. Ich ergriff Carmens Arm.

»Irgendeine Nachricht – falls Steiner zurückkommt?« fragte Slade sanft.

»Wir wollen Sie nicht bemühen.«

»Das ist zu schade«, antwortete er ohne besondere Betonung.

Ich ließ Carmens Arm los und machte einen langsamen

Schritt vorwärts. Slade hielt noch seinen Hut in der Hand. Er rührte sich nicht. Seine tiefliegenden Augen blinzelten freundlich.

Ich öffnete die Tür wieder.

Slade sagte: »Das Mädchen kann gehen. Aber mit Ihnen möchte ich mich ein wenig unterhalten.«

Ich starrte ihn an und versuchte sehr ausdruckslos auszusehen.

»Sie sind wohl ein Witzbold, wie?« fragte Slade liebenswürdig.

Carmen gab plötzlich neben mir einen Laut von sich und rannte durch die Tür. Einen Augenblick später hörte ich ihre Schritte bergab laufen. Ich hatte ihren Wagen nicht gesehen, vermutete aber, daß er irgendwo in der Nähe stand.

»Was, zum Teufel . . .« fing ich an.

»Sparen Sie sich das«, unterbrach mich Slade kalt. »Hier stimmt etwas nicht. Ich will nur herausfinden, was.«

Er begann gleichgültig in dem Zimmer herumzugehen – zu gleichgültig. Er runzelte die Stirn, achtete nicht sonderlich auf mich. Das machte mich nachdenklich. Rasch warf ich einen Blick durch das Fenster, konnte aber nichts außer dem Verdeck seines Wagens über der Hecke sehen. Slade fand die bauchige Karaffe und die beiden dünnen purpurfarbenen Gläser auf dem Schreibtisch. Er schnüffelte an einem. Ein Lächeln voller Abscheu kräuselte seine schmalen Lippen.

»Der elende Stenz«, sagte er tonlos.

Er betrachtete die Bücher auf dem Schreibtisch, berührte eins oder zwei davon, ging hinten um den Schreibtisch herum und blieb vor dem Totempfahl stehen. Er starrte darauf. Seine Augen wanderten zum Boden, zu der dünnen Brücke über der Stelle, an der Steiners Leiche gelegen hatte. Mit dem Fuß schob Slade die Brücke beiseite, wurde plötzlich steif und starrte nach unten.

Es war eine gute Schau – oder Slade hatte eine Nase, die ich in meinem Beruf hätte brauchen können. Ich war nicht sicher, was es war – noch nicht, aber ich dachte angestrengt darüber nach. Er ließ sich langsam auf ein Knie sinken. Der Schreibtisch verdeckte ihn mir zum Teil.

Ich zog die Waffe unter meinem Arm heraus, legte beide Hände auf den Rücken und lehnte mich gegen die Wand.

Von Slade kam ein scharfer, heftiger Ausruf, dann schoß er auf die Füße. Sein Arm fuhr hoch. Geübt brachte er eine lange schwarze Lueger zum Vorschein. Ich rührte mich nicht. Slade hielt die Lueger in langen blassen Fingern, richtete sie nicht auf mich, richtete sie auf nichts im besonderen.

»Blut«, sagte er still und grimmig. Seine tiefliegenden Augen waren jetzt schwarz und hart. »Hier ist Blut auf dem Boden, unter dem Teppich. Eine Menge Blut.«

Ich grinste ihn an. »Ich habe es bemerkt«, sagte ich. »Es ist altes Blut, eingetrocknetes Blut.«

Seitlich glitt er in den schwarzen Sessel hinter Steiners Schreibtisch und zog das Telefon an sich heran, indem er die Lueger dahinterlegte. Stirnrunzelnd betrachtete er erst das Telefon, dann mich.

»Ich glaube, wir sollten die Polizei benachrichtigen«, sagte er finster.

»Mir soll's recht sein.«

Slades Augen waren schmal und funkelten so hart wie Jet. Es gefiel ihm nicht, daß ich ihm zustimmte. Der Lack war von ihm abgeblättert und ließ einen gut angezogenen harten Burschen mit einer Lueger zurück. Einen, der aussah, als wüßte er sie zu gebrauchen.

»Wer, zum Teufel, sind Sie eigentlich?« knurrte er.

»Ein Schnüffler. Der Name tut nichts zur Sache. Das Mädchen ist meine Klientin. Steiner hat sie mit einer schmutzigen Erpressung bedroht. Wir kamen her, um ihn zu sprechen. Er war nicht da.«

»Einfach nur hereingekommen?«

»Richtig. Und warum nicht? Glauben Sie, wir hätten Steiner erschossen, Mr. Slade?«

Er lächelte flüchtig und dünn, antwortete aber nicht.

»Oder glauben Sie, Steiner hätte jemand erschossen und wäre fortgelaufen?« fragte ich weiter.

»Steiner hat niemand erschossen«, sagte Slade. »Steiner hatte nicht so viel Nerv wie eine kranke Katze.«

»Sie sehen hier doch niemand, oder doch?« meinte ich. »Vielleicht aß Steiner gern Hühner zum Abendessen und schlachtete sie in seinem Wohnzimmer.«

»Ich verstehe Sie nicht. Ich verstehe Ihr Spiel nicht.«

Ich grinste wieder. »Rufen Sie doch ruhig Ihre Freunde in

der Stadt unten an. Allerdings wird Ihnen die Reaktion, die Sie damit auslösen, nicht gefallen.«

Ohne einen Muskel zu bewegen, dachte er darüber nach. Seine Lippen zogen sich fest gegen seine Zähne zurück.

»Warum nicht?« fragte er schließlich in vorsichtigem Ton.

»Ich kenne Sie, Mr. Slade«, sagte ich. »Ihnen gehört der Aladdin-Klub unten an den Palisades. Glücksspiele, gedämpfte Beleuchtung und Abendkleidung und nebenbei ein kaltes Büfett. Sie kennen Steiner gut genug, daß Sie ohne anzuklopfen in sein Haus kommen. Steiner brauchte bei seiner Masche hin und wieder ein wenig Schutz. Den konnten Sie ihm bieten.«

Slades Finger krampften sich fest um die Lueger, entspannten sich dann wieder. Er legte die Waffe auf den Schreibtisch, hielt aber seine Hand darauf. Sein Mund verzog sich zu einer harten, weißen Grimasse.

»Jemand hat sich Steiner vorgenommen«, sagte er leise. Seine Stimme und sein Gesichtsausdruck schienen zwei völlig verschiedenen Personen zu gehören. »Er hat sich heute nicht in seinem Geschäft gezeigt. Er hat sich nicht am Telefon gemeldet. Ich bin hergekommen, um nachzusehen.«

»Freut mich zu hören, daß Sie Steiner nicht selbst erschossen haben«, sagte ich.

Die Lueger fuhr wieder hoch und suchte sich meine Brust als Ziel.

»Stecken Sie das Ding weg, Slade«, sagte ich. »Sie wissen noch nicht genug, um schon loszuballern. Daß ich nicht kugelfest bin, ist eine Vorstellung, an die ich mich gewöhnen mußte. Stecken Sie sie ruhig weg. Aber ich will Ihnen etwas sagen — falls Sie es noch nicht wissen. Jemand hat heute Steiners Bücher aus seinem Laden fortgeschafft — die Bücher, mit denen er seine wirklichen Geschäfte machte.«

Zum zweitenmal legte Slade seine Waffe auf den Schreibtisch. Er lehnte sich zurück und zwang sein Gesicht, einen liebenswürdigen Ausdruck anzunehmen. »Ich höre«, sagte er.

»Ich glaube auch, daß jemand sich Steiner vorgenommen hat«, fuhr ich fort. »Ich halte dieses Blut für sein Blut. Daß die Bücher aus Steiners Laden fortgeschafft wurden, gibt uns einen Grund anzunehmen, daß seine Leiche von hier fortgebracht wurde. Jemand will Steiners Masche übernehmen, aber verhindern, daß er gefunden wird, ehe alles arrangiert ist. Aber wer es auch war, er hätte das Blut beseitigen sollen. Das hat er versäumt.«

Slade hörte schweigend zu. Die Spitzen seiner Augenbrauen bildeten scharfe Winkel vor der weißen Haut seiner Stirn, die nie Sonne zu sehen bekam.

»Steiner umzubringen, um sich seine Masche unter den Nagel zu reißen, war eine Dummheit, und ich bin nicht sicher, ob es sich so abgespielt hat. Ich bin aber überzeugt, daß, wer auch immer die Bücher an sich nahm, darüber Bescheid weiß, und daß die Blonde unten in dem Laden sich vor irgend etwas zu Tode fürchtet.«

»Noch mehr?« fragte Slade gelassen.

»Im Augenblick nicht. Es steckt eine Skandalgeschichte dahinter, der ich auf die Spur kommen will. Wenn ich sie finde, sage ich Ihnen vielleicht Bescheid. Dann können Ihre Schläger übernehmen.«

»Das geschieht besser jetzt«, sagte Slade. Dann zog er seine Lippen wieder gegen die Zähne zurück und pfiff scharf.

Ich fuhr zusammen. Draußen wurde eine Wagentür geöffnet. Schritte folgten. Ich zog meine Waffe hinter dem Rücken hervor. Slades Gesicht verzerrte sich, und seine Hand schoß zu der Lueger, die vor ihm lag, tastete nach dem Griff.

»Nicht rühren!« befahl ich.

Steif erhob er sich, beugte sich vor, die Hand an der Waffe, aber die Waffe nicht in der Hand. Ich drückte mich an ihm vorbei in den Gang und drehte mich um, als zwei Männer in den Raum kamen.

Der eine hatte kurzes rotes Haar, ein weißes, gefurchtes Gesicht, unstete Augen. Der andere war offensichtlich Boxer, ein gutaussehender Bursche, wenn man von der plattgedrückten Nase und dem einen zu einem Klubsteak aufgequollenen Ohr absah. Keiner der beiden ließ eine Waffe sehen. Sie blieben stehen und starrten.

Ich stand hinter Slade unter der Tür. Slade beugte sich vor mir über den Schreibtisch und rührte sich nicht.

Der Mund des Boxers öffnete sich mit einem breiten Knurren, bleckte scharfe weiße Zähne. Der Rotkopf sah erschrokken und verängstigt aus. Slade besaß gute Nerven. Mit sicherer, leiser, aber sehr deutlicher Stimme sagte er: »Dieser Schuft hat Steiner umgelegt. Auf ihn, Boys.«

Der Rotkopf faßte seine Unterlippe mit den Zähnen und griff nach etwas unter seinem linken Arm. Er bekam es nicht. Ich war auf alles vorbereitet. Ich schoß ihn durch die rechte Schulter. Ich tat es ganz gegen meinen Willen. Der Schuß war in dem geschlossenen Raum sehr laut. Mir schien es, als könnte er in der ganzen Stadt gehört werden. Der Rotkopf stürzte zu Boden und keuchte und schlug um sich, als ob ich ihn in den Bauch geschossen hätte.

Der Boxer rührte sich nicht. Wahrscheinlich wußte er, daß er mit seiner Hand nicht schnell genug war. Slade riß seine Lueger hoch und wollte herumwirbeln. Ich machte einen Schritt vorwärts auf den Schreibtisch zu, und die Lueger flog gegen eine Reihe Bücher.

Slade hörte nicht, wie ich sagte: »Ich verabscheue es, einen Einarmigen von hinten niederzuschlagen, Slade. Und ich bin nicht verrückt auf die Abrechnung. Sie haben mich dazu gezwungen.«

Der Boxer grinste mich an und sagte: »Na schön, mein Freund, aber was jetzt?«

»Ich will hier heraus, wenn es ohne weitere Schießerei geht. Aber ich kann warten, bis Polizei kommt. Mir ist es egal.«

Er dachte gelassen darüber nach. Der Rotkopf auf dem Boden stöhnte vor sich hin. Slade war sehr still.

Der Boxer hob langsam die Hände und legte sie im Nacken zusammen. Kühl sagte er: »Ich weiß nicht, um was es hier geht. Aber mir ist es verdammt egal, wohin Sie wollen und was Sie tun, wenn Sie dahin kommen. Und das Lokal hier entspricht nicht meinen Vorstellungen für eine Revolverparty. Verschwinden Sie.«

»Kluger Junge. Sie haben mehr Verstand als Ihr Chef.«

Ich schob mich an dem Schreibtisch vorbei, schob mich auf die offene Haustür zu. Der Boxer drehte sich langsam auf der Stelle, blieb mir zugewendet, behielt die Hände im Nacken. Auf seinem Gesicht stand ein schiefes, aber beinahe gutmütiges Grinsen.

Ich verschwand schnell durch die Tür, raste durch die Lücke in der Hecke und den Berg hinauf, erwartete halb, daß Blei hinter mir herfliegen würde. Es kam keins.

Ich sprang in den Chrysler und hetzte ihn über die Bergkuppe hinweg und aus dieser Gegend fort.

10

Es war fünf vorbei, als ich gegenüber dem Apartmenthaus am Randall Place anhielt. Einige Fenster waren bereits erleuchtet, und aus Radios plärrten mißtönend verschiedene Programme. Ich fuhr mit dem Fahrstuhl zum vierten Stock. Apartment 405 lag am Ende eines langen Ganges, der grün ausgelegt und elfenbeinfarben getäfelt war. Eine kühle Brise wehte von der offenen Tür zur Feuertreppe durch den Gang.

Neben der Tür mit der Aufschrift 405 befand sich ein kleiner Elfenbeinknopf. Ich drückte darauf. Nach langer Zeit öffnete ein Mann die Tür etwa einen Fuß weit. Es war ein schlanker Mann mit langen Beinen und dunkelbraunen Augen in einem sehr braunen Gesicht. Drahtiges Haar wuchs sehr weit hinten auf seinem Kopf und verlieh ihm eine sehr hohe, gewölbte, braune Stirn. Seine braunen Augen musterten mich kühl.

»Steiner?« fragte ich.

Auf dem Gesicht des Mannes änderte sich nichts. Er brachte eine Zigarette hinter der Tür hervor und nahm sie langsam zwischen schmale braune Lippen. Eine Rauchwolke kam mir entgegen, und hinter ihr mit kühler, gelassener, nichtssagender Stimme die Frage: »Was sagten Sie da?«

»Steiner. Harold Hardwicke Steiner, der Mann, der die Bücher hat.«

Der Braune nickte. Ohne Eile dachte er über meine Bemerkung nach. Er sah auf das Mundstück seiner Zigarette und meinte: »Ich glaube, ich kenne ihn. Aber er kommt nicht hierher zu Besuch. Wer hat Sie geschickt?«

Ich lächelte. Das gefiel ihm nicht. Ich sagte: »Sind Sie Marty?«

Das braune Gesicht wurde härter. »Na und? Haben Sie was anzubieten – oder wollen Sie nur eine Schau machen?«

Ich schob meinen linken Fuß unauffällig vor, weit genug, daß er die Tür nicht zuschlagen konnte.

»Sie haben die Bücher«, sagte ich. »Ich habe die Kundenliste. Wollen wir uns darüber unterhalten?«

Marty ließ seinen Blick nicht von meinem Gesicht. Seine rechte Hand verschwand wieder hinter der Tür, und seine Schulter sah aus, als ob er mit der Hand Bewegungen machte. In dem Raum hinter ihm war ein schwaches Geräusch – ein sehr schwaches. Ein Vorhangring klirrte leicht an einer Stange. Dann öffnete er die Tür weit. »Warum nicht, wenn Sie glauben, daß Sie etwas zu bieten haben«, sagte er kühl.

Ich trat an ihm vorbei in den Raum. Es war ein freundlicher Raum, mit nicht zu vielen, aber guten Möbeln. Fenstertüren in der gegenüberliegenden Wand führten auf einen Balkon, und man blickte auf die Vorberge, die sich in der Dämmerung bereits röteten. Neben den Fenstern befand sich eine geschlossene Tür. Eine weitere Tür war vorn im Raum in der gleichen Wand. Sie war von einem Vorhang bedeckt, der an einer Messingstange unter dem Türbalken hing.

Ich setzte mich auf ein Sofa an der Wand, in der keine Türen waren. Marty schloß die Tür und ging nach links zu einem großen eichenen Schreibtisch, der mit quadratischen Nägeln beschlagen war. Ein Zigarrenkasten aus Zedernholz mit vergoldeten Beschlägen stand in einem niedrigen Fach des Schreibtisches. Marty nahm ihn, ohne mich aus den Augen zu lassen, und stellte ihn auf einen niedrigen Tisch neben einem Sessel. Er setzte sich in den Sessel.

Ich legte meinen Hut neben mich, öffnete den obersten Knopf meiner Jacke und lächelte Marty an.

»Nun, ich höre«, sagte er.

Er drückte seine Zigarette aus, hob den Deckel des Zigarrenkastens und nahm zwei dicke Zigarren heraus.

»Zigarre?« fragte er gleichgültig und warf mir eine zu.

Ich griff danach, und das war eine Dummheit. Marty ließ die andere Zigarre in den Kasten zurückfallen und zog sehr schnell eine Waffe daraus hervor.

Höflich betrachtete ich die Waffe. Es war ein schwarzer Polizeicolt Kaliber .38. Im Augenblick hatte ich kein Argument gegen sie.

»Stehen Sie mal eben auf«, sagte Marty. »Kommen Sie etwa drei Schritte vor. Sie dürfen ein bißchen Luft schnappen, während Sie das tun.« Seine Stimme klang gezwungen gleichgültig.

Innerlich war ich wütend, aber ich grinste ihn an.

»Sie sind heute der zweite, den ich treffe, der glaubt, wenn er eine Waffe in der Hand hält, bedeutet das, er hätte die Welt am Schwanz gepackt. Legen Sie sie fort und lassen Sie uns reden.«

Martys Augenbrauen zogen sich zusammen, und er schob das

Kinn etwas vor. Seine braunen Augen waren irgendwie beunruhigt.

Wir starrten uns an. Ich sah nicht auf den spitzen schwarzen Schuh, der unter dem Vorhang links von mir herausragte.

Marty trug einen dunkelblauen Anzug, ein blaues Hemd und eine schwarze Krawatte. Über den dunklen Farben wirkte sein braunes Gesicht düster. Mit schleppender Stimme sagte er leise: »Verstehen Sie mich nicht falsch. Ich bin keiner von den Harten – nur vorsichtig. Ich weiß nicht das geringste von Ihnen. Wer sagt mir, daß Sie kein Totschläger sind?«

»Sie sind nicht vorsichtig genug«, antwortete ich. »Der Trick mit den Büchern war Pfusch.«

Er holte tief Luft und stieß sie langsam wieder aus. Dann lehnte er sich zurück, schlug seine langen Beine übereinander und stützte seinen Colt auf sein Knie.

»Bilden Sie sich nicht ein, daß ich keinen Gebrauch von der Waffe mache, wenn ich muß. Was haben Sie mir zu sagen?«

»Sagen Sie Ihrer Freundin mit den spitzen Schuhen, sie soll hereinkommen. Sie wird es müde, den Atem anzuhalten.«

Ohne den Kopf zu drehen, rief Marty: »Komm herein, Agnes.«

Der Vorhang vor der Tür wurde geteilt, und die grünäugige Blondine aus Steiners Laden kam zu uns ins Zimmer. Es überraschte mich nicht sehr, sie hier zu sehen. Sie sah mich erbittert an.

»Ich wußte verdammt gut, daß Sie Ärger bringen«, sagte sie wütend zu mir. »Ich habe Joe gewarnt, er sollte vorsichtig sein.«

»Spar dir das«, schnauzte Marty. »Joe ist reichlich vorsichtig genug. Mach mehr Licht an, damit ich diesen Kerl sehen kann, falls es so weit kommt, daß ich ihn umlegen muß.«

Die Bondine schaltete eine große Stehlampe mit einem quadratischen roten Schirm ein. Sie setzte sich in einen großen Velourssessel darunter und behielt ein starres, schmerzliches Lächeln auf ihrem Gesicht. Sie war bis an den Rand des Zusammenbruchs verängstigt.

Ich erinnerte mich an die Zigarre, die ich in der Hand hielt, und steckte sie mir in den Mund. Martys Colt war sehr fest auf mich gerichtet, während ich Streichhölzer aus der Tasche zog und die Zigarre anzündete.

Ich blies Rauch aus und sagte durch den Rauch: »Die Kundenliste, von der ich sprach, ist in Geheimschrift. Deshalb kann ich die Namen noch nicht lesen. Aber es sind rund fünfhundert. Sie haben zwölf Kisten mit Büchern, sagen wir dreihundert. Ebenso viele werden ausgeliehen sein. Sagen wir fünfhundert im ganzen, um vorsichtig zu sein. Wenn die Kunden auf der Liste gut sind und Sie bei ihnen alle Bücher anbringen können, ergibt das eine viertel Million mal die Leihgebühr. Setzen wir die durchschnittliche Leihgebühr niedrig an, sagen wir einen Dollar. Das ist zuwenig, aber sagen wir ruhig einen Dollar. Heutzutage ist das eine Menge Geld, genug, um einen dafür beiseite zu schaffen.«

Die Bondine schrie gellend: »Sie sind verrückt, wenn Sie ...«

»Sei ruhig«, schnauzte Marty sie an.

Die Blondine gehorchte und legte den Kopf wieder gegen die Rücklehne ihres Sessels. Ihr Gesicht war von Qual verzerrt.

»Das ist kein Geschäft für Dummköpfe«, erklärte ich ihnen weiter. »Man muß sich dazu Vertrauen erwerben und bewahren. Persönlich halte ich die Erpressungen für einen Fehler. Ich bin dafür, daß man das alles aufgibt.«

Martys dunkelbraune Augen blieben kühl und starr auf mein Gesicht gerichtet. »Sie sind ein komischer Kerl«, sagte er schleppend und gelassen. »Wer hat denn diese prächtige Masche?«

»Sie«, sagte ich, »beinahe.«

Marty gab keine Antwort.

»Sie haben Steiner erschossen, um sie zu bekommen. Gestern nacht während des Regens. Es war günstiges Wetter zum Schießen. Das Ärgerliche ist, er war nicht allein, als es passierte. Entweder haben Sie es nicht gesehen, oder Sie bekamen Angst. Sie rannten fort. Aber Sie hatten Nerven genug, wiederzukommen und die Leiche irgendwo zu verstecken – damit Sie mit den Büchern alles arrangieren konnten, ehe der Mord bekannt wurde.«

Die Blondine gab einen würgenden Laut von sich, drehte dann ihren Kopf zur Seite und starrte die Wand an. Ihre silbrigen Fingernägel gruben sich in ihre Handflächen. Ihre Zähne bissen fest auf ihre Unterlippe.

Marty blinzelte nicht mit einem Auge. Er bewegte sich nicht, und der Colt in seiner Hand bewegte sich auch nicht. Sein braunes Gesicht war hart wie geschnitztes Holz.

»Mann, Sie riskieren was«, sagte er schließlich gedämpft. »Sie haben höllisches Glück, daß ich Steiner nicht erschossen habe.«

Ich grinste ihn an, aber ohne viel Freude. »Sie könnten trotzdem dafür gefaßt werden«, sagte ich.

Martys Stimme klang wie ein trockenes Knistern. »Meinen Sie, jemand will es mir anhängen?«

»Das weiß ich genau.«

»Woher?«

»Es gibt jemand, der es beschwören wird.«

Darauf fluchte Marty. »Dieses – verdammte kleine –! Das wäre ihr – zuzutrauen – verdammtes Aas.«

Ich sagte nichts weiter, ich ließ ihn daran kauen. Sein Gesicht klärte sich langsam, und er legte den Colt auf den Tisch, hielt die Hand aber in seiner Nähe.

»Sie klingen nicht nach einem Betrüger, wie ich Betrüger kenne«, sagte er langsam. Seine Augen waren ein schmales Glitzern zwischen dunklen zusammengezogenen Lidern. »Und ich sehe keine Polente in der Nähe. Was wollen Sie eigentlich?«

Ich zog an meiner Zigarre und beobachtete seine rechte Hand. »Den Film, der in Steiners Kamera war, und alle Abzüge, die Sie machen ließen. Jetzt auf der Stelle. Sie haben sie – denn nur dadurch können Sie wissen, wer gestern abend bei Steiner gewesen ist.«

Marty drehte leicht den Kopf, um zu Agnes hinüberzublikken. Sie hielt das Gesicht noch der Wand zugewendet, und ihre Fingernägel bohrten sich noch in ihre Handflächen. Marty sah mich wieder an.

»Da befinden Sie sich aber gründlich auf dem Holzweg, Mann«, erklärte er mir.

Ich schüttelte den Kopf. »Nein. Sie sind ein Dummkopf, wenn Sie nicht darauf eingehen, Marty. Der Mord kann Ihnen leicht angehängt werden. Es wäre ein klarer Fall. Wenn das Mädchen seine Aussage machen muß, spielen die Bilder keine Rolle. Aber sie will nicht aussagen.«

»Sind Sie ein Schnüffler?« fragte er.

»Ja.«

»Wie sind Sie auf mich gekommen?«

»Ich arbeitete an Steiner. Er hat Dravec bearbeitet. Dravec wirft mit Geld um sich. Sie haben davon was abbekommen.

Ich verfolgte die Bücher von Steiners Laden hierher. Das übrige war leicht, nachdem ich die Geschichte des Mädchens kannte.«

»Sagt sie, ich hätte Steiner erschossen?«

Ich nickte. »Aber sie kann sich irren.«

Marty seufzte. »Sie haßt mich bis aufs Blut«, sagte er. »Ich habe sie sitzenlassen. Ich wurde dafür bezahlt, aber ich hätte es auf jeden Fall getan. Sie war mir zu verrückt.«

»Holen Sie die Bilder, Marty«, sagte ich.

Er stand langsam auf, blickte auf den Colt hinunter und schob ihn in seine Seitentasche. Langsam hob er die Hand zu seiner Brusttasche.

Jemand drückte auf den Klingelknopf und klingelte ohne aufzuhören.

11

Marty gefiel das nicht. Seine Unterlippe verschwand hinter seinen Zähnen, und seine Augenbrauen senkten sich an den Enden. Sein ganzes Gesicht wurde bösartig.

Das Klingeln hielt an.

Die Blonde stand schnell auf. Die Nervenanspannung machte ihr Gesicht alt und häßlich. Marty ließ mich nicht aus den Augen. Rasch zog er eine Schublade des großen Schreibtischs auf und nahm eine kleine Pistole mit weißbeschlagenem Griff heraus. Er hielt sie der Blonden hin. Sie ging zu ihm und nahm die Waffe widerwillig an sich.

»Setz dich neben den Schnüffler«, zischte er. »Halte ihn in Schach. Wenn er komisch wird, verpaßt du ihm ein paar.«

Die Blonde setzte sich etwa in einem Meter Abstand von mir auf das Sofa, auf der Seite, die von der Tür weiter entfernt war. Sie richtete die Waffe auf mein Bein. Der gehetzte Blick ihrer Augen gefiel mir nicht.

Die Türklingel verstummte, und jemand begann schnell, leise und ungeduldig gegen die Füllung zu klopfen. Marty ging zur Tür und öffnete. Die rechte Hand schob er in seine Jackentasche, ergriff die Klinke mit der linken und riß die Tür weit auf. Carmen Dravec drängte ihn ins Zimmer, die Mündung eines kleinen braunen Revolvers dicht vor seinem Gesicht. Marty wich schnell vor ihr zurück. Sein Mund war geöffnet, und Panik stand auf seinem Gesicht. Er kannte Carmen gut genug.

Carmen schloß die Tür, dann drang sie mit dem erhobenen Revolver weiter in das Zimmer vor. Sie sah niemand außer Marty an, schien niemand außer Marty zu bemerken. Ihr Gesicht hatte einen berauschten Ausdruck.

Die Blonde schauderte am ganzen Körper. Sie hob die Pistole mit dem weißen Griff und richtete sie auf Carmen. Mein Arm schoß vor, und ich packte ihre Hand, umklammerte schnell ihre Finger und schob mit dem Daumen den Sicherungsflügel zurück und hielt ihn so fest. Es folgte ein kurzes Ringen, das weder Marty noch Carmen beachteten. Dann hatte ich die Waffe. Die Blonde atmete schwer und starrte Carmen Dravec an. Carmen hielt den Blick ihrer benommenen Augen auf Marty gerichtet und sagte: »Ich will meine Bilder.«

Marty schluckte trocken und versuchte zu lächeln. »Selbstverständlich, Kindchen, selbstverständlich«, sagte er mit belegter, tonloser Stimme, die keine Ähnlichkeit mit der Stimme hatte, mit der er zu mir gesprochen hatte.

Carmen sah fast so wahnsinnig aus, wie ich sie in Steiners Stuhl gesehen hatte. Aber dieses Mal beherrschte sie ihre Stimme und ihre Muskeln. »Du hast Hal Steiner erschossen«, sagte sie.

»Nicht so hastig, Carmen«, schrie ich.

Carmen reagierte nicht. Die Blonde erwachte plötzlich zum Leben, senkte den Kopf, als ob sie mich anspringen wollte, schlug dann ihre Zähne in meine rechte Hand, die Hand, in der ich ihre Pistole hielt. Ich schrie noch einmal. Niemand schien sich darum zu kümmern.

»Hör mal zu, Kindchen, ich habe niemand ...«, fing Marty an.

Die Blonde nahm ihre Zähne aus meiner Hand und spuckte mich mit meinem Blut an. Dann warf sie sich auf mein Bein und wollte zubeißen. Ich schlug ihr mit dem Pistolenlauf leicht auf den Kopf und versuchte aufzustehen. Sie rollte an meinen Beinen herunter und schlang ihre Arme um meine Knöchel. Ich fiel auf das Sofa zurück. Wahnsinnige Angst verlieh der Blonden ungeahnte Kraft.

Marty griff mit der linken Hand nach Carmens Waffe, verfehlte sie. Der kleine Revolver gab einen dumpfen, schweren Knall, der aber nicht laut war. Das Geschoß ging an Marty vorbei und zerschmetterte die Scheibe in einer der großen, weitgeöffneten Fenstertüren. Marty stand völlig bewegungslos da. Er sah aus, als ob seine sämtlichen Muskeln erstarrt wären.

»Ducken Sie sich, und schlagen Sie ihr die Füße weg«, schrie ich ihm zu.

Dann klopfte ich der Blonden noch einmal auf den Kopf, diesmal viel fester. Sie rollte mir zu Füßen. Ich machte mich von ihr frei und glitt von ihr fort. Marty und Carmen standen sich wie zwei Statuen gegenüber.

Etwas sehr Großes und Schweres schlug gegen die Tür und spaltete die Füllung schräg von oben nach unten. Das brachte Marty zum Leben zurück. Er riß den Colt aus seiner Tasche und sprang zurück. Ich jagte einen Schuß nach seiner rechten Schulter, weil ich ihn nicht schwer verletzen wollte, verfehlte ihn aber. Das Schwere schlug wieder gegen die Tür, diesmal mit einer Wucht, daß das ganze Gebäude zu beben schien.

Ich ließ die kleine Pistole fallen und riß meine eigene Waffe heraus, als Dravec samt der zerschmetterten Tür ins Zimmer stürzte. Seine Augen waren wild, wahnsinnstrunken, berserkerhaft. Er fuchtelte mit seinen schweren Armen, während seine blutunterlaufenen Augen funkelten und Schaum auf seine Lippen trat. Ohne mich auch nur anzusehen, versetzte er mir einen harten Schlag seitlich gegen den Kopf. Ich fiel gegen die Wand, zwischen dem Ende des Sofas und der zerschmetterten Tür. Ich schüttelte den Kopf und versuchte, meine Benommenheit loszuwerden, als Marty zu schießen begann.

Etwas schien Dravecs Jacke hinter seinem Rücken hochzuheben, als ob die Kugel seinen Körper glatt durchschlagen hätte. Er taumelte, richtete sich sofort wieder auf und griff wie ein Bulle an.

Ich hob meine Waffe und schoß Marty in den Leib. Er schwankte, aber der Colt in seiner Hand zuckte und dröhnte weiter. Dann war Dravec zwischen uns, Carmen wurde wie ein welkes Blatt beiseite gefegt, und jetzt konnte keiner mehr verhindern, was kam.

Martys Kugeln konnten Dravec nicht aufhalten. Nichts hätte das gekonnt. Wenn er tot gewesen wäre, er wäre trotzdem auf Marty losgegangen und hätte ihn gepackt. Er bekam ihn an der Kehle zu fassen, als Marty seine leergeschossene Waffe dem großen Mann ins Gesicht schlug. Sie prallte ab wie ein Gummiball. Marty schrie gellend, und Dravec packte ihn um den Hals, riß ihn hoch, so daß Martys Füße die Berührung mit dem Boden verloren. Einen Augenblick lang kämpften Martys braune Hände darum, an den Handgelenken des großen Mannes einen Halt zu finden. Es knackte scharf, und Martys Arme fielen schlaff zurück. Es folgte ein weiteres dumpferes Knacken. Gerade noch ehe Dravec Martys Hals losließ, sah ich, daß Martys Gesicht schwarz-violett war. Ich erinnerte mich fast gleichgültig daran, daß Menschen, denen das Genick gebrochen wurde, manchmal ihre Zunge verschlucken, ehe sie sterben.

Dann sank Marty in der Ecke in sich zusammen, und Dravec begann, von ihm zurückzuweichen. Er wich zurück wie ein Mann, der sein Gleichgewicht verliert, der nicht fähig ist, die Füße unter seinem Schwerpunkt zu halten. So machte er vier unbeholfene Schritte rückwärts. Dann kippte sein großer Körper hinterrücks über, und er fiel mit weit ausgespreizten Armen auf den Boden. Blut schoß aus seinem Mund. Er riß die Augen auf, als ob er durch Nebel sähe.

Carmen Dravec sank neben ihm nieder und begann wie ein verängstigtes Tier zu klagen.

Draußen war viel Lärm, aber niemand zeigte sich in der Türöffnung. Zuviel ungezieltes Blei war herumgeflogen.

Ich ging schnell zu Marty hinüber, beugte mich zu ihm hinunter und schob meine Hand in seine Brusttasche. Ich nahm einen dicken quadratischen Umschlag heraus, in dem sich etwas Hartes und Steifes befand. Damit richtete ich mich auf und drehte mich um.

Von fern klang schwach das Jaulen einer Sirene durch die Abendluft. Es schien lauter zu werden. Ein Mann mit weißem Gesicht spähte vorsichtig durch die Türöffnung. Ich kniete mich neben Dravec. Er versuchte etwas zu sagen, aber ich konnte die Worte nicht verstehen. Dann verschwand der mühsame Blick aus seinen Augen, und sie wurden abweisend und gleichgültig wie die Augen eines Mannes, der etwas in weiter Ferne über eine große Ebene hinweg betrachtet.

»Er war betrunken, er zwang mich, ihm zu sagen, wo ich hingehe, ich wußte nicht, daß er mir nachkam«, sagte Carmen tonlos.

»Wie sollten Sie auch«, erwiderte ich unbewegt.

Ich richtete mich wieder auf und öffnete den Umschlag. Er enthielt einige Fotos und ein gläsernes Negativ. Ich ließ die

Platte auf den Boden fallen und zermalmte sie unter dem Absatz. Ich begann, die Fotos in kleine Fetzen zu reißen, und ließ sie aus meinen Händen flattern.

»Sie werden jetzt Bilder in jeder Menge von Ihnen bringen, Kindchen«, sagte ich, »aber dieses hier nicht.«

»Ich wußte nicht, daß er mir nachkommt«, wiederholte sie und begann, an ihrem Daumen zu kauen.

Die Sirene jaulte jetzt laut vor dem Haus. Sie erstarb zu einem durchdringenden Dröhnen und verklang dann völlig, gerade in dem Augenblick, als ich mit dem Zerreißen der Fotos fertig war. Ich stand mitten in dem Zimmer und fragte mich, warum ich mir die Mühe überhaupt gemacht hatte. Es spielte jetzt keine Rolle mehr.

12

Den Ellbogen auf die Schmalseite von dem großen Walnußschreibtisch in Inspektor Ishams Büro gestützt, saß Guy Slade da und hielt eine Zigarette, die unbeachtet zwischen seinen Fingern glimmte. Ohne mich anzusehen, sagte er: »Vielen Dank, daß Sie mich ins Loch gebracht haben, Schnüffler. Hin und wieder sehe ich die Burschen von der Polizei ganz gern.« Seine Augenwinkel runzelten sich in einem unangenehmen Lächeln.

Ich saß an der Breitseite des Tisches, Isham gegenüber. Isham war hager und grau und trug einen Kneifer. Er sah weder wie ein Polizist aus, noch benahm er sich oder sprach er so. Veilchen M'Gee und ein irischer Polizist namens Grinnell saßen auf bequemen Stühlen vor der Glaswand, die einen Teil des Büros als Empfangszimmer abtrennte.

Ich sagte zu Slade: »Ich war der Meinung, Sie hätten das Blut etwas zu früh gefunden. Anscheinend habe ich mich geirrt. Ich bitte um Entschuldigung, Mr. Slade.«

»Schon gut. Damit ist es so gut wie nicht geschehen.« Er stand auf, nahm einen Malakka-Rohrstock und einen Handschuh vom Schreibtisch. »Ist das für mich alles, Inspektor?«

»Für heute abend ist es alles, Slade.« Ishams Ton war trokken, kühl und melancholisch.

Slade hängte den Stock an der Krücke über sein Handgelenk, um die Tür zu öffnen. Er lächelte allen zu, ehe er hinausschlenderte. Das letzte, worauf seine Augen ruhten, war wahrscheinlich mein Nacken, aber ich sah nicht zu ihm hin.

»Ich brauche Ihnen nicht erst zu sagen, was die Polizei von einer derartigen Vertuschung eines Mordes hält«, sagte Isham.

Ich seufzte. »Schüsse«, antwortete ich. »Ein toter Mann auf dem Boden. Ein nacktes, von Rauschgift betäubtes Mädchen auf einem Stuhl, das nicht weiß, was vor sich ging. Ein Mörder, den ich nicht fassen konnte und den Sie auch nicht fassen konnten – damals nicht. Und hinter allem dieser arme alte Bursche, dem das Herz brach und der versuchte, in einer elenden Klemme das Richtige zu tun. Nur zu – hängen Sie es mir an. Es soll mir nicht leid tun.«

Isham wischte alles beiseite. »Wer hat Steiner erschossen?«

»Das blonde Mädchen kann es Ihnen sagen.«

»Ich will es von Ihnen hören.«

Ich hob die Schultern. »Wenn Sie wollen, daß ich rate – Dravecs Fahrer – Carl Owen.«

Isham machte kein sonderlich überraschtes Gesicht. Veilchen M'Gee grunzte laut.

»Wie kommen Sie darauf?« fragte Isham.

»Eine Zeitlang glaubte ich, es könnte Marty gewesen sein, zum Teil, weil das Mädchen es behauptete. Aber das hat nichts zu bedeuten. Sie wußte es nicht und griff bereitwillig nach der Chance, Marty etwas anzuhängen. Und sie gehört nicht zu der Sorte, die einen Gedanken schnell aufgibt. Aber Marty benahm sich nicht wie ein Mörder. Und ein Mann wie Marty wäre auch nicht so schnell davongelaufen. Ich hatte noch nicht einmal an die Tür geklopft, als der Mörder schon floh.

Selbstverständlich dachte ich auch an Slade. Aber Slade ist auch nicht ganz der richtige Typ. Er schleppt zwei Revolverhelden mit sich herum, und die hätten irgendwie einen Kampf daraus gemacht. Außerdem schien Slade ehrlich überrascht zu sein, als er am Nachmittag das Blut auf dem Boden fand. Slade machte mit Steiner gemeinsame Sache und hielt ihn unter Druck, aber er hat ihn nicht umgebracht, weil er keinen Grund dazu gehabt hat, und er hätte ihn nicht vor Zeugen umgebracht, selbst wenn er einen Grund gehabt hätte.

Wohl aber Carl Owen. Er war in das Mädchen einmal verliebt, ist wahrscheinlich nie darüber hinweggekommen. Er hatte die Möglichkeit, ihr nachzuspionieren, ausfindig zu machen, wohin sie ging und was sie tat. Er lauerte Steiner auf, kam durch die Hintertür, sah den Trick mit der Aktaufnahme und verlor die Nerven. Er legte Steiner um. Dann überkam ihn die Panik, und er rannte davon.«

»Er rannte bis zum Pier am Lido und dann noch darüber hinaus«, warf Isham trocken ein. »Vergessen Sie nicht, daß Owen eine Kopfverletzung von einem Totschläger hatte?«

»Nein«, antwortete ich. »Und ich vergesse auch nicht, daß Marty auf irgendeine Weise wußte, was auf der Platte war – oder jedenfalls so weit ahnte, daß er sich die Platte holte und dann Steiner in dessen Garage versteckte, um sich Luft zu schaffen.«

»Holen Sie Agnes Laurel herein, Grinnell«, sagte Isham.

Grinnell erhob sich von seinem Stuhl, schlenderte quer durch das Büro und verschwand durch eine Tür.

Veilchen M'Gee sagte: »Junge, Junge, mit dir kann man was erleben.«

Ich sah nicht zu ihm hin. Isham zupfte an der losen Haut über seinem Adamsapfel und betrachtete dabei die Fingernägel seiner anderen Hand.

Grinnell kam mit der Blonden zurück. Ihr Haar hing unordentlich auf ihren Mantelkragen. Sie hatte die Jet-Knöpfe aus den Ohren genommen. Sie sah müde aus, aber nicht mehr verängstigt. Sie ließ sich langsam auf dem Stuhl an der Schmalseite des Schreibtischs nieder, wo Slade gesessen hatte, und faltete ihre Hände mit den silbrigen Fingernägeln vor sich.

Isham sagte ruhig: »Also, Miss Laurel, wir wollen jetzt etwas von Ihnen hören.«

Das Mädchen blickte auf seine gefalteten Hände hinunter und sprach, ohne zu zögern, mit einer stillen, gefaßten Stimme.

»Ich habe Joe Marty etwa drei Monate gekannt. Vermutlich freundete er sich mit mir an, weil ich für Steiner arbeitete. Ich glaubte, weil er mich gern hatte. Ich sagte ihm von Steiner alles, was ich wußte. Einiges kannte er schon. Marty hatte von Geld gelebt, das er von Carmen Dravecs Vater bekommen hatte, aber jetzt war es verbraucht, und er mußte die Reste zusammenkratzen und sich nach was anderem umsehen. Er kam zu der Überzeugung, daß Steiner einen Partner brauchen könne, und beobachtete ihn, um festzustellen, ob er im Hintergrund nicht einflußreiche Freunde hätte.

Vergangene Nacht saß er in seinem Wagen unten auf der Straße hinter Steiners Haus. Er hörte die Schüsse, er sah den jungen Mann die Treppe herunterlaufen, in einen großen Wagen springen und davonrasen. Joe verfolgte ihn. Auf dem halben Weg zum Strand holte er ihn ein und drängte ihn von der Straße ab. Der Bursche zog eine Waffe, aber seine Nerven hielten nicht durch, und Joe schlug ihn nieder. Während er bewußtlos war, durchsuchte Joe ihn und stellte fest, wer er war. Als er wieder zu sich kam, gab Joe sich als Polizeibeamter aus, und der Bursche wurde weich und gestand die ganze Geschichte. Während Joe noch überlegte, was er tun sollte, wurde der Bursche plötzlich lebendig, stieß ihn beiseite und raste wieder davon. Er fuhr wie wahnsinnig. Joe ließ ihn fahren und ging zu Steiners Haus zurück. Das übrige wissen Sie ja wohl. Als Joe die Platte entwickelt und festgestellt hatte, was er daran besaß, versuchte er schnell, Geld daraus zu schlagen, ehe die Polizei Steiner fand. Wir wollten einen Teil von Steiners Büchern an uns nehmen und in einer anderen Stadt eine Bücherei aufmachen.«

Agnes Laurel schwieg. Isham klopfte mit seinen Fingern gegeneinander und fragte schließlich: »Das alles hat Marty Ihnen so geschildert?«

Sie nickte.

»Sind Sie sicher, daß er diesen Carl Owen nicht ermordet hat?«

»Ich war nicht dabei, aber Joe verhielt sich nicht so, als ob er jemand ermordet hätte.«

Isham nickte. »Das ist im Augenblick alles, Miss Laurel. Wir wollen das alles schriftlich aufnehmen. Selbstverständlich müssen wir Sie in Haft behalten.«

Das Mädchen stand auf. Grinnell brachte sie hinaus. Sie ging, ohne einen von uns anzusehen.

»Marty kann nicht gewußt haben, daß Carl Owen tot war. Aber er konnte sicher sein, daß er versuchen würde, sich zu verstecken. Bis wir ihn fassen konnten, hätte Marty bei Dravec kassieren und verschwinden können. Ich finde, die Geschichte des Mädchens klingt glaubwürdig«, sagte Isham.

Niemand antwortete. Nach einem Augenblick wandte Isham sich an mich.

»Sie haben einen bösen Fehler begangen. Sie hätten Marty

dem Mädchen gegenüber nicht erwähnen dürfen, solange Sie nicht sicher waren, daß er der Richtige war. Dadurch verloren zwei Menschen überflüssigerweise ihr Leben.«

»Stimmt«, antwortete ich. »Vielleicht sollte ich noch mal von vorn anfangen und alles noch mal machen.«

»Werden Sie nicht frech.«

»Ich bin nicht frech. Ich habe für Dravec gearbeitet und versucht, ihn vor einem kleinen Kummer zu bewahren. Ich wußte ja nicht, daß das Mädchen so verrückt ist oder daß Dravec einen genialen Einfall haben würde. Ich wollte die Aufnahme. Für Schufte wie Steiner oder Joe Marty und seine feine Freundin hatte ich nicht viel übrig und hab's jetzt noch nicht.«

»Schon gut, schon gut«, erwiderte Isham ungeduldig. »Heute nacht brauche ich Sie nicht mehr. Wahrscheinlich werden Sie bei dem Inquest scharf rangenommen werden.«

Er stand auf, und ich stand auch auf. Er streckte mir seine Hand hin.

»Aber das wird Ihnen verdammt viel mehr nützen als schaden«, fügte er trocken hinzu.

Ich schüttelte ihm die Hand und ging hinaus. M'Gee kam mir nach. Wir fuhren zusammen im Fahrstuhl nach unten, ohne miteinander zu sprechen. Als wir aus dem Gebäude kamen, ging M'Gee zur rechten Seite meines Chryslers herum und setzte sich hinein. »Hast du was zu trinken auf deiner Bude?«

»Reichlich«, antwortete ich.

»Dann wollen wir uns daranmachen.«

Ich ließ den Motor an und fuhr nach Westen über die First Street durch einen langen, hallenden Tunnel. Als wir aus ihm herauskamen, sagte M'Gee: »Wenn ich dir das nächste Mal einen Klienten schicke, erwarte ich, daß du ihn nicht wieder ausnimmst, mein Junge.«

Wir fuhren weiter durch die stille Nacht zum Berglund. Ich war sehr müde und fühlte mich alt und niemand von besonderem Nutzen.

DER MANN, DER HUNDE LIEBTE

1

Vor dem Hauseingang stand eine nagelneue aluminiumgraue DeSoto-Limousine. Ich ging um sie herum und drei weiße Stufen hinauf, durch eine Glastür und über drei weitere teppichbelegte Stufen. Ich drückte auf einen Klingelknopf an der Wand.

Augenblicklich schlug ein Dutzend Hunde an, daß das Dach bebte. Während sie bellten und heulten und jaulten, sah ich in ein kleines abgeteiltes Büro mit einem Schreibtisch und in ein Wartezimmer mit steifen, lederbezogenen Stühlen und drei Diplomen an der Wand, einem nackten Tisch, auf dem Exemplare einer Zeitschrift für Hundefreunde verstreut lagen.

Hinten im Haus beruhigte jemand die Hunde, dann ging eine Innentür auf, und ein kleiner Mann mit hübschem Gesicht über einem gelben Kittel kam auf Gummisohlen herein, zeigte ein besorgtes Lächeln unter dem bleistiftstrichdünnen Schnurrbart. Er sah um mich herum und unter mir hindurch, entdeckte keinen Hund. Sein Lächeln wurde beiläufiger.

»Ich würde es ihnen gern abgewöhnen, kann es aber nicht«, sagte er. »Jedesmal, wenn sie die Klingel hören, fangen sie damit an. Sie langweilen sich und wissen, daß das Klingeln Besuch bedeutet.«

»Ah so«, sagte ich und gab ihm meine Karte. Er las sie, drehte sie um, betrachtete die Rückseite, drehte sie wieder um und las noch einmal, was vorn draufstand.

»Privatdetektiv«, sagte er leise und leckte seine feuchten Lippen. »Nun gut – ich bin Dr. Sharp. Was kann ich für Sie tun?«

»Ich suche nach einem gestohlenen Hund.«

Seine Augen blitzten mich an. Sein weicher kleiner Mund schloß sich fest. Sehr langsam errötete sein ganzes Gesicht.

»Ich will damit nicht sagen, daß *Sie* den Hund gestohlen haben, Doktor«, erklärte ich. »Fast jeder könnte ein Tier in einem Haus wie Ihrem unterbringen, ohne daß Sie an die Möglichkeit dächten, daß es dem Betreffenden nicht gehört. Oder?«

»Der Gedanke ist nicht gerade angenehm«, antwortete er steif. »Was für eine Art Hund suchen Sie?«

»Einen Polizeihund.«

Er scharrte mit der Fußspitze auf dem dünnen Teppich, blickte an die Decke. Die Röte verschwand aus seinem Gesicht und ließ eine durchscheinende Blässe zurück. Nach einem langen Augenblick sagte er: »Ich habe nur einen Polizeihund hier, und ich kenne die Leute, denen er gehört. Ich fürchte also . . .«

»Sie haben wohl nichts dagegen, daß ich ihn mir ansehe«, unterbrach ich ihn und wandte mich der inneren Tür zu.

Dr. Sharp rührte sich nicht von der Stelle. Er scharrte nur wieder.

»Im Augenblick ist es mir nicht sehr gelegen«, antwortete er leise. »Vielleicht später am Tag.«

»Jetzt paßt es mir besser«, sagte ich und griff nach der Klinke.

Er trippelte hastig durch den Warteraum zu dem Schreibtisch. Seine Hand legte sich auf das Telefon, das dort stand.

»Ich werde . . . Ich werde einfach die Polizei rufen, wenn Sie mich belästigen«, sagte er gehetzt.

»Soll mir recht sein«, antwortete ich. »Verlangen Sie Chief Fulwider. Sagen Sie ihm, Carmady ist hier. Ich komme gerade von seinem Büro.«

Dr. Sharp zog seine Hand von dem Telefon zurück. Ich grinste ihn an und rollte eine Zigarette zwischen meinen Fingern.

»Kommen Sie, Doktor«, sagte ich. »Machen Sie sich selbst nichts vor und zeigen Sie mir den Hund. Wenn Sie nett sind, erzähle ich Ihnen vielleicht die Geschichte.«

Er kaute auf seinen Lippen, starrte auf die braune Schreibunterlage, fingerte an ihrer Ecke, richtete sich auf und durchquerte auf seinen weißen Gummisohlen den Raum, hielt mir die Tür auf, ging vor mir her durch einen schmalen grauen Gang. Hinter einer offenstehenden Tür war ein Operationstisch zu sehen. Wir traten durch eine weiter entfernte Tür in einen kahlen Raum mit Betonfußboden, einem Gasofen in der Ecke, mit einer Schüssel Wasser daneben; an den Wänden entlang zogen sich zwei Reihen Verschläge mit Türen aus festem Drahtgitter.

Hunde und Katzen starrten uns durch die Drahtgitter stumm und erwartungsvoll an. Ein winziger Chihuahua schnüffelte unter einem großen roten Afghanen mit einem breiten Schaffellhalsband hervor. Daneben war ein mürrischer Scotchterrier und ein Köter mit einem Bein ohne Fell und ein rasiermesserscharfer Foxterrier mit stumpfer Schnauze, die an der Spitze gerade im richtigen Winkel abfiel.

Ihre Nasen waren feucht und ihre Augen leuchteten, und sie wollten wissen, welchen von ihnen ich besuchte.

Ich betrachtete sie.

»Das hier sind Schoßhündchen, Doktor«, knurrte ich. »Ich habe von einem Polizeihund gesprochen. Grau und schwarz und ohne Braun. Ein Rüde. Neun Jahre alt. Mit lauter guten Merkmalen, außer daß sein Schwanz zu kurz ist. Langweile ich Sie?«

Er blickte mich an, machte eine unglückliche Handbewegung. »Nein, aber ...«, murmelte er. »Also kommen Sie mit.«

Wir verließen den Raum. Die Tiere sahen mir enttäuscht nach, besonders der Chihuahua, der versuchte, sich durch das Drahtgeflecht zu zwängen. Beinahe wäre es ihm gelungen. Durch eine Hintertür traten wir auf einen zementierten Hof hinaus, an den zwei Garagen grenzten. Die eine stand leer. Die andere, deren Tür einen Fußbreit offenstand, war eine düstere Höhle. Im Hintergrund klirrte ein großer Hund mit seiner Kette, hatte die Schnauze flach auf eine alte Steppdecke gelegt.

»Seien Sie vorsichtig«, warnte Sharp. »Manchmal ist er sehr wild. Ich hatte ihn im Haus, aber er ängstigt die anderen.«

Ich ging in die Garage. Der Hund knurrte. Ich trat näher an ihn heran. Mit einem scharfen Klirren zog er die Kette straff.

»Da bist du ja, Voss«, begrüßte ich ihn. »Gib mir die Pfote.«

Er legte den Kopf auf die Steppdecke zurück. Seine Ohren richteten sich halb auf. Er verhielt sich sehr ruhig. Seine Augen waren wölfisch, schwarz gerändert. Dann begann der gebogene, zu kurze Schwanz langsam auf den Boden zu klopfen.

»Gib mir die Pfote, Alter«, sagte ich und streckte meine Hand aus. Der kleine Tierarzt unter der Tür hinter mir warnte mich, vorsichtig zu sein. Der Hund erhob sich langsam auf seinen kräftigen Pfoten, richtete seine Ohren in die normale Stellung auf und hob sein linkes Vorderbein. Ich schüttelte es. Vorwurfsvoll sagte der Tierarzt: »Das überrascht mich aber sehr, Mister ... Mister ...«

»Carmady«, ergänzte ich. »Ja, das glaube ich.«

Ich tätschelte dem Hund den Kopf und verließ die Garage wieder.

Wir gingen in das Haus zurück und in den Warteraum. Ich schob die Zeitschriften aus dem Weg, setzte mich auf die Ecke des Tisches und betrachtete mir den hübschen kleinen Mann genau.

»Also los«, sagte ich. »Packen Sie aus. Wie heißen seine Besitzer und wo wohnen sie?«

Mit verdrießlichem Gesicht überlegte er. »Sie heißen Voss. Sie sind nach dem Osten verzogen und wollen nach dem Hund schicken, wenn sie sich dort eingerichtet haben.«

»Klug ausgedacht«, antwortete ich. »Der Hund heißt Voss nach einem deutschen Kriegsflieger, und die Leute sind nach dem Hund benannt worden.«

»Glauben Sie, daß ich lüge?« fragte Dr. Sharp hitzig.

»Genau das. Für einen Halunken sind Sie leicht einzuschüchtern. Ich glaube, daß jemand den Hund verstecken wollte. Jetzt hören Sie sich meine Geschichte an. Ein Mädchen namens Isobel Snare verschwand vor zwei Wochen aus ihrer Wohnung in San Angelo. Sie lebt bei ihrer Großtante, einer netten alten Dame in grauer Seide, die keiner so leicht zum Narren hält. Das Mädchen hat sich in ziemlich fragwürdiger Gesellschaft in Nachtlokalen und Spielhöllen herumgetrieben. Deshalb witterte die alte Dame einen Skandal und ging nicht zur Polizei. Sie bekam nichts heraus, bis eine Freundin dieser Isobel Snare zufällig den Hund in Ihrem Haus sah. Das erzählte sie der Tante. Die Tante beauftragte mich, weil ihre Nichte den Hund bei sich hatte, als sie mit ihrem Wagen von zu Hause fortfuhr und nicht mehr wiederkam.«

Ich trat meine Zigarette mit dem Absatz aus und zündete mir eine neue an. Dr. Sharps kleines Gesicht war fahl wie Teig. Schweißtropfen schimmerten in seinem eleganten kleinen Schnurrbart.

Freundlich fügte ich hinzu: »Die Polizei befaßt sich noch

nicht mit dem Fall. Das mit Chief Fulwider vorhin war ein Witz. Wie wäre es, wenn wir beide das für uns behielten?«

»Was – was verlangen Sie denn von mir?« stammelte der kleine Mann.

»Glauben Sie, daß Sie wegen des Hundes noch mal etwas hören?«

»Ja«, antwortete er schnell. »Der Mann schien ihn sehr gern zu haben, war ein wirklicher Hundeliebhaber. Und der Hund war freundlich zu ihm.«

»Dann werden Sie wieder von ihm hören, und das will ich dann erfahren. Wie sah der Bursche denn aus?«

»Er war groß und schlank und hatte sehr scharfe dunkle Augen. Seine Frau ist so groß und so schlank wie er. Gutgekleidete anständige Leute.«

»Diese Isobel Snare ist eine mickrige Person. Weshalb ist die Geschichte so geheim?«

Er starrte auf seine Füße und gab keine Antwort.

»Also gut«, sagte ich. »Geschäft ist Geschäft. Vertrauen Sie mir, und Sie werden nicht ins Gerede kommen. Abgemacht?« Ich streckte ihm meine Hand hin.

»Ich vertraue Ihnen«, sagte er leise und legte eine feuchte, fischige kleine Pfote in meine Hand. Ich drückte sie vorsichtig, um sie nicht zu zerquetschen.

Ich erklärte ihm, wo ich wohne, trat wieder auf die sonnige Straße hinaus und ging einen Block weit zu der Stelle, wo ich meinen Chrysler zurückgelassen hatte. Ich stieg ein und fuhr so weit an die Ecke heran, daß ich den DeSoto und den Eingang von Sharps Haus beobachten konnte.

So wartete ich eine halbe Stunde. Dann kam Dr. Sharp in Straßenkleidung aus seinem Haus heraus und stieg in den DeSoto. Er fuhr bis zur Ecke und bog in die Seitengasse, die hinten an seinem Hof vorbeiführte. Ich ließ den Chrysler an und raste zum anderen Ende der Seitengasse und legte mich dort auf die Lauer.

Aus der Richtung von Dr. Sharps Hof hörte ich Knurren, Bellen und Jaulen. Das dauerte einige Zeit. Dann rollte der DeSoto rückwärts aus dem Hof heraus und kam auf mich zu. Ich wich ihm bis zur nächsten Ecke aus.

Der DeSoto fuhr nach Süden bis zum Arguello Boulevard und bog dort nach Osten ab. Ein großer Polizeihund mit einem

Maulkorb war auf dem Rücksitz der Limousine angekettet. Ich konnte gerade noch sehen, wie er mit dem Kopf die Kette straffzog.

Ich verfolgte den DeSoto.

2

Die Carolina Street lag weitab am Rand der kleinen Stadt am Strand und endete an einer stillgelegten Bahnstrecke, hinter der sich ein Areal japanischer Gemüsegärten erstreckte. Der letzte Block bestand aus nur zwei Häusern, deshalb nahm ich Deckung hinter dem ersten, das mit einer verunkrauteten Rasenfläche an der Ecke stand und gegen dessen Fassade ein staubrotes und gelbes Wandelröschen und Geißblattranken ankämpften.

Dahinter lagen zwei oder drei abgebrannte Bauplätze, auf denen vereinzelte verdorrte Unkrautstengel aus dem verkohlten Gras herausragten, und dann kam ein baufälliger, lehmfarbener Bungalow mit einem Drahtzaun. Davor hielt der DeSoto an.

Seine Tür wurde aufgestoßen, und Dr. Sharp zerrte den Hund mit dem Maulkorb hinten heraus, führte ihn gewaltsam durch das Gartentor und über den Fußweg zum Haus. Der dicke faßförmige Stamm einer Palme verhinderte, daß ich ihn vor der Haustür ankommen sehen konnte. Ich stieß mit dem Chrysler zurück, wendete von dem Eckhaus gedeckt, fuhr drei Blocks zurück und bog in eine Parallelstraße zur Carolina Street ein. Auch diese Straße endete an der Bahnstrecke. Die Schienen lagen verrostet unter einem Unkrautdickicht. Auf der anderen Seite des Bahndamms verlief ein Feldweg neben der Bahnstrecke, auf dem ich in Richtung Carolina Street zurückfuhr.

Der Feldweg senkte sich hinter dem Bahndamm, bis ich nicht mehr darüber hinwegsehen konnte. Als ich eine Strecke gefahren war, die mir drei Blocks weit zu sein schien, hielt ich an und stieg aus, kletterte an dem Bahndamm hinauf und spähte hinüber.

Das Haus mit dem Drahtzaun lag etwa einen halben Block entfernt. Der DeSoto stand noch davor. Laut dröhnte durch den Nachmittag das tiefe grollende Bellen des Polizeihundes.

Ich legte mich flach auf den Bauch zwischen das Unkraut, beobachtete den Bungalow und wartete.

Etwa fünfzehn Minuten lang ereignete sich nichts, außer daß der Hund unentwegt weiterbellte. Dann wurde das Bellen plötzlich wilder und wütender. Dann rief eine Stimme. Dann schrie ein Mann auf.

Ich stemmte mich aus dem Unkraut hoch, rannte über die Gleise, auf der anderen Seite den Bahndamm hinunter und auf die Carolina Street zu. Als ich das Haus erreichte, vernahm ich das gedämpfte rasende Knurren des Hundes, der sich bedroht zu fühlen schien, und das abgehackte Stakkato einer Frauenstimme, die eher verärgert als geängstigt klang.

Hinter dem Drahtzaun lag ein Rasenstück, das überwiegend aus Löwenzahn und Quecken bestand. Ein Fetzen Pappe hing an dem faßförmigen Palmenstamm, der Rest eines Schildes. Die Wurzeln der Palme hatten den Gehweg zerstört, die Platten weit aufgerissen und ihre scharfen Kanten zu Stufen aufgeworfen.

Ich eilte durch das Gartentor, polterte die Stufen zu der durchsackenden Veranda hinauf und klopfte hart gegen die Tür. Das Knurren im Haus hielt immer noch an, aber die keifende Stimme war verstummt. Niemand kam an die Tür. Ich versuchte die Klinke, stieß die Tür auf und trat ein. Ein scharfer Chloroformgeruch schlug mir entgegen.

Mitten auf dem Boden lag auf einem verschobenen Teppich Dr. Sharp der Länge nach auf dem Rücken, Blut schoß ihm in Stößen seitlich aus dem Hals. Das Blut bildete eine klebrige, glänzende Pfütze um seinen Kopf. Der Hund kauerte vor ihm, den Kopf auf den Vorderpfoten, die Ohren flach angelegt, der Maulkorb hing ihm zerfetzt um den Hals. Seine Kehle war aufgebläht, das Fell auf Nacken und Rücken war gesträubt, und aus seiner Kehle drang ein tiefes pulsierendes Knurren.

Hinter dem Hund stand die Tür eines Wandschranks weit offen, und unten in dem Wandschrank lag ein dicker Watteballen, von dem übelkeiterregende Chloroformschwaden aufstiegen.

Eine dunkelhaarige hübsche Frau in einem bedruckten Hauskleid hielt eine großkalibrige Pistole auf den Hund gerichtet, drückte aber nicht ab. Sie warf mir über die Schulter einen Blick zu und wollte sich umdrehen. Der Hund beobachtete sie mit zusammengezogenen, schwarzgeränderten Augen. Ich zog meine Lueger und hielt sie an meiner Seite.

Etwas knirschte, und ein großer dunkeläugiger Mann in einem verblaßten blauen Overall und einem blauen Arbeitshemd kam durch die Pendeltür auf der Rückseite des Raumes, eine kurzläufige Doppelflinte in den Händen. Er richtete sie auf mich.

»He, Sie! Lassen Sie das Schießeisen fallen!« rief er wütend.

Ich hob das Kinn, in der Absicht, etwas zu sagen. Der Finger des Mannes krümmte sich um den vorderen Abzug der Flinte. Meine Waffe ging los – ohne daß ich viel dazu getan hätte. Das Geschoß traf den Kolben der Flinte, schlug sie ihm glatt aus der Hand. Sie polterte zu Boden. Erschreckt sprang der Hund mit einem Satz etwa zwei Meter zur Seite.

Mit einem ungläubigen Gesicht hob der Mann die Hände.

Ich durfte nichts versäumen. »Legen Sie Ihre Waffe auch fort«, befahl ich der Frau.

Sie strich sich langsam mit der Zunge über die Unterlippe und ließ die Pistole sinken. Sie trat von dem Körper auf dem Boden zurück.

Der Mann sagte schnell: »Zum Teufel, erschießen Sie ihn nicht. Ich werde schon mit ihm fertig.«

Ich blickte ihn überrascht an, dann begriff ich. Er hatte gefürchtet, ich würde den Hund erschießen. Um sich selbst machte er sich keine Sorgen.

Ich senkte die Lueger etwas. »Was ist passiert?«

»Der da – versuchte, ihn zu chloroformieren – *ihn*, einen scharfen Hund!«

»Ah so. Wenn Sie Telefon haben, rufen Sie besser nach einem Krankenwagen. Mit der Halsverletzung kann Sharp es sonst nicht mehr lange machen.«

Die Frau sagte ausdruckslos: »Ich dachte, Sie wären von der Polizei.«

Darauf antwortete ich nicht. Sie drückte sich an der Wand entlang zu einer Bank unter dem Fenster, die von zerknüllten Zeitungen bedeckt war. Unter ihnen stand ein Telefon.

Ich sah auf den kleinen Tierarzt hinunter. Das Blut schoß ihm nicht mehr aus dem Hals. Sein Gesicht war das weißeste, das ich je gesehen hatte.

»Sparen Sie sich den Krankenwagen«, sagte ich zu der Frau. »Rufen Sie einfach die Polizei an.«

Der Mann im Overall ließ die Hände sinken, ging auf ein Knie nieder. Er klopfte mit der Hand leicht auf den Boden und begann in sanftem Ton auf den Hund einzusprechen.

»Nun mal ruhig, Alter. Ganz ruhig. Wir sind alles Freunde – keiner tut dir was. Ganz ruhig, Voss.«

Der Hund knurrte und zuckte etwas mit dem Hinterteil. Der Mann redete weiter auf ihn ein. Der Hund hörte auf zu knurren, und das gesträubte Fell auf seinem Rücken glättete sich. Der Mann im Overall sprach weiter besänftigend auf ihn ein.

Die Frau am Fenster legte den Telefonhörer zurück und sagte: »Sie kommen. Glaubst du, daß du es schaffst, Jerry?«

»Klar«, sagte der Mann, ohne den Blick von dem Hund zu lassen.

Der Hund ließ sich mit dem Bauch auf den Boden sinken, öffnete das Maul und ließ seine Zunge heraushängen. Speichel tropfte von der Zunge, rosa, mit Blut vermischter Speichel. Das Fell um die Schnauze des Hundes war mit Blut befleckt.

3

Der Jerry genannte Mann sagte: »Ruhig, Voss. Ruhig, mein alter Voss. Dir tut keiner was. Nur ruhig.«

Der Hund keuchte, aber rührte sich nicht. Der Mann richtete sich auf, trat dicht an den Hund heran, griff nach seinem Ohr. Der Hund neigte den Kopf zur Seite und ließ sich am Ohr zausen. Der Mann tätschelte ihm den Kopf, löste die Schnalle des zerrissenen Maulkorbs und nahm ihn dem Hund ab. Mit dem Ende der abgerissenen Kette in der Hand richtete er sich auf, und der Hund erhob sich gehorsam, ging an der Seite des Mannes durch die Pendeltür in den rückwärtigen Teil des Hauses.

Ich trat etwas zur Seite, aus der Linie der Pendeltür. Jerry konnte ja noch mehr Flinten im Haus haben. Jerrys Gesicht hatte etwas an sich, das mich beunruhigte. Als ob ich es schon einmal gesehen hätte, allerdings nicht in letzter Zeit, vielleicht auch auf einem Foto in der Zeitung.

Ich sah die Frau an. Sie war eine hübsche, dunkelhaarige Person Anfang Dreißig. Das Kleid aus bedruckter Baumwolle schien zu ihren feingeschwungenen Augenbrauen und ihren langen weichen Händen nicht so recht zu passen.

»Wie ist es passiert?« fragte ich beiläufig, als ob es nicht sonderlich wichtig wäre.

Ihre Stimme fuhr auf mich los, als hätte sie es nicht erwarten können, mich einzuweihen. »Seit etwa einer Woche wohnen wir hier in dem Haus, haben es möbliert gemietet. Ich war in der Küche, Jerry im Hof. Der Wagen hielt vor der Gartentür, und der kleine Bursche kam hier herein, wie wenn er hier zu Hause wäre. Vermutlich hatten wir vergessen abzuschließen. Ich öffnete die Pendeltür einen Spalt und sah, wie er den Hund in den Wandschrank sperren wollte. Dann roch ich das Chloroform. Dann überstürzte sich plötzlich alles, und ich holte mir die Waffe und rief Jerry durch das Fenster. Ich kam gerade wieder hier herein, als Sie plötzlich auftauchten. Wer sind Sie?«

»Und dann war schon alles vorbei?« fragte ich. »Er hat Sharp angefallen und zu Boden geworfen?«

»Ja – wenn der Mann Sharp heißt.«

»Sie und Jerry kannten ihn nicht?«

»Ich habe ihn noch nie gesehen. Auch den Hund nicht. Aber Jerry hat Hunde gern.«

»Das sollten Sie lieber korrigieren«, meinte ich. »Jerry weiß, wie der Hund heißt: Voss.«

Ihre Augen wurden schmal, und sie kniff den Mund zusammen. »Da müssen Sie sich wohl irren«, entgegnete sie in scharfem Ton. »Aber ich habe Sie gefragt, wer Sie sind, Mister!«

»Wer ist denn Jerry?« fragte ich dagegen. »Irgendwo habe ich ihn schon mal gesehen. Vielleicht auf einem Steckbrief. Woher hat er die Flinte mit dem abgesägten Lauf? Wollen Sie die Polizei die sehen lassen?«

Sie biß sich auf die Unterlippe, stand dann plötzlich auf und ging zu der Waffe, die noch dort lag, wo sie hingefallen war. Ich ließ sie die Flinte aufheben, achtete aber darauf, daß sie mit der Hand nicht zu nahe an den Abzug kam. Sie ging zu der Bank unter dem Fenster zurück und schob die Flinte unter den Stapel Zeitungen.

Sie wandte sich mir zu. »Also los. Um was geht es?« fragte sie grimmig.

Langsam antwortete ich: »Der Hund ist gestohlen. Seine Besitzerin, ein Mädchen, wird vermißt. Ich habe den Auftrag, sie zu suchen. Die Leute, von denen Sharp behauptet, daß er den Hund bekommen hätte, erinnern sehr an Sie und Jerry.

Sie heißen Voss. Sie sind nach dem Osten verzogen. Haben Sie je etwas von einer Frau mit Namen Isobel Snare gehört?«

Mit ausdrucksloser Stimme antwortete die Frau »Nein« und starrte auf meine Kinnspitze.

Der Mann im Overall kam durch die Pendeltür zurück, wischte sich mit dem Ärmel seines blauen Arbeitshemds über das Gesicht. Er hatte kein weiteres Gewehr bei sich. Er betrachtete mich gelassen.

»Es könnte Ihnen bei der Polizei eine Menge nützen, wenn Sie eine Ahnung von dieser Isobel Snare hätten«, sagte ich.

Die Frau blickte mich an und kräuselte die Lippen. Der Mann lächelte, fast amüsiert, als ob er alle Karten in der Hand hielte. Reifen kreischten auf, die in einiger Entfernung scharf eine Kurve nahmen.

»Also packen Sie schon aus«, drängte ich. »Sharp hatte Angst. Er brachte den Hund dahin zurück, wo er ihn herhatte. Er muß angenommen haben, daß das Haus leer steht. Der Einfall mit dem Chloroform war nicht besonders gut, aber der kleine Bursche war völlig durcheinander.«

Sie reagierten mit keinem Ton, keiner von beiden.

»Also gut«, erklärte ich und trat in die Ecke des Zimmers. »Ich halte Sie für die Leute, die sich vor der Polizei verstecken. Wenn jetzt jemand anderes kommt als die Polizei, schieße ich. Darauf können Sie sich verlassen.«

Sehr ruhig antwortete die Frau: »Machen Sie, was Ihnen paßt, Sie Schnüffler.«

Dann kam ein Wagen durch die Straße gerast und kam vor dem Haus mit knirschenden Rädern zum Halten. Ich warf schnell einen Blick hinaus, sah den roten Scheinwerfer vor der Windschutzscheibe, die Aufschrift »Polizei« auf der Seite des Wagens. Zwei kräftige Schlägertypen in Zivil sprangen heraus, stürmten durch das Gartentor, die Verandastufen herauf. Eine Faust donnerte gegen die Tür. »Es ist offen«, rief ich.

Die Tür wurde weit aufgestoßen, und die beiden Beamten kamen mit gezogener Waffe herein. Überrascht blieben sie bewegungslos stehen und starrten auf das, was auf dem Boden lag. Ihre Waffen waren auf Jerry und mich gerichtet. Der eine, der mich deckte, war ein großer, rotgesichtiger Mann in einem ausgebeutelten grauen Anzug.

»Hände hoch – aber leer!« brüllte er.

Ich hob die Hände, ließ meine Lueger aber nicht fallen. »Immer mit der Ruhe«, sagte ich. »Ein Hund hat ihn umgebracht, kein Schuß. Ich bin Privatdetektiv aus San Angelo. Ich bin hier, weil ich an einem Fall arbeite.«

»Wirklich?« Er kam dicht an mich heran, bohrte mir seine Waffe in die Magengrube. »Kann ja sein, Freundchen. Das bekommen wir noch alles heraus.«

Er griff nach meiner Waffe und riß sie mir aus der Hand, schnupperte daran und preßte seine Waffe fest gegen mich.

»Abgeschossen, was? Ist ja fein! Drehen Sie sich um.«

»Hören Sie ...«

»Drehen Sie sich um, Freundchen.«

Langsam drehte ich mich um, obwohl er seine Waffe in seine Seitentasche gleiten ließ und nach seiner Hüfte griff. Das hätte mich warnen sollen, tat es aber nicht. Vielleicht habe ich das Zischen des Totschlägers gehört. Ganz bestimmt habe ich ihn gespürt. Plötzlich war vor meinen Füßen eine finstere Höhle. Ich tauchte in sie hinein und fiel ... und fiel ... und fiel ...

4

Das Zimmer stand voller Rauch, als ich zu mir kam. Der Rauch hing in der Luft, in schmalen Streifen, senkrecht auf und ab, wie ein Perlenvorhang. Zwei Fenster schienen an der Rückwand offenzustehen, aber der Rauch rührte sich nicht von der Stelle. Ich hatte dieses Zimmer noch nie gesehen.

Eine Weile lag ich da und dachte nach. Dann öffnete ich den Mund und schrie aus Leibeskräften: »Feuer!«

Dann fiel ich auf das Bett zurück und fing an zu lachen. Mir gefiel der Ton meines Gelächters nicht. Selbst in meinen Ohren hatte es einen verblödeten Klang.

Irgendwoher kamen laufende Schritte, und ein Schlüssel drehte sich im Türschloß, und die Tür ging auf. Ein Mann in einem kurzen weißen Kittel betrachtete mich mit kalten Augen. Ich drehte den Kopf etwas und sagte: »Rechnen Sie mir das nicht an, Jack. Es ist mir unversehens herausgefahren.«

»Vielleicht haben Sie Gelüste auf etwas mehr Zwangsjacke«, höhnte er.

»Mir geht's großartig«, versicherte ich ihm, »einfach großartig. Und jetzt will ich noch ein bißchen schlafen.«

»Kann ich nur empfehlen«, knurrte er bösartig.

Ich lag ruhig da und blickte in den Rauch. Ich wußte jetzt, daß es in Wirklichkeit kein Rauch war. Es mußte Nacht sein, denn hinter der Alabasterschale, die an drei Ketten von der Decke hing, brannte Licht. Die Schale hatte am Rand kleine farbige Knoten, abwechselnd orange und blau. Während ich sie betrachtete, öffneten sie sich wie kleine Bullaugen, und Köpfe ragten daraus heraus, winzige Köpfe wie Puppenköpfe, aber lebendige Köpfe. Einer gehörte einem Mann mit einer Seglermütze und ein anderer einer großen fülligen Blondine und ein dritter einem hageren Mann mit einem schief sitzenden Querbinder, der dauernd fragte: »Wünschen Sie Ihr Steak roh oder mittel, mein Herr?«

Ich packte einen Zipfel des rauhen Lakens und wischte mir den Schweiß aus dem Gesicht. Ich setzte mich auf, stellte die Füße auf den Boden. Sie waren nackt. Ich trug einen Schlafanzug aus leichtem Baumwollflanell. Meine Füße waren gefühllos, als ich sie auf den Boden setzte. Nach einer Weile begannen sie zu prickeln, und dann waren sie voller Spitzen und Nadeln. Dann konnte ich den Boden spüren. Ich stützte mich auf die Kante des Bettes, stand auf und ging ein paar Schritte.

Eine Stimme, wahrscheinlich war es meine eigene, sagte zu mir: »Du hast Delirium tremens ... du hast Delirium tremens ... du hast Delirium tremens ...«

Auf einem kleinen weißen Tisch zwischen den Fenstern sah ich eine Flasche Whisky. Ich ging darauf zu. Es war eine Johnny-Walker-Flasche, halb voll. Ich setzte sie an den Mund, nahm einen großen Schluck daraus. Ich stellte die Flasche wieder hin. Der Whisky hatte einen komischen Geschmack. Während mir bewußt wurde, daß er einen komischen Geschmack hatte, bemerkte ich das Waschbecken in der Ecke. Ich erreichte es gerade noch, bevor ich mich übergab.

Ich wankte zum Bett zurück und legte mich wieder hin. Das Übergeben hatte mich sehr geschwächt, aber das Zimmer erschien mir jetzt etwas wirklicher, etwas weniger phantastisch. Ich konnte die Gitter hinter den beiden Fenstern erkennen, einen schweren hölzernen Stuhl, sonst keine Möbel, außer dem kleinen Tisch mit dem mit einem Betäubungsmittel versetzten Whisky darauf. Außerdem war noch die Tür zu einem Wandschrank da; zu, wahrscheinlich abgeschlossen. Das Bett war ein

Krankenhausbett mit Lederriemen an beiden Seiten, etwa an der Stelle, wo die Handgelenke liegen würden, wenn man sich ausstreckte. Ich wußte, daß ich mich in einer Art Gefängnisspital befand.

Mein linker Arm begann plötzlich zu schmerzen. Ich rollte den weiten Ärmel hoch und betrachtete mir das halbe Dutzend Einstiche am Oberarm. Jeder war von einem schwarzblauen Kreis umgeben. Man hatte mich mit Betäubungsmitteln so vollgepumpt, daß ich Halluzinationen hatte, als ich jetzt wieder zu mir kam. Das erklärte die Rauchfäden und die kleinen Köpfe an der Deckenleuchte. Der mit Rauschgift versetzte Whisky stammte wohl von der Behandlung eines anderen Falles.

Ich stand wieder auf und ging durch das Zimmer, ging unaufhörlich hin und her. Nach einer Weile trank ich etwas Wasser aus dem Hahn, konnte es bei mir behalten und trank noch mehr. Nach einer halben Stunde oder vielleicht etwas länger war ich so weit, daß ich mich mit jemand unterhalten konnte.

Die Tür zu dem Wandschrank war abgeschlossen, und der hölzerne Stuhl war zu schwer für mich. Ich zog die Decke vom Bett und schob die Matratze beiseite. Darunter befand sich ein Drahtgeflecht, das oben und unten mit schweren, etwa neun Zoll langen Federn am Rahmen befestigt war. Es kostete mich eine halbe Stunde und große Anstrengung, um eine loszubekommen.

Ich ruhte mich etwas aus, trank noch etwas kaltes Wasser und stellte mich auf der Seite neben die Tür, an der sich die Angeln befanden.

Ich schrie: »Feuer!« Ein paarmal. Aus Leibeskräften.

Ich wartete, aber nicht lange. Laufende Schritte kamen durch den Gang. Der Schlüssel fuhr ins Schloß, das Schloß klickte. Der kleine Mann mit den harten Augen und dem weißen Kittel kam wütend hereingeschossen, den Blick auf das Bett gerichtet.

Ich ließ die Stahlfeder auf seinem Kiefergelenk landen, dann, als er stürzte, auf seinem Hinterkopf. Ich packte ihn bei der Kehle. Er wehrte sich heftig. Ich stieß mein Knie gegen sein Gesicht. Es tat meinem Knie weh.

Was sein Gesicht fühlte, verriet er mir nicht. Ich zog ihm einen Totschläger aus der rechten Hüfttasche, schob den Schlüssel von innen in das Türschloß und schloß ab. An dem Ring befanden sich noch weitere Schlüssel. Einer paßte zu dem Wandschrank. Ich sah meine Kleidungsstücke vor mir. Langsam, mit unsicheren Fingern, legte ich sie an. Ich gähnte sehr oft dabei. Der Mann auf dem Boden rührte sich nicht.

Ich ließ ihn liegen und schloß ihn ein.

5

Von dem weitläufigen Vorplatz mit Parkettboden und einem schmalen Läufer in der Mitte schwangen sich flache weiße Eichenstufen mit einem niedrigen Geländer in weitem Bogen ins Foyer hinunter. Die großen, schweren, altmodischen Türen waren geschlossen. Hinter ihnen war kein Laut zu hören. Ich ging über den Läufer hinunter, trat mit dem Fußballen auf.

Milchglastüren führten zu einem Vorraum, hinter dem der Hauseingang lag. Als ich dort ankam, klingelte ein Telefon. Eine Männerstimme meldete sich hinter einer halboffenstehenden Tür, durch die Licht in das dämmerige Foyer fiel.

Ich ging zurück, spähte vorsichtig um die Kante der offenen Tür und sah einen Mann an einem Schreibtisch telefonieren. Ich wartete, bis er einhängte. Dann trat ich ein.

Er hatte einen bleichen, knochigen, hochgewölbten Schädel, über den sich dünne Strähnen braunes Haar lockten, das ihm an den Kopf geklebt war. Er hatte ein langes, bleiches, freudloses Gesicht. Sein Blick schoß zu mir her. Seine Hand schoß nach einem Knopf auf seinem Schreibtisch.

Grinsend knurrte ich ihn an: »Lassen Sie das. Ich bin ein verzweifelter Mensch, Aufseher.« Ich zeigte ihm den Totschläger.

Sein Lächeln war so steif wie gefrorener Fisch. Seine langen bleichen Hände flatterten über die Schreibtischplatte wie matte Schmetterlinge. Eine versuchte, sich einer Schublade an der Seite des Schreibtischs zu nähern.

Mühsam gelang es ihm, seine Zunge zu lösen ... »Sie sind sehr krank gewesen, mein Herr. Wirklich sehr krank. Ich würde Ihnen nicht raten ...«

Ich schnippte mit dem Totschläger nach seiner streunenden Hand. Sie zog sich in sich selbst zurück, wie ein Tropfen auf einem heißen Stein verdampft.

»Nicht krank, Aufseher. Nur mit Rauschgift vollgepumpt,

daß ich fast um meinen Verstand gebracht bin«, erwiderte ich. »Jetzt will ich hier raus. Und einen Schluck sauberen Whisky. Her damit.«

Mit seinen Fingern machte er eine vage Geste. »Ich bin Dr. Sundstrand«, sagte er. »Das hier ist ein Privatsanatorium – kein Gefängnis.«

»Whisky«, krächzte ich. »Das andere habe ich alles begriffen. Private Klappsmühle. Sauberes Geschäft, so was. Whisky!«

»Im Medizinschrank«, antwortete er mit versagender, erschöpfter Stimme.

»Legen Sie die Hände hinter den Kopf.«

»Ich fürchte, das werden Sie noch bedauern.« Er legte die Hände hinter den Kopf.

Ich trat zu ihm hinter den Schreibtisch, öffnete die Schublade, nach der seine Hand hatte greifen wollen, nahm eine Pistole heraus. Ich steckte den Totschläger ein, ging wieder um den Schreibtisch herum zum Medizinschrank an der Wand. Eine halbe Flasche Whisky einer guten Marke stand darin, und drei kleine Gläser. Ich nahm zwei der Gläser, schenkte ein. »Sie zuerst, Aufseher.«

»Ich – ich trinke nicht. Ich bin total abstinent«, murmelte er, die Hände noch hinter dem Kopf.

Ich zog den Totschläger wieder heraus. Er streckte schnell eine Hand aus, nahm einen kräftigen Schluck aus einem der Gläser. Ich beobachtete ihn. Es schien ihm nichts zu schaden. Ich roch an meiner Dosis, stürzte sie dann hinunter. Es wirkte, und ich trank noch einen und schob die Flasche in meine Seitentasche.

»Also los«, begann ich. »Wer hat mich hergebracht? Packen Sie aus. Ich habe es eilig.«

»Die – die Polizei natürlich.«

»Welche Polizei?«

Mit hängenden Schultern zog er sich tief in seinen Sessel zurück. »Ein Mann namens Galbraith hat die Anzeige erstattet und als Zeuge unterschrieben. Es ist völlig legal, ich versichere es Ihnen. Er ist Polizeibeamter.«

»Seit wann kann ein Polizist eine Anzeige erstatten und als Zeuge unterschreiben, wenn es um einen psychopathischen Fall geht?«

Darauf antwortete er nicht.

»Wer hat mir überhaupt das Rauschgift gegeben?«

»Ich habe keine Ahnung. Ich vermute, daß Sie es schon sehr lange bekommen haben.«

Ich betastete mein Kinn. »Ganze zwei Tage«, entgegnete ich. »Sie hätten mich abschießen sollen. Auf lange Sicht gibt's dann weniger Rückschläge. Machen Sie's gut, Aufseher.«

»Wenn Sie von hier fortgehen, werden Sie sofort festgenommen«, sagte er mit belegter Stimme.

»Nein, bestimmt nicht, weil ich hier rausgehe«, widersprach ich sanft.

Als ich das Zimmer verließ, hatte er immer noch die Hände hinter dem Kopf.

Außer dem Schloß hatte die Haustür einen Riegel und eine Kette. Aber niemand versuchte mich daran zu hindern, sie zu öffnen. Ich überquerte eine große altmodische Veranda, ging über einen breiten, von Blumenbeeten eingefaßten Fußweg. In einem dunklen Baum sang eine Amsel. An der Straße befand sich ein weißer Staketenzaun. Es war ein Eckhaus an der Twenty-ninth Street und dem Descanso Boulevard.

Ich ging vier Blocks weit nach Osten zu einer Bushaltestelle und wartete auf einen Bus. Es erfolgte kein Alarm, keine Streifenwagen suchten nach mir. Der Bus kam, und ich fuhr ins Stadtzentrum, ging in ein türkisches Bad, nahm ein Dampfbad, eine stechendkalte Dusche, frottierte mich gründlich, rasierte mich und trank den Rest des Whiskys.

Danach konnte ich essen. Ich aß und ging in ein fremdes Hotel, trug mich unter einem falschen Namen ein. Es war halb zwölf. Die Lokalzeitung, die ich bei weiterem Whisky mit Wasser las, informierte mich, daß ein Dr. Richard Sharp, der in einem leerstehenden möblierten Haus tot aufgefunden worden war, der Polizei noch starke Kopfschmerzen verursache. Sie hatte noch keinen Hinweis auf den Mörder gefunden.

Das Datum der Zeitung informierte mich, daß mir ohne mein Wissen und ohne meine Zustimmung über achtundvierzig Stunden von meinem Leben abhanden gekommen waren.

Ich legte mich ins Bett und schlief, hatte Alpträume und erwachte daraus von kaltem Schweiß bedeckt. Das war das letzte meiner Entziehungssymptome. Am nächsten Morgen war ich ein gesunder Mensch.

6

Polizeichef Fulwider war ein ausgekochter, verfetteter Schwergewichtler mit rastlosen Augen und jener roten Haarfarbe, die beinahe rosa ist. Das Haar war sehr kurz geschnitten, und rosa schimmerte seine Kopfhaut durch das rosa Haar. Er trug einen rehfarbenen Flanellanzug mit aufgesetzten Taschen und abgesteppten Säumen, von einem Schnitt, wie nicht jeder Schneider Flanell schneiden kann.

Er schüttelte mir die Hand, drehte seinen Sessel zur Seite und schlug die Beine übereinander. Dadurch zeigte er mir seine französischen Florsocken für drei oder vier Dollar das Paar und handgearbeitete englische Halbschuhe zu fünfzehn bis achtzehn Dollar bei herabgesetzten Preisen.

Ich nahm an, daß seine Frau wohl Geld hatte.

»Ah, Carmady«, sagte er und schob meine Karte auf der Glasplatte seines Schreibtischs hin und her. »Mit zweimal ›a‹, nicht wahr? Sind Sie in einem Auftrag hier?«

»Geringfügige Schwierigkeiten«, antwortete ich. »Sie könnten sie bereinigen, wenn Sie wollen.«

Er wölbte seine Brust vor.

»So, Schwierigkeiten?« meinte er. »Das kommt in unserer kleinen Stadt nicht gerade häufig vor. Unsere kleine Stadt ist eine kleine Stadt, aber sie ist sehr, sehr sauber. Wenn ich aus meinem Westfenster sehe, sehe ich den Pazifik. Es gibt nichts Saubereres. Im Norden liegt der Arguello Boulevard mit den Vorbergen. Im Osten das feinste kleine Geschäftsviertel, das man sich nur wünschen kann, und dahinter ein Paradies gut gepflegter Wohnhäuser und Gärten. Und im Süden würde ich – wenn ich ein Südfenster hätte – den schönsten Jachthafen der Welt sehen, den es überhaupt gibt.«

»Meine Schwierigkeiten habe ich mir mitgebracht«, antwortete ich. »Das heißt, einen Teil davon. Das übrige kam vor mir her. Ein Mädchen namens Isobel Snare ist in der großen Stadt von zu Hause fortgelaufen, und ihr Hund wurde hier gesehen. Ich habe ihn gefunden, aber die Leute, die den Hund hatten, gaben sich wirklich große Mühe, mich fertigzumachen.«

»Tatsächlich?« fragte der Polizeichef nachdenklich. Seine Brauen krochen auf seiner Stirn umher. Ich war mir nicht sicher, ob ich ihm etwas vorspielte oder er mir.

»Ach, drehen Sie doch mal den Schlüssel im Schloß um, seien Sie so gut«, sagte er. »Sie sind jünger als ich.«

Ich stand auf, drehte den Schlüssel um, setzte mich wieder und zog eine Zigarette aus der Tasche. Inzwischen hatte der Polizeichef eine richtig aussehende Flasche und zwei Schnapsgläser auf den Tisch gestellt und eine Handvoll Kardamomkerne dazugelegt.

Wir tranken ein Glas, und er knackte drei oder vier der Kardamomkerne auf. Wir kauten sie und sahen uns dabei an.

»Erzählen Sie mir ruhig die Geschichte«, meinte er dann. »Jetzt kann ich es vertragen.«

»Haben Sie je von einem Mann gehört, der Farmer Saint genannt wird?«

»Ob ich von dem gehört habe?« Er schlug mit der Faust auf die Tischplatte, daß die Kardamomkerne hochsprangen. »Für den Burschen sind doch tausend Dollar ausgesetzt. Sie meinen doch den Bankräuber, oder?«

Ich nickte, versuchte ihm hinter die Augen zu blicken, ohne daß er es merkte. »Er und seine Schwester arbeiten zusammen. Sie heißt Diana. Sie ziehen sich wie Leute vom Land an und nehmen Kleinstadtbanken aus, Staatsbanken. Darum nennt man ihn Farmer Saint. Auf seine Schwester ist auch ein Tausender ausgesetzt.«

»Dem Paar würde ich bestimmt gern Manschetten anlegen«, erklärte der Polizeichef nachdrücklich.

»Warum haben Sie es dann, verdammt noch mal, nicht getan?« fragte ich.

Er ging zwar nicht gerade bis an die Decke, machte aber seinen Mund so weit auf, daß ich fürchtete, sein Unterkiefer würde ihm in den Schoß fallen. Seine Augen traten aus den Höhlen wie frischgeschälte harte Eier. In den Fettfalten um seine Mundwinkel zeigten sich dünne Speichelfäden. Er klappte den Mund mit der Wucht eines Schaufelbaggers zu. Es war eine großartige Schau, falls es eine Schau war.

»Sagen Sie das noch mal«, verlangte er mit gedämpfter Stimme.

Ich schlug die zusammengefaltete Zeitung auseinander, die ich mitgebracht hatte, und deutete auf einen Bericht.

»Sehen Sie sich den Mord an diesem Sharp an. Ihre hiesige Zeitung hat sich dabei nicht mit Ruhm bedeckt. Es heißt, ein

Unbekannter hätte die Polizei angerufen, und Ihre Leute wären losgefahren und hätten einen Toten in einem leeren Haus gefunden. Das ist kalter Kaffee. Ich war da. Farmer Saint und seine Schwester waren da. Und Ihre Leute waren da, als wir da waren.«

»Verräterei!« schrie er plötzlich. »Verräter hier in meinem Amt.« Sein Gesicht war jetzt so grau wie Arsen-Fliegenpapier. Mit zitternder Hand schenkte er beide Gläser wieder voll.

Jetzt war ich an der Reihe, Kardamonkerne aufzuknacken.

Er stürzte sein Glas in einem Zug hinunter und packte die Mahagoni-Sprechanlage auf seinem Schreibtisch. Ich verstand den Namen Galbraith. Ich ging zur Tür und schloß sie auf.

Wir brauchten nicht sehr lange zu warten, aber für den Polizeichef lange genug, daß er zwei weitere Whiskys trank. Sein Gesicht bekam eine bessere Farbe. Dann öffnete sich die Tür, und der große rotgesichtige Beamte, der mich niedergeschlagen hatte, kam träge herein, eine kurze Stummelpfeife zwischen den Zähnen und die Hände in den Taschen. Mit der Schulter schob er die Tür zu und lehnte sich gelassen dagegen.

»Na, wie steht's, Sergeant?« grüßte ich.

Er sah mich an, als würde er mir gern in aller Ruhe und ohne Hast ins Gesicht treten.

»Ihre Marke!« schrie der fette Polizeichef. »Ihre Polizeimarke. Legen Sie sie sofort auf den Tisch. Sie sind entlassen!«

Galbraith kam langsam zum Schreibtisch, stützte seinen Ellbogen darauf und setzte sein Gesicht seinem Chef dicht vor die Nase.

»Was sollen die Witze?« fragte er rauh.

»Sie haben Farmer Saint in den Fingern gehabt und haben ihn laufenlassen«, brüllte der Chef. »Sie und dieser Dummkopf Duncan. Sie haben sich von ihm eine Flinte vor den Bauch halten und ihn verschwinden lassen. Damit ist Schluß. Sie sind entlassen, rausgeschmissen, ein für allemal. Geben Sie mir Ihre Marke!«

»Wer, zum Teufel, ist Farmer Saint?« fragte Galbraith und blies dem Polizeichef blauen Pfeifenrauch ins Gesicht.

»Das weiß er nicht«, wandte sich der Polizeichef um Hilfe flehend an mich. »Nicht einmal das weiß er! Und mit solchen Leuten muß ich arbeiten!«

»Was meinen Sie denn mit arbeiten?« fragte Galbraith gelangweilt.

Wie von einer Tarantel gestochen fuhr der Polizeichef von seinem Sessel auf. Dann ballte er eine fleischige Faust und versetzte Galbraith einen anscheinend beachtlich harten Schlag gegen das Kinn. Galbraiths Kopf bewegte sich um etwa einen halben Zoll zurück.

»Lassen Sie das lieber«, sagte Galbraith. »Sie holen sich dabei nur einen Leistenbruch, und was wird dann hier aus der Polizei?« Er warf mir einen Seitenblick zu und sah dann Fulwider wieder an. »Soll ich's ihm erzählen?«

Fulwider blickte zu mir herüber, um zu sehen, wie die Vorstellung aufgenommen wurde. Ich hatte den Mund offenstehen und den ungläubigen Ausdruck eines Bauernjungen in seiner ersten Lateinstunde auf dem Gesicht.

»Ja, erzählen Sie es ihm«, knurrte er und rieb sich seine Knöchel.

Galbraith schob ein dickes Bein über eine Ecke des Schreibtischs, klopfte seine Pfeife aus, griff nach dem Whisky und goß sich das Glas seines Chefs voll. Grinsend wischte er sich über die Lippen. Wenn er grinste, machte er den Mund weit auf, und er hatte einen Mund, daß sein Zahnarzt ihm mit beiden Händen gleichzeitig hineingreifen konnte, bis zu den Ellbogen.

Gemächlich begann er: »Als ich und Dunc in die Bude kamen, lagen Sie kalt auf dem Boden, und der hagere Bursche stand mit einem Totschläger über Sie gebeugt. Das Weib saß auf der Bank unter dem Fenster mit einem Haufen Zeitungen um sich herum. Na schön. Der Hagere wollte uns irgendwas erzählen, als hinten im Haus ein Hund zu heulen anfing. Wir drehten uns danach um, da zog das Weib unter den Zeitungen eine Flinte mit kurzem Lauf heraus und hielt sie uns unter die Nase. Also, was blieb uns anderes übrig, als artig zu sein. Sie hätte uns nicht verfehlt, wir aber sie. Und der Bursche zog auch eine Waffe aus der Hose, und dann fesselten sie uns und sperrten uns in einen Wandschrank, in dem genug Chloroform war, um uns auch ohne die Stricke und den Knoten ruhig zu halten. Nach einer Weile hörten wir sie wegfahren, in zwei Wagen. Als wir uns befreit hatten, war nur noch der Tote da. Deshalb frisierten wir das Ganze etwas für die Zeitung. Eine neue Spur haben wir noch nicht. Wie paßt das zu Ihrer Geschichte?«

»Nicht schlecht«, antwortete ich. »Soviel ich mich erinnere, telefonierte die Frau selbst nach der Polizei, aber ich kann mich irren. Das übrige paßt insoweit, daß ich niedergeschlagen auf dem Boden lag und keine Ahnung hatte, was vorging.«

Galbraith warf mir einen gehässigen Blick zu. Der Chef betrachtete seinen Daumen.

»Als ich wieder zu mir kam, war ich in einer privaten Klapsmühle an der Twenty-ninth Street«, sagte ich. »Sie gehört einem Mann namens Sundstrand. Ich war so voll Rauschgift gepumpt, daß ich mir wie ein Kreisel vorkam.«

»Dieser Sundstrand«, sagte Galbraith grimmig, »dieser Kerl ärgert uns schon lange. Sollten wir ihm nicht auf die Bude rücken und was auf die Nase geben, Chef?«

»Es ist ganz klar, daß Sie Farmer Saint selbst dahin gebracht hat«, erklärte Fulwider feierlich. »Da muß also eine Verbindung bestehen. Ich würde sagen, ja, und nehmen Sie Carmady mit hin. Wollen Sie mit?« fragte er mich.

»Und ob ich das will«, erklärte ich nachdrücklich.

Galbraith betrachtete die Whiskyflasche. Lauernd sagte er: »Auf diesen Saint und seine Schwester ist je ein Tausender ausgesetzt. Wenn wir die beiden fassen, wie teilen wir das dann?«

»Ohne mich«, sagte ich. »Ich bekomme ein festes Honorar und meine Spesen.«

Galbraith grinste wieder. Er schaukelte auf seinen Absätzen und grinste mit dick aufgetragener Freundlichkeit. »Na wunderschön. Wir haben Ihren Wagen unten in der Garage. Irgendein Japs hat uns deswegen angerufen. Wir werden mit dem fahren. Nur wir beide, Sie und ich.«

»Vielleicht sollten Sie noch jemand zur Hilfe mitnehmen, Gal«, meinte der Polizeichef zweifelnd.

»Ach was. Er und ich sind völlig ausreichend. Er ist ein zäher Bursche, sonst würde er nicht mehr rumlaufen.«

»Also gut«, sagte der Polizeichef zufrieden. »Darauf wollen wir noch einen kleinen Schluck trinken.«

Aber er war doch leicht angeschlagen. Er vergaß die Kardamomkerne.

7

Bei Tag bot das Haus einen erfreulichen Anblick. Unter den Vorderfenstern standen in dichten Gruppen Teerosenbegonien, und um den Stamm einer Akazie bildeten Stiefmütterchen einen runden Teppich. Eine scharlachrote Kletterrose rankte sich an einem Spalier an der einen Seite des Hauses empor, und in der Fülle der Wicken an der Garagenwand schwirrte ein winziger, bronzegrüner Kolibri. Es sah wie das Heim eines gutgestellten älteren Ehepaares aus, das auf seine alten Tage an die Küste des Ozeans gezogen war, um soviel Sonne wie möglich abzukriegen.

Galbraith spuckte gegen meinen Wagen, klopfte seine Pfeife aus und stieß das Gartentor auf. Er stampfte den Fußweg hinauf und preßte seinen Daumen auf den polierten kupfernen Klingelknopf.

Wir warteten. In der Tür öffnete sich eine Klappe, und ein langes, fahles Gesicht sah uns unter einer gestärkten Schwesternhaube hervor an.

»Aufmachen! Polizei!« knurrte Galbraith.

Eine Kette klirrte, und ein Riegel wurde zurückgeschoben. Die Tür ging auf. Die Schwester war über einsachtzig groß, mit langen Armen und kräftigen Händen, die ideale Helferin für einen Folterknecht. Mit ihrem Gesicht ging irgend etwas vor sich, dann bemerkte ich, daß sie lächelte.

»Ach, das ist ja Mr. Galbraith«, zirpte sie mit einer Stimme, die gleichzeitig hochgequetscht und kehlig war. »Wie geht es Ihnen, Mr. Galbraith? Wollen Sie den Doktor sprechen?«

»Ja, und zwar plötzlich.« Galbraith schob sie beiseite.

Wir gingen durch das Foyer. Die Tür zu dem Büro war geschlossen. Galbraith stieß sie mit dem Fuß auf, ich folgte ihm auf den Fersen, und die große Krankenschwester drängte sich mir nach.

Dr. Sundstrand, der völlige Abstinenzler, saß bei seinem Morgentrunk aus einer frisch geöffneten Literflasche. Sein dünnes Haar war strähnig von Schweiß, und sein knochiges, maskenhaftes Gesicht schien eine Menge Falten zu haben, die am Abend vorher noch nicht dagewesen waren. Er zog seine Hand hastig von der Flasche zurück und zeigte uns sein Gefrorener-Fisch-Lächeln.

»Was soll das? Was soll das? Ich habe doch angeordnet ...«

»Ach, spielen Sie sich nicht auf«, sagte Galbraith und schob sich einen Sessel dicht an den Schreibtisch. »Verschwinden Sie, Schwester.«

Die Pflegerin zwitscherte noch irgend etwas und ging aus dem Zimmer. Die Tür wurde geschlossen. Dr. Sundstrand ließ seine Augen über mein Gesicht wandern und sah unglücklich aus.

Galbraith setzte beide Ellenbogen auf den Schreibtisch und stützte seine überquellenden Wangen in seine Fäuste. Er starrte den nervös werdenden Arzt drohend an. Nach einem Schweigen, das mir sehr lange vorkam, fragte er beinahe sanft: »Wo ist Farmer Saint?«

Der Arzt riß die Augen weit auf. Sein Adamsapfel tanzte über dem Halsbündchen seines Ärztekittels auf und ab. Seine grünlichen Augen bekamen einen hinterhältigen Ausdruck.

»Keine Ausflüchte«, brüllte Galbraith. »Wir wissen über Ihr Privatsanatorium genau Bescheid. Daß Sie gesuchte Verbrecher verstecken und außerdem mit Rauschgift und Weibern handeln. Als Sie den Privatdetektiv hier fertigmachen wollten, da machten Sie den entscheidenden Fehler. Diesmal werden Ihre Beschützer aus der großen Stadt Ihnen nichts nützen. Heraus damit: Wo ist Saint? Und wo ist das Mädchen?«

Ganz beiläufig fiel mir ein, daß ich in Galbraiths Anwesenheit nichts von Isobel Snare gesagt hatte – falls er sie mit dem Mädchen meinte.

Dr. Sundstrands Hände sanken schlaff auf den Schreibtisch. Reines Erstaunen schien seine Ratlosigkeit bis zur Lähmung zu steigern.

»Wo sind sie?« brüllte Galbraith wieder.

Die Tür öffnete sich, und die große Pflegerin erschien wieder. Ungehalten sagte sie: »Aber, Mr. Galbraith, die Patienten! Denken Sie doch bitte an die Patienten, Mr. Galbraith!«

»Hauen Sie ab!« fauchte ihr Galbraith über die Schulter zu.

Sie blieb unter der Tür stehen. Sundstrand fand endlich seine Stimme wieder, aber es war kaum mehr als ein Flüstern, als er erschöpft sagte: »Als ob Sie das nicht wüßten.«

Dann fuhr seine Hand plötzlich unter seinen Arztkittel, und als sie wieder auftauchte, funkelte eine Waffe darin. Galbraith warf sich zur Seite, fiel flach aus dem Sessel. Der Arzt schoß zweimal auf ihn, beide Male daneben. Meine Hand lag auf meiner Waffe, aber ich zog sie nicht. Galbraith lag lachend auf dem Boden, und seine große rechte Hand griff in seine Achselhöhle, erschien mit einer Lueger wieder. Sie sah aus wie meine Lueger. Sie ging los, nur einmal.

In Dr. Sundstrands langem Gesicht veränderte sich nichts. Ich konnte nicht sehen, wo ihn das Geschoß getroffen hatte. Sein Gesicht senkte sich, schlug auf den Schreibtisch, und seine Waffe fiel polternd zu Boden. Mit dem Gesicht auf der Tischplatte blieb er regungslos liegen.

Galbraith richtete seine Waffe auf mich und stand vom Boden auf. Ich sah noch einmal die Waffe an. Ich war jetzt überzeugt, daß es meine Lueger war.

»Feine Methode, um Informationen zu bekommen«, sagte ich ohne jede Betonung.

»Hände runter, Schleicher. Sie wollen doch nichts riskieren?«

Ich ließ meine Hände sinken. »Fein gemacht«, sagte ich. »Vermutlich war das Ganze inszeniert, um den Doktor stumm und kaltzumachen.«

»Er hat zuerst geschossen, oder etwa nicht?«

»Ja«, bestätigte ich mit dünner Stimme. »Er hat zuerst geschossen.«

Die Pflegerin kam seitlich an der Wand entlang auf mich zu. Seit Dr. Sundstrand seine Nummer aufgeführt hatte, hatte sie keinen Ton von sich gegeben. Sie stand fast schon neben mir. Plötzlich, viel zu spät, sah ich das Blinken des Schlagrings an ihrer kräftigen linken Hand und die Haare auf ihrem Handrücken. Ich wich aus, aber nicht schnell genug. Ein schmetternder Schlag schien mir den Schädel weit aufzuspalten. Ich hielt mich an der Wand aufrecht, mit weichen Knien, und es kostete meinen Verstand große Mühe, meine rechte Hand davon abzuhalten, nach meiner Waffe zu greifen.

Ich richtete mich auf. Galbraith beobachtete mich höhnisch lauernd.

»Nicht besonders klug«, sagte ich. »Sie haben immer noch meine Lueger in der Hand. Das paßt nicht so ganz in den Plan, was?«

»Wie ich sehe, haben Sie begriffen, um was es geht, Schleicher.«

Die Pflegerin mit der zirpenden Stimme sagte in die entstandene Pause: »Lieber Himmel, der Kerl hat einen Kiefer wie ein Elefantenbein. Ich habe mir doch wirklich den Knöchel an ihm aufgeschlagen.«

In Galbraiths kleinen Augen lag eine tödliche Drohung. »Wie sieht es oben aus?« fragte er die Pflegerin.

»Alle gestern abend ausquartiert. Soll ich's noch mal mit ihm versuchen?«

»Wozu? Er hat nicht nach seinem Schießeisen gegriffen, und für dich ist er zu zäh, Kindchen. Was der Bursche braucht, ist Blei.«

»Bei dem Job sollte Kindchen sich zweimal täglich rasieren«, meinte ich.

Die Pflegerin grinste und schob ihre gestärkte Haube und eine strähnige blonde Perücke auf ihrem kahlen Schädel schief. Sie – oder richtiger er – zog eine Pistole unter der weißen Schwesterntracht hervor.

»Es war Notwehr, verstehen Sie?« sagte Galbraith. »Sie sind mit dem Doktor aneinandergeraten, aber er schoß zuerst. Wenn Sie nett sind, werden Dunc und ich versuchen, uns zu erinnern, daß es so gewesen ist.«

Ich rieb mit der linken Hand meinen Kiefer. »Passen Sie auf, Sergeant. Ich kann ebensogut wie jeder andere einen Witz vertragen. Sie haben mich in dem Haus in der Carolina Street niedergeschlagen und haben den Mund darüber gehalten. Das habe ich auch getan. Ich vermutete, daß Sie Ihre Gründe dafür hatten, die Sie mir zur gegebenen Zeit schon sagen werden. Vielleicht kann ich erraten, was diese Gründe sind. Wahrscheinlich wissen Sie, wo Saint ist, oder können es feststellen. Saint weiß, wo diese Isobel Snare ist, denn er hat ihren Hund. Wollen wir in dieses Geschäft nicht ein bißchen mehr hineinstecken, so daß für uns beide etwas drin ist?«

»Wir haben unseren Anteil, Dummkopf. Ich habe dem Doktor versprochen, daß ich Sie zurückbringe, damit er mit Ihnen ein bißchen spielen kann. Ich schickte Dunc in Schwesterntracht hierher, um ihm bei Ihrer Behandlung zu helfen. In Wirklichkeit aber wollten wir nur ihn selbst ein bißchen behandeln.«

»Schön und gut«, sagte ich, »aber was habe ich davon?«

»Vielleicht ein bißchen länger zu leben.«

»Fein«, sagte ich. »Glauben Sie nicht, daß ich Sie auf den Arm nehmen will – aber sehen Sie sich doch mal das kleine Fenster in der Wand hinter Ihnen an.«

Galbraith rührte sich nicht, wandte seinen Blick nicht von mir ab. Nur ein höhnisches Grinsen spielte um seine wülstigen Lippen. Duncan, der als Pflegerin verkleidete Polizeibeamte, sah hin – und er schrie auf.

Ein kleines quadratisches Milchglasfenster hoch oben in der Ecke der Rückwand war lautlos geöffnet worden. Ich sah genau in seine Richtung, an Galbraith Ohr vorbei, direkt in die dunkle Mündung einer Maschinenpistole, die auf dem Sims ruhte, in die beiden harten dunklen Augen hinter dem Lauf der Waffe.

Eine Stimme, die ich zuletzt gehört hatte, als sie einen Hund besänftigte, sagte: »Lassen Sie doch mal das Schießeisen fallen, Schwester. Und Sie da, der an dem Schreibtisch – fassen Sie mal nach den Wolken.«

8

Der große Polizist riß den Mund auf und schnappte nach Luft. Dann verzerrte sich sein Gesicht. Er fuhr herum, und die Lueger gab einen harten, scharfen Knall.

Ich warf mich flach hin, ehe aus der Maschinenpistole ein kurzer Feuerstoß ausbrach. Galbraith sank neben dem Schreibtisch in sich zusammen, fiel mit verkrampften Beinen auf den Rücken. Blut schoß ihm aus Mund und Nase. Der Polizist in Schwesterntracht wurde so weiß wie seine gestärkte Haube. Seine Pistole fiel polternd zu Boden. Mit den Händen versuchte er sich an der Decke festzukrallen.

Es folgte eine dumpfe, benommene Stille. Es stank nach Pulverdampf. Farmer Saint sprach über die Schulter von seinem engen Platz in der Fensteröffnung mit jemand vor dem Haus.

Eine Tür wurde geöffnet und deutlich vernehmbar geschlossen, und durch den Gang kamen laufende Schritte. Die Tür zu unserem Raum wurde aufgestoßen. Diana Saint kam mit einem Paar Pistolen in den Händen herein. Eine große, hübsche Frau, ordentlich und dunkelhaarig, mit einem schicken schwarzen Hut und behandschuhten Händen, die Pistolen hielten.

Ich erhob mich vom Boden, hielt meine Hände deutlich in Sicht. Gelassen sagte sie zu dem Fenster hinauf, ohne hinzusehen: »In Ordnung, Jerry. Ich kann sie in Schach halten.«

Saints Kopf und Schultern und die Maschinenpistole verschwanden aus der Fensteröffnung und machten einem blauen Himmel und den dünnen, fernen Zweigen eines Baumes Platz.

Es folgte ein dumpfer Schlag, so als ob Füße von einer Leiter auf einer Holzveranda landeten. In dem Raum waren fünf Figuren. Zwei davon lagen am Boden.

Jemand mußte etwas unternehmen. Die Lage forderte, daß noch zwei umgelegt wurden. Von Saints Standpunkt aus gesehen bestand keine andere Möglichkeit. Es mußte sauberer Tisch gemacht werden.

Der Trick hatte nicht funktioniert, als es kein Trick gewesen war. Ich versuchte ihn noch einmal, diesmal als Trick. Ich sah an der Schulter der Frau vorbei, verzog mein Gesicht zu einem rohen Grinsen, und sagte mit heiserer Stimme: »Na also, Mike. Gerade im richtigen Augenblick.«

Selbstverständlich täuschte ich sie damit nicht, aber sie wurde wütend. Sie reckte sich steif auf, und sie schoß die Pistole in ihrer rechten Hand nach mir ab. Für eine Frau war es eine schwere Waffe, und sie zuckte hoch. Die andere Waffe zuckte zur gleichen Zeit auf. Ich beachtete nicht, wo das Geschoß einschlug. Ich duckte mich tief unter die Schußlinie und sprang.

Meine Schulter traf ihre Oberschenkel, und sie fiel zurück und prallte mit dem Kopf gegen den Türposten. Ich war nicht sehr rücksichtsvoll, als ich ihr die Pistolen aus den Händen schlug. Mit dem Fuß stieß ich die Tür zu, griff nach oben und drehte rasch den Schlüssel im Schloß, dann zog ich mich schnell aus der Reichweite ihrer hochhackigen Schuhe zurück, die sich die größte Mühe gaben, mir die Nase breitzutreten.

»Große Klasse«, sagte Duncan und griff nach seiner Waffe auf dem Boden.

»Wenn Sie am Leben bleiben wollen, achten Sie auf das kleine Fenster«, knurrte ich ihn an.

Dann war ich hinter dem Schreibtisch, zog das Telefon unter dem toten Dr. Sundstrand hervor, zerrte es so weit, wie das Kabel es zuließ, aus der Richtung der Tür fort. Auf dem Bauch liegend, begann ich zu wählen.

Als Diana das Telefon erkannte, wurden ihre Augen lebendig. Sie schrie laut: »Sie haben mich, Jerry! Sie haben mich!«

Die Maschinenpistole fing an, die Tür zu zerfetzen, als ich einem gelangweilten Polizeisergeanten vom Dienst in die Ohren gellte. Gipsbrocken und Holzsplitter flogen wie bei einer irischen Hochzeit durch den Raum. Geschosse ließen Dr. Sundstrands toten Körper zusammenzucken, als ob ein Schüttelfrost ihn zum Leben erwecken wollte. Ich warf den Telefonhörer von mir, packte Dianas Pistolen und beschoß von unserer Seite die Tür. Durch einen breiten Spalt konnte ich Stoff erkennen. Ich schoß danach.

Was Duncan machte, konnte ich nicht sehen, dann erkannte ich es. Ein Geschoß, das nicht durch die Tür gekommen sein konnte, traf Diana Saint mitten aufs Kinn. Sie fiel wieder zu Boden und blieb diesmal liegen. Ein weiteres Geschoß, das nicht durch die Tür gekommen sein konnte, riß mir den Hut vom Kopf. Ich wälzte mich zur Seite und schrie Duncan an. Seine Waffe beschrieb einen engen Bogen und folgte mir. Sein Mund stieß tierische Laute aus. Ich schrie ihn noch einmal an.

Vier runde rote Flecke erschienen als diagonale Linie in Brusthöhe auf der Schwesterntracht. Sie breiteten sich sogar in der kurzen Zeit aus, während Duncan fiel.

Von irgendwo war eine Sirene zu hören. Das war meine Sirene, sie kam in meine Richtung, wurde immer lauter.

Die Maschinenpistole verstummte, und ein Fuß traf krachend die Tür. Sie bebte im Rahmen, aber das Schloß hielt.

Die Sirene wurde noch lauter. Saint mußte verschwinden. Ich hörte seine Schritte durch den Gang fortrennen. Eine Tür schlug zu. Hinten in einer Seitengasse wurde ein Motor angelassen. Sein Dröhnen wurde von der in einem Krescendo aufheulenden Sirene übertönt.

Ich kroch zu der Frau hinüber, betrachtete das Blut in ihrem Gesicht und auf ihrem Haar und die weichen, durchtränkten Stellen vorn an ihrem Mantel. Ich berührte ihr Gesicht. Sie öffnete langsam die Augen, als ob ihre Lider sehr schwer wären.

»Jerry . . .« flüsterte sie.

»Tot«, log ich grimmig. »Wo ist Isobel Snare, Diana?«

Die Augen schlossen sich. Tränen schimmerten in ihren Winkeln, Tränen des Todes.

»Wo ist Isobel, Diana?« flehte ich. »Seien Sie offen und sagen Sie es mir. Ich bin nicht von der Polizei. Ich bin ihr Freund. Sagen Sie es mir, Diana.«

Ich legte Zärtlichkeit und Sehnsucht in meine Stimme, alles, was ich besaß.

Die Augen öffneten sich halb. Wieder kam das geflüsterte »Jerry...« Dann verklang es, und die Augen gingen zu. Dann bewegten sich die Lippen noch einmal, hauchten ein Wort, das wie »Monty« klang. Das war alles. Sie war tot.

Ich erhob mich langsam und lauschte auf die Sirene.

9

Es war schon spät, und in dem hohen Bürogebäude auf der anderen Straßenseite gingen hier und da Lichter an. Den ganzen Nachmittag hatte ich in Fulwiders Büro verbracht. Zwanzigmal hatte ich meine Geschichte erzählt. Jedes Wort war wahr gewesen – jedes Wort, das ich gesagt hatte.

Polizisten waren gekommen und gegangen, Experten für Ballistik und Fingerabdrücke, Archivare, Reporter, ein halbes Dutzend hoher Beamter der Stadt, sogar ein AP-Korrespondent. Dem Korrespondenten gefiel die Presseverlautbarung nicht, die er bekommen hatte, und das sagte er unmißverständlich.

Der fette Polizeichef war verschwitzt und mißtrauisch. Er hatte die Jacke ausgezogen, und seine Achselhöhlen waren dunkel; sein kurzes rotes Haar kräuselte sich, als ob es versengt worden wäre. Er wußte nicht, wieviel oder wie wenig ich wußte, und wagte nicht, sich zu verraten. Alles, was er konnte, war, mich abwechselnd anzuschreien und anzuflehen, und zwischendurch zu versuchen, mich betrunken zu machen.

Ich wurde betrunken, und das gefiel mir.

»Hat denn überhaupt niemand irgend etwas gesagt?« jammerte er mir zum hundertstenmal vor.

Ich trank wieder mein Glas aus, ließ die Hand mit dem Glas kraftlos sinken und machte ein verblödetes Gesicht. »Keiner, nicht ein Wort, Chef«, antwortete ich eulenhaft. »Ich bin der Mann, der es Ihnen sagen würde. Sie starben alle so plötzlich.«

Er packte sein Kinn und knetete es. »Verdammt witzig«, sagte er höhnisch, »vier Tote auf dem Boden, und Sie haben keinen Kratzer abbekommen.«

»Ich war der einzige, der sich auf den Boden warf, als er noch unbeschädigt war«, erklärte ich weise.

Er packte sein rechtes Ohr und malträtierte es. »Sie sind ganze drei Tage hier«, jaulte er, »und in den drei Tagen haben wir mehr Verbrechen als in den letzten drei Jahren vorher. Das ist schon nicht mehr menschlich. Ich muß einen Alptraum haben.«

»Mir können Sie das nicht zum Vorwurf machen, Chef«, murmelte ich. »Ich bin hierhergekommen, um ein Mädchen zu suchen. Ich suche es immer noch. Ich hab' Saint und seiner Schwester nicht gesagt, sie sollen sich in Ihrer Stadt verstecken. Als ich die beiden entdeckte, habe ich Ihnen den Tip gegeben, aber Ihre Beamten haben das nicht getan. *Ich* habe Dr. Sundstrand nicht erschossen, bevor man aus ihm was rausbringen konnte. Ich hab' noch keine Ahnung, wer die falsche Pflegerin da untergebracht hat.«

»Ich doch auch nicht«, schrie Fulwider. »Aber meine Stellung ist jetzt völlig durchlöchert. Bei all den Chancen, die ich habe, aus dieser Geschichte heil herauszukommen, könnte ich gleich angeln gehen.«

Ich trank noch ein Glas und rülpste vergnügt. »Sagen Sie doch das nicht, Chef«, redete ich ihm gut zu. »Sie haben die Stadt schon mal saubergemacht, Sie können das auch noch mal. Die Geschichte ist doch nur ein Querschläger, der zufällig abgeirrt ist.«

Er machte eine Runde durch sein Büro und versuchte, Löcher in die Rückwand zu schlagen, danach warf er sich wieder in seinen Sessel. Er stierte mich mit wilden Augen an, packte die Whiskyflasche, ließ sie dann wieder los – fast als ob ihm der Whisky besser bekommen würde, wenn er in meinem Magen landete.

»Ich schlage Ihnen ein Geschäft vor«, knurrte er. »Sie machen, daß Sie nach San Angelo zurückkommen, und ich vergesse dafür, daß Sundstrand mit Ihrer Waffe umgelegt wurde.«

»Das einem Mann zu sagen, der sich sein tägliches Brot mühsam verdienen muß, ist nicht nett, Chef. Sie wissen doch genau, wieso es meine Waffe war.«

Einen Augenblick lang sah sein Gesicht wieder grau aus. Er nahm mit den Blicken Maß für meinen Sarg. Dann verflog seine Anwandlung. Er schlug klatschend auf seinen Schreibtisch und sagte herzlich: »Sie haben recht, Carmady. Daran darf ich Sie nicht hindern. Sie müssen ja noch dieses Mädchen ausfindig machen, stimmt's? Also gut, fahren Sie in Ihr Hotel zurück und ruhen Sie sich etwas aus. Ich arbeite heute abend noch weiter und sehe Sie morgen vormittag.«

Ich trank einen weiteren kleinen Schluck, mehr war nicht mehr in der Flasche. Ich fühlte mich in bester Verfassung. Ich schüttelte ihm zweimal die Hand und taumelte aus seinem Büro. Überall im Korridor flammten Blitzlichter auf.

Ich ging die Treppe des Rathauses hinunter und an der Seite des Gebäudes vorbei zur Polizeigarage. Mein blauer Chrysler war wieder zu Hause. Ich ließ die Rolle des Betrunkenen fallen und ging durch Seitenstraßen weiter bis zur Ozeanküste, wanderte über die breiten, betonierten Fußwege auf die beiden Vergnügungspiers und das Grandhotel zu.

Die Dämmerung brach jetzt herein. An den Piers leuchteten Lichter auf. Mastlaternen wurden auf den kleinen Jachten angezündet, die hinter dem Wellenbrecher des Jachthafens vor Anker lagen. An einem weißen Würstchenstand kitzelte ein Mann mit einer langen Gabel seine Wiener und rief mit schallender Stimme aus: »Hungert nicht, Leute! Schöne heiße Würstchen gibt's hier. Hungert nicht!«

Ich zündete mir eine Zigarette an, stand am Wasser und blickte auf die See hinaus. Ganz plötzlich leuchteten weit draußen die Lichter eines großen Schiffs auf. Ich beobachtete sie, aber sie bewegten sich nicht von der Stelle.

Ich ging zu dem Würstchenstand. »Vor Anker?« fragte ich den Mann und deutete auf das Schiff.

Er sah um die Ecke seines Standes und rümpfte verächtlich die Nase.

»Der Kahn da ist das Spielschiff. ›Kreuzfahrt nach Nirgendwo‹ nennen sie's hier, weil es sich nicht von der Stelle rührt. Wenn Ihnen im *Tango* der Nepp nicht groß genug ist, versuchen Sie's mal da. Ja, mein Herr, das ist das gute Schiff *Montecito*. Wie wär's mit 'nem schönen heißen Würstchen?«

Ich legte einen Vierteldollar auf seinen Verkaufstisch. »Nehmen Sie sich selbst eine«, sagte ich freundlich. »Wo fahren die Taxiboote ab?«

Ich hatte keine Waffe bei mir. Ich ging ins Hotel zurück, um meine Reservepistole zu holen.

»Monty« hatte die sterbende Diana Saint gesagt. Vielleicht hatte sie nur nicht mehr lange genug gelebt, um »Montecito« zu sagen.

Im Hotel legte ich mich hin und schlief ein, als ob ich betäubt worden wäre. Es war acht, als ich aufwachte, und ich war hungrig.

Vom Hotel aus wurde ich beschattet, aber nicht sehr lange. Natürlich geschahen in der sauberen kleinen Stadt nicht genug Verbrechen, daß die Polizisten sehr gute Beschatter sein konnten.

10

Für vierzig Cents war es eine lange Fahrt. Das Wassertaxi, ein altes Rennboot ohne jedes Beiwerk, glitt zwischen den verankerten Jachten hindurch, umrundete den Wellenbrecher. Die Dünung traf uns. Meine ganze Gesellschaft auf dem Boot bestand außer dem gefährlich aussehenden Mitbürger am Steuer des Bootes aus zwei gurrenden Pärchen, die anfingen, sich die Gesichter zu schlecken, sobald die Dunkelheit sich auf uns legte.

Ich blickte auf die Lichter der Stadt zurück und versuchte, nicht zu sehr unter meinem Abendessen zu leiden. Zuerst waren die Lichter verstreute Diamantsplitter, zogen sich dann zusammen und wurden zu einem im Schaufenster der Nacht ausgelegten Brillantarmband. Dann waren sie nur noch ein sanfter orangegelber Schimmer über den Gipfeln der Dünung. Das Boot klatschte gegen die unsichtbaren Wellen und tanzte wie ein Wellenreiter in der Brandung. Kalter Nebel stand in der Luft.

Die Bullaugen der *Montecito* wurden größer, und das Boot fegte in einem weitgezogenen Bogen an sie heran, neigte sich im Winkel von fünfundvierzig Grad zur Seite und legte weich an einem hellerleuchteten Landungssteg an. Der Motor lief langsam im Leerlauf und feuerte Fehlzündungen in den Nebel ab.

Ein schlehenäugiger Bursche in einer anliegenden blauen Meßjacke und mit einem Gangstermund hob die Mädchen heraus, überprüfte ihre Begleiter mit einem scharfen Blick und schickte sie nach oben. Der Blick, mit dem er mich musterte, verriet mir einiges über ihn. Die Art, mit der er auf meine Pistolenhalfter klopfte, verriet mir noch mehr.

»Nix«, sagte er gedämpft, »nix.«

Er winkte dem Mann im Boot mit dem Kinn. Der Mann im Boot ließ eine kurze Schlinge über ein Poller fallen, drehte das Steuer ein wenig und kletterte auf den Landungssteg.

»Nix«, schnurrte der Bursche in der Meßjacke. »Kein Schießeisen auf diesem Schiff, Mister. Tut mir leid.«

»Gehört zu meinem Anzug«, erklärte ich ihm. »Ich bin Privatdetektiv. Ich werde es an der Garderobe abgeben.«

»Tut mir leid, Mann. Keine Garderobe für Schießeisen. Hauen Sie ab.«

Der Mann aus dem Boot hängte sein Handgelenk um meinen rechten Arm. Ich hob die Schultern.

»Ins Boot zurück«, grollte der Mann aus dem Boot gedämpft hinter mir. »Ich schulde Ihnen noch vierzig Cents, Mister. Kommen Sie.«

Ich kletterte in das Boot zurück. »Na schön«, zischte ich die Meßjacke an. »Wenn Sie mein Geld nicht wollen, dann lassen Sie's eben. Das ist eine verdammte Art und Weise, einen Gast zu behandeln, muß ich schon sagen ...«

Sein geklecktes, glattes Lächeln war das letzte, was ich sah, als das Boot ablegte und auf dem Rückweg von der Dünung erfaßt wurde. Dieses Lächeln ließ ich nur sehr ungern zurück.

Die Rückfahrt kam mir länger vor. Ich sprach nicht mit dem Mann am Steuer, und er sprach nicht mit mir. Als ich auf die Landungsbrücke am Pier kletterte, höhnte er hinter mir her: »Ein anderes Mal, wenn wir nicht soviel zu tun haben, Schnüffler.«

Ein halbes Dutzend Gäste, die darauf warteten, hinausgebracht zu werden, starrte mich an. Ich drängte mich an ihnen vorbei, durch die Tür zum Warteraum auf der Anlegebrücke, zu den Stufen, die an Land hinaufführten. Ein großer, rothaariger Brocken in schmutzigen Segelschuhen, einer teerbefleckten Hose und einem löchrigen blauen Pullover richtete sich vom Geländer auf und trat mir beiläufig in den Weg.

Ich blieb stehen, machte mich auf einen Angriff gefaßt. Leise sagte er: »Was war denn los, Mann? Mit dem verdammten Schiff nichts zu machen gewesen?«

»Muß ich Ihnen das sagen?«

»Ich bin einer, der zuhören kann.«

»Wer sind Sie?«

»Nennen Sie mich einfach Red.«

»Gehen Sie mir aus dem Weg, Red. Ich habe zu tun.«

Er lächelte traurig, berührte meine linke Seite. »Das Schießeisen trägt unter dem leichten Anzug ein bißchen zu sehr auf«, meinte er. »Wollen Sie unbedingt an Bord? Das läßt sich machen, wenn Sie einen Grund haben.«

»Wie teuer kommt mich der Grund?« fragte ich.

»Fünfzig Dollar. Zehn mehr, wenn Sie in meinem Boot bluten.«

Ich wandte mich ab.

»Fünfundzwanzig für die Fahrt raus«, fügte er schnell hinzu. »Oder wollen Sie mit Freunden wiederkommen?«

Ich ging vier Schritte von ihm fort, ehe ich mich halb umwendete. »Abgemacht«, sagte ich und ging weiter.

Am Ende des hellerleuchteten Vergnügungspiers lag ein lautes Tanzlokal, fast überfüllt, trotz der frühen Abendstunde. Ich ging hinein, lehnte mich an die Wand, sah an einer elektrischen Anzeigetafel zwei Zahlen aufleuchten, beobachtete einen Croupier, wie er über eine Signalanlage unter dem Tisch mit dem Knie seine Zeichen gab.

Eine große Gestalt in Blau tauchte neben mir auf, und ich roch Teer. Eine leise, tiefe, traurige Stimme sagte: »Brauchen Sie da draußen Hilfe?«

»Ich suche nach einem Mädchen, aber ich suche allein. Wovon leben Sie?« Ich sah ihn dabei nicht an.

»Mal hier ein Dollar, mal da ein Dollar. Ich will auch essen. Ich war bei der Polizei, aber da haben sie mich rausgeschmissen.«

Daß er mir das sagte, gefiel mir. »Sie müssen ehrlich gewesen sein«, antwortete ich und beobachtete, wie der Croupier mit dem Daumen eine Karte über die falsche Nummer schob, beobachtete, wie sein Partner den Daumen auf die gleiche Stelle legte und die Karte aufnahm.

Ich fühlte, wie Red grinste. »Sie kennen sich in unserer kleinen Stadt schon ganz gut aus. Wir machen es so: Ich habe ein Boot mit einem Unterwasserauspuff. Ich kenne eine Ladeluke, die ich aufmachen kann. Manchmal schaffe ich für einen, den ich kenne, eine Ladung zu dem Schiff raus. Unter Deck sind nicht viele Leute. Paßt Ihnen das?«

Ich zog meine Brieftasche, nahm einen Zwanziger und einen Fünfer heraus, und gab sie ihm zusammengerollt. Sie verschwanden in einer teerigen Tasche.

»Danke«, sagte Red leise und ging.

Ich ließ ihm einen kleinen Vorsprung. Durch seine Größe konnte man ihn leicht verfolgen, selbst in einer großen Menschenmenge. Wir gingen an dem Jachthafen vorbei und die zweite Vergnügungspier entlang. Danach wurden die Laternen seltener, und die Menschenmenge verschwand völlig. Eine kurze schwarze Pier ragte ins Wasser hinaus, an der ein Boot neben dem anderen festgemacht war. Mein Mann schlug diese Richtung ein. Fast am Ende der Pier blieb er an einer hölzernen Leiter stehen.

»Ich bringe mein Boot hierher«, sagte er. »Der Motor ist sehr laut, bis er warmgelaufen ist.«

»Hören Sie«, sagte ich drängend. »Ich muß noch jemand anrufen. Ich hatte es vergessen.«

»Läßt sich machen. Kommen Sie mit.«

Er ging weiter auf die Pier hinaus vor, kniete nieder, klirrte mit Schlüsseln an einer Kette und öffnete ein Vorhängeschloß. Er hob eine kleine Klappe hoch, nahm einen Telefonhörer heraus und hielt ihn ans Ohr.

»Funktioniert noch«, sagte er mit einem Grinsen in der Stimme. »Muß irgendwelchen Gangstern gehören. Vergessen Sie nachher nicht, das Schloß zuschnappen zu lassen.«

Er verschwand lautlos in der Dunkelheit. Zehn Minuten lang lauschte ich auf das Plätschern der Wellen, die gegen die Pfeiler der Pier schlugen, den gelegentlichen Schrei einer Möwe in der Finsternis. Dann dröhnte in einiger Entfernung ein Motor auf, und sein Dröhnen hielt minutenlang an. Dann brach der Lärm unvermittelt ab. Weitere Minuten verstrichen. Am Fuß der Leiter polterte etwas, und eine gedämpfte Stimme rief zu mir herauf: »Alles fertig.«

Ich ging schnell zu dem Telefon zurück, wählte und verlangte Polizeichef Fulwider. Er war schon nach Hause gegangen. Ich wählte eine andere Nummer, und als sich eine Frauenstimme meldete, verlangte ich wieder den Polizeichef, behauptete, ich sei das Präsidium. Wieder wartete ich. Dann hörte ich die fettige Stimme des Polizeichefs. Sie klang, als hätte er den Mund voll von Bratkartoffeln.

»Ja? Wer ist da? Kann man nicht mal in Ruhe essen?«

»Hier ist Carmady, Chef. Saint ist auf der *Montecito*. Schade, daß sie außerhalb Ihres Bereichs liegt.«

Er fing an wie ein Berserker zu brüllen. Ohne ein weiteres

Wort hängte ich ein und stellte das Telefon in die zinkverkleidete würfelförmige Öffnung zurück. Dann stieg ich die Leiter zu Red hinunter.

II

Auf der dem Ozean zugewendeten Seite des Schiffes waren keine Flutlichter. Red nahm das Gas so weit zurück, daß der Motor fast nicht mehr lief, und kurvte unter das überhängende Heck, näherte sich den öligen Platten des Rumpfes so scheu, wie eine Landpomeranze eine feudale Hotelhalle betritt.

Eiserne Doppeltüren ragten hoch über uns auf, etwas vor der schleimigen Ankerkette. Das Motorboot schrammte den alten Schiffsrumpf, und das Seewasser klatschte unrhythmisch gegen den Bootskiel unter unseren Füßen. Die große, schattenhafte Gestalt des ehemaligen Polizisten türmte sich vor mir auf. Eine Seilschlinge schwirrte in die Dunkelheit hinaus, legte sich um etwas und fiel ins Boot zurück. Red zog das Seil stramm, machte es an der Motorverkleidung fest. Verhalten sagte er: »Sie liegt so hoch im Wasser wie ein Springpferd. Wir müssen an den Platten hochklettern.«

Ich übernahm das Steuer und hielt den Bug des Bootes gegen den glitschigen Rumpf gerichtet, während Red nach einer Leiter dicht an der Seite des Schiffs griff, sich grunzend in die Dunkelheit hinaufhievte, wobei sein Körper im rechten Winkel an dem Rumpf hing und seine Segelschuhe auf den nassen Eisensprossen rutschten.

Nach einer Weile knarrte über mir etwas, und ein gedämpftes gelbliches Licht erschien in der nebligen Luft. Der Umriß einer schweren Tür wurde sichtbar, und vor dem Licht erschien Reds geduckter Kopf. Ich folgte ihm die Leiter hinauf. Es war eine mühsame Arbeit. Sie brachte mich keuchend in einen sauerriechenden, mit Kisten und Fässern übersäten Laderaum. Ratten verschwanden in dunklen Winkeln. Der große Bursche legte seine Lippen dicht an mein Ohr.

»Von hier erreichen wir mühelos den Katzensteg im Maschinenraum. Sie haben nur einen Hilfskessel für das heiße Wasser und die Generatoren unter Dampf. Das bedeutet, es ist nur ein Mann Bedienung da. Den nehme ich mir vor. Die Besatzung ist oben und voller Lametta. Ich zeige Ihnen einen Ventilator, der nicht durch ein Gitter verschlossen ist. Er führt zum Bootsdeck hinauf. Dann müssen Sie selbst weitersehen.«

»Sie haben wohl Verwandte hier an Bord«, meinte ich.

»Deswegen keine Sorge. Wenn man viel auf den Piers ist, erfährt man einiges. Vielleicht habe ich mit Leuten zu tun, die entschlossen sind, den Kahn zum Kentern zu bringen. Sind Sie bald wieder zurück?«

»Wenn ich direkt vom Bootsdeck komme, wird's ganz schön plätschern«, antwortete ich. »Hier, nehmen Sie.« Ich fischte weitere Banknoten aus meiner Brieftasche und hielt sie ihm hin.

Er schüttelte seinen roten Kopf. »Lassen Sie. Erst nach der Rückfahrt.«

»Die bezahle ich jetzt schon, selbst wenn ich sie nicht brauchen sollte. Nehmen Sie das Geld aber, ehe ich in Tränen ausbreche.«

»Also dann – danke. Sie sind ein feiner Kerl.«

Wir schlichen zwischen den Kisten und Fässern hindurch. Das gelbe Licht fiel aus einem Gang, der hinter dem Laderaum lag, und wir gingen durch den Gang bis zu einer schmalen Tür. Sie führte auf den Katzensteg. Wir schlichen ihn entlang, kletterten eine ölige Stahlleiter hinunter, vernahmen das Zischen des Ölbrenners und bewegten uns zwischen Bergen von Eisen hindurch auf das Geräusch zu.

Als wir um eine Ecke kamen, sahen wir einen kleinen schmutzigen Italiener in einem purpurroten Seidenhemd, der auf einem mit Draht zusammengeflickten Bürostuhl unter einer nackten Birne saß und mit Hilfe einer stahlgefaßten Brille und eines schwarzen Zeigefingers Zeitung las.

Red sagte leise: »He, Kleiner. Was machen all die kleinen Bambinos?«

Der Italiener riß den Mund auf und machte eine schnelle Bewegung. Red versetzte ihm einen Schlag. Das genügte. Wir streckten ihn auf dem Boden aus und rissen sein purpurrotes Hemd in Streifen, um ihn zu fesseln und zu knebeln.

»Man soll keinen schlagen, der eine Brille trägt«, meinte Red, »aber wenn Sie in dem Ventilator hochklettern, machen Sie einen Höllenlärm – für jemand, der hier unten ist. Die oben werden nichts davon hören.«

Ich erklärte, das sei mir durchaus angenehm, und wir ließen den Italiener gefesselt auf dem Boden zurück und fanden den

Ventilatorschacht, der nicht vergittert war. Ich drückte Red die Hand, sagte, ich hoffte ihn wiederzusehen, und begann, die Leiter in dem Ventilatorschacht hinaufzuklettern.

Es war darin kalt und finster, und die nebelfeuchte Luft zog durch ihn hinunter, und der Weg kam mir sehr lang vor. Nach drei Minuten, die mir wie eine Stunde erschienen, erreichte ich das obere Ende und schob vorsichtig meinen Kopf durch die Öffnung. Segeltuchüberspannte Boote hingen in der Nähe an den Davits des Bootsdecks. Zwischen zweien davon war in der Dunkelheit gedämpftes Flüstern zu hören. Das dumpfe Dröhnen von Musik pulste vom Hauptdeck herauf. Über mir brannte an der Mastspitze eine Laterne, und durch den hohen, dünnen Dunstschleier funkelten erbittert vereinzelte Sterne herunter.

Ich lauschte, hörte aber keine Sirenen von Polizeibooten. Ich kletterte aus dem Ventilator und ließ mich auf das Bootsdeck gleiten.

Das Flüstern stammte von einem schmusenden Pärchen, das sich unter einem der Boote umschlungen hielt. Sie schenkten mir keine Beachtung. Ich ging das Deck entlang, an den geschlossenen Türen von drei oder vier Kabinen vorbei. Hinter den Läden von zwei der Kabinen brannte Licht. Ich lauschte wieder, vernahm aber nichts als den Lärm des fröhlichen Treibens der Gäste auf dem Hauptdeck unter mir.

Ich duckte mich in den dunklen Schatten, sog Luft tief in die Lungen und stieß sie mit einem Heulen aus, dem aufreizenden Heulen eines Grauwolfs, einsam und hungrig, fern jeder menschlichen Behausung, das jede Gefahr trotzig herausforderte.

Das tiefkehlige, drohende Aufbellen eines Polizeihundes antwortete mir. Ein Mädchen kreischte auf dem dunklen Deck auf, und eine männliche Stimme sagte: »Ich dachte, alle Schellacksäufer wären endlich tot.«

Ich richtete mich auf, zog meine Waffe aus dem Halfter und rannte auf das Bellen zu. Das Geräusch kam von einer Kabine auf der anderen Seite des Decks. Ich legte das Ohr gegen die Tür, hörte, wie ein Mann den Hund besänftigte. Der Hund hörte auf zu bellen, knurrte noch ein- oder zweimal, verstummte dann. In der Tür, die ich berührte, wurde ein Schlüssel gedreht.

Ich wich von ihr zurück, ließ mich auf ein Knie nieder. Die

Tür wurde einen Fuß breit geöffnet, und ein glattgekämmter Kopf tauchte hinter ihrer Kante auf. Das Licht von einer gedämpften Lampe glänzte als Widerschein auf seinem schwarzen Haar.

Ich richtete mich auf und ließ den Griff meiner Waffe auf den Kopf niedersausen. Der Mann sank durch die Türöffnung langsam in meine Arme. Ich zerrte ihn in die Kabine zurück, stieß ihn auf ein gemachtes Bett. Ich zog die Tür hinter mir zu und schloß sie ab. Auf einem zweiten Bett hockte ein kleines Mädchen mit großen, aufgerissenen Augen.

»Na endlich, Miss Snare. Es hat mich viel Mühe gekostet, Sie zu finden. Wollen Sie mit mir nach Hause kommen?«

Farmer Saint wälzte sich auf dem Bett, richtete sich auf und hielt sich den Kopf. Dann saß er völlig regungslos da, blickte mich mit seinen scharfen schwarzen Augen an. Um seinen Mund spielte ein angespanntes Lächeln, es war fast gutmütig.

Ich warf einen Blick ringsum durch die Kabine. Den Hund konnte ich nicht entdecken, aber ich bemerkte eine Innentür, hinter der er vermutlich war. Ich sah das Mädchen wieder an. Sie war nicht besonders ansehnlich, wie die meisten Menschen, die die größten Unannehmlichkeiten auslösen. Mit angezogenen Knien hockte sie auf dem Bett, und das Haar fiel ihr über ein Auge. Sie trug ein Strickkleid und Golfsocken zu Haferlschuhen mit breiten Laschen, die über den Fußrücken fielen. Unter dem Saum ihres Kleides ragten ihre knochigen Knie nackt hervor. Sie sah aus wie ein Schulmädchen.

Ich durchsuchte Saint auf eine Waffe, fand aber keine. Er grinste mich an.

Das Mädchen hob die Hand und strich ihr Haar zurück. Sie sah mich an, als ob ich drei Häuserblocks von ihr entfernt wäre. Dann schöpfte sie Luft und begann zu schluchzem.

»Wir sind verheiratet«, sagte Saint leise. »Sie glaubt, Sie wären gekommen, um mir ein paar Dutzend Löcher beizubringen. Das mit dem Wolfsgeheul war ein raffinierter Trick.«

Ich gab ihm keine Antwort. Ich lauschte. Kein Geräusch war von draußen zu hören.

»Woher wissen Sie, wo Sie suchen sollten?« fragte Saint.

»Diana sagte es mir – ehe sie starb«, antwortete ich brutal. Seine Augen weiteten sich erschreckt. »Das glaube ich Ihnen nicht.«

»Sie sind fortgerannt und haben sie sitzenlassen. Was haben Sie sonst erwartet?«

»Nicht daß die Bullen eine Frau niederschießen. Ich dachte, ich würde mich schon mit ihnen einigen können. Wer hat auf sie geschossen?«

»Einer von Fulwiders Kreaturen. Sie haben ihn dann noch erwischt.«

Er warf den Kopf weit in den Nacken, und sein Gesicht nahm einen wilden Ausdruck an, der gleich wieder verschwand. Er lächelte zu dem weinenden Mädchen hinüber. »Weine nicht, mein Liebes. Ich bringe dich schon hier heraus.« Er sah mich wieder an. »Nehmen wir an, ich leiste keinen Widerstand. Gibt es für sie eine Möglichkeit, hier herauszukommen?«

»Was heißt hier schon Widerstand?« fragte ich höhnisch.

»Ich habe eine Menge Freunde hier auf dem Schiff. Sie sind noch nicht sehr weit gekommen.«

»Sie selbst haben sie hereingerissen«, erwiderte ich. »Jetzt können Sie sie nicht mehr draußenhalten. Das gehört mit zur Abrechnung.«

12

Er nickte langsam, blickte auf den Boden zwischen seinen Füßen. Das Mädchen unterbrach ihr Schluchzen lange genug, um sich über das Gesicht zu wischen, fing dann wieder damit an.

»Weiß Fulwider, daß ich hier bin?« fragte Saint zögernd.

»Ja.«

»Haben Sie ihm den Tip gegeben?«

»Ja.«

Er hob die Schultern. »Na ja, von Ihrem Standpunkt aus verständlich. Gewiß. Nur werde ich nie dazu kommen, den Mund aufzumachen, wenn Fulwider mich zu fassen kriegt. Wenn ich mit jemand von der Staatsanwaltschaft reden könnte. Vielleicht könnte ich ihn überzeugen, daß sie mit meinen Geschichten nichts zu tun hatte.«

»Auch daran hätten Sie vorher denken müssen«, entgegnete ich nachdrücklich. »Sie brauchten nicht zu Sundstrand zurückzukommen und mit Ihrer Maschinenpistole loszuballern.«

Er warf den Kopf zurück und lachte. »Wirklich nicht? Angenommen, Sie bezahlen einem zehntausend als Schutzgebühr, und der hintergeht Sie, indem er sich Ihre Frau greift, sie in seine verdammte Entziehungsanstalt steckt und Ihnen sagt, Sie sollten verschwinden und den Mund halten, sonst würde die Brandung sie an den Strand schwemmen? Was täten Sie dann? Lächeln? Oder mit einem dicken Schießeisen auftauchen, um sich mit dem Burschen zu unterhalten?«

»Zu der Zeit war sie nicht mehr dort«, antwortete ich. »Sie waren einfach mordgierig. Und wenn Sie mit dem Hund nicht so verrückt gewesen wären und zugelassen hätten, daß er einen Mann tötete, hätte Ihr Beschützer vielleicht nicht soviel Angst bekommen, daß er Sie verriet.«

»Ich habe Hunde gern«, antwortete Saint still. »Wenn ich nicht gerade bei meiner Arbeit bin, bin ich ein verträglicher Mensch. Aber ich kann mir nicht zuviel gefallen lassen.«

Ich lauschte wieder. Noch immer war draußen auf Deck nichts zu hören.

»Passen Sie auf«, sagte ich drängend. »Wenn Sie fair spielen wollen: Ich habe draußen ein Boot und will versuchen, das Mädchen nach Hause zu schaffen, ehe sie von der Polizei gesucht wird. Was aus Ihnen wird, kann ich nicht beeinflussen. Ich würde für Sie auch keinen Finger rühren, selbst wenn Sie Hunde gern haben.«

Plötzlich sagte das Mädchen mit schriller Kinderstimme: »Ich will nicht nach Hause! Ich will nicht nach Hause!«

»In einem Jahr werden Sie mir dankbar sein«, schnauzte ich sie an.

»Er hat recht, mein Schatz«, sagte Saint. »Es ist besser, du verschwindest mit ihm.«

»Ich will nicht«, kreischte sie wütend. »Ich will einfach nicht, das ist alles.«

Aus der Stille auf dem Deck schlug etwas hart gegen die Tür. »Aufmachen«, rief eine grimmige Stimme. »Polizei.«

Ich wich schnell rückwärts bis zur Tür zurück, hielt den Blick auf Saint gerichtet. Über die Schulter rief ich: »Ist Fulwider da?«

»Ja«, meldete sich grollend die ölige Stimme des Polizeichefs. »Carmady?«

»Hören Sie, Chef. Saint ist hier drin und bereit, sich zu ergeben. Bei ihm ist ein Mädchen, das, von dem ich Ihnen erzählt habe. Kommen Sie also langsam herein, ja?«

»Klar«, antwortete der Polizeichef. »Machen Sie auf.«

Ich drehte den Schlüssel, sprang durch die Kabine und lehnte mich mit dem Rücken gegen die Innenwand neben der Tür, hinter der der Hund jetzt unruhig geworden war und knurrte.

Die Außentür wurde weit aufgestoßen. Zwei Männer, die ich bisher noch nicht gesehen hatte, stürmten mit schußbereiter Waffe herein. Der dicke Polizeichef kam ihnen nach. Kurz ehe er die Tür schloß, erhaschte ich einen kurzen Blick auf Uniformen der Schiffsbesatzung.

Die beiden Beamten stürzten sich auf Saint, warfen ihn herum und legten ihm Handschellen an. Dann traten sie neben den Polizeichef. Saint grinste sie an, wobei ihm Blut von der Unterlippe träufelte.

Fulwider sah mich mißbilligend an und rollte eine Zigarre in seinem Mund. Niemand schien sich für das Mädchen zu interessieren. »Sie sind ein verdammter Kerl, Carmady. Sie machten mir keine Andeutung, was ich vorfinden würde«, knurrte er.

»Ich hatte selbst keine Ahnung«, antwortete ich. »Außerdem glaubte ich, es wäre außerhalb Ihres Amtsbereichs.«

»Zum Teufel damit. Wir haben die Bundespolizei benachrichtigt. Sie wird bald hier sein.«

Einer der Beamten lachte. »So bald auch wieder nicht«, erklärte er brutal. »Stecken Sie das Schießeisen weg, Schnüffler.«

»Versuchen Sie, mich zu zwingen«, entgegnete ich ihm.

Er machte einen Schritt vor, aber der Polizeichef winkte ihn zurück. Der andere Beamte behielt Saint im Auge, achtete auf nichts anderes.

»Wie haben Sie ihn denn gefunden?« wollte Fulwider wissen.

»Nicht indem ich Geld von ihm nahm, um ihn zu verbergen.«

Auf Fulwiders Gesicht änderte sich nichts. Seine Stimme wurde beinahe träge. »Sieh mal einer an. Sie haben herumgeschnüffelt«, sagte er sehr gelassen.

Angewidert antwortete ich: »Für was für einen Dummkopf haben Sie und Ihre Bande mich denn gehalten? Ihre saubere kleine Stadt stinkt. Ihr sattsam bekanntes, weißgewaschenes

Heiligtum ist nur ein Unterschlupf für Verbrecher, wo sie ihre Schießeisen stecken lassen können – wenn sie nur ordentlich bezahlen und hier am Ort nichts unternehmen – und von wo sie mit einem Rennboot schnell nach Mexiko entwischen können, wenn sie hier aufgestöbert werden.«

Der Polizeichef fragte sehr behutsam: »Sonst noch was?«

»Ja«, schrie ich. »Ich habe es für Sie schon viel zu lange aufgespart. Sie haben mich in ein Privatgefängnis gesteckt und unter Rauschgift setzen lassen, bis ich halb verrückt war. Als Sie mich da nicht festhalten konnten, heckten Sie sich mit Galbraith und Duncan den Plan aus, daß Sundstrand, Ihr Helfershelfer, mit meiner Waffe getötet und ich dann auch umgebracht werden sollte, angeblich, weil ich mich der Festnahme widersetzt hätte. Diesen Plan hat Ihnen Saint verdorben und mir das Leben gerettet, vielleicht nicht absichtlich, getan hat er es trotzdem. Sie haben doch die ganze Zeit genau gewußt, wo die kleine Snare war. Sie war Saints Frau, und Sie selbst hielten sie fest, um ihn in der Hand zu haben. Verdammt, weshalb glauben Sie, daß ich Ihnen den Tip gab, er sei hier draußen? Davon haben Sie keine Ahnung!«

Der Beamte, der versucht hatte, mir meine Waffe fortzunehmen, sagte: »Also, Chef, es wird langsam Zeit. Wir müssen uns beeilen. Die Bundespolizei ...«

Fulwiders Kinn bebte. Sein Gesicht war grau geworden, und seine Augen lagen tief in den Höhlen. Die Zigarre zwischen seinen fetten Lippen zitterte. »Einen Augenblick noch«, sagte er zu dem Mann neben sich. Dann zu mir: »Also – weshalb gaben Sie mir den Tip?«

»Um Sie wohin zu locken, wo Sie nichts anderes als ein gemeiner Bandit sind«, antwortete ich, »und um zu sehen, ob Sie es fertigbringen, mit einem Mord auf hoher See davonzukommen.«

Saint lachte. Zwischen den Zähnen stieß er einen leisen, durchdringenden Pfiff aus. Ein wildes tierisches Knurren antwortete ihm. Die Tür neben mir wurde zerschmettert, als ob ein Maultier sie einträte. Durch die Öffnung kam der große Polizeihund in einem weiten Sprung geschossen, der ihn durch die ganze Kabine trug. Der graue Körper bäumte sich mitten in der Luft auf. Eine Waffe knallte harmlos. »Pack sie, Voss!« schrie Saint. »Pack sie und zerreiß sie!«

Betäubendes Pistolenfeuer füllte die Kabine. Das Knurren des Hundes ging in einem gellenden, würgenden Aufschrei unter. Fulwider und einer seiner Begleiter wälzten sich auf dem Boden, und der Hund hatte Fulwider bei der Kehle gepackt.

Das Mädchen schrie auf und verbarg ihr Gesicht im Kissen. Saint glitt langsam von dem Bett, während ihm in einem dicken Schwall Blut vom Hals strömte.

Der Beamte, der nicht auf dem Boden lag, sprang zur Seite und fiel fast der Länge nach auf das Bett des Mädchens, gewann aber sein Gleichgewicht wieder und pumpte Pistolenkugeln in den langen grauen Körper des Hundes – hemmungslos, ohne zu zielen.

Der Polizist auf dem Boden stieß den Hund von sich. Der Hund biß ihm fast die Hand ab. Der Mann brüllte auf. Füße trampelten draußen auf Deck, Stimmen gellten. Etwas rann mir über das Gesicht; es kitzelte. Ich hatte ein komisches Gefühl im Kopf, wußte aber nicht, was mich getroffen hatte. Die Waffe in meiner Hand fühlte sich heiß und schwer an. Ich erschoß den Hund, obwohl mir der Gedanke zuwider war. Der Hund rollte von Fulwider herunter, und ich sah, wo eine verirrte Kugel die Stirn des Polizeichefs mit der peinlichen Genauigkeit des reinen Zufalls genau zwischen den Augen durchbohrt hatte. Der Hammer des Revolvers in der Hand des aufrecht stehenden Beamten schlug auf eine abgestoßene Patronenhülse. Fluchend begann er, seine Waffe neu zu laden.

Ich berührte das Blut in meinem Gesicht und betrachtete es. Es kam mir sehr dunkel vor. Das Licht in der Kabine schien schwächer zu werden.

Plötzlich spaltete die glänzende Spitze einer Axt die Kabinentür, die von dem Körper des Polizeichefs und dem stöhnenden Mann an seiner Seite versperrt wurde. Ich starrte auf das helle Metall, sah zu, wie es verschwand und an einer anderen Stelle wieder erschien.

Dann ging langsam das ganze Licht aus, wie im Theater, kurz ehe sich der Vorhang hebt. Gerade ehe es ganz erlosch, begann mein Kopf zu schmerzen, aber ich wußte noch nicht, daß eine Kugel meinen Schädel verletzt hatte.

Zwei Tage später erwachte ich im Krankenhaus. Ich blieb dort drei Wochen. Saint lebte nicht so lange, daß er gehängt werden konnte, aber lange genug, um seine Geschichte zu erzählen. Er muß sie sehr gut erzählt haben, denn sie ließen Mrs. Jerry (Farmer) Saint nach Hause zu ihrer Tante zurück.

Inzwischen hatte die große Jury des County gegen die halbe Polizei in der kleinen Stadt am Strand Anklage erhoben. Im Rathaus waren eine Menge neuer Gesichter zu sehen, hörte ich. Eins davon war das eines großen rothaarigen Detektivsergeanten namens Norgard, der behauptete, er schulde mir fünfundzwanzig Dollar, hätte sie aber ausgeben müssen, um sich einen neuen Anzug zu kaufen, als er seinen Posten wiederbekam. Er sagte, er würde mich bezahlen, sobald er sein erstes Gehalt bekomme. Ich sagte, ich wolle versuchen, so lange zu warten.

DIE FRAU IM BERGSEE

I

Ich versuchte gerade, mich mit einem Paar neuer Schuhe auf meiner Schreibtischplatte abzufinden, als das Telefon klingelte und Veilchen M'Gee mich anrief. Es war ein dumpfer, heißer, schwüler Augusttag, und man konnte seinen Nacken nicht einmal mit einem Badetuch trocken halten.

»Wie stets, mein Junge?« begann Veilchen wie üblich. »Eine Woche lang nichts zu tun? Drüben im Avenant Building ist ein gewisser Howard Melton, dem die Frau abhanden gekommen ist. Er ist Bezirksdirektor für die Doreme Kosmetik-Gesellschaft. Er will bei der Polizei keine Vermißtenmeldung aufgeben. Ich weiß nicht, aus welchem Grund. Der Chef kennt ihn flüchtig. Geh doch mal rüber und zieh deine Schuhe aus, ehe du da hineingehst. Das ist ein ziemlich feines Unternehmen.«

Veilchen M'Gee gehörte zum Morddezernat im Amt des Sheriffs, und wenn er mir aus Barmherzigkeit nicht immer Aufträge zuschöbe, wäre ich vielleicht in der Lage, meinen Lebensunterhalt zu verdienen. Diesmal sah es etwas anders aus, deshalb setzte ich meine Füße auf den Boden, wischte mir wieder über den Nacken und ging hin.

Das Avenant Building liegt am Olive Boulevard, nahe Sixth Street, und vor dem Haus ist der Gehsteig mit schwarzem und weißem Gummi gepflastert. Die Fahrstuhlmädchen tragen grauseidene Russenkittel und die Sorte weiter Baskenmützen, wie sie Maler einmal benutzten, um die Farbe aus ihrem Haar zu halten. Die Doreme Kosmetik-Gesellschaft war auf dem 6. Stockwerk und nahm einen guten Teil davon ein. Sie hatte einen großen glasverkleideten Empfangsraum mit Blumen und persischen Teppichen und kleinen verrückten Porzellanplastiken. Eine nette kleine Blondine saß vor dem eingebauten Klappenschrank in einer Ecke, wo ihr niemand Leids antun konnte. Sie hatten eine Empfangsdame an einem großen Schreibtisch mit Blumen darauf und einem schrägen Schild mit der Aufschrift: »Miss van de Graaf«. Sie trug eine dicke Hornbrille, und ihr Haar war so glatt zurückgebürstet, daß ihre milchweiße Stirn schimmerte, als ob Schnee darauf läge.

Sie sagte, Mr. Howard Melton sei in einer Konferenz, sie würde ihm aber meine Karte bringen, sobald sich eine Gelegenheit biete, und in welcher Angelegenheit ich käme, bitte? Ich sagte, ich hätte keine Karte, aber mein Name sei John Dalmas, mit Empfehlungen von Mr. West.

»Wer ist Mr. West?« fragte sie kühl. »Kennt Mr. Melton ihn?«

»Da bin ich überfordert, Kindchen. Da ich Mr. Melton nicht kenne, kenne ich auch seine Freunde nicht.«

»In welcher Angelegenheit kommen Sie?«

»In einer privaten.«

»Ich verstehe.« Sie schrieb schnell ihre Initialen auf drei Papiere auf ihrem Schreibtisch, um sich davor zu bewahren, mir ihre Schreibtischgarnitur an den Kopf zu werfen. Ich ging in eine Ecke, setzte mich in einen blauen Ledersessel mit Chromlehnen. Er fühlte sich an wie ein Friseursessel, sah auch so aus und roch auch so.

Nach etwa einer halben Stunde öffnete sich die Tür hinter einem Bronzegitter, und zwei Männer kamen rückwärts lachend heraus. Ein dritter hielt ihnen die Tür auf und gab ein Echo zu ihrem Lachen. Sie schüttelten sich die Hände. Die beiden Männer gingen fort, und der dritte wischte das Lächeln im Nu von seinem Gesicht und sah Miss van de Graaf an. »Hat wer angerufen?« fragte er im Chefton.

Eilfertig blätterte sie durch Papiere. »Nein, Sir«, sagte sie. »Ein Mr. Dalmas möchte Sie sprechen mit Empfehlung von einem Mr. – West. In einer privaten Angelegenheit.«

»Kenne ich nicht«, bellte der Mann. »Ich habe mehr Versicherungen als ich bezahlen kann.« Er warf mir einen flüchtigen, scharfen Blick zu, ging in sein Zimmer und schlug die Tür hinter sich zu. Miss van de Graaf lächelte mich mit verhaltendem Mitgefühl an. Ich zündete mir eine Zigarette an und schlug meine Beine in der anderen Richtung übereinander. Nach weiteren fünf Minuten öffnete sich die Tür hinter dem Gitter wieder, und er kam mit dem Hut auf dem Kopf heraus und gab verächtlich bekannt, er werde für eine halbe Stunde fortgehen.

Er kam durch die Tür im Gitter, ging auf den Eingang zu, machte dann eine hübsche Schwenkung und kam zu mir herüber. Er stand vor mir, blickte auf mich herab – ein großer Mann, ein gutes Stück über einsachtzig und entsprechend gebaut. Sein Gesicht war gut massiert, konnte aber die Sorgenfältchen nicht verbergen. Seine Augen waren schwarz, hart und hinterhältig.

»Sie wollen mich sprechen?«

Ich stand auf, zog meine Brieftasche und gab ihm eine Karte. Er blickte auf die Karte und verbarg sie in seiner Handfläche. Seine Augen wurden nachdenklich.

»Wer ist Mr. West?«

»Keine Ahnung.«

Er schenkte mir einen scharfen, unmittelbaren und interessierten Blick. »Ihre Vermutungen stimmen«, sagte er. »Gehen wir in mein Büro.«

Die Empfangsdame war so wütend, daß sie versuchte, drei Papiere gleichzeitig mit ihren Initialen zu versehen, als wir durch das Gitter an ihr vorbeigingen. Das Büro dahinter war lang, lag im Halblicht und war still, aber nicht kühl. An der Wand hing die Vergrößerung eines harten alten Vogels, der in seinem Leben manches durchgemacht und überstanden hatte. Der große Mann ging hinter einen Schreibtisch im Wert von achthundert Dollar, lehnte sich in einen gepolsterten, hochlehnigen Direktorsessel zurück und schob eine Zigarrenkiste vor mich hin. Ich zündete mir eine Zigarre an, und er beobachtete mich dabei mit kühlen, ungerührten Blicken.

»Die Sache ist sehr vertraulich«, sagte er.

»Ist mir völlig klar.«

Er betrachtete wieder meine Karte und steckte sie in eine goldgefaßte Brieftasche. »Wer hat Sie zu mir geschickt?«

»Ein Freund im Amt des Sheriffs.«

»Ich müßte schon etwas mehr über Sie wissen.«

Ich nannte ihm zwei Namen und gab ihm die Telefonnummern. Er griff nach dem Telefon, verlangte ein Amt und wählte selbst. Er bekam in beiden Fällen Anschluß und sprach. Nach vier Minuten hatte er wieder eingehängt und lehnte sich in seinen Sessel zurück. Wir wischten uns beide den Nacken ab.

»So weit, so gut«, sagte er. »Jetzt beweisen Sie mir, daß Sie der Mann sind, der Sie zu sein behaupten.«

Ich zog meine Brieftasche und zeigte ihm die verkleinerte Fotokopie meiner Lizenz. Er schien zufrieden. »Wieviel verlangen Sie?«

»Fünfundzwanzig Dollar am Tag und meine Spesen.«

»Das ist zu viel. Welcher Art sind Ihre Spesen?«

»Benzin und Öl, vielleicht hin und wieder eine Bestechung, Mahlzeiten und Getränke. Vorwiegend Whisky.«

»Essen Sie nicht, wenn Sie arbeiten?«

»Doch – aber nicht besonders gut.«

Er grinste. Sein Grinsen hatte wie seine Augen einen steinernen Ausdruck. »Ich glaube, wir werden uns verstehen«, meinte er. Er öffnete eine Schublade und nahm eine Flasche Scotch heraus. Wir tranken ein Glas. Er stellte die Flasche auf den Boden, wischte sich die Lippen, zündete eine Zigarette mit Monogramm an und zog gelassen den Rauch ein. »Fünfzehn täglich genügt wohl«, meinte er. »Bei unseren Zeiten? Und seien Sie sparsam mit dem Schnaps.«

»Das war nur ein Witz«, antwortete ich. »Ein Mann, mit dem man keine Witze machen kann, dem kann man auch nicht trauen.«

Er grinste wieder. »Abgemacht. Als erstes jedoch muß ich Ihre Zusicherung haben, daß Sie unter keinen Umständen etwas mit Ihren Freunden bei der Polizei unternehmen, die Sie vielleicht haben.«

»Solange Sie niemand ermordet haben, soll es mir recht sein.«

Er lachte. »Noch nicht. Trotzdem bin ich ein ziemlich gefährlicher Bursche. Ich wünsche, daß Sie meine Frau aufspüren und feststellen, wo sie ist, was sie tut, ohne daß sie etwas davon erfährt. Sie verschwand vor elf Tagen – am 12. August – aus einem einsamen Ferienhaus am Little Fawn Lake. Das ist ein kleiner See, den ich mit zwei anderen zusammen besitze. Er liegt drei Meilen von Puma Point. Sie wissen selbstverständlich, wo das ist.«

»In den San-Bernardino-Bergen, etwa vierzig Meilen weit von San Bernardino.«

»Ja.« Er ließ Asche von seiner Zigarette auf die Schreibtischplatte fallen und beugte sich vor, um sie fortzublasen. »Little Fawn Lake ist nur einen halben Kilometer lang. Wir bauten dort einen kleinen Damm, um Baugelände zu gewinnen – genau zur falschen Zeit. Dort oben sind vier Sommerhäuser. Meines, zwei, die meinen Freunden gehören, von denen keines in diesem Sommer benutzt wurde, und ein viertes an der Seite des Sees, wenn man dorthin kommt. Dieses wird von einem Mann namens William Haines und seiner Frau bewohnt. Er ist Kriegsversehrter mit einer Pension. Er wohnt dort mietfrei und kümmert sich um unsere Häuser. Meine Frau hat den Sommer dort oben verbracht und sollte am 12. August über das Wochenende zu einer Gesellschaft in die Stadt kommen. Sie ist nicht erschienen.«

Ich nickte. Er öffnete eine verschlossene Schublade und nahm einen Umschlag heraus. Aus dem Umschlag zog er ein Foto und ein Telegramm und reichte mir das Telegramm über den Schreibtisch. Es war am 15. August in El Paso in Texas um 9.18 Uhr aufgegeben worden. Es war an Howard Melton, 715 Avenant Building, Los Angeles, adressiert und lautete: »Gehe nach Mexiko zur Scheidung, heirate Lance. Viel Glück und leb wohl. Julia.«

Ich legte das gelbe Formular vor mich auf den Schreibtisch. »Meine Frau heißt Julia«, sagte Melton.

»Wer ist Lance?«

»Lancelot Goodwin. Bis vor einem Jahr war er einmal mein Privatsekretär. Dann kam er zu Geld und kündigte. Ich weiß schon lange, daß Julia und er etwas füreinander übrig hatten, wenn ich es so ausdrücken darf.«

»Ich habe nichts dagegen«, sagte ich.

Er schob das Foto vor mich hin. Es war eine Amateuraufnahme auf Hochglanz, die eine schlanke kleine Blondine und einen großen, hageren, dunklen, gutaussehenden Mann von etwa fünfunddreißig zeigte, der um eine Idee zu gut aussah. Die Blondine konnte achtzehn, aber auch vierzig sein. Sie war dieser Typ. Sie hatte eine gute Figur und war nicht schüchtern, sie zu zeigen. Sie trug einen Badeanzug, der die Phantasie nicht überbeanspruchte, und der Mann war in einer Badehose. Sie saßen vor einem gestreiften Sonnenschirm auf dem Sand. Ich legte die Fotografie auf das Telegramm.

»Das sind alle Beweismittel«, sagte Melton, »aber nicht alle

Tatsachen. Noch ein Glas?« Er schenkte ein, und wir tranken. Er stellte die Flasche wieder auf den Boden, und dann klingelte das Telefon. Er sprach kurz, klopfte dann auf die Gabel und sagte der Vermittlung, er wolle eine Zeitlang nicht gestört werden.

»Bis dahin war nichts Besonderes dabei«, sagte er. »Aber am vergangenen Freitag traf ich Lance Goodwin auf der Straße, und er sagte, er habe Julia seit Monaten nicht mehr gesehen. Ich glaubte ihm, weil Lance kein Angeber ist und weil er keine Angst hat. In dieser Sache wäre er fähig, mir die Wahrheit zu sagen. Und ich glaube, daß er den Mund halten würde.«

»Gibt es andere, an die Sie dabei denken könnten?«

»Nein. Wenn welche da wären, würde ich sie kennen. Ich vermute, Julia wurde festgenommen und sitzt irgendwo im Gefängnis, und es ist ihr gelungen, durch Bestechung oder sonstwie ihre Identität zu verbergen.«

»Weshalb soll sie im Gefängnis sein?«

Er zögerte einen Augenblick und sagte dann sehr ruhig: »Julia ist eine Kleptomanin. Es ist nicht schlimm, und sie ist es nicht immer. Hauptsächlich, wenn sie zu viel trinkt. Das tut sie gelegentlich. Meistens hat sie sich hier in Los Angeles in großen Geschäften vergangen, wo wir Konten haben. Ein paarmal ist sie erwischt worden und konnte sich herausreden und das, was sie genommen hatte, auf unsere Rechnung setzen lassen. Bisher gab es keinen Skandal, mit dem ich nicht fertig wurde. Aber in einer fremden Stadt ...?« Er brach ab und runzelte angestrengt die Stirn. »Was mir Sorge macht, ist meine Stellung bei Doreme«, sagte er.

»Ist sie je registriert worden?«

»Wie meinen Sie das?«

»Sind ihre Fingerabdrücke abgenommen worden?«

»Soviel ich weiß, nicht.« Das schien ihn zu beunruhigen.

»Ist Goodwin diese Eigenheit von ihr bekannt?«

»Das weiß ich nicht. Hoffentlich nicht. Selbstverständlich hat er nie davon gesprochen.«

»Ich hätte gern seine Adresse.«

»Er steht im Telefonbuch. Er besitzt einen Bungalow drüben im Gebiet von Chevy Chase bei Glendale. Ein sehr abgelegenes Haus. Ich vermute, Lance ist ein großer Weiberheld.«

Das sah nach einer reizenden Geschichte aus, aber das sagte

ich nicht. Zur Abwechslung sah ich dafür eine Möglichkeit, ehrlich zu etwas Geld zu kommen. »Sie waren doch wohl oben am See, seit Ihre Frau verschwunden ist?«

Er sah mich überrascht an. »Wieso? Nein. Dazu hatte ich keinen Grund. Bis ich Lance vor dem Athletic Club begegnete, nahm ich an, er sei mit Julia irgendwo zusammen – vielleicht schon verheiratet. In Mexiko gehen Scheidungen doch sehr schnell.«

»Wie steht es mit Geld? Hatte sie viel bei sich?«

»Das weiß ich nicht. Sie besitzt selbst eine ganze Menge, hat es von ihrem Vater geerbt. Ich nehme an, ihr steht reichlich Geld zur Verfügung.«

»Ah so. Wie war sie angezogen, oder wissen Sie das nicht?«

Er schüttelte den Kopf. »Ich hab' sie zwei Wochen lang nicht gesehen. Im allgemeinen trug sie ziemlich dunkle Kleidung. Haines könnte es Ihnen vielleicht sagen. Wahrscheinlich wird er erfahren müssen, daß sie verschwunden ist. Ich glaube, man kann darauf vertrauen, daß er den Mund hält.« Melton lächelte schief. »Sie hatte eine kleine achteckige Platinuhr mit einem großgliedrigen Armband. Ein Geburtstagsgeschenk. Die Uhr trug innen ihren Namen. Außerdem hatte sie einen Ring mit Brillanten und Smaragden und einen Ehering aus Platin, in den innen graviert war: ›Howard und Julia Melton‹.«

»Sie nehmen aber nicht an, daß an der Geschichte irgend etwas faul ist?«

»Nein.« Seine hohen Backenknochen erröteten etwas. »Ich habe Ihnen gesagt, was ich vermute.«

»Was soll ich tun, wenn man sie irgendwo eingesperrt hat? Ihnen nur berichten und abwarten?«

»Selbstverständlich. Wenn nicht, dann behalten Sie sie im Auge, bis ich dorthin kommen kann, wo immer das auch ist. Ich glaube, ich werde mit ihr fertig.«

»Also gut. Groß genug dafür sind Sie. Sie haben gesagt, daß sie Little Fawn Lake am 12. August verlassen hat. Aber Sie sind nicht dort gewesen. Glauben Sie, daß sie an diesem Tag gefahren ist oder daß sie nur fahren sollte? Oder schließen Sie das aus dem Datum des Telegramms?«

»Ganz richtig. Ich habe übrigens noch etwas vergessen. Sie ist am 12. abgefahren. Sie fuhr nie in der Nacht, darum kam sie nachmittags aus den Bergen herunter und blieb im Olympia

Hotel, bis der Zug ging. Das weiß ich, weil mich das Hotel eine Woche später anrief und mir sagte, ihr Wagen stände dort in der Garage und ob ich ihn nicht abholen wollte. Ich sagte, ich würde kommen, sobald ich Zeit fände.«

»Also gut, Mr. Melton. Ich glaube, ich werde mir zunächst einmal diesen Lancelot Goodwin vornehmen. Es könnte sein, daß er Ihnen nicht die Wahrheit gesagt hat.« Er reichte mir das Telefonbuch, und ich schlug nach. Lancelot Goodwin wohnte in der Chester Lane, Nr. 3416. Ich wußte nicht, wo das war, aber ich hatte im Wagen einen Stadtplan.

»Ich fahre mal da hinaus und sehe mich dort um«, sagte ich. »Geben Sie mir lieber eine kleine Anzahlung. Sagen wir hundert Dollar.«

»Fünfzig sollten zunächst genügen«, antwortete er. Er zog seine goldgeränderte Brieftasche und gab mir zwei Zwanziger und einen Zehner.

»Unterschreiben Sie mir bitte eine Quittung – nur der Form halber.«

Er hatte einen Quittungsblock in seinem Schreibtisch, füllte ein Formular aus und ließ mich unterschreiben. Die Fotografie und das Telegramm steckte ich in die Tasche und stand auf. Wir schüttelten uns die Hände.

Ich verließ ihn in dem Gefühl, daß er ein Mann war, der nicht viele kleine Fehler beging, besonders nicht in Gelddingen. Als ich hinausging, warf mir die Empfangsdame einen gehässigen Blick zu. Er beunruhigte mich fast bis zum Aufzug.

2

Mein Wagen stand auf einem Parkplatz auf der anderen Straßenseite, und ich fuhr nach Norden bis zur Fifth Street und dann nach Westen bis zur Flower Street und von dort zum Glendale Boulevard hinunter und so weiter nach Glendale. Inzwischen war es Zeit zum Mittagessen, darum hielt ich an und aß ein Sandwich.

Chevy Chase ist ein tiefer Canyon in den Vorbergen, der Glendale von Pasadena trennt. Er ist dicht bewaldet, und die Straßen, die von dem Hauptverkehrsweg abzweigen, sind infolgedessen recht abgelegen und dunkel. Eine davon war die Chester Lane, und sie war so dunkel, daß sie mitten in einem

Hochwald hätte liegen können. Goodwins Haus lag am äußersten Ende, ein kleiner englischer Bungalow, mit einem Giebeldach und bleigerahmten Fensterscheiben, die nicht viel Licht durchgelassen hätten, selbst wenn dort Licht gewesen wäre. Das Haus stand in einer Falte zwischen den Hügeln und hatte fast unmittelbar vor seiner Veranda eine große Eiche. Es war ein hübsches kleines Haus, in dem man seinen Spaß haben konnte.

Die Garage daneben war verschlossen. Ich ging über einen gewundenen, mit Steinplatten belegten Pfad und drückte auf die Klingel. Irgendwo hinten im Haus konnte ich ein Klingeln hören mit dem blechernen Scheppern, das Klingeln in einem leeren Haus an sich haben. Ich klingelte noch zweimal. Niemand kam an die Tür. Eine Drossel setzte sich auf den kleinen gepflegten Rasen vor dem Haus, zog einen Wurm aus dem Boden und hüpfte damit fort. Unsichtbar ließ hinter einer Kurve der Straße jemand seinen Wagen an. Auf der anderen Straßenseite stand ein nagelneues Haus mit einem Schild: »Zu verkaufen«, das in dem frisch gesäten Gras davor steckte. Kein anderes Haus war in Sicht.

Ich versuchte die Klingel noch einmal, klopfte einen flotten Wirbel mit dem Türklopfer, der aus einem Ring im Maul eines Löwen bestand. Dann verließ ich die Vordertür und legte ein Auge auf den Spalt im Garagentor. Drinnen stand ein Wagen, der in dem schwachen Licht gedämpft schimmerte. Ich schlenderte zur Rückseite und fand zwei weitere Eichen, einen Müllverbrenner und drei Stühle um einen grünen Gartentisch unter einem der Bäume. Hier hinten sah es so schattig und kühl und einladend aus, daß ich gern geblieben wäre. Ich ging zur Hintertür, die zur Hälfte aus Glas bestand, aber ein Springschloß hatte. Ich versuchte den Knopf, was albern war. Aber die Tür ging auf, und ich holte tief Luft und trat ein.

Dieser Lancelot Goodwin sollte bereit sein, eine vernünftige Erklärung zu akzeptieren, falls er mich erwischte. Falls nicht, wollte ich mich bei ihm einmal umsehen. Er hatte etwas an sich – vielleicht war es nur sein Vorname –, was mich beunruhigte.

Die Hintertür führte auf eine Veranda mit hohen, schmalen Sonnenblenden. Von dort öffnete sich eine weitere unverschlossene Tür, gleichfalls mit einem Springschloß, zur Küche mit grellfarbigen Kacheln und einem verkleideten Gasherd. Im

Spülbecken stand eine Menge leerer Flaschen. Es gab zwei Pendeltüren. Ich stieß die auf, die zum Vorderteil des Hauses führte. Hinter ihr lag eine geräumige Eßnische mit einem Büfett, auf dem weitere Flaschen standen, die aber nicht leer waren.

Der Wohnraum lag rechts von mir unter einem Bogen. Er war selbst mitten am Tage dunkel. Er war hübsch möbliert, mit eingebauten Bücherregalen und Büchern, die nicht reihenweise gekauft worden waren. In der Ecke stand ein hohes Rundfunkgerät und darauf ein halbgeleertes Glas mit einer bernsteinfarbenen Flüssigkeit. Und in der bernsteinfarbenen Flüssigkeit war Eis. Das Rundfunkgerät gab einen leicht summenden Ton von sich, und hinter der Skala glühte Licht. Es war eingeschaltet, die Lautstärke aber zurückgestellt.

Das war merkwürdig. Ich drehte mich um und blickte in die hintere Ecke des Raums und sah etwas noch Merkwürdigeres.

In einem tiefen Brokatsessel saß ein Mann, dessen in Pantoffeln gekleidete Füße auf einer Fußbank standen, die zu dem Sessel paßte. Er trug ein Polohemd mit offenem Kragen und eine cremeweiße Hose mit einem weißen Gürtel. Seine linke Hand ruhte leicht auf der breiten Armlehne des Sessels, und seine rechte Hand hing schlaff außerhalb der anderen Lehne zum Teppich herunter, der von einem gleichmäßigen stumpfen Rosa war. Er war ein schlanker, dunkelhaariger, gutaussehender Mann von schlaksigem Körperbau, einer jener Burschen, die sehr schnell und viel stärker sind, als sie aussehen. Sein Mund stand etwas offen und ließ seine Zähne sehen. Den Kopf hatte er etwas zur Seite geneigt, als ob er dort im Sitzen eingeschlummert wäre, nachdem er ein paar Drinks zu sich genommen und dem Radio zugehört hatte.

Auf dem Boden neben seiner rechten Hand lag eine Waffe, und mitten auf seiner Stirn war ein versengtes rotes Loch. Von der Spitze seines Kinns tropfte ganz langsam Blut und fiel auf sein weißes Polohemd. Eine ganze Minute lang – die in einer Situation wie dieser so lang sein kann wie der Daumen eines Chiropraktikers – rührte ich mich nicht von der Stelle. Sollte ich richtig eingeatmet haben, dann ist das ein Geheimnis. Ich stand nur glotzend da, leer wie ein kahlgefegtes Deck, und sah zu, wie sich an Mr. Goodwins Kinn Blut zu kleinen birnenförmigen Tropfen sammelte und dann sehr langsam und beiläufig fiel und den großen hochroten Fleck vergrößerte, der sich auf dem Weiß seines Polohemds ausbreitete. Mir schien, daß selbst in dieser kurzen Zeit das Blut langsamer tropfte. Endlich hob ich einen Fuß, zerrte ihn aus dem Zement, in dem er feststak, machte einen Schritt und zog den anderen Fuß nach, als ob eine Sträflingskette an ihm hinge. Ich bewegte mich quer durch den dunklen und stillen Raum.

Seine Augen funkelten, als ich näher kam. Ich beugte mich hinunter, um in sie hineinzusehen und zu versuchen, ihrem Blick zu begegnen. Das war nicht zu machen. Mit toten Augen ist das niemals möglich. Sie sind immer etwas zur Seite oder nach oben oder unten gerichtet. Ich berührte sein Gesicht. Es war warm und etwas feucht. Das mußte vom Trinken sein. Er war nicht länger als zwanzig Minuten tot.

Ich fuhr scharf herum, als ob jemand versuche, mich von hinten mit einem Totschläger anzuschleichen. Es war aber niemand da. Die Stille hielt an. Der Raum war von ihr erfüllt, lief von ihr über. Draußen zirpte in einem Baum ein Vogel, aber das machte die Stille nur noch drückender. Man hätte sie in Scheiben schneiden können.

Ich begann, mir die anderen Dinge in dem Zimmer anzusehen. Auf dem Boden lag vor dem Kaminsims aus Stuck ein silbergerahmtes Foto mit dem Rücken nach oben. Ich ging hin und hob es mit meinem Taschentuch auf und drehte es um. Das Glas war sauber von Ecke zu Ecke gesprungen. Das Foto zeigte eine schlanke blondhaarige Frau mit einem gefährlichen Lächeln. Ich zog das Bild heraus, das Howard Melton mir gegeben hatte, und hielt es neben das Foto. Zweifellos war es das gleiche Gesicht, aber der Ausdruck war anders, und es war ein recht alltägliches Gesicht.

Ich brachte die gerahmte Fotografie in ein hübsch möbliertes Schlafzimmer und öffnete eine Schublade einer Kommode. Ich nahm das Foto aus dem Rahmen, polierte den Rahmen sauber mit meinem Taschentuch ab und schob ihn unter einige Hemden. Das war nicht sehr raffiniert, aber nach mehr Raffinement war mir nicht zumute.

Jetzt schien nichts sehr dringend zu sein. Wenn der Schuß gehört und als Schuß erkannt worden wäre, wäre schon längst ein Streifenwagen hier gewesen. Ich beschnitt das Foto mit meinem Taschenmesser auf eine handliche Größe, riß den Rest in kleine Fetzen und spülte sie zur Toilette hinunter. Dann steckte ich es zu dem Bild in meiner Brusttasche und ging in den Wohnraum zurück.

Auf dem niederen Tisch links von dem Toten stand ein leeres Glas. Es mußte seine Fingerabdrücke tragen. Andererseits konnte auch noch jemand anderes einen Schluck daraus getrunken und andere Fingerabdrücke darauf hinterlassen haben. Selbstverständlich eine Frau. Sie mußte auf der Armlehne des Sessels gesessen haben, ein sanftes süßes Lächeln auf dem Gesicht und die Waffe hinter ihrem Rücken. Es mußte eine Frau gewesen sein. Ein Mann hätte ihn in dieser vollkommen entspannten Stellung nicht erschießen können. Ich hatte meine Vermutung, wer diese Frau war, aber es gefiel mir nicht, daß sie ihr Foto auf dem Boden vergessen hatte. Das war ungünstige Publicity.

Ich konnte es nicht wagen, das Glas zurückzulassen. Ich wischte es ab und tat etwas, was mir kein Vergnügen machte. Ich ließ seine Hand es noch einmal halten und stellte es dann auf den Tisch zurück. Das gleiche tat ich mit der Waffe. Als ich seine Hand fallen ließ – diesmal die herabhängende –, pendelte sie hin und her wie das Pendel einer Standuhr. Ich ging zu dem Glas auf dem Rundfunkgerät und wischte es ab. Das würde sie auf den Gedanken bringen, daß sie sehr gerissen wäre. Ein völlig anderer Typ Frau, wenn es überhaupt andere Typen gibt.

Ich sammelte vier Zigarettenstummel mit Lippenstift daran, etwa in dem Farbton, der Carmen genannt wird, ein Farbton für Blondinen. Ich brachte sie ins Badezimmer und überließ sie der städtischen Kanalisation. Mit einem Handtuch wischte ich verschiedene glänzende Oberflächen ab, tat das gleiche mit der Klinke der Vordertür, und dabei beließ ich es. Ich konnte ja nicht das ganze verdammte Haus abwischen.

Dann betrachtete ich Lancelot Goodwin noch für einen Augenblick. Das Blut hatte aufgehört zu fließen. Der letzte Tropfen von seinem Kinn würde nicht mehr fallen. Er würde dort hängenbleiben und dunkel und glänzend und so beständig wie eine Warze werden.

Ich ging zur Küche zurück und zur Veranda, wischte unterwegs ein paar weitere Türklinken ab, schlenderte um das Haus herum und warf einen schnellen, forschenden Blick nach beiden

Seiten die Straße entlang. Niemand war in Sicht. Zum Abschluß klingelte ich noch einmal an der Vordertür und betatschte dabei gründlich den Klingelknopf und die Klinke. Danach ging ich zu meinem Wagen, stieg ein und fuhr fort. Das Ganze hatte weniger als eine halbe Stunde gedauert. Ich kam mir vor, als hätte ich noch einmal den ganzen Bürgerkrieg durchgekämpft.

Nachdem ich zwei Drittel des Weges zur Stadt zurückgelegt hatte, hielt ich am Anfang der Alesandro Street und drückte mich in einem Drugstore in eine Telefonzelle. Ich wählte die Nummer von Howard Meltons Büro.

Eine zirpende Stimme meldete sich: »Doreme Kosmetik-Gesellschaft. Guten Tag.«

»Mr. Melton bitte.«

»Ich verbinde mit seiner Sekretärin«, sang die Stimme der kleinen Blondine, die abseits in der Ecke gesessen hatte, wo ihr kein Leids geschehen konnte.

»Hier Miss van de Graaf«, klang es hübsch gedehnt und konnte durch die Veränderung eines viertel Tons bezaubernd oder hochnäsig werden. »Sie wünschen Mr. Melton zu sprechen? Wer ist dort?«

»John Dalmas.«

»Ah, kennt Mr. Melton Sie, Mr. – ah – Dalmas?«

»Fangen Sie nicht noch einmal damit an«, sagte ich. »Verbinden Sie mich, Kindchen. Ich habe keine Zeit für Ihre Angeberei.«

Sie schnappte so laut nach Luft, daß mir fast die Ohren weh taten.

Nach einem kurzen Warten knackte es, und Meltons knappe, geschäftsmäßige Stimme sagte: »Ja, hier Melton, was gibt's?«

»Ich muß Sie sofort sprechen.«

»Wie war das?« bellte er.

»Sie haben mich ganz richtig verstanden. Es hat sich das ergeben, was man eine Verwicklung nennt. Sie wissen doch, mit wem Sie sprechen oder nicht?«

»Oh, ja doch. Lassen Sie mich sehen. Ich muß einen Blick in meinen Terminkalender werfen.«

»Zum Teufel mit Ihrem Terminkalender. Die Sache ist ernst. Ich bin intelligent genug, Sie unbehelligt zu lassen, wenn es das nicht wäre.«

»Im Athletic Club in zehn Minuten«, sagte er knapp. »Suchen Sie mich dort im Lesezimmer auf.«

»Ich werde etwas länger brauchen.« Ich hängte ein, ehe er mir widersprechen konnte.

Tatsächlich wurden zwanzig Minuten daraus. Der Boy in der Halle des Athletic Clubs schlitterte nahezu in den altmodischen Fahrkorb des Fahrstuhls, den sie dort hatten, und war praktisch sofort mit einem Nicken wieder zurück. Er brachte mich in das dritte Stockwerk hinauf und zeigte mir das Lesezimmer.

»Auf der linken Seite, Sir.«

Das Lesezimmer war in erster Linie nicht zum Lesen eingerichtet. Zwar lagen auf einem langen Mahagonitisch Zeitungen und Zeitschriften, und es standen an den Wänden hinter Glas in Leder gebundene Bücher, und über ihnen hing ein Ölporträt des Clubgründers mit einer verdeckten Beleuchtung darüber. Doch vorwiegend bestand der Raum aus kleinen Gruppen und Inseln aus riesigen, tiefen, hochlehnigen Ledersesseln, in denen alte Herren friedlich schlummerten, deren Gesichter von hohem Alter und vom hohen Blutdruck blaurot waren. Leise schlich ich mich zwischen ihnen nach links. Dort saß Melton in einer privaten Nische zwischen Regalen, den Rücken dem Raum zugewendet, und so hoch der Sessel auch war, er war nicht hoch genug, um seinen großen dunklen Kopf zu verdecken. Er hatte einen weiteren Sessel neben sich gezogen. Ich ließ mich hineingleiten und sah ihn prüfend an.

»Sprechen Sie leise«, sagte er. »Dieser Raum ist zur Ruhe nach dem Mittagessen bestimmt. Was gibt es denn? Als ich Sie beauftragte, tat ich es, um mir Belästigungen zu ersparen und nicht weitere Unannehmlichkeiten zu bekommen.«

»Gewiß«, sagte ich und näherte mein Gesicht dem seinen. Er roch nach Whisky, aber nach gutem. »Sie hat ihn erschossen.«

Seine starren Augenbrauen hoben sich etwas. Seine Augen bekamen einen steinernen Ausdruck. Er preßte die Zähne zusammen. Er atmete hörbar, und seine großen Hände schlossen sich um seine Knie, und er blickte auf sie hinab.

»Weiter«, sagte er mit belegter Stimme.

Ich sah über die Lehne des Sessels hinter mich. Der nächste der alten Schläfer schnarchte leicht, und mit jedem Atemzug wehten die Zotteln in seinen Nasenlöchern hin und her.

»Ich bin zu Goodwins Haus hinausgefahren. Niemand öffnete. Versuchte dann die Hintertür. Stand offen. Ging hinein. Radio war eingeschaltet, aber der Ton abgedreht. Zwei Gläser mit Drinks. Ein Bild mit zerschlagener Scheibe auf dem Boden vor dem Kamin. Goodwin im Sessel aus ganz kurzer Entfernung erschossen. Eine Kontaktwunde. Waffe auf dem Boden neben seiner rechten Hand. Pistole Kaliber .25 – die Waffe einer Frau. Er saß da, als ob er nichts davon gemerkt hätte. Ich wischte die Gläser, die Waffe und die Türklinken ab, brachte seine Fingerabdrücke dort an, wo sie sein mußten, und ging.«

Melton öffnete und schloß den Mund. Seine Zähne machten ein knirschendes Geräusch. Er ballte beide Hände zu Fäusten. Dann sah er mich mit harten schwarzen Augen fest an.

»Das Foto«, verlangte er mit belegter Stimme.

Ich zog es aus der Tasche, zeigte es ihm, aber gab es nicht aus der Hand.

»Julia«, sagte er. Sein Atem hatte einen seltsam scharfen, klagenden Ton, und seine Hände wurden schlaff. Ich schob das Foto in meine Tasche zurück.

»Was weiter?« fragte er flüsternd.

»Das ist alles. Vielleicht wurde ich gesehen, aber nicht, als ich hineinging oder herauskam. Um das Haus stehen Bäume, und es ist gut gedeckt. Besaß sie eine derartige Waffe?«

Sein Kopf sank vor, und er stützte ihn in die Hände. So saß er eine Weile, dann richtete er sich auf, spreizte die Finger vor dem Gesicht und sprach zwischen ihnen hindurch gegen die Wand, vor der wir saßen.

»Ja, aber meines Wissens hat sie sie nie bei sich geführt.« Leise, ohne jede Erregung fügte er hinzu: »Wahrscheinlich hat er sie sitzenlassen, der dreckige Schuft.« Nach einer kurzen Pause sagte er: »Sie sind ein toller Bursche. Jetzt sieht es wohl wie ein Selbstmord aus, wie?«

»Kann's nicht sagen. Ohne einen Verdächtigen ist es möglich, daß sie es so betrachten. Sie werden mit seiner Hand einen Paraffintest machen, um festzustellen, ob er die Waffe abschoß. Das ist heutzutage üblich. Aber manchmal funktioniert es nicht, und ohne einen Verdächtigen werden sie sich vielleicht damit zufriedengeben. Aber die Geschichte mit dem Foto verstehe ich nicht.«

»Ich auch nicht«, flüsterte er. Er sprach immer noch hinter seinen Fingern. »Plötzlich muß eine Panik sie gepackt haben.«

»Schon möglich. Sie sind sich doch bewußt, daß ich meinen Kopf riskiere, oder nicht? Wenn ich erwischt werde, bin ich meine Lizenz los. Selbstverständlich besteht eine geringe Chance, daß es Selbstmord ist, aber mir scheint er nicht der Typ des Selbstmörders zu sein. Sie müssen mir jetzt die Stange halten, Melton.«

Er lachte grimmig. Dann drehte er den Kopf so weit, daß er mich ansehen konnte, behielt die Hände aber immer noch vor dem Gesicht. Zwischen seinen Fingern sah ich seine Augen funkeln. »Warum haben Sie sich die ganze Mühe gemacht?« fragte er gedämpft.

»Verdammt, das wüßte ich selbst gern. Wahrscheinlich war er mir unsympathisch – nach diesem Foto, das Sie mir zeigten. Er schien mir nicht wert zu sein, was sie ihr antun würden – und Ihnen auch.«

»Fünfhundert als Prämie«, sagte er.

Ich lehnte mich zurück und sah ihn eisig an. »Ich versuche nicht, Sie unter Druck zu setzen. Ich kann sehr brutal sein, aber nicht in einer Situation wie dieser. Haben Sie mir alles gesagt, was Sie wissen?«

Eine ganze Minute lang antwortete er mir nicht. Er stand auf, blickte durch den Raum, schob die Hände in die Taschen, klapperte mit etwas und setzte sich wieder.

»So fassen wir die Sache falsch an – von beiden Seiten«, sagte er. »Ich dachte nicht an Erpressung oder daran, Ihnen eine Bezahlung anzubieten. Dazu ist der Betrag nicht hoch genug. Wir leben in schweren Zeiten. Sie haben ein zusätzliches Risiko auf sich genommen. Ich biete Ihnen eine zusätzliche Vergütung, weiter nichts. Es könnte ja sein, daß Julia nichts mit der Sache zu tun hat. Damit wäre erklärt, warum das Foto zurückgelassen wurde. In Goodwins Leben gab es sehr viele andere Frauen. Aber wenn die Geschichte herauskommt und ich mit ihr in Verbindung gebracht werde, werde ich von meiner Firma entlassen. Ich arbeite in einem leicht verletzlichen Geschäftszweig, und die Geschäfte gehen nicht besonders gut. Man könnte froh sein, wenn man einen Vorwand findet.«

»Das ist etwas anderes«, sagte ich. »Ich habe Sie aber gefragt, ob Sie mir alles gesagt haben, was Sie wissen.«

Er sah vor sich auf den Boden. »Nein, etwas habe ich für mich behalten. Ich hielt es zunächst für unwichtig, aber jetzt verschlimmert es meine Position erheblich. Vor einigen Tagen, unmittelbar, nachdem ich Goodwin in der Stadt getroffen hatte, rief mich meine Bank an und teilte mir mit, daß ein Mr. Lancelot Goodwin einen von Julia Melton ausgestellten Scheck über tausend Dollar einlösen wolle. Ich sagte, Mrs. Melton befände sich nicht in der Stadt, daß ich Mr. Goodwin aber sehr gut kenne und ich keinen Grund sähe, den Scheck nicht einzulösen, wenn er gedeckt sei und der Einlöser sich richtig ausweise. Unter den bestehenden Umständen konnte ich nichts anderes sagen. Vermutlich hat die Bank gezahlt. Ich weiß es nicht.«

»Ich dachte, Goodwin hat selbst Geld.«

Melton zuckte steif mit den Schultern.

»Also einer, der Frauen erpreßt und dann noch ein Dummkopf, der Schecks annimmt. Trotzdem werde ich Ihnen weiterhelfen, Melton, obwohl ich mir nicht vorstellen will, was passiert, wenn die Skandalreporter auf die Geschichte stoßen sollten. Aber wenn sie Ihnen auf die Spur kommen, mache ich nicht mehr mit – falls ich das dann noch kann.«

Er lächelte zum erstenmal. »Ich werde Ihnen die Fünfhundert sofort geben«, sagte er.

»Nichts zu machen. Mein Auftrag ist, sie zu suchen. Wenn ich sie finde, bekomme ich die Fünfhundert auf den Tisch – alles andere gilt nicht.«

»Sie werden feststellen, daß man mir trauen kann«, erklärte er.

»Ich brauche einen Brief an diesen Haines, der am Little Fawn Lake auf Ihre Hütte aufpaßt. Ich möchte mir Ihre Hütte ansehen. Ich habe nur noch eine Möglichkeit: so zu tun, als ob ich nie in Chevy Chase gewesen wäre.«

Er nickte und stand auf. Ging zu einem Schreibtisch und kam mit einem Brief zurück, den er auf den Bogen des Klubs geschrieben hatte.

Mr. William Haines
Little Fawn Lake
Lieber Bill,

der Überbringer, Mr. John Dalmas, hat meine Genehmigung, mein Haus zu besichtigen. Unterstütze ihn bitte in jeder

Weise, sich Haus und Grundstück nach Belieben anzusehen.
Freundliche Grüße. Howard Melton

Ich faltete das Blatt und steckte es zu allem anderen, was ich an diesem Tag eingesammelt hatte. Melton legte mir die Hand auf die Schulter. »Das werde ich nie vergessen«, sagte er. »Fahren Sie jetzt gleich hinauf?«

»Das ist meine Absicht.«

»Was erwarten Sie zu finden?«

»Nichts, aber es wäre dumm, nicht dort anzufangen, wo die Spur beginnt.«

»Ganz richtig. Haines ist ein guter Bursche, aber etwas verbittert. Er hat eine hübsche blonde Frau, die ihm viel Ärger macht. Viel Glück.«

Wir schüttelten uns die Hände. Seine Hand fühlte sich klamm und glitschig an wie eingelegter Fisch.

3

Ich schaffte San Bernardino in weniger als zwei Stunden, und ausnahmsweise war es dort einmal fast so kühl wie in Los Angeles und nicht annähernd so schwül. Ich trank eine Tasse Kaffee, kaufte mir eine halbe Flasche Whisky, tankte und begann die Fahrt bergauf. Den ganzen Weg bis Bubbling Springs war der Himmel bedeckt. Dann wurde es plötzlich hell und klar, und kühle Luft wehte durch die Täler herunter, und schließlich kam ich an den großen Damm und sah über die weite blaue Fläche des Puma Lake. Kanus trieben auf ihm, Ruderboote mit Außenbordmotoren und Rennboote wühlten das Wasser auf und veranstalteten einen sinnlosen Betrieb. Von ihrem Kielwasser hin- und hergeschüttelt, vergeudeten Leute, die für einen Angelschein zwei Dollar bezahlt hatten, ihre Zeit mit dem Versuch, Fische im Wert von zehn Cents zu angeln.

Die Straße bog in zwei Richtungen von dem Damm ab. Mein Weg führte am Südufer entlang. Er wand sich hoch über dem Wasser über aufgetürmte Granitmassen dahin. Hohe Fichten ragten in den klaren blauen Himmel hinauf. In den Lichtungen wucherte hellgrünes Beerentraubengestrüpp und was von den wilden Iris, weißen und violetten Lupinen, Trompetenblumen und Wüstenbraunwurz übriggeblieben war. Die Straße senkte sich wieder zum See hinunter, und ich kam an Scharen von Zeltern, Mädchen in Shorts auf Fahrrädern und Motorrollern, Wanderern auf der Landstraße oder solchen, die nur unter Bäumen saßen und ihre Beine zeigten, vorbei.

Howard Melton hatte mir gesagt, bei der alten Redlands Straße, eine Meile vor Puma Point, abzubiegen. Die Straße war ein löchriger Asphaltstreifen, der sich in die umliegenden Berge hinaufzog. Auf den Abhängen standen hier und dort Wochenendhäuser. Der Asphalt hörte auf, und ein Stück weiter bog ein schmaler Feldweg nach rechts ab. Ein Schild an der Kreuzung besagte: »Privatweg nach Little Fawn Lake. Zutritt verboten.« Ich bog ab und kroch um große nackte Felsen herum und an einem kleinen Wasserfall vorbei und zwischen Fichten und Eichen und Einsamkeit hindurch. Ein Eichhörnchen saß auf einem Ast und zerfetzte einen frischen Fichtenzapfen und ließ die Schuppen wie Konfetti herunterregnen. Es beschimpfte mich und klopfte mit einem Pfötchen wütend auf den Zapfen.

Der schmale Weg beschrieb eine scharfe Kurve um einen dicken Baumstamm, und dann erreichte ich ein Gattertor mit einem weiteren Schild. Diesmal lautete es: »Privat. Kein Zutritt.« Ich stieg aus, öffnete das Tor, fuhr hindurch und schloß es wieder. Weitere zweihundert Meter weit wand ich mich zwischen Bäumen hindurch. Plötzlich tauchte unter mir ein kleiner ovaler See auf, der tief zwischen Bäumen und Felsen und wildem Gras lag wie ein Tautropfen, der sich auf einem gekräuselten Blatt gefangen hat. An dem mir nahen Ende befand sich ein gelber Betondamm mit einem Geländer aus einem gespannten Seil auf der Krone und einem alten Mühlrad an der Seite. In seiner Nähe stand eine kleine Hütte aus unbehauenem Holz, die mit rauher Rinde gedeckt war. Die Hütte hatte zwei kleine Schornsteine aus Blech, und aus dem einen wehte dünner Rauch. Irgendwo klopfte, hackte, erklang eine Axt.

Auf der anderen Seite des Sees, wenn man die Straße nahm, weit entfernt, aber nahe, wenn man über den Damm ging, stand dicht am Wasser eine große Hütte und zwei weitere, nicht ganz so große, in erheblichen Abständen entfernt. Am hinteren Ende des Sees, dem Damm gegenüber, befand sich etwas, das wie ein kleiner Pier mit einem Musikpavillon aussah. Ein verzogenes Brett darüber trug die Aufschrift: »Camp Kilkare«. Ich begriff nicht, was es bedeuten sollte, deshalb ging ich den Pfad zu der mit Rinde gedeckten Hütte hinunter und klopfte an die Tür. Das Geräusch der Axt brach ab. Von irgendwoher hinter der Hütte erklang die rufende Stimme eines Mannes. Ich setzte mich auf einen großen Stein und rollte eine nicht angezündete Zigarette zwischen meinen Fingern. Der Besitzer der Hütte kam mit einer Axt in der Hand um die Hütte herum. Er war dick und untersetzt, nicht sehr groß, mit einem dunklen, stachligen, unrasierten Kinn, festen braunen Augen und ergrauendem gelocktem Haar. Er trug eine blaue Arbeitshose und ein blaues Hemd, dessen Kragen offenstand und seinen muskulösen braunen Hals zeigte. Wenn er ging, schien er bei jedem Schritt seinen rechten Fuß etwas nach außen zu schwingen. Der Fuß beschrieb einen flachen Bogen, der von seinem Körper wegführte. Der Mann ging langsam und kam auf mich zu, wobei eine Zigarette zwischen seinen wulstigen Lippen hing. Er sprach im Tonfall eines Städters.

»Sie wünschen?«

»Ich suche Mr. Haines.«

»Der bin ich.«

»Ich habe einen Brief für Sie.« Ich nahm ihn aus der Tasche und gab ihm den Brief. Er ließ die Axt fallen und sah mit zusammengekniffenen Augen auf den Brief, drehte sich um und ging in die Hütte. Als er herauskam, trug er eine Brille und las dabei den Brief.

»Ah ja«, sagte er. »Vom Chef.« Wieder betrachtete er das Papier. »Sie sind also Mr. John Dalmas? Ich bin Bill Haines. Freut mich, Sie kennenzulernen.« Wir schüttelten uns die Hände Seine Hand war wie eine Schlagfalle.

»Sie wollen sich hier also umsehen und Mr. Meltons Wochenendhaus besichtigen. Um was geht es? Er wird doch um Gottes willen nicht verkaufen wollen?«

Ich zündete meine Zigarette an und schnippte das Streichholz in den See. »Er hat mehr, als er braucht«, sagte ich.

»Land gewiß, aber es heißt, das Haus ...«

»Ich sollte es mir mal ansehen. Er sagt, es sei ein recht hübsches Haus.«

Er deutete über den See. »Das große da drüben. Die Wände außen aus Rotholz, innen Kiefer, dazwischen eine Isolierschicht. Gezimmertes Schindeldach, Steinfundament und Veranden, Bad, Dusche und Toilette. Auf dem Abhang hinter dem Haus ist ein

Wasserreservoir mit einer Quelle. Man kann wohl sagen, daß es ein schönes Haus ist.«

Ich betrachtete mir das Haus, aber Bill Haines sah ich mir genauer an. Seine Augen hatten ein wäßriges Funkeln und Tränensäcke darunter trotz seiner gesunden braunen Farbe.

»Wollen Sie gleich hinüber? Dann hole ich die Schlüssel.«

»Ich bin von der langen Fahrt etwas müde und würde gern einen Schluck trinken, Haines.«

Er sah mich zustimmend an, schüttelte aber den Kopf. »Tut mir leid, Mr. Dalmas, meine Flasche habe ich gerade ausgetrunken.« Er leckte sich über seine vollen Lippen und lächelte mich an.

»Wozu ist das Mühlrad da?«

»Von einem Film. Hin und wieder machen sie hier Aufnahmen. Das am anderen Ende des Sees ist auch eine Dekoration. Dort drehten sie *Liebe unter Fichten*. Die übrigen Dekorationen sind abgebrochen worden. Soviel ich gehört habe, war der Film eine Pleite.«

»Tatsächlich? Würden Sie mir zur Gesellschaft ein Glas mittrinken?« Ich zog meine Whiskyflasche heraus.

»Da habe ich noch nie nein gesagt. Warten Sie, ich hole Gläser.«

»Ist Mrs. Haines nicht da?«

Er sah mich mit plötzlicher Kälte an. »Nein«, antwortete er zögernd. »Warum?«

»Weil Sie allein trinken.«

Seine Spannung ließ nach, aber er musterte mich noch einen Augenblick lang, dann drehte er sich um, ging mit seinem steifbeinigen Gang in die Hütte zurück. Mit zwei kleinen Gläsern – ursprünglich einmal Senfgläser – kam er wieder. Ich öffnete meine Flasche, goß jedem von uns einen kräftigen Schluck ein, und mit den Gläsern in der Hand setzten wir uns. Haines streckte sein rechtes Bein steif von sich, den Fuß etwas nach außen gedreht.

»Das habe ich aus Frankreich mitgebracht«, sagte er und trank. »Haines, das alte Humpelbein. Na ja, es brachte mir eine Pension ein, und bei den Weibern hat es mir nichts geschadet. Trinken wir darauf.« Er leerte sein Glas.

Wir beobachteten einen Blauhäher, der von Zweig zu Zweig an einer hohen Fichte hinaufhüpfte, ohne eine Pause zu machen, um das Gleichgewicht zu wahren, wie ein Mann, der eine Treppe hinaufläuft.

»Hier ist es schön und kühl, aber einsam«, sagte Haines. »Viel zu einsam.« Er beobachtete mich aus den Augenwinkeln. Irgend etwas beschäftigte seine Gedanken.

»Manche haben das gern.« Ich griff nach den Gläsern, um meine Pflicht zu erfüllen.

»Mir geht's auf die Nerven. Deswegen habe ich zuviel getrunken. Besonders nachts packt es mich.«

Darauf antwortete ich nicht. Er stürzte mit einem hastigen Zug sein zweites Glas hinunter. Ich reichte ihm stillschweigend die Flasche. An seinem dritten Glas schlürfte er, legte den Kopf auf die Seite und leckte sich die Lippen.

»Irgendwie komisch, daß Sie das gefragt haben – ob Mrs. Haines fort wäre.«

»Ich dachte nur, es wäre vielleicht besser, wenn ich meine Flasche nicht in der Nähe der Hütte zeigte.«

»Sehr vernünftig. Sind Sie mit Mr. Melton befreundet?«

»Ich kenne ihn. Nicht besonders gut.«

Haines blickte zu der großen Hütte hinüber.

»Dieses verdammte Flittchen«, knurrte er plötzlich mit verzerrtem Gesicht.

Ich sah ihn überrascht an.

»Hat mich Beryl gekostet, die verdammte Hure«, sagte er erbittert. »Mußte sich sogar mit Kerlen wie mir, einem Mann mit einem Bein, abgeben. Mußte mich betrunken machen und vergessen lassen, daß ich eine süße kleine Frau hatte, wie man sie sich nur wünschen konnte.«

Ich wartete gespannt auf mehr.

»Er kann auch zum Teufel gehen, weil er die Schlampe hier allein gelassen hat. Ich brauche in dieser gottverfluchten Hütte nicht zu leben. Ich kann leben, wo ich will. Ich habe eine Pension, eine Kriegsversehrtenpension.«

»Hier läßt sich's doch angenehm leben. Trinken Sie noch einen Schluck.«

Das tat er, sah mich aber wütend an. »Hier lebt man miserabel«, grollte er. »Wenn die Frau einen sitzenläßt und man nicht weiß, wo sie ist – vielleicht bei irgendeinem anderen.« Er ballte die Faust.

Nach einem Augenblick streckte er langsam die Finger und

goß sein Glas halbvoll. Die Flasche sah inzwischen schon recht mitgenommen aus. Er stürzte den Whisky auf einen Zug hinunter.

»Ich habe keine Ahnung, wer Sie sind«, brummte er. »Aber was soll's! Ich bin's satt, allein zu sein. Ich war ein Dummkopf – nein, ich war nur menschlich. Sie sieht gut aus, genau wie Beryl. Die gleiche Figur, das gleiche Haar, der gleiche Gang wie Beryl. Verdammt, sie könnten Schwestern sein. Nur in einem unterscheiden sie sich – Sie verstehen, was ich sagen will.« Er sah mich lauernd an, jetzt schon etwas betrunken.

Ich zeigte ihm mein Verständnis.

»Ich bin rübergegangen, um den Müll zu verbrennen«, brüllte er und wedelte mit einem Arm. »Sie kam im Pyjama auf die hintere Veranda, in so einem Ding, das wie aus Cellophan ist. Hatte zwei Gläser in den Händen. Lächelte mich an mit ihren Schlafzimmeraugen. ›Trinken Sie einen Schluck, Bill.‹ Ja, ich habe getrunken. Ich habe neunzehn Gläser getrunken. Was dann passierte, können Sie sich wohl denken.«

»Das ist vielen anständigen Männern passiert.«

»Läßt sie hier oben allein, dieser . . .! Und inzwischen treibt er sich in Los Angeles herum, und Beryl hat mich verlassen – nächsten Freitag sind's zwei Wochen.«

Ich erstarrte. Ich erstarrte so sehr, daß ich spürte, wie sich die Muskeln in meinem ganzen Körper anspannten. Nächsten Freitag vor zwei Wochen war genau eine Woche vor dem vergangenen Freitag. Dann wäre es der 12. August gewesen, der Tag, an dem Mrs. Julia Melton nach El Paso hätte fahren sollen. Der Tag, an dem sie im Olympia Hotel am Fuß der Berge auf den Zug gewartet hatte.

Haines stellte sein leeres Glas auf die Erde und griff in seine zugeknöpfte Hemdtasche. Er reichte mir ein abgegriffenes Stück Papier. Ich entfaltete es vorsichtig. Es war mit Bleistift beschrieben.

»Lieber wäre ich tot, als länger mit dir zu leben, du elender Betrüger. Beryl.« Das stand darauf.

»War nicht das erstemal«, sagte Haines mit einem rohen Lachen. »Nur das erstemal, daß ich erwischt wurde.« Er lachte noch einmal. Dann runzelte er die Stirn. Ich gab ihm seinen Zettel zurück, und er steckte ihn wieder in die Tasche und knöpfte sie zu.

»Warum, zum Teufel, erzähle ich Ihnen das?« knurrte er mich an.

Ein Blauhäher beschimpfte einen großen Buntspecht, und der Buntspecht antwortete: »Krakeeler!« Genau wie ein Papagei.

»Sie sind einsam. Sie müssen es sich von der Seele reden. Trinken Sie noch einen Whisky. Ich habe meinen Anteil gehabt. Waren Sie an dem Nachmittag fort – als sie Sie verlassen hat?«

Er nickte finster, saß da und hielt die Flasche zwischen seinen Beinen.

»Wir hatten einen Krach, und ich fuhr ans Nordufer hinüber zu einem, den ich kenne. Ich kam mir gemeiner vor als Schweinemist. Ich mußte mich vollaufen lassen. Das habe ich getan. Ich kam vielleicht um zwei Uhr nachmittags zurück. Ziemlich besoffen. Aber wegen meinem Bein fahre ich langsam. Sie war fort. Hatte nur den Zettel zurückgelassen.«

»Und das war also am vergangenen Freitag vor einer Woche. Wie? Und seither haben Sie nichts mehr von ihr gehört?«

Ich war etwas zu genau. Er warf mir einen scharfen, fragenden Blick zu, aber der verging wieder. Er hob die Flasche, trank mürrisch daraus und hielt sie gegen die Sonne. »Mann, die ist ja gleich auch leer«, sagte er. »*Sie* war auch verschwunden.« Er deutete mit dem Daumen auf das andere Ufer des Sees. »Vielleicht haben sie sich gestritten?«

»Vielleicht sind sie zusammen fort?«

Er lachte rauh und schallend. »Mann, Sie kennen meine kleine Beryl nicht. Wenn die mal anfängt, ist sie wie eine Teufelskatze.«

»Sieht beinahe so aus, als wären sie es beide. Hat Mrs. Haines einen Wagen bei sich? Ich meine, Sie sind an diesem Tag mit Ihrem fortgefahren. Oder nicht?«

»Wir haben zwei Fords. Meiner hat die Pedale für Gas und Bremse auf der linken Seite unter dem gesunden Bein. Beryl ist mit ihrem eigenen fort.«

Ich stand auf, ging zum Wasser hinunter und warf meinen Zigarettenstummel hinein. Das Wasser war dunkelblau und sah tief aus. Es hatte einen hohen Stand, und an einigen Stellen leckte es über die Krone des Damms. Ich kehrte zu Haines zurück. Er leerte den Rest des Whiskys in seine Kehle.

»Ich muß neuen Schnaps beschaffen«, sagte er mit belegter

Stimme. »Schulde Ihnen eine halbe Flasche. Sie haben so gut wie nichts getrunken.«

»Wo er herkommt, ist noch jede Menge vorhanden«, sagte ich. »Wenn es Ihnen recht ist, würde ich jetzt gern zu dem Haus hinübergehen und es mir ansehen.«

»Ganz wie Sie wollen. Wir gehen um den See herum. Es stört Sie doch nicht, daß ich so meinen Kropf geleert habe? Ich meine wegen Beryl.«

»Man muß sich manchmal über seine Sorgen aussprechen«, antwortete ich. »Können wir nicht über den Damm gehen? Sie brauchen dann nicht so weit zu laufen.«

»Ach was, ich kann gut gehen, auch wenn es nicht so aussieht. Ich bin seit einem Monat nicht mehr um den See gelaufen.« Er stand auf, ging in die Hütte und kam mit einem Schlüsselbund zurück. »Also los.«

Wir gingen auf den kleinen hölzernen Pier mit dem Pavillon am fernen Ende des Sees zu. Nahe am Wasser wand sich ein Pfad zwischen großen Granitblöcken hindurch. Der Feldweg lag weiter ab und höher. Haines ging langsam und schwenkte seinen rechten Fuß. Er war bedrückt, gerade so weit betrunken, daß er in seiner eigenen Welt lebte. Er sagte kaum etwas. Wir erreichten den kleinen Pier, und ich ging auf ihn hinaus. Haines folgte mir. Sein rechter Fuß polterte dumpf auf den Planken. Wir erreichten den Rand hinter dem kleinen offenen Musikpavillon und lehnten uns gegen ein verwittertes dunkelgrünes Geländer.

»Gibt es hier Fische?« fragte ich.

»Gewiß. Regenbogenforellen und Barsche. Ich selbst esse keinen Fisch. Wahrscheinlich gibt's hier sehr viele.«

Ich beugte mich vor und blickte in das stille, tiefe Wasser hinunter. Dort unten befand sich ein Wirbel, und unter der Pier bewegte sich etwas Grünes. Haines beugte sich neben mir vor. Seine Augen starrten in das tiefe Wasser. Die Pier war solide gebaut, und unter der Wasseroberfläche befand sich ein zweites Deck, breiter als die Pier selbst, als ob der See früher einen viel tieferen Wasserstand gehabt hätte, und dieses Deck unter Wasser war einmal eine Anlegestelle für Boote gewesen. Ein flacher Kahn trieb an einem ausgefransten Seil auf dem Wasser.

Haines packte meinen Arm. Er schrie beinahe auf. Seine

Finger krallten sich wie Eisenklammern in meine Muskeln. Ich sah ihn an. Er stand vorgebeugt, starrte wie ein Besessener. Sein Gesicht war plötzlich weiß und schweißbedeckt. Er blickte gebannt in das Wasser hinunter.

Träge tauchte unter der Kante des vom Wasser überspülten Decks etwas auf, das entfernt an eine menschliche Hand und einen Arm in einem dunklen Ärmel erinnerte, und verschwand langsam wieder außer Sicht.

Haines richtete sich langsam auf. Seine Augen waren plötzlich nüchtern und verstört. Wortlos wandte er sich von mir ab und ging über die Pier zurück. Er trat zu einem Haufen Felsbrocken, bückte sich und packte einen Brocken. Ich konnte sein Keuchen hören. Er hob den Brocken, und sein breiter Rücken streckte sich. Er hob das Felsstück brusthoch. Es mußte nahezu einen Zentner wiegen. Trotz seines künstlichen Beines kam er mit sicheren Schritten auf die Pier zurück, erreichte das Geländer und hob den Stein hoch über seinen Kopf. So hielt er ihn einen Moment, wobei seine Nackenmuskeln über seinem blauen Hemd heraustraten. Er stieß einen dumpfen, irgendwie klagenden Laut aus. Sein Körper krümmte sich plötzlich, und der große Stein klatschte ins Wasser hinunter.

Das hochspritzende Wasser traf uns beide. Der Stein fiel senkrecht und durchschlug den Rand des überspülten Decks. Kreise schäumender Wellen breiteten sich schnell aus. Mit einem dumpfen Knarren zerbrachen die Bretter unter Wasser. Dann verliefen sich die Wellen, und das Wasser unter unseren Augen wurde wieder klar. Eine alte verrottete Planke schoß plötzlich über die Wasseroberfläche heraus, schlug klatschend zurück und trieb davon.

Dann wurde es in der Tiefe klarer. Etwas bewegte sich dort, stieg langsam, etwas Langes, Dunkles, Gewundenes, das sich drehte, während es hochkam. Es durchbrach die Wasseroberfläche. Ich erkannte Wolle, schwarz, vom Wasser durchtränkt – einen Pullover, eine lange Hose. Ich sah Schuhe und etwas, das formlos und verquollen über den Rand der Schuhe herausragte. Ich sah eine blonde Haarwelle sich im Wasser ausbreiten und einen Augenblick still liegen.

Das Ding rollte herum, und ein Arm platschte im Wasser, und die Hand am Ende des Arms war keine menschliche Hand mehr. Bei der Drehung tauchte das Gesicht auf, eine verschwollene, schleimige, weißgraue Masse von aufgequollenem Fleisch, ohne Gesichtszüge, ohne Augen, ohne Mund. Etwas, das einmal ein Gesicht gewesen war. Haines blickte darauf hinunter. Grüne Steine wurden unter dem Hals sichtbar, der zu dem Gesicht gehörte. Haines rechte Hand umklammerte das Geländer, und seine Knöchel wurden unter der harten braunen Haut so weiß wie Schnee.

»Beryl!« Seine Stimme schien aus sehr weiter Ferne zu kommen, über einen Berg, durch ein dichtes Baumgewirr hindurch.

4

Auf einer großen weißen Karte am Fenster stand in plumper Blockschrift: WÄHLT TINCHFIELD WIEDER ZUM KONSTABLER. Hinter dem Fenster war eine schmale Balustrade mit Stapeln staubiger Aktendeckel darauf. Die Tür war aus Glas und trug in schwarzen Buchstaben die Aufschrift: *Polizeichef. Leiter der Feuerwehr. Konstabler der Gemeinde. Handelskammer. Eintreten.*

Ich trat ein und befand mich nur in einer kleinen Bretterhütte mit einem bauchigen Kanonenofen in der Ecke, einem unordentlich überfüllten Rollbüro, zwei ungepolsterten Stühlen und der Balustrade. An der Wand hing die große Fotokopie einer Karte des Gebiets, ein Kalender und ein Thermometer. Hinter dem Telefon waren Telefonnummern in die Wand gekratzt.

Der Mann saß in einem altmodischen Schaukelstuhl, tief zurückgelehnt, vor dem Rollbüro, einen breitrandigen Filzhut auf dem Hinterkopf und einen riesigen Spucknapf neben seinem rechten Fuß. Seine großen haarlosen Hände waren behaglich über dem Magen zusammengefaltet. Er trug eine braune Hose, die von einem Hosenträger gehalten wurde, ein vom vielen Waschen verblaßtes, bis zu seinem fetten Hals zugeknöpftes Hemd und keine Krawatte. Was ich von seinem Haar sehen konnte, das war mausbraun, außer an den Schläfen, wo es schneeweiß war. Links auf seiner Brust trug er einen Stern. Er saß mehr auf der linken Seite als auf der rechten, denn er trug eine lederne Hüfthalfter mit einem großen schwarzen Revolver und hatte beides in seine Hüfttasche geschoben.

Ich stützte mich auf die Balustrade und sah ihn an. Er hatte große Ohren und freundliche Augen und sah aus, als ob ihm ein Kind die Taschen ausplündern könnte.

»Sind Sie Mr. Tinchfield?«

»Ja. Alle Polizei, die es hier gibt. Das bin ich trotz der kommenden Wahlen. Es sind ein paar gute Leute gegen mich aufgestellt worden, und sie könnten es fertigbringen, mich zu schlagen.« Er seufzte.

»Erstreckt sich Ihr Amtsbereich auf Little Fawn Lake?«

»Wie war das, mein Sohn?«

»Little Fawn Lake. Oben in den Bergen. Gehört er zu Ihrem Gebiet?«

»Ja, ich denke schon. Ich bin Deputy-Sheriff. Auf der Tür war nicht genug Platz dafür.« Er betrachtete die Tür mit unverhohlenem Vergnügen. »Das da bin ich alles. Meltons Grundstück also. Ist da was passiert, mein Sohn?«

»Im See ist eine tote Frau.«

»Ach, du meine Güte.« Er löste seine Hände von seinem Magen, kratzte sich am Ohr und stand schwerfällig auf. Wenn er stand, war er ein großer kräftiger Mann. Sein Fett war reine Lebensfreude. »Tot haben Sie gesagt? Wer ist es denn?«

»Bill Haines Frau Beryl. Sieht aus wie Selbstmord. Sie liegt schon lange im Wasser, Sheriff. Kein hübscher Anblick. Sie hat ihn vor zehn Tagen verlassen, behauptet er. Vermutlich hat sie es da getan.«

Tinchfield beugte sich über den Spucknapf und spie eine faserige braune Masse hinein. Sie schlug mit einem sanften Platschen auf. Er verzog die Lippen und wischte sich mit dem Handrücken darüber.

»Wer sind Sie, mein Sohn?«

»Mein Name ist John Dalmas. Ich kam von Los Angeles mit einem Brief an Haines von Mr. Melton, um mir seinen Besitz anzusehen. Haines und ich gingen um den See herum und traten auf die kleine Pier hinaus, die die Filmleute dort einmal gebaut haben. Er entdeckte unter der Pier etwas im Wasser. Haines warf einen großen Stein hinein, und die Leiche kam herauf. Es ist kein hübscher Anblick, Sheriff.«

»Ist Haines da oben?«

»Ja. Ich kam her, weil er ziemlich mitgenommen ist.«

»Das überrascht mich nicht, mein Sohn.« Tinchfield öffnete

eine Schublade seines Schreibtischs und nahm eine volle Whiskyflasche heraus. Er schob sie unter sein Hemd und knöpfte das Hemd wieder zu. »Wir wollen Dr. Menzies holen«, sagte er, »und Paul Loomis.« Er kam gelassen um das Ende der Balustrade herum. Der Vorfall schien ihn nicht mehr zu beunruhigen als das Surren einer Fliege.

Wir gingen hinaus. Vorher stellte er eine Pappuhr, die hinter dem Glas hing, so, daß sie anzeigte: »Zurück um 18.00 Uhr.« Er schloß die Tür ab und stieg in einen Wagen mit einer Sirene, zwei roten Scheinwerfern, zwei gelben Nebellampen, einem rot und weißen Feuerwehrschild und verschiedenen Aufschriften an der Seite, die zu lesen ich mir nicht die Mühe machte.

»Warten Sie hier, mein Sohn, ich bin gleich wieder da.«

Er wendete den Wagen rasch auf der Straße und fuhr in Richtung zum See hinunter; vor einem Fachwerkbau gegenüber der Poststation hielt er an. Er ging hinein und kam mit einem großen dünnen Mann wieder heraus. Der Wagen kam langsam zurückgefahren, und ich setzte mich mit meinem hinter ihn. Wir fuhren durch das Dorf, wichen Mädchen mit kurzen Hosen und Männern, die von der Taille aufwärts nackt und meistens sonnengebräunt waren, aus. Tinchfield drückte auf seine Hupe, schaltete aber die Sirene nicht ein. Damit hätte er eine Wagenschlange hinter sich hergezogen. Wir fuhren einen staubigen Abhang hinauf und hielten vor einer Hütte. Tinchfield drückte auf die Hupe und rief etwas. Ein Mann in blauem Overall öffnete die Tür. »Steig ein, Paul.«

Der Mann im Overall nickte, verschwand wieder in der Hütte und kam mit einem schmutzigen Löwenjägerhut heraus. Wir fuhren zur Landstraße zurück und über die Nebenstraße und so weiter, durch das Gattertor auf den Privatweg. Der Mann im Overall stieg aus, öffnete es und schloß es wieder, nachdem unsere Wagen durchgefahren waren. Als wir den See erreichten, stieg von der kleinen Hütte kein Rauch mehr auf. Wir stiegen aus.

Dr. Menzies war ein schlaksiger, gelbgesichtiger Mann mit Knopfaugen und von Nikotin verfärbten Fingern. Der Mann im blauen Overall und dem Löwenjägerhut war etwa dreißig, dunkelhaarig, gebräunt, hager und sah unterernährt aus.

Wir gingen zum Seeufer und sahen zu der Pier hinüber.

Dort saß Bill Haines völlig nackt auf dem Boden, das Gesicht in den Händen verborgen. Neben ihm lag etwas auf der Pier.

»Wir können ein Stück weiterfahren«, sagte Tinchfield. Wir stiegen wieder in die Wagen, fuhren an, hielten und marschierten alle auf die Pier hinaus. Neben Haines lag etwas, das einmal eine Frau gewesen war, auf dem Gesicht. Mit einem Strick unter den Armen. Haines' Kleidungsstücke lagen daneben, auch seine Beinprothese, die von Leder und Metall schimmerte. Ohne ein Wort zog Tinchfield die Whiskyflasche aus seinem Hemd heraus, öffnete den Verschluß und reichte sie Haines.

»Trink einen kräftigen Schluck, Bill«, sagte er ohne Betonung. In der Luft hing ein Übelkeit erregender, schrecklicher Geruch. Haines schien ihn nicht zu bemerken, auch Tinchfield und Dr. Menzies nicht. Loomis holte eine Decke aus dem Wagen, breitete sie über die Tote, dann wichen er und ich von dort zurück.

Haines trank aus der Flasche und sah mit toten Augen auf. Er hielt die Flasche zwischen seinem nackten Knie und seinem Beinstumpf und begann zu sprechen. Er sprach mit toter Stimme, ohne jemand anzusehen, er sprach langsam und wiederholte alles, was er mir gesagt hatte. Er berichtete, daß er das Seil geholt hatte, nachdem ich fort war, sich ausgezogen hatte und ins Wasser gegangen war, um sie herauszuholen. Als er geendet hatte, stierte er auf die Holzplanken und wurde so starr wie eine Statue.

Tinchfield schob einen Brocken Kautabak in den Mund und kaute einen Augenblick darauf. Dann preßte er die Zähne fest zusammen, beugte sich nieder und drehte die Tote vorsichtig um, als ob er fürchte, sie würde ihm unter den Händen zerfallen. Die Nachmittagssonne schien auf eine weite Halskette aus grünen Steinen, die ich im Wasser bemerkt hatte. Die Steine waren grobgeschliffen und glanzlos wie Seifenstein. Eine goldene Kette hielt sie zusammen. Tinchfield richtete sich auf und schneuzte sich laut in ein braunes Taschentuch.

»Was sagen Sie dazu, Doc?«

Menzies antwortete mit scharfer, hoher, gereizter Stimme: »Was, zum Teufel, wollen Sie von mir hören?«

»Ursache und Zeit des Todes«, sagte Tinchfield mild.

»Spar dein dummes Gerede, Jim«, antwortete der Arzt ungehalten.

»Du kannst also nichts sagen?«

»Nach einem Blick darauf? Du lieber Gott!«

Tinchfield seufzte und wandte sich an mich. »Wo waren Sie, als Sie sie entdeckten?«

Ich erklärte es ihm. Er hörte mit unbeweglichem Mund und ausdruckslosen Augen zu. Dann fing er wieder an zu kauen. »Merkwürdige Stelle. Hier ist keine Strömung. Wenn es eine gäbe, würde sie zum Damm fließen.«

Bill Haines stellte sich auf sein linkes Bein, hüpfte zu seinen Kleidungsstücken hinüber und schnallte seine Prothese an. Langsam und ungeschickt zog er sich an, zerrte das Hemd über seine nasse Haut. Wieder sprach er, ohne jemand anzusehen.

»Sie hat es selbst getan. Es muß so sein. Sie ist dort unter die Bretter geschwommen und hat Wasser eingeatmet. Vielleicht blieb sie hängen. Es muß so sein. Es gibt keine andere Möglichkeit.«

»Eine doch, Bill«, sagte Tinchfield sanft und blickte zum Himmel.

Haines wühlte in seiner Hemdtasche und zog seinen abgegriffenen Zettel heraus. Er gab ihn Tinchfield. In stillschweigendem Einverständnis traten alle ein Stück von der Leiche zurück. Dann ging Tinchfield noch einmal hin, um seine Whiskyflasche zu holen, und schob sie unter sein Hemd. Er kam wieder zu uns und las ein paarmal hintereinander, was auf dem Zettel stand.

»Ein Datum steht nicht darauf. Du sagst, es ist zwei Wochen her?«

»Nächsten Freitag zwei Wochen.«

»Sie hat dich doch schon einmal verlassen, oder nicht?«

»Ja.« Haines sah Tinchfield nicht an. »Vor zwei Jahren. Ich hatte mich betrunken und war bei einer kleinen Nutte.« Er lachte wild auf.

Der Sheriff las den Zettel gelassen noch einmal. »Hat sie damals eine Nachricht hinterlassen?« fragte er.

»Ich verstehe«, knurrte Haines. »Du brauchst mir keine Zeichnung zu machen.«

»Der Zettel sieht mächtig alt aus«, meinte Tinchfield gleichmütig.

»Ich hatte ihn zehn Tage in meiner Hemdtasche«, schrie Haines. Er lachte wild.

»Worüber amüsierst du dich denn, Bill?«

»Hast du je versucht, einen Menschen sechs Fuß tief unter Wasser zu ziehen?«

»Niemals, Bill.«

»Ich schwimme ziemlich gut – für jemand mit nur einem Bein. Aber so gut schwimme ich nicht.«

Tinchfield seufzte. »Also das hat nichts zu besagen, Bill. Könntest ein Seil benutzt haben. Sie könnte mit einem Stein beschwert gewesen sein, vielleicht zwei, am Kopf und an den Füßen. Als sie dann unter den Brettern war, konnte das Seil abgeschnitten werden. So war es zu machen, mein Sohn.«

»Natürlich, ich bin's gewesen«, antwortete Haines und lachte dröhnend. »Ich – ich soll das Beryl angetan haben? Sperr mich doch ein, du ... du ...«

»Das beabsichtige ich«, sagte Tinchfield mild. »Zur Vernehmung. Noch keine Anschuldigung. Du könntest es getan haben. Widersprich mir nicht. Aber ich behaupte nicht, daß du es warst. Ich sage nur, du könntest es gewesen sein.«

Haines wurde ebenso schnell nüchtern, wie er wild geworden war.

»Besteht eine Versicherung?« fragte Tinchfield und sah wieder zum Himmel.

Haines zuckte zusammen. »Fünftausend. Das besiegelt es. Daran werd' ich hängen. Also gut, gehen wir.«

Tinchfield wandte sich langsam an Loomis. »Geh zur Hütte, Paul, und hol ein paar Decken. Dann gießen wir uns besser wohl alle etwas Whisky unter die Nase.«

Loomis drehte sich um und ging über den Pfad am Seeufer müde auf Haines' Hütte zu. Wir anderen standen da und warteten. Haines sah auf seine harten braunen Hände hinunter und ballte sie zu Fäusten. Ohne ein Wort riß er seine rechte Faust hoch und versetzte sich selbst einen furchtbaren Schlag ins Gesicht.

»Du ...!« sagte er mit einem heiseren Flüstern.

Seine Nase begann zu bluten. Er stand kraftlos da. Das Blut rann ihm zur Lippe, seitlich am Mund vorbei zur Kinnspitze. Es begann, vom Kinn zu tropfen. Das erinnerte mich an etwas, das ich fast vergessen hatte.

5

Eine Stunde nach Einbruch der Dunkelheit rief ich Howard Melton zu Hause in Beverly Hills an. Ich telefonierte aus der kleinen Blockhütte der Fernsprech-Gesellschaft, einen halben Block von der Hauptstraße in Puma Point entfernt, fast außer Hörweite der Schießbuden und dem Rattern der Achterbahn, dem grellen Hupen der Auto-Scooter und dem Jaulen der Hillbilly-Musik aus dem Speisesaal des Indian Head Hotel.

Als das Telefonfräulein ihn an der Leitung hatte, sagte sie mir, ich solle aus dem Dienstzimmer des Amtsleiters sprechen. Ich ging hinein, schloß die Tür, setzte mich an den kleinen Schreibtisch, nahm den Hörer ab und meldete mich.

»Haben Sie dort oben etwas gefunden?« fragte Meltons Stimme. Sie klang belegt, etwa mit drei doppelten Whiskys belegt.

»Nichts von dem, was ich erwartete, aber hier oben ist etwas passiert, was Ihnen nicht gefallen wird. Wollen Sie's ungeschminkt hören oder in Weihnachtspapier gewickelt?«

Ich vernahm sein Husten. Ein anderes Geräusch aus dem Zimmer, in dem er sprach, vernahm ich nicht. »Ich will es ungeschminkt«, antwortete er gefaßt.

»Bill Haines behauptet, Ihre Frau hätte sich ihm unziemlich genähert – und das mit Erfolg. Am Morgen des gleichen Tages, an dem sie abfuhr, haben sie sich zusammen betrunken. Haines hatte deswegen anschließend Streit mit seiner Frau, und danach fuhr er an das Nordufer des Puma Lake, um sich noch mehr zu betrinken. Da war er bis etwa 14.00 Uhr. Ich berichte nur, was er gesagt hat, verstehen Sie.«

Ich wartete. Schließlich sagte Meltons Stimme: »Ich habe verstanden. Sprechen Sie weiter, Dalmas.« Es war eine tonlose Stimme, so flach wie ein Stück Dachschiefer.

»Als er nach Hause kam, waren beide Frauen fort. Seine Frau Beryl hatte ihm einen Zettel hinterlassen, auf dem stand, daß sie lieber tot sei, als mit einem billigen Betrüger wie ihm weiterzuleben. Seitdem hat er sie nicht mehr gesehen – erst heute wieder.«

Melton hustete noch einmal. Das Geräusch klang mir scharf im Ohr. In der Leitung summte und knisterte es. Eine Vermittlung mischte sich ein, und ich bat sie, sie solle sich die Nase pudern. Nach der Unterbrechung fragte Melton: »Das alles hat Haines Ihnen gesagt, einem ihm völlig Fremden?«

»Ich hatte etwas zum Trinken mitgebracht. Er trinkt gern und brannte darauf, mit jemand zu sprechen. Der Schnaps überwand alle Barrieren. Aber es kommt noch mehr. Ich sagte, er hätte seine Frau bis heute nicht wiedergesehen. Heute tauchte sie aus Ihrem kleinen See auf. Sie können selbst raten, wie sie aussah.«

»Mein Gott«, stöhnte Melton.

»Sie hatte unter dem Unterwasserdeck der Pier gehangen, das die Filmleute gebaut haben. Dem Konstabler hier, Jim Tinchfield, gefiel das nicht besonders. Er hat Haines festgesetzt. Ich glaube, sie sind zu dem Bezirksanwalt nach San Bernardino gefahren, machen eine Obduktion und so weiter.«

»Glaubt Tinchfield, daß Haines sie ermordet hat?«

»Er hält es für möglich. Er spricht nicht alles aus, was er denkt. Haines veranstaltete eine gute Schau vom gebrochenen Herzen. Aber dieser Tinchfield ist kein Narr. Vielleicht weiß er eine Menge von Haines, wovon ich keine Ahnung habe.«

»Haben sie Haines' Hütte durchsucht?«

»Nicht, solange ich da war. Später vielleicht.«

»Ah so.« Es klang jetzt müde und erschöpft.

»Eine hübsche Sache für einen ländlichen Staatsanwalt kurz vor der Wahl«, sagte ich. »Aber für uns nicht. Ich muß bei einem Inquest erscheinen. Ich habe auszusagen, weshalb ich da oben war, unter Eid. Das heißt, ich muß zumindest in gewissem Umfange bekennen, weshalb ich hierher kam, und das heißt wiederum, ich muß Sie hineinziehen.«

»Anscheinend«, sagte Melton kalt, »bin ich schon hineingezogen, wenn meine Frau ...« Er brach ab und fluchte. Es dauerte eine ganze Weile, bis er wieder sprach. Geräusche in der Leitung klangen in mein Ohr, und ein schärferes Knacken, ein Gewitter irgendwo oben in den Bergen in der Nähe der Leitung.

Schließlich sagte ich: »Beryl Haines besaß ihren eigenen Ford. Bills war darauf eingerichtet, daß dessen linker Fuß die wichtigsten Funktionen erfüllte. Ihr Wagen ist verschwunden, und der Zettel kam mir nicht wie ein Abschiedsbrief eines Selbstmörders vor.«

»Was beabsichtigen Sie jetzt zu tun?«

»Es sieht aus, als ob ich bei diesem Auftrag ständig von etwas anderem abgelenkt würde. Vielleicht komme ich noch heute nacht zurück. Kann ich Sie zu Hause anrufen?«

»Jederzeit«, antwortete er. »Ich bin den ganzen Abend und die ganze Nacht zu Hause. Rufen Sie an, wann Sie wollen. Ich hätte das bei Haines überhaupt nicht für möglich gehalten.«

»Aber Sie wußten, daß Ihre Frau hin und wieder zur Flasche griff, und Sie haben sie hier oben allein gelassen?«

»Mein Gott«, sagte er, als ob er mich gar nicht gehört hätte. »Ein Mann mit einem Holz ...«

»Darüber reden wir lieber nicht«, unterbrach ich ihn. »Es ist ohne das schon schmutzig genug. Auf Wiedersehen.«

Ich hängte ein, ging in das vordere Büro zurück und bezahlte dem Mädchen das Gespräch. Dann wandte ich mich zur Hauptstraße zurück, stieg in meinen Wagen, der vor einem Drugstore parkte. Die Straße war von grellem Neonlicht und Lärm und billigem Glanz erfüllt. In der trockenen Bergluft schien jeder Laut meilenweit zu tragen. Ich konnte Leute sich unterhalten hören, die einen Block weit entfernt waren. Ich stieg aus meinem Wagen wieder aus, kaufte mir in dem Drugstore eine neue Flasche und fuhr von dort weg.

Als ich an jene Stelle der Landstraße kam, an der die Straße nach Little Fawn Lake abzweigte, hielt ich an, um nachzudenken. Dann fuhr ich die Straße in die Berge hinauf zu Meltons Grundstück.

Das Gatter über dem Privatweg war jetzt mit einem Vorhängeschloß gesichert. Ich stellte meinen Wagen an der Seite zwischen Gebüsch ab, kletterte über das Gatter und schlich mich neben der Straße entlang, bis plötzlich der Widerschein der Sterne im See vor meinen Füßen aufleuchtete. Haines' Hütte lag dunkel. Die Hütten auf der anderen Seite des Sees erschienen als vage Schatten vor dem Abhang. Das alte Mühlrad neben dem Damm nahm sich, völlig verlassen, sehr komisch aus. Ich lauschte, hörte keinen Laut. Im Gebirge gibt es keine Nachtvögel.

Ich schlich mich zu Haines' Hütte und versuchte die Tür – verschlossen. An der Rückseite fand ich eine weitere verschlossene Tür. Ich strich um die Hütte herum wie eine Katze auf nassem Boden und drückte gegen eines der Fenster. Es war ebenfalls verschlossen. Ich blieb stehen und lauschte wieder. Das Fenster schloß nicht sehr dicht. Holz trocknet in dieser Luft aus und schrumpft. Ich schob mein Messer zwischen zwei Riegel, die nach innen aufgingen, wie bei den Fenstern kleiner Häuschen. Nichts zu machen. Ich lehnte mich gegen die Wand, blickte auf den harten Widerschein auf dem See und nahm einen Schluck aus meiner Flasche. Das machte mich mutig. Ich steckte die Flasche fort, hob einen großen Stein auf und schlug ihn gegen den Fensterrahmen, ohne das Glas zu zerbrechen. Ich stützte mich auf die Fensterbank und kletterte in die Hütte.

Der Strahl einer Taschenlampe fiel mir grell ins Gesicht. Eine gelassene Stimme sagte: »Ich würde dort bleiben, mein Sohn. Sie müssen völlig erschöpft sein.«

Der scharfe Strahl nagelte mich für einen Augenblick an die Wand, dann knackte ein Schalter, und die Taschenlampe erlosch. Tinchfield saß dort friedlich in einem Ledersessel neben einem Tisch, über dessen Kanten albern die Fransen einer braunen Decke baumelten. Tinchfield war genauso angezogen wie am Nachmittag, mit Ausnahme einer braunwollenen Windjacke über dem Hemd. Seine Kiefer bewegten sich ungerührt.

»Diese Filmleute legten zwei Meilen Leitung hier herauf«, sagte er nachdenklich. »Für die Anlieger hier oben ganz nett. Nun, mein Sohn, was haben Sie im Sinn, vom Einbrechen abgesehen?«

Ich suchte mir einen Stuhl aus, setzte mich und sah mich in der Hütte um. Es war ein kleiner quadratischer Raum mit einem Doppelbett, einem Flickenteppich und ein paar bescheidenen Möbelstücken. Eine offene Tür im Hintergrund ließ die Ecke eines Herdes sehen. »Ich hatte einen Einfall. Von dem Platz aus, an dem ich jetzt sitze, finde ich ihn idiotisch.«

Tinchfield nickte, und seine Augen musterten mich vorbehaltlos. »Ich hörte Ihren Wagen«, sagte er. »Ich wußte, daß Sie auf dem Privatweg waren und in diese Richtung kamen. Sie können allerdings schön leise gehen. Ich habe nicht einen Schritt von Ihnen gehört. Sie haben mich mächtig neugierig gemacht, mein Sohn.«

»Warum?«

»Sie sind da unter dem linken Arm so dick, mein Sohn.«

Ich grinste ihn an. »Vielleicht ist es besser, wenn ich doch auspacke«, sagte ich.

»Nun, wegen dem Aufbrechen des Fensters brauchen Sie nicht viel Worte zu machen. Ich bin ein nachsichtiger Mann. Ich nehme an, Sie sind berechtigt, eine Waffe bei sich zu tragen, wie?«

Ich griff in meine Tasche und legte meine offene Brieftasche auf sein breites Knie. Er nahm sie auf, hielt sie in das Licht der Lampe und betrachtete die Fotokopie meiner Lizenz hinter dem Zelluloidfenster. Er reichte mir die Brieftasche zurück.

»Ich hatte mir schon vorgestellt, daß Sie sich für Bill Haines interessieren«, meinte er. »Privatdetektiv also. Nun, Sie scheinen ziemlich kräftig gebaut, und Ihr Gesicht verrät nicht viel. Wegen Bill mache ich mir selbst Sorgen. Wollten Sie seine Hütte durchsuchen?«

»An so etwas hatte ich gedacht.«

»Mir soll's recht sein, aber eigentlich ist es nicht mehr notwendig, ich habe das schon ziemlich gründlich getan. Wer hat Sie beauftragt?«

»Howard Melton.«

Für ein paar Augenblicke kaute er stumm. »Darf ich fragen, wozu?«

»Seine Frau zu finden. Sie ist ihm vor etwa zwei Wochen auf und davon.«

Tinchfield nahm seinen flachen Filzhut ab, rieb in seinem mausfarbenen Haar. Er stand auf, schloß die Tür auf und öffnete sie. Er setzte sich wieder und sah mich schweigend an.

»Ihm liegt viel daran, jede Publizität zu vermeiden«, sagte ich, »und zwar wegen einer gewissen Schwäche seiner Frau, die ihn seine Stellung kosten könnte.«

Tinchfield sah mich ohne zu blinzeln an. Das gelbe Lampenlicht ließ die eine Seite seines Gesichts wie Bronze erscheinen.

»Und ich meine weder Saufen noch Bill Haines«, fügte ich hinzu.

»Das alles kann kaum erklären, weshalb Sie Bills Hütte durchsuchen wollten«, erwiderte er sanft.

»Na ja, ich schnüffle gern überall herum.«

Fast eine Minute lang verharrte er stumm. Wahrscheinlich versuchte er, sich darüber klarzuwerden, ob ich ihm was vormachen wollte, und wenn ja, ob ihn das interessieren könnte. Schließlich sagte er: »Könnte Sie das irgendwie interessieren, mein Sohn?« Er nahm ein zusammengefaltetes Stück Zeitungspapier aus der schrägen Tasche seiner Windjacke und entfaltete es auf dem Tisch unter dem Licht der Lampe. Ich ging hinüber und sah es mir an. Auf der Zeitung lag eine dünne Goldkette mit einem winzigen Schloß. Die Kette war mit einer Zange sauber durchkniffen worden. Das Schloß war unberührt geblieben. Die Kette war kurz, nicht länger als zwölf oder fünfzehn Zentimeter, und das Schloß war kaum dicker als die Kette selbst. Sowohl an der Kette wie an der Zeitung klebte ein wenig weißer Puder.

»Wo, glauben Sie wohl, habe ich das gefunden?« fragte Tinchfield.

Ich feuchtete einen Finger an, berührte das weiße Pulver und schmeckte es.

»In einem Mehlsack, das bedeutet, hier in der Küche. Es ist eine Knöchelkette. Manche Frauen tragen sie und nehmen sie nie ab. Wer diese hier abgenommen hat, besaß nicht den Schlüssel dazu.«

Tinchfield sah mich wohlwollend an. Er lehnte sich zurück, klopfte sein Knie mit einer großen Hand und lächelte gedankenverloren zur Bretterdecke hinauf. Ich rollte eine Zigarette zwischen meinen Fingern und setzte mich wieder.

Tinschfield faltete das Zeitungspapier zusammen und schob es wieder in seine Tasche.

»Na ja, das wäre wohl alles, falls Sie nicht in meiner Anwesenheit hier weitersuchen wollen.«

»Nein«, sagte ich.

»Es sieht aus, als ob Sie und ich jeder für sich überlegten.«

»Mrs. Haines besaß einen Wagen, sagte Bill, einen Ford.«

»Stimmt. Ein blaues Coupé. Es steht ein Stück weiter unten an der Straße, hinter Felsen versteckt.«

»Das klingt nicht sehr nach einem geplanten Mord.«

»Ich glaube nicht, daß überhaupt etwas geplant war, mein Sohn. Es überkam ihn plötzlich. Vielleicht erwürgte er sie. Und er hat ungeheuer starke Hände. Da steht er nun – mit einer Leiche, die er beseitigen muß. Er machte das so gut, wie er konnte, und für einen Einbeinigen hat er es verdammt gut getan.«

»Das mit dem Wagen klingt mehr wie Selbstmord«, antwortete ich. »Ein geplanter Selbstmord. Es ist bekannt, daß Leute Selbstmord in einer Weise begehen, um anderen, auf die sie wütend waren, eine Mordanklage anzuhängen. Sie hätte dann den Wagen nicht sehr weit fortgebracht, weil sie zu Fuß zurückkommen mußte.«

Tinchfield erwiderte: »Das hätte Bill auch nicht getan. Mit dem Wagen zu fahren, wäre für ihn schwierig gewesen, weil er gewöhnt ist, seinen linken Fuß zu benutzen.«

»Er hat mir diesen Zettel gezeigt, ehe wir die Leiche fanden«, entgegnete ich. »Und ich war derjenige, der als erster auf die Pier hinausging.«

»Sie und ich, mein Sohn, wir könnten uns verstehen. Nun, wir werden sehen. Im Grunde genommen ist Bill ein guter Bursche, außer daß diese Veteranen für sich zu viele Privilegien beanspruchen, meiner Meinung nach. Manche saßen drei Wochen lang in einem Gefangenenlager und benehmen sich, als seien sie neunmal verwundet worden. Bill muß wegen diesem Stückchen Kette, das ich da gefunden habe, mächtig sentimental werden.«

Er stand auf und ging zu der offenen Tür. Er spuckte seinen Kautabak in die Dunkelheit hinaus. »Ich bin zweiundsechzig Jahre alt«, sagte er über die Schulter, »und weiß, daß Leute die merkwürdigsten Sachen machen. Ich möchte zunächst einmal meinen, daß es etwas sehr Komisches ist, völlig angezogen in einen kalten See zu springen und angestrengt zu schwimmen, um dort unter den alten Brettern zu sterben. Andererseits, da ich Ihnen alle meine Geheimnisse verraten habe und Sie mir nichts sagen, mußte ich mir Bill ein paarmal vornehmen, weil er betrunken seine Frau geschlagen hat. Vor einer Jury wird sich das nicht sehr gut anhören. Und wenn diese kleine Kette hier von Beryl Haines' Bein stammt, genügt das, um ihn in eine der hübschen kleinen Gaskammern zu bringen, die sie da im Norden eingerichtet haben. Aber jetzt können wohl Sie und ich nach Hause gehen, mein Sohn.«

Ich stand auf.

»Und auf unserer Straße dürfen Sie diese Zigarette nicht rauchen«, fügte er hinzu. »Es ist entgegen der Bestimmung hier oben.«

Ich steckte die nichtangezündete Zigarette in meine Tasche zurück und trat in die Nacht hinaus. Tinchfield schaltete die Lampe ab, verschloß die Hütte und steckte den Schlüssel in die Tasche. »Wo übernachten Sie, mein Sohn?«

»Ich gehe ins Olympia-Hotel in San Bernardino.«

»Ein hübsches Hotel, aber da unten haben sie nicht das Klima wie hier oben. Zu heiß.«

»Ich hab's gern heiß«, erwiderte ich.

Wir gingen zu dem Weg zurück, und Tinchfield wandte sich nach rechts. »Mein Wagen steht ein Stück näher am Ende des Sees. Ich sage Ihnen hier gute Nacht, mein Sohn.«

»Gute Nacht, Sheriff. Ich glaube nicht, daß er sie ermordet hat.«

Er ging schon davon. Er drehte sich nicht um. »Nun, wir werden sehen«, sagte er gelassen.

Ich ging zu dem Gatter zurück, kletterte darüber hinweg, fand meinen Wagen und fuhr über den schmalen Weg an dem Wasserfall vorbei zurück. An der Landstraße bog ich nach Westen ab zu dem Damm und zu der Straße, die ins Tal hinabführt. Unterwegs kam ich zu der Ansicht, falls die Leute am Puma Lake Tinchfield nicht als Konstabler wiederwählten, würden sie einen schweren Fehler begehen.

6

Es war halb elf vorbei, als ich aus den Bergen wieder heruntergefahren war und auf einem der schrägliegenden Parkplätze vor dem Hotel Olympia in San Bernardino anhielt. Ich holte mein Übernachtungsgepäck aus dem Kofferraum meines Wagens und hatte es etwa vier Schritte weit getragen, als ein Boy in einer tressenbesetzten Hose und einem weißen Hemd mit einem schwarzen Querbinder mir den Koffer aus der Hand nahm. Der Mann am Empfang war kahlköpfig wie ein Ei und zeigte kein Interesse für mich. Ich füllte meine Anmeldung aus. Der Boy und ich fuhren in einem winzigen Fahrstuhl in den ersten Stock und machten uns auf einen langen Weg um viele Ecken. Während wir gingen, wurde es immer wärmer. Der Boy schloß die Tür zu einem Zimmer in Knabengröße auf, dessen eines Fenster auf einen Luftschacht ging.

Der Boy war groß, hager und gelblich und so kühl wie eine Scheibe Huhn in Aspik. Er verschob den Kaugummi in seinem Gesicht, stellte meinen Koffer auf einen Stuhl, öffnete das Fenster, drehte sich um und sah mich an. Seine Augen waren so farblos wie Wasser.

»Holen Sie uns Ingwer-Bier, Gläser und Eis«, sagte ich.

»Uns?«

»Na ja, für den Fall, daß Sie auch gelegentlich ein Glas trinken.«

»Nach elf könnte ich das vielleicht riskieren.«

»Jetzt ist es zehn Uhr neununddreißig«, antwortete ich. »Wenn ich Ihnen ein kleines Trinkgeld gebe, sagen Sie dann: ›Ich danke Ihnen von Herzen?‹«

Er grinste und schnalzte mit seinem Kaugummi. Dann ging er aus dem Zimmer, ließ die Tür aber offen. Ich zog meine Jacke aus und schnallte meine Schulterhalfter ab. Sie fing an, eine Höhlung in meinen Brustkorb zu scheuern. Ich legte Krawatte, Hemd und Unterhemd ab und ging in dem Luftzug auf und ab, der durch die offene Tür strömte. Der Luftzug roch nach Bügeleisen. Seitlich trat ich ins Badezimmer – das Badezimmer war so angelegt –, überspülte mich mit kaltem Wasser und konnte etwas freier atmen. Dann kam der große schlaksige Boy mit einem Tablett zurück. Er schloß die Tür, und ich holte meine Flasche heraus. Wir mixten uns jeder einen Drink und tranken. Der Schweiß begann mir vom Nacken aus das Rückgrat herunterzurinnen, aber ich fühlte mich trotzdem wohler. Ich setzte mich auf die Bettkante, hielt mein Glas in der Hand und sah den Boy an.

»Wie lange haben Sie Zeit?«

»Wozu?«

»Um sich zu erinnern.«

»Dafür bin ich überhaupt nicht zu gebrauchen.«

»Ich würde es mich was kosten lassen«, sagte ich, »auf meine ganz besondere Weise.« Ich holte meine Brieftasche aus meiner Jacke und breitete Banknoten auf dem Bett aus.

»Verzeihen Sie bitte, sagte der Boy. »Sind Sie etwa Polizist?«

»Privatdetektiv.«

»Wie interessant. Ihr Whisky regt mein Gedächtnis an.«

Ich gab ihm eine Dollarnote. »Dann versuchen Sie's mal damit. Darf ich Sie Tex nennen?«

»Sie haben's erraten«, sagte er, faltete die Dollarnote sauber zusammen und schob sie in die Uhrtasche seiner Hose.

»Wo waren Sie am Freitag, dem 12. August, am späten Nachmittag?«

Er schlürfte an seinem Glas und dachte nach, wobei er mit dem Eis leise klirrte und an seinem Kaugummi vorbeitrank. »Hier. Die Schicht von vier bis zwölf«, sagte er schließlich.

»Eine Dame namens Mrs. George Atkins, eine kleine schlanke, hübsche Blondine kam ins Hotel und blieb bis zum Nachtzug nach Osten. Sie stellte ihren Wagen in der Hotelgarage unter, und dort ist er, soviel ich weiß, noch. Ich möchte den Boy sprechen, der sie in Empfang nahm. Das bringt Ihnen einen weiteren Dollar ein.«

Ich trennte eine Note von der Ansammlung und legte sie für sich aufs Bett.

»Ich danke Ihnen von Herzen«, sagte der Boy grinsend. Er trank sein Glas aus, verließ das Zimmer und schloß die Tür leise hinter sich. Ich leerte auch mein Glas und mixte mir ein neues. Die Zeit verstrich. Schließlich klingelte das Telefon an der Wand. Ich klemmte mich in den engen Raum zwischen Badezimmertür und Bett und meldete mich.

»Das war Sonny. Hatte heute abend um acht Feierabend. Aber ich könnte ihn wohl erreichen.«

»Wie schnell?«

»Soll er hierherkommen?«

»Ja.«

»Wenn er zu Hause ist, kann er in einer halben Stunde hier sein. Ein anderer Boy trug ihren Koffer, als sie fortging. Wir nennen ihn hier Les. Der ist da.«

»Sehr gut, schicken Sie ihn herauf.«

Ich leerte mein zweites Glas und fand, es schmecke gut genug, daß ich mir ein drittes mixen könnte, ehe das Eis geschmolzen war. Ich rührte darin, als es klopfte, und ich öffnete die Tür einer kleinen drahtigen, rothaarigen und grünäugigen Ratte mit einem knappen Lächeln um den mädchenhaften Mund.

»Trinken sie einen Schluck?«

»Gewiß«, sagte er. Er goß sich einen kräftigen Schuß ein und fügte ein paar Tropfen Ingwer-Bier zu. Diese Mischung trank er auf einen Zug, steckte eine Zigarette zwischen die Lippen und riß ein Streichholz an, während er es noch aus der Hosentasche zog. Er blies den Rauch aus, wischte ihn mit der Hand beiseite und starrte mich mit kalten Augen an. Ich bemerkte, daß über seiner Hemdtasche an Stelle einer Ziffer das Wort *Captain* gestickt war.

»Danke«, sagte ich, »das wäre alles.«

»Wie bitte?« Sein Mund verzog sich verbittert.

»Verschwinden Sie.«

»Ich dachte, Sie wollten mich sprechen«, sagte er zwischen den Zähnen.

»Sie sind doch der Chef der Nachtboys?«

»Stimmt.«

»Ich wollte Sie zu einem Drink einladen. Ich wollte Ihnen einen Dollar geben. Hier ist er. Danke, daß Sie gekommen sind.«

Er nahm den Dollar und blieb unschlüssig stehen. Rauch wehte aus seiner Nase, seine Augen waren zusammengekniffen und böse. Dann drehte er sich mit einem schnellen knappen Zucken der Schultern um und glitt lautlos aus dem Zimmer.

Zehn Minuten vergingen, dann klopfte es wieder. Diesmal ganz leise. Als ich öffnete, stand der schlaksige Boy grinsend vor meiner Tür. Ich trat vor ihm zurück, und er kam herein und blieb neben dem Bett stehen. Er grinste immer noch.

»Les hat Ihnen wohl nicht gefallen, wie?«

»Nein. Ist er unzufrieden?«

»Ich glaube nicht. Aber Sie wissen ja, wie die Chefboys sind. Sie müssen ihren Anteil haben. Vielleicht wäre es besser, wenn Sie mich Les nennen, Mr. Dalmas.«

»Dann haben Sie ihr also das Gepäck hinausgetragen?«

»Wenn die Dame Mrs. George Atkins geheißen haben soll, war ich es nicht.«

Ich zog das Foto von Julia aus meiner Tasche und zeigte es ihm. Er betrachtete es lange und gründlich. »So sah sie aus«, sagte er. »Sie gab mir einen halben Dollar, und an so etwas erinnert man sich hier bei uns. Sie hieß Mrs. Howard Melton. Über ihren Wagen wurde auch geredet. Wahrscheinlich deswegen, weil hier nicht viel passiert, worüber man sich unterhalten kann.«

»Ah so. Wo ist sie von hier aus hingegangen?«

»Sie nahm ein Taxi zum Bahnhof. Ihr Whisky ist sehr gut, Mr. Dalmas.«

»Oh, entschuldigen Sie. Bedienen Sie sich selbst.« Als er das getan hatte, fragte ich: »Erinnern Sie sich an irgend etwas, was sie hier getan hat? Bekam sie vielleicht Besuch?«

»Nein. Aber an etwas anderes erinnere ich mich. Sie wurde

in der Halle von einem Herrn angesprochen, einem großen, gut aussehenden Mann. Es schien ihr nicht sehr angenehm zu sein, daß sie ihn traf.«

»Sieh mal an.« Ich nahm das andere Foto aus meiner Tasche und zeigte es ihm. Auch dieses Bild betrachtete er sorgfältig.

»Dieses Bild sieht ihr nicht ganz so ähnlich. Aber ich bin sicher, daß das der Mann ist, der sie ansprach.«

»Ah.«

Er griff wieder nach beiden Fotos und hielt sie nebeneinander. Er sah verwirrt aus. »Doch, das ist er bestimmt«, sagte er.

»Sie sind wirklich sehr hilfsbereit. Sie würden sich wohl an alles erinnern, wenn es sich lohnt.«

»Ich verstehe nicht, was Sie meinen, Mr. Dalmas.«

»Trinken Sie noch ein Glas. Ich schulde Ihnen vier Dollar. Das macht im ganzen fünf. Das war es nicht wert. Ihr Boys versucht, einen immer reinzulegen.«

Er goß sich einen sehr kleinen Schluck ein, balancierte das Glas in der Hand. Sein gelbliches Gesicht verriet sein Unbehagen. »Ich habe Ihnen so gut geholfen, wie ich konnte«, sagte er steif. Er trank aus, stellte das Glas leise hin und wandte sich zur Tür. Er zog den Dollar aus seiner Uhrtasche und warf ihn auf den Boden. »Sie können Ihr verdammtes Geld behalten«, sagte er. »Zum Teufel mit Ihnen, Sie . . .«, fügte er mit unterdrückter Stimme hinzu. Dann ging er hinaus.

Ich nahm die beiden Fotos, hielt sie nebeneinander und betrachtete sie genau. Plötzlich legte sich eine eisige Fingerspitze auf mein Rückgrat. Das hatte sie schon einmal getan, ganz kurz nur, aber ich hatte dieses Gefühl abgeschüttelt. Jetzt war es wieder da und blieb. Ich trat an den winzigen Schreibtisch, nahm einen Umschlag, steckte einen Fünf-Dollar-Schein hinein, klebte ihn zu und schrieb »Les« darauf. Ich zog mich an, steckte meine Flasche in die Hüfttasche, nahm mein Köfferchen und verließ das Zimmer. Unten in der Halle sah mich der Rotkopf überrascht an. Les hielt sich im Hintergrund bei einer Säule auf, die Arme übereinandergeschlagen, stumm. Ich ging zur Anmeldung und verlangte meine Rechnung.

»Ist irgend etwas nicht nach Ihren Wünschen?« fragte mich der Nachtportier beunruhigt.

Ich bezahlte meine Rechnung und ging zu meinem Wagen hinaus. Dann drehte ich mich um und ging noch einmal zur Anmeldung zurück. Ich gab dem Nachtportier den Umschlag mit dem Fünfer darin. »Geben Sie das Les, dem Boy aus Texas. Er ist zwar wütend auf mich, aber er wird darüber hinwegkommen.«

Ich erreichte Glendale noch vor zwei Uhr nachts und sah mich nach einem Ort um, wo ich telefonieren konnte. Bei einer Tankstelle, die auch nachts geöffnet hatte, fand ich eine Telefonzelle. Ich legte Münzen bereit, wählte das Fernamt und verlangte Meltons Nummer in Beverly Hills. Seine Stimme, als er sich schließlich meldete, klang nicht sehr schläfrig.

»Tut mir leid, daß ich Sie um diese Zeit anrufen muß, aber Sie sagten ja, ich könne es tun. Ich habe die Spur von Mrs. Melton nach San Bernardino und dort zum Bahnhof verfolgt.«

»Das wußten wir doch bereits«, sagte er unwillig.

»Nun, es lohnt sich immer, sicher zu sein. Haines' Hütte ist durchsucht worden. Etwas Besonderes haben wir nicht gefunden. Wenn Sie dachten, er wüßte, wo Mrs. Melton ...«

»Ich weiß nicht, was ich mir dabei gedacht habe«, unterbrach er mich scharf. »Nachdem, was Sie mir gesagt haben, war ich der Meinung, die Hütte müßte durchsucht werden. Haben Sie nicht mehr zu berichten?«

»Nein.« Ich zögerte etwas. »Ich habe einen bösen Traum gehabt. Ich habe geträumt, in einem Sessel in diesem Haus in der Chester Lane hätte heute morgen eine Damenhandtasche gelegen. Infolge der Bäume war es da drin recht dunkel, und ich habe vergessen, sie zu entfernen.«

»Welche Farbe hatte die Tasche?« Seine Stimme klang steif vor unterdrückter Erregung.

»Dunkelblau – vielleicht schwarz. Die Beleuchtung war schlecht.«

»Gehen Sie auf jeden Fall hin und holen Sie sie«, drängte er.

»Warum?«

»Weil ich Ihnen dafür fünfhundert Dollar zahle – neben einigen anderen Dingen.«

»Es gibt eine Grenze für das, was ich für fünfhundert Dollar tun muß – selbst wenn ich sie schon hätte.«

Er fluchte. »Hören Sie doch, Mann. Ich bin Ihnen schon sehr verpflichtet, aber das müssen Sie tun! Sie dürfen mich nicht im Stich lassen.«

»Vor dem Haus können aber scharenweise Polizisten sein.

Andererseits kann dort auch tiefster Friede herrschen. Das eine gefällt mir so wenig wie das andere. Ich habe genug von dem Haus.«

Von Meltons Seite der Leitung antwortete mir steinernes Schweigen. Ich holte tief Luft und warf ihm noch einen Brokken hin. »Außerdem glaube ich, daß Sie genau wissen, wo Ihre Frau ist, Melton. Goodwin begegnete ihr in dem Hotel in San Bernardino. Vor wenigen Tagen bekam er einen Scheck von ihr. Sie trafen Goodwin auf der Straße. Indirekt halfen Sie ihm, den Scheck einzulösen. Ich glaube, Sie wissen Bescheid. Ich glaube, daß Sie mich nur engagiert haben, um ihrer Spur noch einmal nachzugehen und dafür zu sorgen, daß sie genau festgehalten wird.«

Das steinerne Schweigen seinerseits hielt an. Als er schließlich sprach, war seine Stimme leise und klang gehetzt. »Also gut, Dalmas, Sie haben recht. Ja. Diese Geschichte mit dem Scheck war tatsächlich eine Erpressung. Aber ich weiß nicht, wo sie ist. Ich weiß es wirklich nicht. Und diese Tasche muß da verschwinden. Was würden Sie von siebenhundertfünfzig halten?«

»Schon besser. Wann bekomme ich sie?«

»Heut nacht, wenn Sie mit einem Scheck zufrieden sind. Vor morgen kann ich nicht mehr als achtzig Dollar in bar aufbringen.«

Wieder zögerte ich. Ich spürte, daß sich mein Gesicht zu einem Grinsen verzog. »Also gut«, sagte ich schließlich. »das ist abgemacht. Wenn da nicht massenhaft Polizisten sind, hole ich die Tasche.«

»Wo sind Sie jetzt?« Er keuchte fast vor Erleichterung.

»In Asuza. Ich werde etwa eine Stunde brauchen, um hinzukommen«, log ich.

»Beeilen Sie sich«, sagte er. »Sie werden feststellen, daß man mit mir Pferde stehlen kann. Außerdem stecken Sie selbst schon reichlich tief in der Geschichte drin, mein Lieber.«

»Ich bin's gewöhnt, in der Klemme zu stecken«, antwortete ich und hängte ein.

7

Ich fuhr zum Chevy Chase Boulevard zurück und dann ihn entlang bis zum Beginn der Chester Lane, wo ich meine Scheinwerfer abblendete und in sie einbog. Ich fuhr die Straße schnell hinauf und um die Kurve bis vor das neue Haus gegenüber von dem Goodwins. Ringsherum war kein Lebenszeichen zu entdecken. Keine Wagen standen auf der Straße; keine Anzeichen dafür, daß die Polizei auf der Lauer lag. Diese Möglichkeit mußte ich riskieren, ebenso wie eine andere und noch schlimmere.

Ich fuhr über die Auffahrt des neuen Hauses, stieg aus und hob das nicht verschlossene Klapptor der Garage hoch. Ich fuhr meinen Wagen hinein, senkte das Tor und schlich über die Straße zurück, als ob Indianer hinter mir her wären. Ich nutzte jede Deckung der Bäume auf Goodwins Grundstück, verbarg mich hinter dem dicksten auf dem Platz hinter dem Haus, setzte mich dort auf den Boden und gönnte mir einen Schluck aus meiner Whiskyflasche.

Die Zeit verging mit lähmender Langsamkeit. Ich erwartete, Gesellschaft zu bekommen, wußte aber nicht, wie lange es dauern würde. Sie kam früher, als ich vermutete.

Nach etwa fünfzehn Minuten kam ein Wagen die Chester Lane herauf, und ich nahm neben dem Haus zwischen den Bäumen seinen schwachen Schimmer wahr. Er fuhr ohne Licht. Das gefiel mir. Irgendwo in der Nähe hielt er an, und eine Tür wurde leise geschlossen. Lautlos kam ein Schatten um die Ecke des Hauses. Es war ein kleiner Schatten, einen Fuß kleiner, als Melton gewesen wäre. In dieser kurzen Zeit konnte er ohnehin nicht von Beverly Hills herübergekommen sein.

Der Schatten erreichte die Hintertür. Die Hintertür ging auf, und der Schatten verschwand durch sie in die tiefe Dunkelheit. Lautlos wurde die Tür geschlossen. Ich erhob mich und schlich über das feuchte, weiche Gras. Lautlos stieg ich auf Mr. Goodwins Veranda hinauf und ging von dort in die Küche. Ich blieb stehen und lauschte angespannt. Vor mir war kein Geräusch zu hören, kein Licht zu sehen. Ich zog die Waffe unter meinem Arm hervor und drückte sie fest an die Seite. Ich atmete flach, nur mit den obersten Teilen der Lunge. Dann passierte etwas Komisches. Ein Lichtschein erschien plötzlich unter der Pendeltür zur Eßnische. Der Schatten hatte Licht gemacht. Wie unvorsichtig. Ich schlich durch die Küche, stieß die Pendeltür auf und hielt sie fest. Das Licht strahlte in die Eßnische durch den Bogen vom Wohnraum her. In diese Richtung ging ich, unvorsichtig – viel zu unvorsichtig. Ich trat durch den Bogen hindurch.

Neben meinem Ellbogen sagte eine Stimme: »Fallen lassen – und weitergehen.«

Ich sah sie an. Sie war klein, in gewisser Weise hübsch, und ihre Waffe war fest auf meine Seite gerichtet.

»Sie sind nicht sehr klug«, sagte sie. »Oder?«

Ich öffnete die Hand und ließ meine Waffe fallen. Ich ging vier Schritte weiter und drehte mich um.

»Nein«, gab ich zu.

Die Frau sagte nichts weiter. Sie wich vor mir zurück, beschrieb einen Bogen und ließ meine Waffe auf dem Boden liegen. Sie zog den Bogen so weit, bis sie mir gegenüberstand. Ich sah an ihr vorbei zu dem Sessel in der Ecke mit der Fußbank. Auf der Fußbank ruhten immer noch Füße in weißem Wildleder. Mr. Lance Goodwin saß noch nachlässig in dem Sessel. Die linke Hand auf der breiten brokatbespannten Armlehne, und die rechte wies noch in Richtung der kleinen Pistole auf dem Boden. Der letzte Blutstropfen war an seinem Kinn erstarrt, sah schwarz und hart und beständig aus. Goodwins Gesicht hatte jetzt eine wächserne Farbe.

Ich blickte wieder zu der Frau. Sie trug eine gut gebügelte dunkelblaue lange Hose zu einer zweireihigen Jacke und einen kleinen, schiefsitzenden Hut. Ihr Haar war lang und an den Enden gelockt, und es hatte eine dunkelrote Farbe mit bläulichem Schimmer – gefärbt. Rote Flecke von hastig aufgelegtem Rouge brannten ihr zu hoch auf ihren Wangen. Sie hielt ihre Waffe auf mich gerichtet und lächelte mich an. Es war nicht das hübscheste Lächeln, das ich je gesehen hatte.

»Guten Abend, Mrs. Melton«, sagte ich. »Sie müssen eine Menge Pistolen besitzen.«

»Setzen Sie sich auf den Sessel, der hinter Ihnen steht, und legen Sie die Hände im Nacken zusammen und behalten Sie sie dort. Das ist wichtig. Seien Sie dabei nicht nachlässig.«

Sie zeigte mir ihre Zähne bis zum Zahnfleisch.

Ich befolgte ihren Vorschlag. Das Lächeln fiel von ihrem

Gesicht – ein hartes kleines Gesicht, wenn es auch in einer alltäglichen Weise hübsch war. »Warten Sie nur«, sagte sie. »Auch das ist wichtig. Vielleicht können Sie ahnen, wie wichtig es ist.«

»Dieser Raum riecht nach Tod«, antwortete ich. »Wahrscheinlich ist das auch wichtig.«

»Warten Sie nur ab, Sie Klugschwätzer.«

»In diesem Staat werden Frauen nicht mehr gehängt«, sagte ich. »Aber zwei kosten mehr als einer. Erheblich mehr. Mindestens fünfzehn Jahre – mehr. Überlegen Sie sich das.«

Sie antwortete nichts. Sie stand ruhig da, ihre Waffe auf mich gerichtet. Sie war schwer, aber das schien sie nicht zu stören. Sie lauschte angespannt in die Ferne, mich hörte sie kaum. Die Zeit verging, wie sie es trotz allem immer tut. Meine Arme begannen mir weh zu tun.

Endlich kam er. Wieder fuhr draußen auf der Straße leise ein Wagen vorbei, hielt an, und seine Tür wurde leise geschlossen. Für einen Augenblick herrschte Stille. Dann wurde die Hintertür des Hauses geöffnet. Seine Schritte waren schwer. Er kam durch die Pendeltür in den beleuchteten Raum. Schweigend blieb er stehen, sah sich darin um, ein scharfes Stirnrunzeln auf seinem großen Gesicht. Er sah zu dem Toten im Sessel hinüber, zu der Frau mit ihrer Waffe, als letztes zu mir. Er bückte sich, hob meine Waffe auf und ließ sie in seine Seitentasche gleiten. Schweigend kam er zu mir, fast ohne einen Ausdruck des Wiedererkennens auf dem Gesicht, trat hinter mich und betastete meine Taschen. Er nahm die beiden Fotos und das Telegramm heraus. Er trat von mir zurück und ging zu der Frau. Ich senkte meine Arme und rieb sie. Beide blickten mich schweigend an.

Schließlich fragte er gedämpft: »Sollte das ein Witz sein? Als erstes überprüfte ich Ihren Anruf und stellte fest, daß er aus Glendale kam – nicht aus Asuza. Ich weiß gar nicht, warum ich es getan habe. Ich tat es eben. Dann telefonierte ich selbst. Dieses Gespräch versicherte mir, daß in diesem Raum keine Tasche liegengeblieben war. Was sagen Sie dazu?«

»Was wollen Sie von mir hören?«

»Wozu dieser Trick? Was soll das alles?« Seine Stimme war jetzt schwer und kalt, aber eher nachdenklich als drohend. Die Frau stand regungslos neben ihm und hielt ihre Waffe.

»Ich habe etwas riskiert«, sagte ich. »Sie auch - weil Sie hierherkamen. Ich hatte kaum geglaubt, daß es funktionieren würde. Die Absicht an sich war, daß Sie sie gleich wegen der Tasche anrufen sollten. Sie mußte wissen, daß hier keine lag. Dann mußten Sie beide wissen, daß ich etwas im Schilde führte. Sie mußten sehr begierig sein, zu erfahren, was es war. Sie mußten fest überzeugt sein, daß ich nicht mit der Polizei zusammenarbeitete, denn ich wußte, wo Sie sind, und dort hätten Sie ohne jede Mühe festgenommen werden können. Ich wollte die Dame aus ihrem Versteck locken – das war alles. Ich bin ein großes Risiko eingegangen. Falls es nicht klappte, hätte ich mir etwas Besseres ausdenken müssen.«

Die Frau stieß einen verächtlichen Laut aus und sagte: »Ich möchte wissen, warum du diesen Schnüffler überhaupt engagiert hast, Howie.«

Ich ignorierte sie. Er sah mich aus steinigen, dunklen Augen unverwandt an. Ich drehte den Kopf und blinzelte ihm kurz zu. Sein Mund spannte sich sofort. Die Frau bemerkte es nicht. Sie stand zu weit zur Seite.

»Sie brauchen jemand, auf den Sie es abschieben können, Melton«, sagte ich. »Wie peinlich für Sie.«

Er drehte sich etwas, so daß sein Rücken teilweise der Frau zugekehrt war. Seine Blicke verschlangen mein Gesicht. Er zog die Augenbrauen leicht hoch und nickte halb. Er glaubte immer noch, ich sei käuflich.

Er machte das sehr hübsch. Mit einem Lächeln auf dem Gesicht wandte er sich ihr zu und sagte: »Wollen wir nicht woanders hingehen, wo wir sicherer sind, und in Ruhe darüber reden?« Und während sie zuhörte und sich mit der Frage beschäftigte, schlug er mit seiner großen Hand hart auf ihr Handgelenk. Sie schrie auf und ließ die Waffe fallen, taumelte zurück, ballte beide Fäuste und spie ihn an.

»Laß den Quatsch. Setz dich und nimm Vernunft an«, sagte er trocken.

Er bückte sich, hob ihre Waffe auf und steckte sie in seine andere Tasche. Dann lächelte er ein breites, selbstgefälliges Lächeln. Etwas hatte er völlig vergessen. Beinahe lachte ich – trotz der gefährlichen Situation, in der ich mich befand. Die Frau setzte sich in einen Sessel hinter ihm und stützte finster ihren Kopf in die Hände.

»Jetzt können Sie es mir ja sagen«, meinte Melton gelassen. »Warum brauche ich jemand, auf den ich etwas abschieben kann, wie Sie behaupten?«

»Am Telefon habe ich Ihnen etwas vorgelogen, über Haines' Hütte nämlich. Da oben ist ein schlauer alter Dorfpolizist, der sie sich mit einem Haarsieb vorgenommen hat. In einem Mehlsack fand er eine goldene Knöchelkette, die mit einer Zange abgekniffen worden war.«

Die Frau schrie verstört auf. Melton hielt es nicht der Mühe wert, sich nach ihr umzudrehen. Mit weit aufgerissenen Augen starrte sie mich an.

»Vielleicht kommt er dahinter«, fuhr ich fort, »vielleicht aber auch nicht. Zunächst einmal weiß er nicht, daß sich Mrs. Melton im Hotel Olympia aufgehalten hat und daß sie dort Goodwin begegnet ist. Wenn er das wüßte, würde er sofort alles durchschauen. Das heißt, wenn er Fotos hätte, die er den Boy zeigen könnte, so wie ich. Der Boy, der Mrs. Melton die Koffer heraustrug und sich an sie erinnert, weil sie ihren Wagen ohne Anweisungen zurückließ, erinnerte sich auch an Goodwin und daß er sie ansprach. Der Boy sagt, sie sei darüber erschrocken gewesen. Den Bildern nach war er nicht ganz sicher, ob es Mrs. Melton war. Er kannte sie.«

Melton verzog den Mund zu einer häßlichen Grimasse und knirschte mit den Zähnen. Die Frau hinter ihm stand lautlos auf und zog sich Zoll um Zoll in den dunklen Teil des Raums zurück. Ich blickte nicht zu ihr hin. Melton schien ihre Bewegungen nicht zu hören.

»Goodwin verfolgte ihre Spur hier in die Stadt«, begann ich wieder. »Sie muß mit dem Bus oder einem Mietwagen hierhergekommen sein, denn den anderen Wagen ließ sie in San Bernardino zurück. Ohne daß sie es merkte, spürte er sie in ihrem Versteck auf, was sehr raffiniert war, denn sie muß auf der Hut gewesen sein, und dann überraschte er sie. Eine Zeitlang hielt sie ihn hin – ich weiß nicht mit welcher Geschichte –, und er mußte sie jeden Augenblick unter Bewachung gehabt haben, denn es gelang ihr nicht, ihm zu entkommen. Dann konnte sie ihn nicht länger hinhalten, und sie gab ihm diesen Scheck. Aber das war nur eine Anzahlung. Er kam wieder und verlangte mehr, und sie zahlte ihn ein für allemal aus – dort drüben in dem Sessel. Das wußten Sie nicht, sonst hätten Sie niemals zugelassen, daß ich gestern vormittag hierhinging.«

Melton lächelte grimmig. »Stimmt, das wußte ich nicht«, sagte er. »Brauche ich aus diesem Grund einen, dem ich es anhängen kann?«

Ich schüttelte den Kopf. »Anscheinend wollen Sie mich nicht verstehen«, sagte ich. »Sie wissen, daß Goodwin Mrs. Melton gut kannte. Das ist also nichts Neues, oder? Aber was sollte Goodwin gegen Mrs. Melton in der Hand haben, womit er sie erpressen konnte? Nichts. Er erpreßte Mrs. Melton gar nicht. Mrs. Melton ist tot, seit elf Tagen tot. Heute tauchte sie aus dem Little Fawn Lake auf – in den Kleidern von Beryl Haines. Deshalb brauchen Sie einen, dem Sie es anhängen können – und den haben Sie, zwei sogar, wie nach Maß gearbeitet.«

Die Frau im dunklen Teil des Zimmers bückte sich, hob etwas auf und sprang vor. Dabei keuchte sie. Melton wandte sich schnell um, und seine Hand griff nach seiner Tasche, aber er zögerte zu lange und blickte auf die Waffe, die sie neben Goodwins toter Hand vom Teppich aufgehoben hatte. Die Waffe, die Melton völlig vergessen hatte.

»Du . . .!« keuchte sie.

Er war immer noch nicht sehr beunruhigt. Mit leeren Händen machte er beschwichtigende Bewegungen. »Also gut, Schatz, es soll so gehen, wie du willst«, sagte er nachgiebig. Er hatte lange Arme. Jetzt konnte er sie schon erreichen. Er hatte es schon einmal geschafft, als sie eine Waffe in der Hand hielt. Er versuchte es wieder. Er neigte sich schnell vor und schlug mit beiden Händen zu. Ich zog die Beine an zu einem Hechtsprung nach seinen Füßen. Ein weiter Sprung – ein zu weiter.

»Auf mich könntest du es leicht abschieben, wie?« keuchte sie und trat zurück. Dreimal knallte die Waffe.

Von drei Schüssen getroffen, stürzte er sich auf sie, schlug hart gegen sie und riß sie zu Boden. Auch daran hätte sie denken müssen. Gemeinsam schlugen sie hin, und er begrub sie unter seinem großen Körper. Sie schrie gellend auf, riß den Arm mit der Waffe hoch und richtete sie auf mich. Ich schlug sie ihr aus der Hand. Ich griff in seine Tasche, packte meine eigene Waffe und sprang von ihnen zurück. Dann setzte ich mich. Ich hatte das Gefühl, als ob mir ein Block Eis im Nacken säße. Mit der Waffe schußbereit auf dem Knie hockte ich da und wartete ab.

Seine große Hand streckte sich aus und packte den klauenförmigen Fuß eines Sofas und wurde über dem Holz weiß. Sein Körper zuckte und wälzte sich, und wieder schrie die Frau gellend. Sein Körper rollte zur Seite und wurde schlaff, und die Hand ließ den Sofafuß los. Still entspannten sich seine Finger und blieben kraftlos auf dem Saum des Teppichs liegen. Dann kam ein Röcheln – danach Stille.

Mühsam befreite sie sich von ihm und stand schweratmend auf. Ihre Augen funkelten wie die eines Tieres. Wortlos wandte sie sich ab und rannte davon. Ich rührte mich nicht von der Stelle. Ich ließ sie einfach laufen.

Danach ging ich zu ihm hinüber, beugte mich über den großen ausgestreckten Mann und drückte meinen Finger fest gegegen die Seite seines Halses. Niedergebeugt stand ich stumm da, fühlte nach seinem Puls und lauschte. Langsam richtete ich mich auf und lauschte noch angestrengter. Keine Sirene, kein Wagen, kein Laut. Nur die Totenstille des Raums. Ich schob meine Waffe unter meinen Arm zurück, löschte das Licht, öffnete die Vordertür und ging über den Fußweg zum Gehsteig. Auf der Straße rührte sich nichts. Am Straßenrand, oben am toten Ende der Straße hinter Goodwins Grundstück, stand neben einem Feuerhydranten ein großer Wagen. Ich überquerte die Straße, ging zu dem neuen Haus, holte meinen Wagen aus der Garage, schloß das Garagentor und machte mich wieder auf den Weg nach Puma Lake.

8

Die Hütte stand in einer Ausbuchtung vor einem Dickicht junger Fichten. Eine große, scheunenartige Garage, an deren Seite Feuerholz aufgestapelt war, stand in der Morgensonne offen, und in ihrem Innern glänzte Tinchfields Wagen. Zur Vordertür führte ein mit Bohlen belegter Weg, und aus dem Schornstein stieg Rauch auf.

Tinchfield selbst öffnete mir die Tür. Er trug einen alten grauen Rollkragenpullover und seine braune Hose. Er war frisch rasiert und sein Gesicht glatt wie ein Baby.

»Sieh da, immer herein, mein Sohn«, sagte er friedlich. »Wie ich sehe, fangen Sie früh und fröhlich mit der Arbeit an. Sie sind also gestern abend noch aus den Bergen heraus, wie?« Ich trat an ihm vorbei in die Hütte und setzte mich auf einen alten Schaukelstuhl, dessen Nackenstütze mit einem zerknitterten Leinendeckchen bezogen war. Ich schaukelte mich darin, und er antwortete mit einem anheimelnden Knarren.

»Der Kaffee wird gerade eingegossen«, sagte Tinchfield einladend. »Emma stellt noch einen Teller für Sie hin. Sie sehen irgendwie mitgenommen aus, mein Sohn.«

»Ich bin den Berg noch einmal heruntergefahren und komme gerade wieder zurück«, sagte ich. »Die Frau gestern im See war nicht Beryl Haines.«

»Welche Überraschung«, antwortete Tinchfield ungerührt.

»Besonders überrascht scheinen Sie mir aber nicht zu sein«, sagte ich vorwurfsvoll.

»Ich bin nicht so leicht zu überraschen, mein Sohn, besonders nicht vorm Frühstück.«

»Es war Julia Melton«, erklärte ich. »Sie wurde ermordet – von Howard Melton und Beryl Haines. Sie zogen ihr Beryls Kleider an und steckten sie unter diese Bretter. Sechs Fuß unter Wasser, damit sie lange genug dort lag, um nicht mehr wie Julia Melton auszusehen. Beide Frauen waren Blondinen von der gleichen Größe und dem gleichen Körperbau. Bill sagte, sie hätten sich so ähnlich gesehen, daß sie als Schwestern gelten konnten. Wenn auch nicht gerade als Zwillingsschwestern.«

»Sie waren sich schon ähnlich«, bestätigte Tinchfield und sah mich ernst an. Mit erhobener Stimme rief er: »Emma!«

Eine kräftige Frau in einem bunten Kleid öffnete die Innentür der Hütte. Sie trug eine riesige weiße Schürze um die Stelle ihres Körpers, die einmal ihre Taille gewesen war. Der Geruch von Kaffee und frischgebratenem Speck schlug mir entgegen.

»Emma, das ist Detektiv Dalmas aus Los Angeles. Stelle noch einen Teller auf und schiebe den Tisch von der Wand ab. Er ist mächtig müde und hungrig.«

Die dicke Frau nickte und lächelte und legte ein Besteck auf den Tisch. Wir setzten uns und aßen Eier mit Speck und heiße Pfannkuchen und tranken literweise Kaffee. Tinchfield aß für vier und seine Frau wie ein Vögelchen, und sie hüpfte ständig hin und her, um noch mehr zu essen zu holen.

Schließlich waren wir fertig, und Mrs. Tinchfield stellte das Geschirr zusammen und zog sich damit in die Küche zurück. Tinchfield schnitt sich einen großen Brocken Kautabak ab und brachte ihn in seinem Gesicht unter, und ich setzte mich wieder in den Schaukelstuhl.

»Also, mein Sohn«, sagte er, »jetzt bin ich wohl so weit, daß ich mir alles anhören kann. Das Stückchen Goldkette, das da im Mehl versteckt war, hat mir schon sehr Kopfschmerzen gemacht, weil der See doch so bequem nahe liegt. Aber ich denke ein bißchen langsam. Weshalb glauben Sie, daß Melton seine Frau ermordet hat?«

»Weil Beryl Haines noch lebt und ihr Haar rot gefärbt hat.«

Ich erzählte ihm meine ganze Geschichte. Stück für Stück, enthielt ihm nichts vor. Er sagte kein Wort, bis ich geendet hatte.

»Nun, mein Sohn«, sagte er dann, »da haben Sie ein beachtliches Stück Detektivarbeit geleistet – an ein paar Stellen mit etwas Glück, aber das müssen wir alle haben. Aber das zu tun, war doch gar nicht Ihre Aufgabe, oder doch?«

»Nein, nur wollte Melton mich für dumm verkaufen. Und in manchen Dingen bin ich sehr eigensinnig.«

»Weshalb hat Melton Sie Ihrer Meinung nach engagiert?«

»Das mußte er. Ein wesentlicher Teil seines Planes war, daß die Leiche am Ende richtig identifiziert wurde, vielleicht erst in einiger Zeit, vielleicht erst, nachdem sie begraben und die Akten über den Fall geschlossen waren. Aber schließlich mußte sie doch identifiziert werden, damit er an das Geld seiner Frau heran konnte. Entweder das, oder er mußte jahrelang warten, bis sie von einem Gericht gesetzlich für tot erklärt wurde. Wenn sie einwandfrei identifiziert war, mußte er beweisen, daß er versucht hatte, sie zu finden. Wenn seine Frau eine Kleptomanin war, wie er behauptete, hatte er eine glaubwürdige Erklärung dafür, daß er einen Privatdetektiv engagierte, statt zur Polizei zu gehen. Aber etwas mußte er tun. Überdies bedeutete Goodwin eine Bedrohung. Vielleicht hatte er geplant, Goodwin umzubringen und mir den Mord anzuhängen. Zweifellos wußte er aber nicht, daß Beryl ihm zuvorgekommen war, sonst hätte er nicht zugelassen, daß ich in Goodwins Haus ging. Danach – und da ich dumm genug war, hierher zu fahren, ehe ich Goodwins Tod der Polizei in Glendale gemeldet hatte – nahm er wahrscheinlich an, daß ich zu kaufen wäre. Der Mord selbst war sehr einfach, und ein Moment spielte dabei mit, von dem Beryl nichts wußte oder an das sie nicht dachte. Eine vernachlässigte Frau wie sie, mit einem trinkenden Mann, mußte auf einen Burschen wie Melton hereinfallen. Melton konnte nicht wissen, daß die Leiche gestern entdeckt wurde, weil es rein zufällig geschah, aber er hätte mich weiter mit der Suche beschäftigt und ständig Andeutungen gemacht, bis sie schließlich gefunden wurde. Er wußte, daß auf Haines der Verdacht fallen würde, seine Frau ermordet zu haben, und der zurückgelassene Zettel war so formuliert, daß er als Abschiedsbrief eines Selbstmörders unglaubwürdig klang. Melton war bekannt, daß seine Frau und Haines sich hier oben gemeinsam betranken und kleine Spielchen miteinander trieben. Er und Beryl warteten nur auf den richtigen Augenblick. Und der kam, als Haines zum Nordufer des Puma Lake ging, um sich vollaufen zu lassen. Beryl mußte Melton von irgendwoher angerufen haben. Das werden Sie nachprüfen können. Wenn er schnell fuhr, konnte er in drei Stunden hier sein. Julia war wahrscheinlich noch am Trinken. Melton schlug sie nieder, zog ihr Beryls Kleider an und stürzte sie in den See. Er war ein großer kräftiger Mann und konnte das mühelos allein schaffen. Beryl lag an der einzigen Straße, die zu dem Grundstück führte, auf der Lauer. Das gab ihm die Möglichkeit, das Fußkettchen in Haines' Hütte zu verstecken. Dann raste er in die Stadt zurück, und Beryl zog Julias Kleider an, nahm sich Julias Wagen und Gepäck und fuhr in das Hotel in San Bernardino. Sie hatte das Pech, dort von Goodwin gesehen und angesprochen zu werden, der erkannt haben mußte, daß etwas nicht stimmte. Sei es an ihrer Kleidung oder an ihrer Handtasche oder vielleicht, weil er hörte, daß sie mit Mrs. Melton angeredet wurde. Darum folgte er ihr in die Stadt, und das übrige wissen Sie. Die Tatsache, daß Melton sie veranlaßte, ihre Spur erkennbar zurückzulassen, beweist meiner Meinung nach zweierlei. Erstens, daß er beabsichtigte, einige Zeit zu warten, bis die Leiche richtig identifiziert wurde. Es war so gut wie sicher, daß sie auf Bills Aussage hin als die Leiche von Beryl Haines hingenommen wurde, besonders, da Bill dadurch in eine sehr peinliche Situation kam. Das zweite ist, wenn die Leiche als Julia Melton identifiziert werden sollte, würde es durch die von Beryl gelegte falsche Spur so aussehen, als hätten sie und Bill den Mord begangen, um ihre Lebensversicherung zu kassieren. Meiner Meinung nach hat Melton einen schweren Fehler begangen, als er die Knöchelkette in Haines' Hütte versteckte. Er hätte sie in den See werfen sollen, sie an einen Stein binden oder sonst etwas und sie später zufällig oder absichtlich herausfischen sollen. Daß er sie in Haines' Hütte versteckte und dann mich fragte, ob Haines' Hütte durchsucht worden war, das war zu unvorsichtig. Aber bei geplanten Morden passiert das immer.«

Tinchfield schob seinen Priem in die andere Backe und ging zur Tür, um hinauszuspucken. Seine großen Hände auf dem Rücken zusammengelegt, stand er in der Türöffnung.

»Er hätte Beryl nichts anhängen können«, sagte er über die Schulter. »Nicht, ohne daß sie eine ganze Menge ausgepackt hätte, mein Sohn. Haben Sie daran auch gedacht?«

»Gewiß. Sobald die Polizei nach ihr suchte und der Fall in den Zeitungen breit behandelt wurde – ich meine den wirklichen Fall –, hätte er Beryl beseitigen und es als einen Selbstmord erscheinen lassen müssen. Ich glaube, das wäre ihm gelungen.«

»Sie hätten dieses mörderische Weib nicht entkommen lassen dürfen, mein Sohn. Sie hätten verschiedenes andere auch nicht tun dürfen. Aber das war wirklich schlimm.«

»Wessen Aufgabe ist der Fall«, knurrte ich zurück, »Ihrer – oder der der Polizei von Glendale? Beryl wird die Polizei schon fassen. Sie hat zwei Männer umgebracht, und bei ihrem nächsten Versuch wird sie einen Fehler begehen. Das ist immer so. Außerdem müssen weitere Beweise beigebracht werden. Das ist Sache der Polizei, nicht meine. Ich dachte, Sie hätten sich zur Wiederwahl gestellt, gegen einige jüngere Leute. Ich bin nicht nur wegen der frischen Bergluft hier heraufgekommen.«

Er drehte sich um und sah mich verschmitzt an. »Ich habe mir gleich gedacht, daß Sie glauben, der alte Tinchfield sei gutmütig genug, Sie vor dem Gefängnis zu bewahren, mein Sohn.« Dann lachte er und schlug sich klatschend gegen das Bein. »Behaltet Tinchfield als Konstabler«, rief er schallend ins Freie hinaus. »Sie haben völlig recht, mein Sohn. Das werden sie auch tun. Sie wären dumme Kerle, wenn sie mich nach der Geschichte nicht wiederwählten. Gehen wir in mein Büro hinüber. Wir wollen den Bezirksanwalt in San Bernardino anrufen.« Er seufzte. »Dieser Melton versuchte einfach, zu gerissen zu sein«, sagte er. »Ich habe einfache Leute lieber.«

»Ich auch. Deshalb bin ich ja hier.«

Sie faßten Beryl Haines an der Grenze von Kalifornien nach Oregon, als sie in einem Mietwagen zurück nach Yreka wollte. Eine Straßenstreife hielt sie zu einer Routinekontrolle an der Grenze an, aber das ahnte sie nicht, sie zog wieder eine Waffe. Sie besaß noch Julia Meltons Gepäck, Julia Meltons Kleider und Julia Meltons Scheckbuch mit neun Blankoschecks, auf denen Julia Meltons Unterschrift gefälscht war. Auch der von Goodwin eingelöste Scheck erwies sich als Fälschung.

Tinchfield und der Bezirksanwalt setzten sich bei der Polizei in Glendale nachdrücklich für mich ein, trotzdem machten sie mir die Hölle heiß. Von Veilchen M'Gee bekam ich eine dicke, saftige Zigarre und von dem toten Howard Melton das, was mir von seinen fünfzig Dollar Vorschuß übriggeblieben war. Tinchfield wurde zum Konstabler wiedergewählt, mit überwältigender Mehrheit.

Tucker Coe

Auf totem Gleis
Ullstein Buch 10418

Das hab ich nicht gewollt
Ullstein Buch 10424

Der Wachsapfel
Ullstein Buch 10436

Keine Schonzeit für Widder
Ullstein Buch 10443

Sag die Wahrheit, Kollege
Ullstein Buch 10455

Ullstein
Kriminalroman

Mitch Tobin war Polizist. Einer der besten. Aber während er eine Gangsterbraut becirct, wird sein Partner erschossen. Und Tobin geschaßt. Jetzt sitzt er daheim und baut aus Verzweiflung eine Mauer um sein Grundstück. Aber die Unterwelt begehrt des Detektivs Dienste.
Und mit der Arbeit lernt Tobin auch mit seiner Schuld umzugehen.

Tucker Coes Serie um Mitch Tobin markierte in den sechziger Jahren die Geburt einer neuen Generation von Privatdetektiven.

Ed McBain

Polizisten leben gefährlich

Ein Roman aus dem 87. Polizeirevier

Ullstein Buch 10412

Ullstein Kriminalroman

Ob Joseph Wambaugh und seine Chorknaben, Janwillem van de Wetering und seine Outsider in Amsterdam, Maj Sjöwahl / Peer Wahlöö und ihre Schwedenbullen – ohne die Cops vom 87. Polizeirevier und ihren Chronisten Ed McBain würde es wahrscheinlich keinen von ihnen geben. Als der ehemalige Marinesoldat und frischgebackene Schriftsteller 1956 diesen Krimi schrieb, begründete er den modernen Polizeiroman. Und eine der erfolgreichsten Kriminalserien aller Zeiten.

1986 wählten die Mystery Writers of America, der Verband der US-Krimiautoren, Ed McBain in Würdigung seines Gesamtwerks zu ihrem Großmeister.

Ross Thomas

Schutzwall

Polit-Thriller

Ullstein
Kriminalroman

Der Schauplatz: Eine Stadt im Südwesten der USA, nicht korrupter, schmutziger und zerstörter als alle anderen großen Städte im Lande.
Das Klima: Mörderisch heiß, Brotmesserwetter, wie der Detective der Mordkommission meint, bevor er mit seinem Auto in die Luft fliegt.
Die Hauptpersonen: Zwei ehemalige CIA-Agenten, ein ehrgeiziger Senator und ein trauernder Regierungsangestellter.
Das Motiv: Der letzte Stein, der den Schutzwall unüberwindbar machen soll.

»Dieser Ross Thomas ist ein Muß.«
Frankfurter Neue Presse

Ullstein Kriminalromane

»Bestechen durch ihre Vielfalt«
(Westfälische Rundschau)

Charles Willeford
Bis uns der Tod verbindet (10634)

Gavin Lyall
Venus mit Pistole (10635)

Paul Cain
Null auf Hundert (10636)

James H. Chase
Ängstlich sind die Schuldigen (10637)

William Tapply
Weg in die Tiefe (10638)

Brian Garfield
Das Gold der Zaren (10639)

Ed McBain
Selbstmord kommt vor dem Fall (10640)

James Melville
Chrysantheme und Schwert (10641)

Raoul Whitfield
Der letzte Paukenschlag (10642)

Loren D. Estleman
Ein harter Schnüffler (10643)

Gavin Lyall
Über dem Jordan (10644)

Alan Scholefield
Katzenaugen (10645)

Ed McBain
Stirb, Kindchen, stirb (10646)

Dick Francis
Der Trick, den keiner kannte (10647)

James H. Chase
Ein Grab für zwei (10648)

Charles Willeford
Sperrstunde (10649)

Raoul Whitfield
Hart auf Kurs (10650)

David Williams
Treasure durch zwei (10651)

Robert B. Parker
Spießgesellen (10652)

Angus Ross
Fiasko in Leeds (10653)

James Ellroy
Die schwarze Dahlie (10654)

Geoffrey Homes
Der Doktor starb zur Dämmerstunde (10655)

Jim Thompson
Der Verbrecher (10656)

Ed McBain
Kings Lösegeld (10657)

Willi Voss
Die Nacht, der Tod (10658)

Loren D. Estleman
Zehn für Detroit (10659)

Clive Egleton
Das Foto des Jahres (10660)

Geoffrey Homes
Der Selbstmord-Mann (10661)

Andrew Vachss
Strega (10662)

Ted Allbeury
Bauernopfer (10663)